係－戰後○台灣語言相關資料○雜文及其他○蔡培火全集○家世生平
與交友○政治關係－日本時代○政治關係－戰後○台灣語言相關資料
○雜文及其他○蔡培火全集○家世生平與交友○政治關係－日本時代
○政治關係－戰後○台灣語言相關資料○雜文及其他○蔡培火全集○
家世 交友○政治關係－日本時代○政治關係－戰後○台灣語言
相關 雜文及其他○蔡培火全集○家世生平與交友○政治關係－
日本 政治關係－戰後○台灣語言相關資料○雜文及其他○蔡培
火全 世生平與交友○政治關係－日本時代○政治關係－戰後○
台灣 關資料○雜文及其他○蔡培火全集○家世生平與交友○政
治關係－日本時代○政治關係－戰後○台灣語言相關資料○雜文及其
他○蔡培火全集○家世生平與交友○政治關係－日本時代○政治關
－戰後○台灣語言相關資料○雜文及其他○蔡培火全集○家世生平與
交友○政治關係－日本時代○政治關係－戰後○台灣語言相關資料○

【蔡培火全集　六】

台灣語言相關資料（下）

主　編／張漢裕

出　版／財團法人吳三連臺灣史料基金會

目　錄

專著　5

相關論文　207

向中國國民黨建言　273

專著

白話字課本

TĒ I Khò

A E I O O· U

a e i o o· u

A I U O· E O A I U

a i u o· e o a i u

Au Ai Ae Ao Ia Iu Io Ie

Oe Ou Oi Ua Ui Ue Uo O·u

Ei O·i Eu Eo· O·e Uo· Eo Oa

A. Oa. Ai. Au. Io. Ui.

Oe. Iu. Oai. Iau. Iu-o. Ai-o.

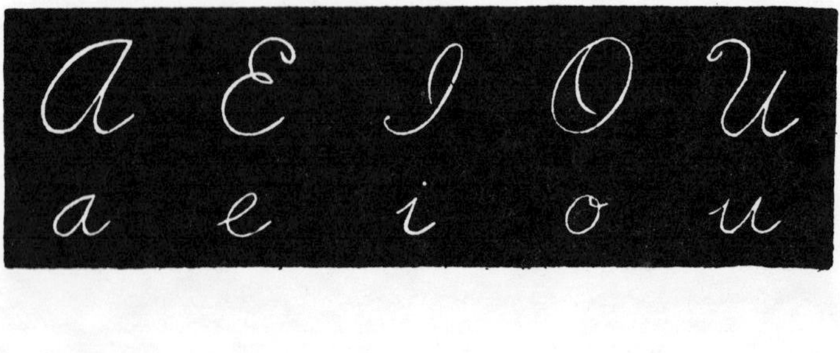

TĚ II Khò

B b P p Ph ph M m

Ba	Be	Bi	Bo	Bo͘	Bu
Pa	Pe	Pi	Po	Po͘	Pu
Pha	Phe	Phi	Pho	Pho͘	Phu
Ma	Me	Mi	Mo	Mo͘	Mu

Bai	Pai	Phai	Mai	Bau	Pau	Phau
Mau	Bio	Pio	Phio	Mio	Boe	Poe
Phoe	Moe	Am	Im	Iam	Ap	Ip

Pa. Pha. Phoe. Pau. Pio.

Am. O͘m. O͘-im. O͘-bui. Poe-o͘.

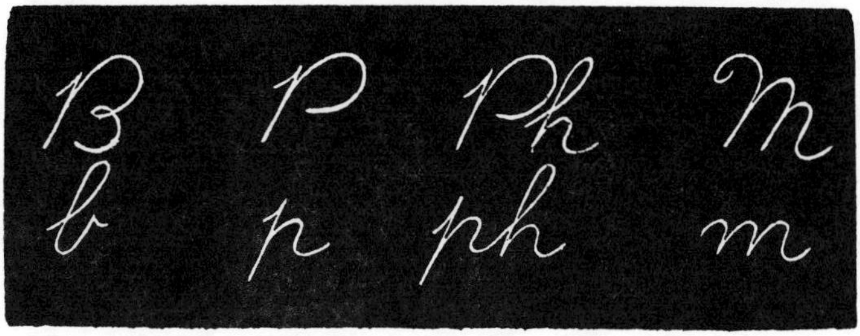

TĒ III Khò

Ch ch Chh chh S s J j Ts ts

Cha	Chha	Sa	Ja	Tsa	Che	Chhe
Se	Je	Chi	Chhi	Si	Ji	Cho·
Chho·	So·	Jo·	Chu	Chhu	Su	Ju

chio	chhio	jio	sio
chiau	chhiau	jiau	siau
cham	jam	chhiam	siam
chip	sip	chiap	siap

Sam.	Chiam.	Soa.	Sai.
O·-chhiu.	Chhia-chhu.	Sio-su.	Pa-sam.
Sim-su.	Chhui siau.	Siu phoe.	Chiap oe.
So·-cha.	Sim pi-ai.	Chhia-sim sio.	

TĒ IV KHò

T t Th th L l N n

a^{n} e^{n} i^{n} o^{n} o͘^{n} u^{n}

Ta	Tha	La	Na	Te^{n}	The^{n}	Ne^{n}
Tiu^{n}	Thiu^{n}	Niu^{n}	Toe	Thoe	Loe	Noe
Tai	Thai	Lai	Nai	At	It	Ut
Oat	Iat	An	In	Un	Oan	Ian

Sa^{n}. Soa^{n}. Ni^{n}. Niau^{n}. Chhat. Ti-tu.
Iau-chia^{n}. Sian-tan. Ni^{n}-liam. Ian-tun.
Chhiu-thi^{n}. Siu-toa^{n}. Se-thian. Chhian-chhiu.
Ut-chut. Iap-thiap. Choan-sim. Lo-so.

Chin tham-sim. Chha-put-to. Sa^{n} la-sam.
Thi^{n} o͘-im. To si^{n} sian.

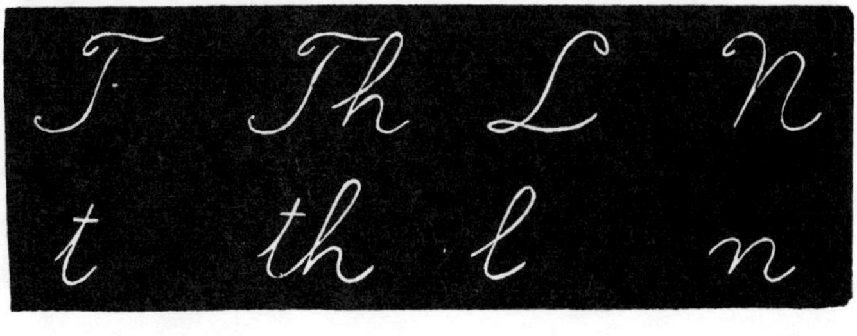

TĒ V Khò

K k Kh kh G g Ng ng H h

Ka	Ke	Ki	Ko	Ko·	Ku
Kha	Khe	Khi	Kho	Kho·	Khu
Ha	He	Hi	Ho	Ho·	Hu
Ga	Ge	Gi	Go	Go·	Gu
Nga	Nge	Ngi	Ngo	Ngo·	Ngu

Ak	Ek	Ik	Ok	Uk	An	En
On	In	Un	Ang	Eng	Ong	Ung

He-ku. Chheng-hong. Chhi^{n}-hoan. Hun-ian. Niau^{n}-kong. Hun-sian. Ni^{n}-liam. Thi^{n}-thang. Sian-si^{n}. Ong-ko·. Hiong-chhin. Hong-song. Sin-ko-soa^{n}. Pak kut. Kiu^{n} hiam. The-thok. Ak-chak. Iok-sok. Iap-thiap. Ok-chhok. Khau-khek.

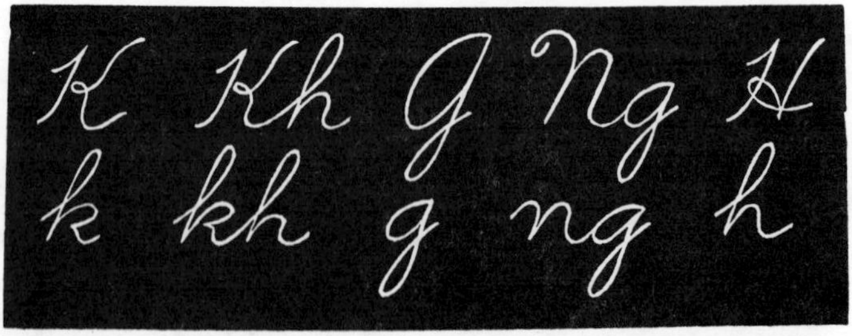

TE VI Khò

A	E	I	O	O·	U	B	P
Ph	M	Ch	Chh	S	J	Ts	T
Th	L	N	K	Kh	G	Ng	H
a	e	i	o	o·	u	b	p
ph	m	ch	chh	s	j	ts	t
th	l	n	k	kh	g	ng	h

	ˊ	ˋ	h	ˆ	ˉ	ˈ
A	Á	À	Ah	Â	Ā	A̍
Si	Sí	Sì	Sih	Sî	Sī	Si̍
Kau	Káu	Kàu	Kauh	Kâu	Kāu	Ka̍u

Thian. Chúi. Ài. Bah. Chûn. Ēng. Tio̍.

Chhiⁿ. Siáu. Sàn. Suh. Lâm. Siā. Chia̍.

Kng. Báng. Chhù. Chhit. Lâng. Phēng. Sio̍k.

Soa. Má. Chèng. Lap. Pûi. Hōe. Bi̍t.

Hong. Lán. Phiàn. Khek. Hoân. M̄. Gia̍p.

TĒ VII Khò

Tâi-oân-ōe ū nn̄g-ê pō·-hūn. Chit pō·-hūn kiò-chò hoat-im, koh chit pō·-hūn kiò-chò piâⁿ-cheh. Hoat-im ē-thang iōng jī-cháp-sì jī jī-bó lâi chò-chiâⁿ, iah piâⁿ-cheh sī iōng lák-ê kì-hō lâi hun-piat.

0 1 2 3 4 5 6 7 8 9

1	(Chit)	99	(Káu-cháp káu)
10	(Cháp)	100	(Chit-pah)
18	(Cháp-poeh)	467	(Sì-pah lák-cháp chhit)
20	(Jī-cháp)	5043	(Gō͘-chheng sì-cháp saⁿ)

Gû	46 chiah.
Ti-bah	582 kin.
Sam	2073 ki.
Gān-chí-chng	56190 tè.
Chioh-iōng kim	325 oân.
Chhài-chîⁿ	14.85 oân.

Chiau-hô 4 nîⁿ 1 gòe 15 jit.

TĒ VIII Khò

Thian-sù hia^{n} pêng-an.

Kīn-lâi khì-hāu bô thang hó, thia^{n}-kì^{n} kóng, Kùi-hú Tāi-ke lóng khong-kiān, sit-chāi chin kiong-hí. Pè-sià tōa-sè to iā thok-hok sūn-sū, chhiá^{n} an-sim.

Pún-gòe 26 jit, góa ū chit-chân sū, ài khì Kùi-hú chhéng-kàu Lí, m̄-chai Lí ū beh chhut-gōa bô? Nā^{n}-sī ē pài-thok tit, chhiá^{n} Lí chāi Hú tán-hāu góa, m̄-chai ē iōng tit á bōe, hùi-sîn siú^{n}-sù chit-jī pò góa chai.

Sūn-pit kā Thian-sù-só chhéng-an.

12 gòe 19 jit,

Sió-tī Éng-sūn pài-thêng.

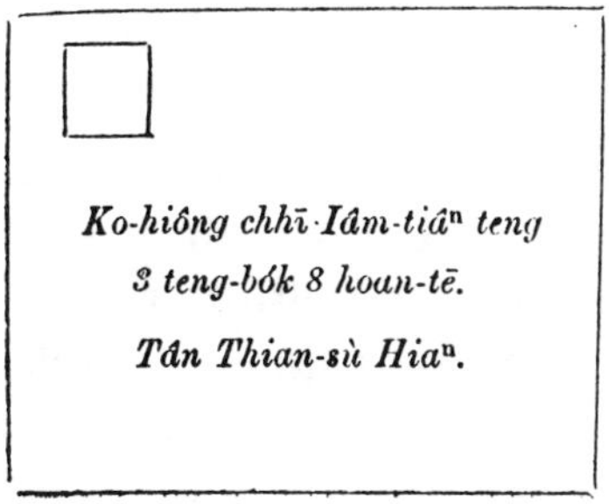

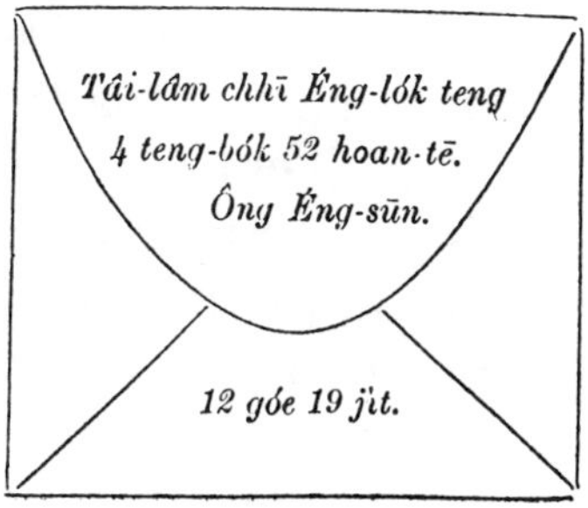

TE IX Khò

Lán lâng kap tōng-bu̍t siāng tōa bô sio-siāng-ê, góa siū^{n} ū n̄ng-hāng. Chit-hāng sī sim-su, koh chit-hāng sī chhiú chńg-thâu-á ê tōa-thâu-bú. Lâng ē-thang chheng-chò bān-bu̍t ê lêng-tióng, lóng sī tùi chit n̄ng-hāng ê tì-ìm.

Lí khòa^{n}, chhiú chńg-thâu-á ê tōa-thâu-bú, sī si^{n} kap í-gōa sì ki chńg-thâu-á sa^{n} tùi-hiòng, só͘-í la̍k mi̍h chiah ē tiâu. Koh-chài, chit ki tōa-thâu-bú sī si^{n} tī chhiú-nì^{n}, nā^{n} beh sī si^{n} tī kha-nì^{n} chiū bô lō͘-iōng. Ke chiáu ê kha-jiáu, iā ū chit-ki si^{n} sio-hiòng, chóng-sī kha sī ài tà tē, bōe thang chò chhin-chhiū^{n} lán ê chhiú só͘ chò ê kang. Siat-sú lán nā^{n} chhin-chhiū^{n} in an-ni^{n}, chū-jiân sī bōe thang giâ tī-thâu chèng-choh, bōe thang iōng sím-mi̍h ke-si, á-sī poa^{n} thiáp siá^{n}-hòe khí-lâi khǹg, tiò chiàu chhin-chhiū^{n} soa^{n}-nì^{n} ê chiáu-chiah, sûi-sî beh, sûi-sî chiah chhut-khì thó. Hai! chin pó-pòe, chit ki tōa-thâu-bú.

Koh chit-hāng lâng kap pa̍t hāng oa̍h-mi̍h bô sio-siāng ê sī sim-su. Tāi-ke phah-sǹg bat khòa^{n}-kì^{n} chhù-chiáu-á teh chông po-lê-thang, i tiò chông kàu thâu phòa hūn-khì chiah ū soah. Iah góa iā bat tī hóe-chhia-lāi, khòa^{n}-tiò chháu-tē hia^{n}-tī chông-tiò po-lê-thang, chóng-sī i chông-tiò chit-pái chiū ē hiáu chhng chhiú khì bong khòaⁿ, sui-jiân bô khòaⁿ-kìⁿ sím-mi, i chiū ē hiáu hia ū mi chá-teh, chiū m̄ khéng koh iōng thâu-khak khì chông. Che sī cháiⁿ-iūⁿ? Chiū-sī ū sim-su kap bô ê cheng-chha.

Lâng ū sim-su, chū-jiân sī ài kóng chhut lâi hō· lâng chai, iā ài chai-iáⁿ pát-lâng ê, só·-í, lâng chiū siat kóng-ōe. M̄-kú ōe nāⁿ kóng liáu, chiū sûi-sî siau bô-khì, iū-koh bōe thang hō· khah hn̄g khah aū-tāi ê lâng thiaⁿ, só·-í, lâng chiū koh siat bûn-jī lâi kì ōe tī chóa-nìⁿ, thang kiá hō· khah hn̄g ê lâng khòaⁿ, á-sī liû-thoân kàu aū-tāi. Thang chai ōe kap jī chiū-sī sim-su ê kì-hō, tùi ōe lán ē-thang thiaⁿ-tiò pát-lâng ê sim-su, tùi bûn-jī lán chiū ē-thang iōng bák-chiu khòaⁿ-tiò. Lâng tùi an-niⁿ sim-su chiū chiām-chiām oá-tāng, chiām-chiām khui-khoah gâu khí-lâi. Tōng-bút khiok m̄-sī lóng bô sim-su, in-ūi in bô bûn-jī thang kì-chài khí-lâi khǹg, ū khah hó ê sim-su to lóng-chóng siau-biát bô-bô khì, só·-í in kàu sím-mi sî-tāi to sī hit khoán ê thâu-bīn. Ai-ah! bat jī sī chin-chin tōa iàu-kín!!

Lán só· ó chit jī-cháp sì jī pé-ōe-jī, tùi lán kóng, bô koh-iūⁿ sī chhin-chhiūⁿ jī-cháp-sì liáp ê sian-tan. Cháiⁿ-iūⁿ kóng? In-ūi lán-nā^{n} iōng sim lâi ó chía-ê, lán chiū ē-thang tit-tit gâu khí-lâi, tit-tit ióng khí-lâi. Tī téng-bīn ū kóng liáu, lâng nā^{n} bô bûn-jī sī kú-kú tiò ài gōng, iah gōng-lâng sī tiā^{n}-tiā^{n} ài chià khui. Chiông-lâi hit khoán ài chià lâng gōng ê, chòe koàn iōng ê pō·-sò·, chiū-sī bô ài lâng thák chheh bat jī. Tāi-ke lóng-chóng chai, hiòng-lâi ta-po· lâng ài chià cha-bó· lâng ê gōng, lóng-chóng bô ài cha-bó· lâng thák chheh, sòa ū siat chit-kù ōe liû-thoân kóng, "Cha-bó· lâng nā^{n} m̄ bat jī, bô thák chheh, bô châi-chêng chiū-sī ū tek-hēng." Che thah sī ū tek-hēng neh, put-kò sī cha-bó· lâng nā^{n} m̄ bat sím-mi, chiū ē-thang kú-kú hō· ta-po· lâng chià gōng nā^{n}-tiā^{n}. Ta^{n} tiò thè chía-ê hō· lâng chià gōng chin kú ê lâng kiong-hí, in-ūi chit jī-cháp-sì jī pé-ōe-jī ê khùi-lát, tāi-ke ê gōng liam-pi^{n} teh-beh piàn chò gâu khí-lâi!

Chāi lán Tâi-oân hiān-sî khiok ū nn̄g-chéng bûn-jī. Chit chéng sī hô-bûn, chit-chéng sī hàn-bûn. Khó-sioh chit nn̄g-chéng bûn-jī to lóng bōe thang kì-bêng Tâi-oân ōe, bōe thang khin-khin chò lán ê lō·-iōng. Tāi-ke beh ó kàu ē hiáu siá chit-tiu^{n} hàn-bûn phoe tiò kúi nî^{n}? Iah beh iōng kok-gí lâi ó hák-būn, che sī koh-chài khah kan-lân, tiò ài cháp-gōa nî^{n} ê khó·-hák chiah.

ū bāng. M̄-kú nā^{n}-sī lâi ò pé-ōe-jī, kan-ta jī-cháp-sì jī nā^{n}-tiā^{n}, put-lūn ta-po· cha-bó·, lāu-lâng, gín-ná^{n}, siāng-kú chit-góe jit choan-sim lâi ò, pau-koán ē hiáu-tit. Chit jī-cháp-sì jī ê iōng-hoat nā^{n} sék-chhiú, m̄-hān-tiā^{n} sím-mi phoe lí lóng ē hiáu siá, sím-mi siàu-bák to ē-hiáu kì, chiū-sī khah chhim ê hák-būn to lóng hák-sip ē-thang kàu! Só·-í góa kóng, chit jī-cháp-sì jī pé-ōe-jī sit-chāi sī chhin-chhiū^{n} jī-cháp-sì liáp ê sian-tan, aio! Iáu-kú tiò kóng sī jī-cháp-sì liáp ê kiù-miā^{n} chhi^{n} khah tiò lah!! Chit jī-cháp-sì jī pé-ōe-jī nā^{n} ē-thang phó·-kip tī Tâi-oân, iáu-kú m̄-nā^{n} gōng ê lâng ē ná^{n} gâu ná^{n} khòa^{n}-oá khí-lâi, chiū-sī chiah-ê ū hák-būn ê lâng iā ē khah oá-tāng, khah ū chhù-bī thang kòe-jit. Chái^{n}-iū^{n} kóng? In-ūi ū chin-chē lâng thang thák chheh, só·-í ū hák-būn ê lâng ē-thang chò chheh ìn sin-bûn, khui su-kiók, siat kang-tiû^{n}, ē ke-thi^{n} chin-chē sin sū-giáp chhut-lâi, hō· chē-chē lâng ū chit-giáp, Tâi-oân ê hák-kài chiah sit-chāi ē-thang lâi chín-heng.

Góa kóng pé-ōe-jī sī chin hó chin pó-pòe, chóng-sī góa m̄-sī kóng tāi-ke kan-ta ò pé-ōe-jī chiū hó, chit-tiám tiò ài bêng-pék. Ták-lâng chai, lán tiò kap thong-kok kap sì-kè ê lâng kau-pôe, iah lán tiò thák koh-khah gâu ê lâng ê chheh, só·-í kok-gí kap hàn-bûn lí nā^{n} m̄ bat, sui-jiân kan-ta pé-ōe-jī chiū í-keng ē-thang khah khoài-lo̍k kòe-ji̍t, kiù-kèng iā-sī kap lâng khah bô pí-phēng. Lí nā^{n}-sī ài gâu liáu koh-khah gâu, lī-piān liáu koh-chài khah lī-piān, chū-jiân kok-gí kap hàn-būn bô ó sī tek-khak bōe iōng-tit. Kóng chit-kù khah bêng, pé-ōe-jī sī kiù-kip ê bûn-jī, pó·-chō· ê bûn-jī, thong-kok khah khoah ē thong-iōng ê, iā-sī kok-gí kap hàn-bûn. Tàn-sī góa sī khak-sìn chāi Tâi-oân nā^{n} bô kóa^{n}-kín phó·-kip pé-ōe-jī, hiān-chāi teh kan-khó· ê lâng sī kiù bōe tio̍, Tâi-oân bān hāng ê chìn-pō· ē ke chin bān. Chiông-lâi beh o̍ kok-gí á-sī hàn-bûn, lóng tio̍ pài sian-si^{n}, tùi sian-si^{n} ê chhùi o̍ chiah ū lō·. M̄-kú nā^{n} bat pé-ōe-jī ê lâng, m̄-bián sian-si^{n} ē iōng-tit. In-ūi ē-thang iōng pé-ōe-jī lâi chù-bêng kok-gí kap hàn-bûn ê chheh, m̄-bián sian-si^{n} kà, ka-tī tha̍k hit pún chiū ē kàu-giáh chheng-chhó. Só·-í m̄-bián hoân-ló bô sian-si^{n} thang chhin-kīn, m̄-bián khòa-lū hòe-thâu khah chē á-sī bô sî-kan thang khì ha̍k-hāu. Tók-tók chit hāng, nā^{n}-sī khah chē lâng kín-kín lâi o̍ pé-ōe-jī, chiū ū lâng beh iōng chit jī-cha̍p-sì jī pé-ōe-jī, lâi chò chin chē khoán tāi-ke lóng tio̍ tha̍k ê hó chheh, siá kàu chheng-chheng chhó-chhó, hit pún chheh chiū-sī lí ê sian-si^n, hit pún chheh nā^n kàu lín tau, lí ê chhù chiū chiâ^n-chò ha̍k-hāu! lí kan-ta ka-tī chhin-kīn hit pún chheh chiū hó, m̄-bián chhin-chhiū^n chiông-lâi tiò ji̍p ha̍k-hāu pài sian-si^n, lí sui-jiân ka-tī chi̍t-ê, iā ē-thang bat thong thi^n kha-ē ê tāi-chì, kiám chiah hān-tiā^n kok-gí kap hàn-bûn jī-í!!

Chò chit jī-cháp-sì jī pé-ōe-jī hō· lán lī-piān ê lâng, sit-chāi sī lán ê tōa in-jîn. Chit hō jī sī chū kúi-nā^n chheng-nî^n chêng Lô-má kok ê lâng chiū iōng-khí. In-ūi sī chin lī-piān, só·-í aū-lâi Se-iû^n chin chē kok, chiū-sī Eng-kok, Hoat-kok, Tek-kok, Bí-kok to lóng chhái-iōng chò in ê bûn-jī. Chòe-kīn Thó·-ní-kî iā í-keng teh tōa chióng-lē. Chāi Jit-pún lōe-tē iā ū chin-chē lâng, chū chin kú chiū jia̍t-sim chú-chhiòng ài chhái-iōng. Chāi lán Tâi-oân, chit khoán jī thoân-lâi í-keng ū la̍k-cháp gōa nî^n kú, chiū-sī tī 1865 nî^n ê sî, Eng-kok lâng ê Sian-si^n Má I-seng, tùi Ē-mn̂g thoân kòe-lâi, khí-chho· sī beh chò thoân-kàu ê pang-chān. Hiān-kim Tâi-oân tiong bat chit khoán jī ê lâng, tāi-iok ū nn̄g-bān chó-iū. Góa tī cháp sa^n sì hòe ê sî, hàn-bûn kok-gí lóng iáu siá bōe lâi ê sî, in-ūi ài kap hn̄g-hn̄g ê chhin-lâng thong phoe-sìn, chhut-lát ó saⁿ sì jit chiū tāi-khài ē-hiáu iōng. Góa chū hit-tiáp í-aū, thák hàn-bûn á-sī kok-gí ê sî, iā put-chí ū siū chit jī-cháp-sì jī ê tōa pang-chān. Góa chū chá-chá chiū siūⁿ ài chiong chit khoán hok-khì pun hō· iáu m̄ bat jī ê tāi-ke. Tī Tāi-chèng saⁿ-nîⁿ ê nîⁿ-bóe, Jit-pún kok ê goân-hun Pán-hoân Pek-chiok, lâi Tâi-oân kap Lîm Hiàn-tông Sian-siⁿ in chhòng-siat Tông-hòa-hōe ê sî, góa chiū kėk-lėk tùi in kiàn-gī tiò phó·-kip pé-ōe-jī, put-hēng bô tit-tiò in ê chàn-sêng. Chóng-sī góa ka-tī chū hit-tiáp í-lâi, put-sî to bô bōe kì-tit chit chân sū, put-sî to sī sim-liām ài chò chit-hāng kang, ǹg-bāng Tâi-oân tùi an-niⁿ lâi chìn-pō·. In-ūi ū chióng-chióng ê sū-kò·, góa ê chhùn-chì lóng bōe thang sit-hiān. Hiān-kim Tâi-oân kok hong-biān ê ūn-tōng í-keng chiām-chiām chéng-chê, teh oá-tāng ê lâng í-keng chin chē, góa taⁿ ài khah choan-kang lâi sit-hêng góa só· hoâi-phāu ê sim-chì. Nāⁿ-sī in-ūi chò chit hāng, tiò siū sím-mi khó·-chhó·, á-sī chiâⁿ-chò sit-pāi lók-ngó·ⁿ ê lâng, góa sī choát-tùi bô siong-sim. Ǹg-bāng tāi-ke siāng chì-khì! Ǹg-bāng tāi-ke sio-kap lâi chìn-pō·!! Ǹg-bāng tāi-ke chò-hóe háp siaⁿ chhiùⁿ koa lâi lô·-lėk!!!

新式台灣白話字課本

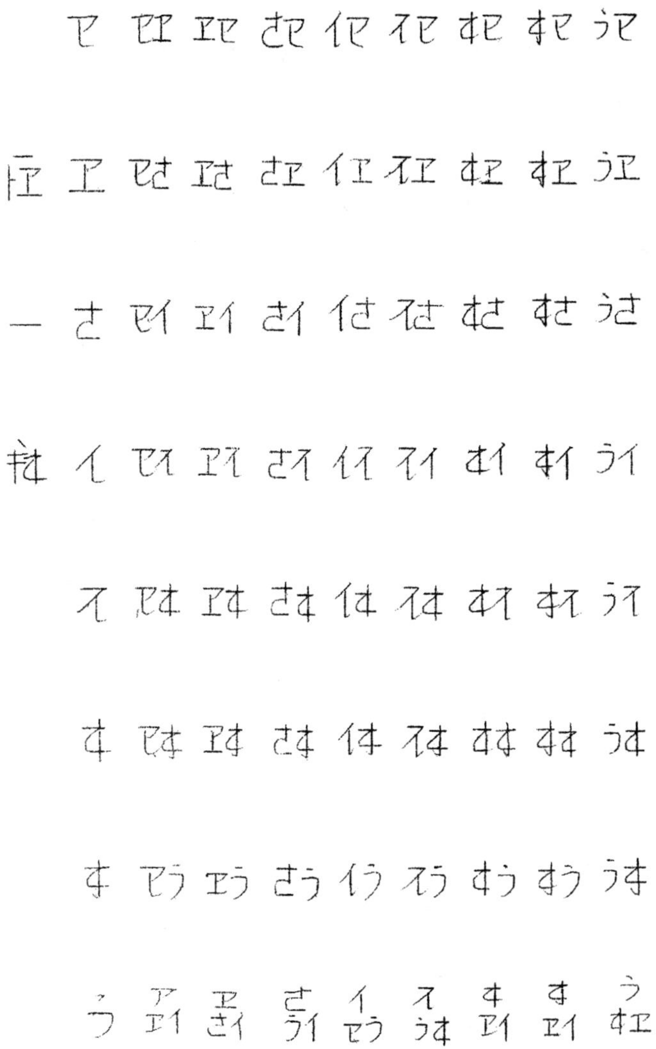

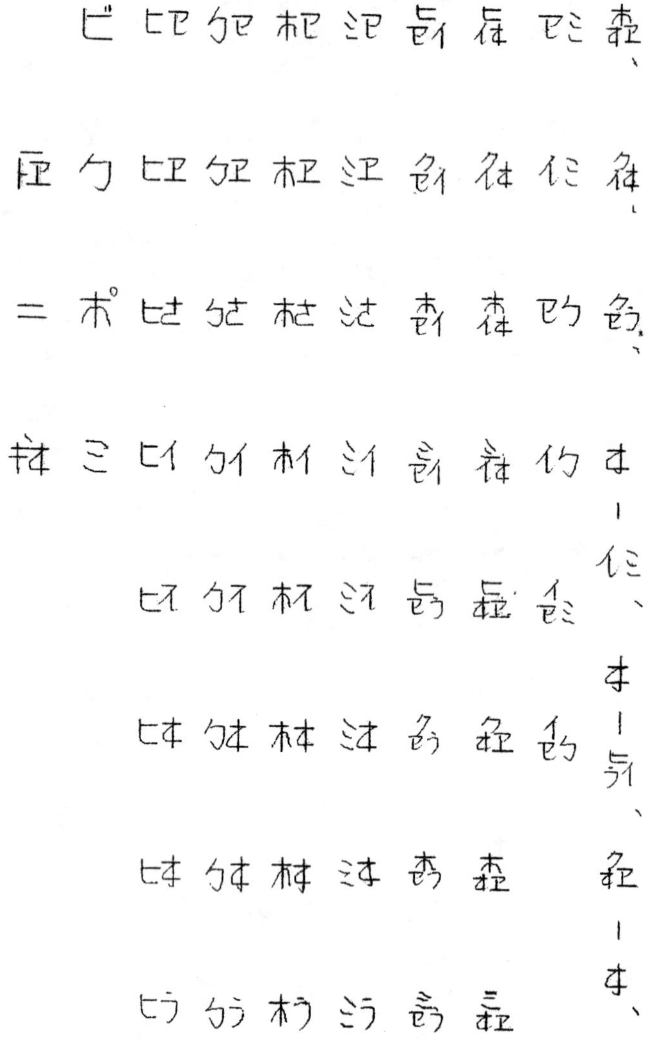

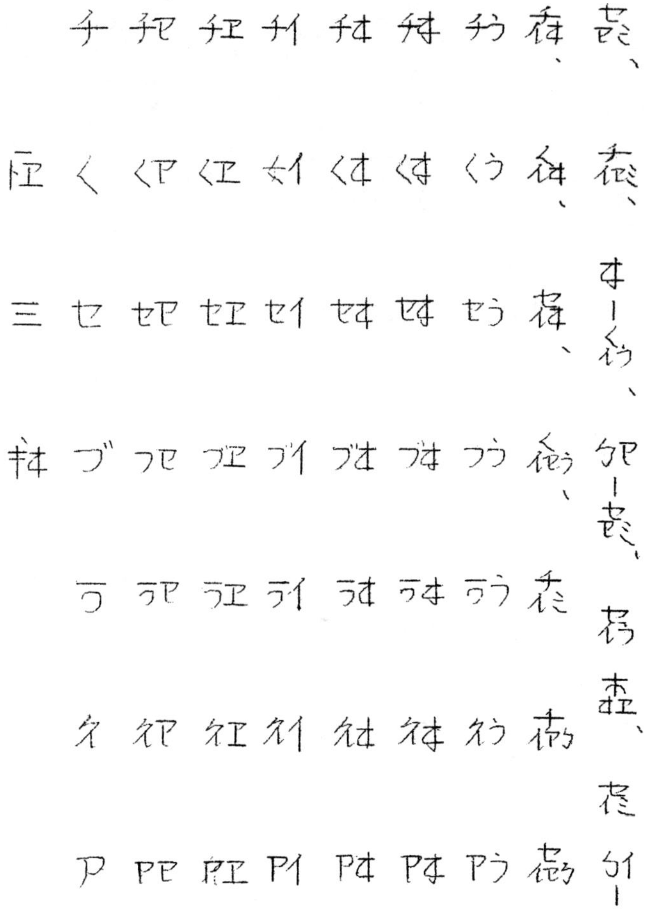

ウト－チャト、イウ－ギウ、クヱ－クヮト－ハヲ、セヱリヱ－チミ、

イウ－ダイ、キウ－キヱ、キヱ－チミ、ダイホ－イミ、

ギウ ヒト、トイ－トラ、ヒン－ヲン、チン－ヒン、リヲ－セヲ

ヒト イト ウト ヒン イン ウン チト チン

ドイ ダイ バイ ドヱ ダヱ バヱ ドラ ダウ

トヱ タヱ リヱ ンヱ トヲ タヲ リヲ ンヲ

ヱ ヱ イ ホ ホ ウ

ト タ リ ン

匠 四 林

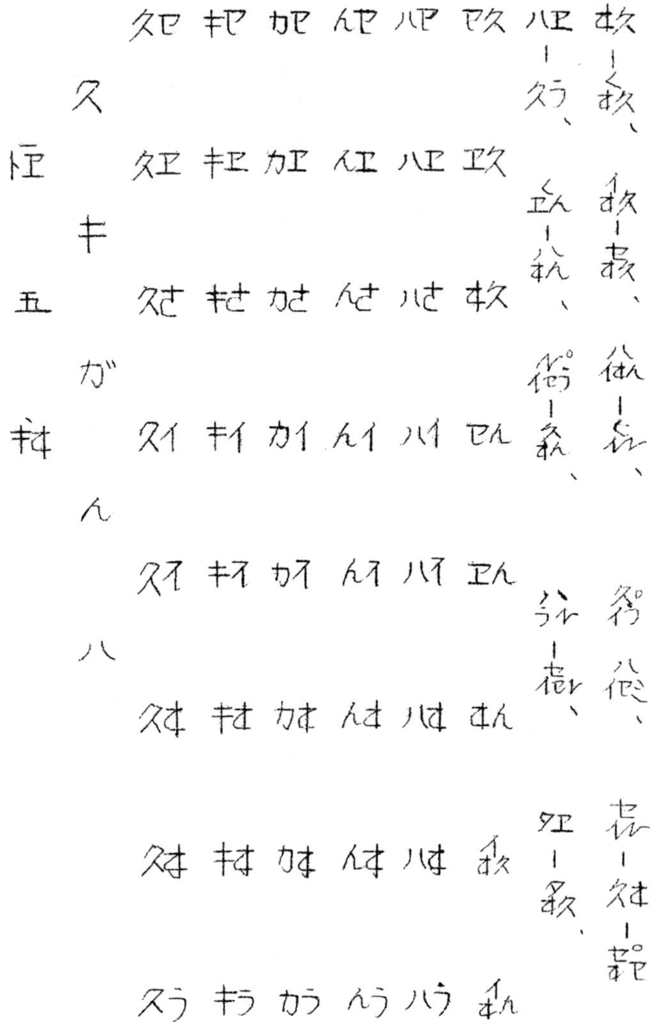

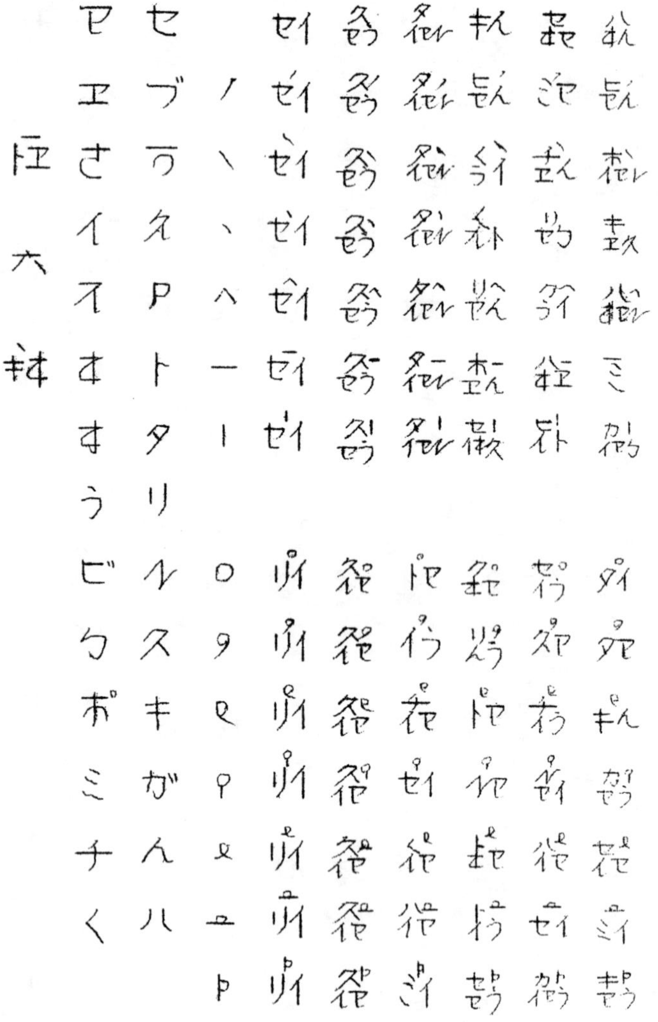

二 栺 $\frac{4}{4}$

$| 1 \ 3 \ 2 \ 1 | \underline{5 \ 3} \ \underline{5 \ 6} \ 5 \ 0 | 1 \ 7 \cdot 6 \ 5 \ 3 |$

江 $| \underline{2 \ 2} \ \underline{3 \ 2} \ 2 \ 0 | 1 \cdot 1 \ 1 \ \underline{3 \ 2} \ 1 | 1 \ \underline{3 \ 2} \ 1 \ 5 \ 0 |$

七 $| 1 \cdot 5 \ 1 \ \underline{6 \ 5 \ 3} | \underline{2 \ 3 \ 2} \ 2 \cdot 0 | 2 \ 3 \ 1 \cdot 0 |$

林 $| 1 \ 5 \ 3 \cdot 4 | \underline{2 \cdot 4} \ \underline{3 \ 2} \ \underline{6 \ 5} | \underline{2 \cdot 4} \ \underline{3 \ 2} \ 1 \cdot 0 |$

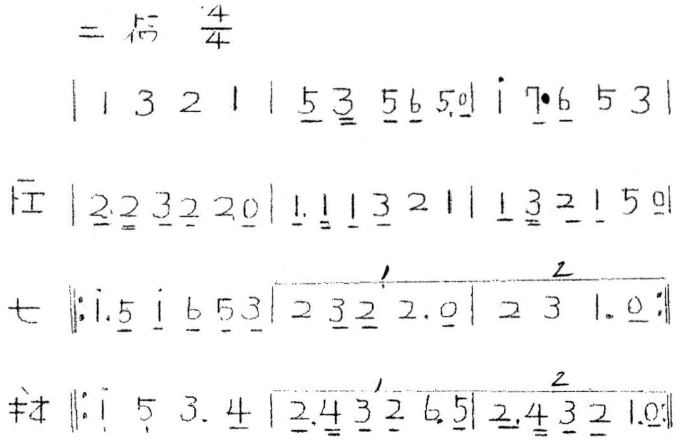

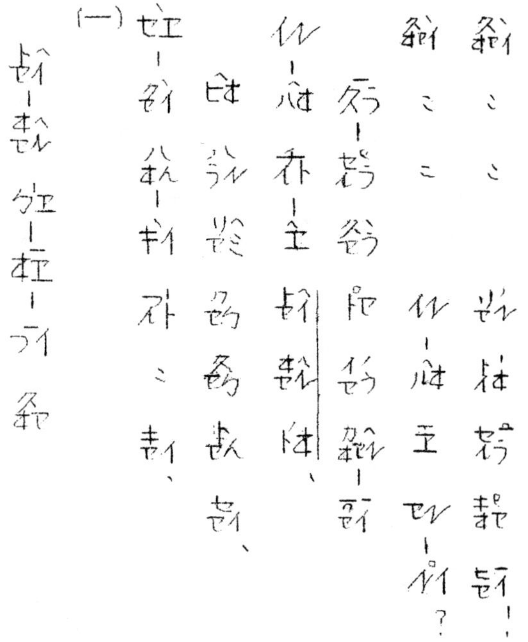

セイミミ、サンタウヒオホクケエ！
セイミミ、タウナンホエヘウタン、
　ヒアンヒアンキイホエチウハンエ
サンラタウサウホエヘウタン、
　ホウホエホアホアホウエクエ、
（二）カオホクハオヒエラウカエ、

タンミミ、ハオサンサイホンクウ！
タンミミ、ヒオホクタオチンタン
　カエホエライカエハオタンハウ！
リイタンホエセイラウタウタイ；
　ハオビアンセイクエホウビエラ、
（三）タンヒアンリイサン，イホオタウ

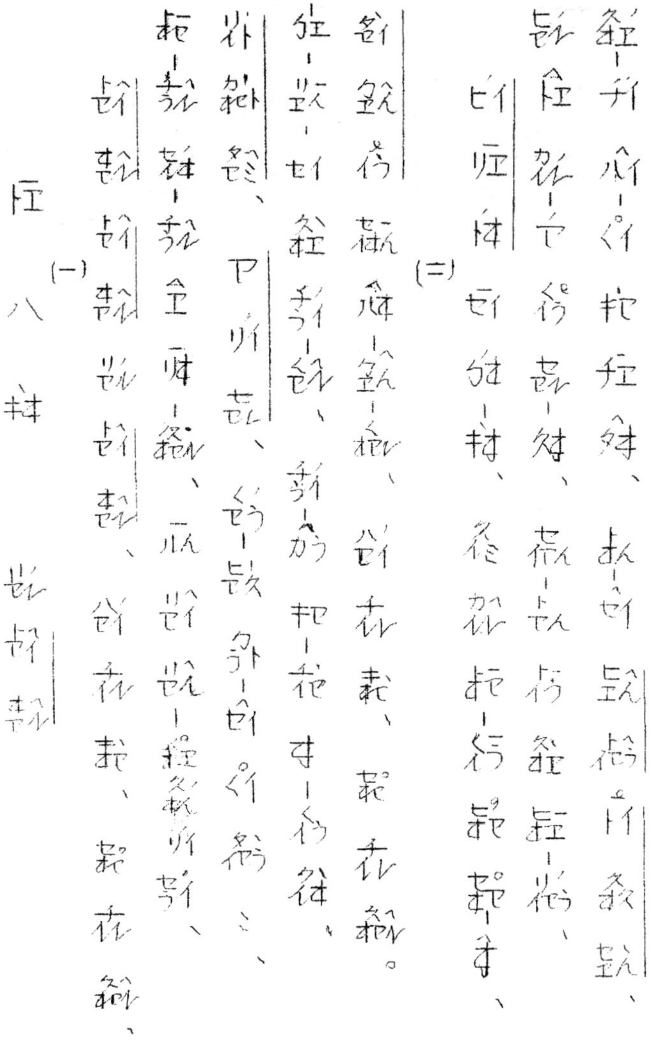

ハウイ　スエウ　クエ、　セポ　スエウ　ヒエン、　スヰ　セテ　トヰ　ダイ　チヰ　エン。

チヰ－タウ　チヰ－チヤ　リエイ　セヤ－ソエン、　セエ－イウ　セヰ　セウ　ウイ－トエン　チエン

チエス－テ－ソエ　チヤ　トエイ－トエン、　トエイ－クエ　ホエ－セポ　トヰ　ハヰ－クエン、

ソイウ　チイウ　トエン－タエウ　タエン、　セポ－リエイ　パエ－トイ　イエウ　セエ－パエ、

クヰ　セヤ　トヰ　ダイ　チヰ　エン、　セイ　スイ　ハエウ　スエ　エン

(三)

ホエン－スエン　トエウ－スヰ　セポ　セポ－クヰ、　ヒイ　ソエ　トヰ　セイ　ウヰ－チヰ。

セイ　ソイウ　スエウ、　スエ　トエ－トヰ、　チエイ－チエ　ソエン－エン　チエ　クエ－ヒヰ、

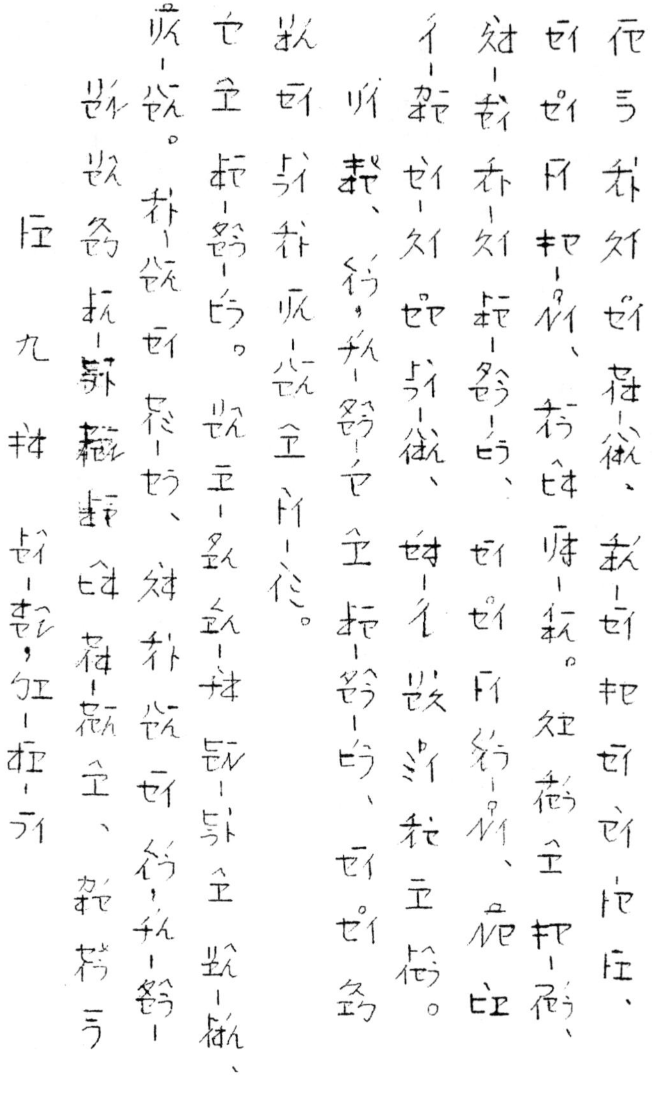

ホベン ウオ-リエ-タエン、イン トイオ ホエン クエウ タエウ ホエ ハウン-キイ チエ ラウ
セイ セイミ-セウ。セイ-クエ ホエ-セン ヒエト キホエ-クイ クウ-チエウ-セ トエ
クオ チエンオト-ハエン、セン クヤウ ウエト-ハエン ホエ-ミイ ヒオ セイオ-セイエン チエ
セイ チイン ウオ-ホエ。
セウイ-セイ クウト-キイ タオ。ハセイ-チイト-クイ ホエ-タエウ-ヒウ、セイト-セイ
チエ チイエウ-チイエ、ヒホエ-タエン カイエ クイト セイエ ライ、セウイ-セイ ヒエ チイエ
セイ タホエ-タイエウ セイエ-ハホエ キイ-ハセイ ホン、トイオ ホイエウ クイン-クイウ セホヤ-イ
チエン-チオ、ヒホエ-タエン イホン セイミ-ミイ クエ-セイ、チオ ミイ-クイエ、セ-
リセン イエ クイン-クイウ イン-セン-イ、チウ-クイエン セイ ヒホエ-タエン カイエ トイ-タエウ
ヒホエ-タエン、チオ クイン-クイウ リセン チエ クイウ セオ、チオ チエ クエン。セイオト-セウ

ヒト ライ セイ チイン こ キエ イエウーネイン!!
ー ジイ セイーヒイ トオ セイ パトーキエン 全 タエウ ヒン。 エイーセー!
タトーリエン、トオ セイ セエウーヒト ウオ こ キイ、ウオ イ イン タエウ セエ
ー オオ 全 セエーセウ サエ キエーゴン ウオーテエン、キエーゴン パエウ オオ
イン ーライ イン ウオ ヒエンーラウ タエン ネイーヒイ キイーリエイ キン、ラ キエ
カエウ キイーリエイ! トオンーヒト キエク ミーセイ キエン サエン ウオ セエーセウ、
チエエ チエク チエエ ギンーハウ、 チエエ こ キライーキエ、チエエ こ キエーエン
ニエ ーゴン [illegible] キエーオオ。 リエン トライ エンーイ、 セエーセウ キエウ
リエン 全ーゴン ゴエーオオ タトーリエン 全 セエーセウ、 トライ ヒエンーラウ キエウ
タエン! ヒイ キエ ゴエウ ライ キエウーセイ セエーセウ 全 ネイーハオ、 ライ キエ
ゴイ ゴエ ハオ キエーハン 全 リエン ゴエク、 エーセイ リエウーキエン セウーヒイ

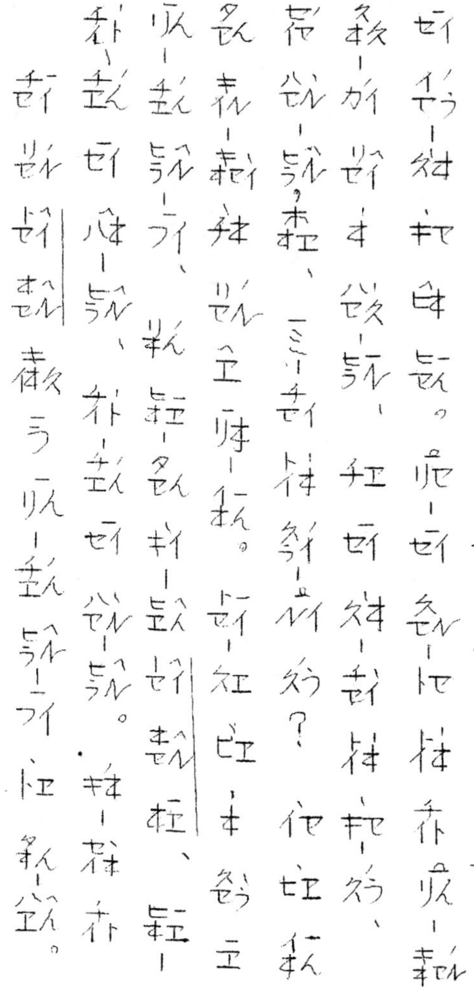

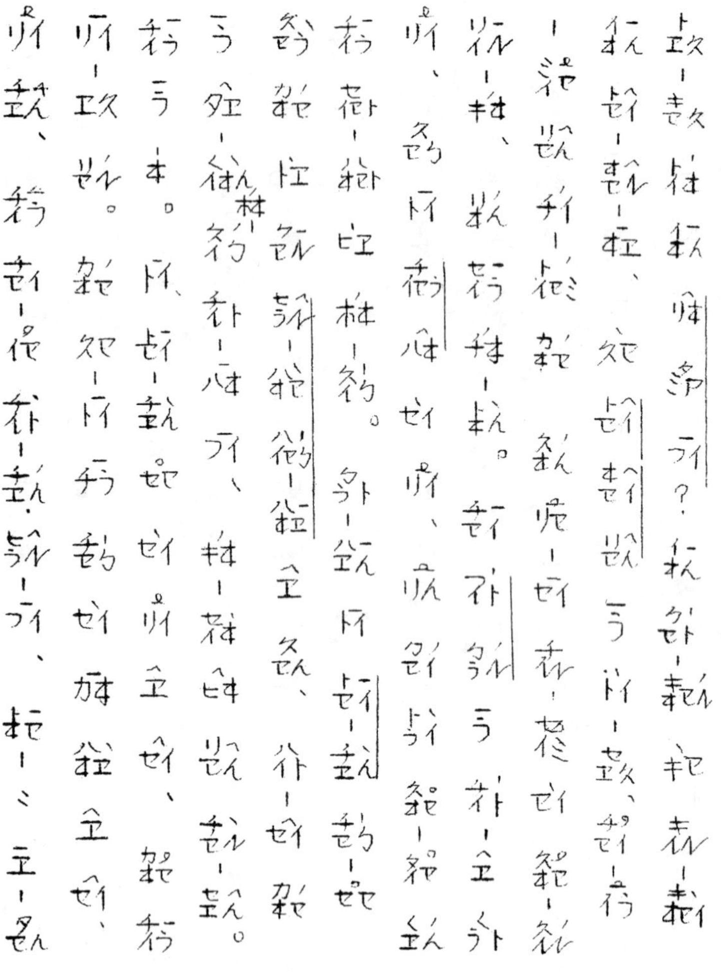

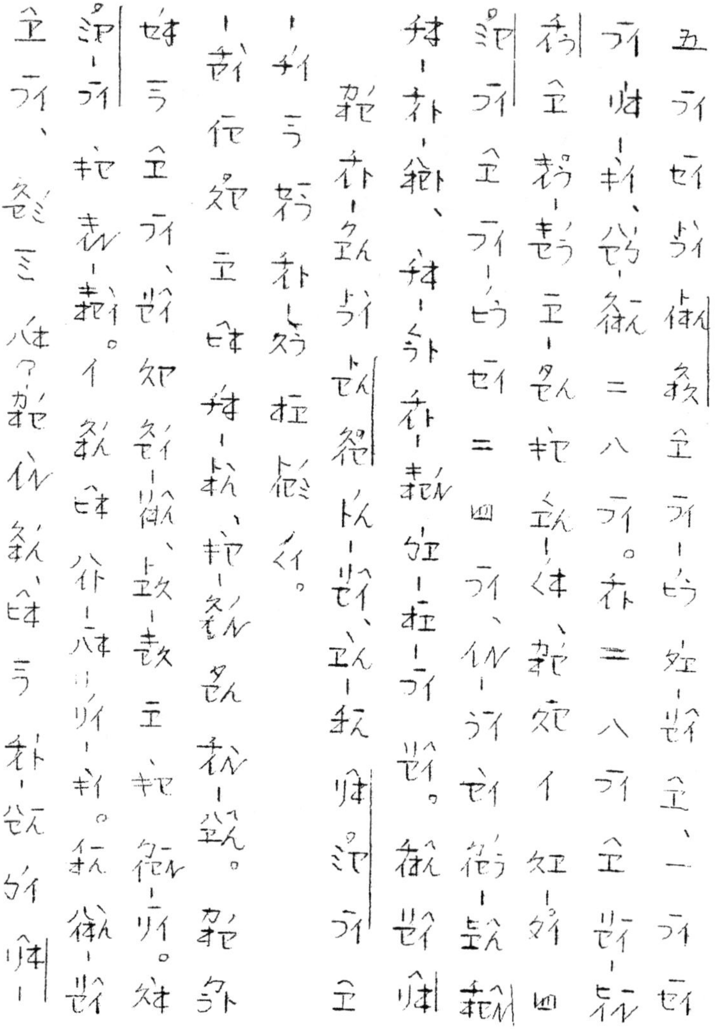

ヱ-タイン クイン-クイウ ハイン-ヒアン キヲ タイン-ヒオ。セオ-イ タウ ハイン-ヒアン ヱ キヲ-オア
チオ キエン ライ ミ-セイ クイン-クイウ ヒア ジヲ ライ トオ-トオ ヒオ キヲ タイン-ハイ、セイ
オ。パイ テン-リイ セイ キヲ ホン クン、キヲ キイ-オ。トヱ-トヲ ヒイ ヱ リイ-ウイン、
リヲ チヲ-ビン ヂアン-オ-リアウ、イ-ヤウ ゼイ-キイ ヱ ヂアン、リアン ヱ ライ ホン-ハウ
ヱ オヲ ワア-ハン、セイ ライ カア-チウ-ジ ゼイ ヱ、クヱ-キイ イ-タン ウ タイ
トヱ-イオ ヒイ ヱ リイ-ウイン。トヱ-リイ ヒイ ヱ リイ-ウイン、二十八 ライ ドアン
セオ チア ヱ、ヘア ハン キイ-ライ-クア-ライ、ヒヲ ヘア ホヲ-タン セヱ-タン。チヱ セイ
イ ガイ-ゴウ ホヲ、チヲ セイ チオ-キエン セイ クア-キヲ リイ-ウイン。チオ-クン ホヲ
ジヲ ライ キヲ リイ-ウイン ヱ、ゴウ チオ-クン チア チオ-キエン ライ ウア-ゼイ、ホヲ
カヲ ヒヲ ウ ホヲ イ タイ-ホヲ。カヲ タン-ゼイ セイ ヒヲ-チア ヘア ウ ガイ ヒア
ライ リアン セイ パイ カア-セウ-ジ-ホヱ-ゼイ ヘン。ヒヲ ライ ヱ ハン-ヘン キヲ-ホア
イ-ボオ キウ-リイ セイ セオ チア ヱ、三 ライ セイ カヲ チア ヱ、イ-カヲ 十九

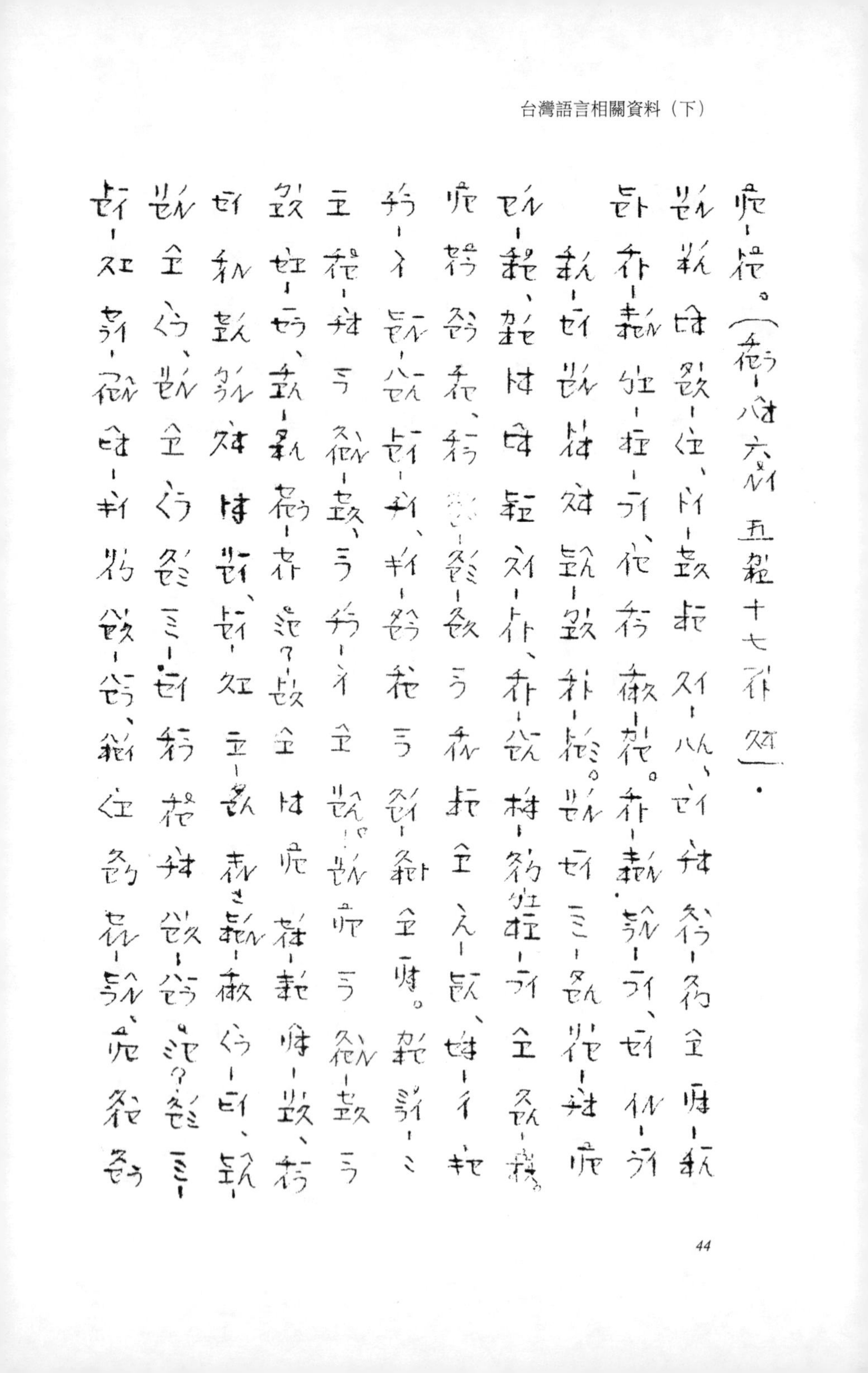

[illegible]

國語閩南語對照初步會話

國語註音符號

ㄅㄆㄇㄈ　ㄉㄊㄌㄋ　ㄍㄎㄫ　ㄏ　ㄐㄑㄒ
ㄓㄔㄕㄖ　ㄗㄘㄙ　ㄚㄛㄜㄝㄧㄨㄩ　ㄦ
ㄞㄟㄠㄡㄢㄣㄤㄥ

閩南語註音符號

ㄚㆦㄛㄨㄜㄝㆤㄧ　ㄅㄆㆠㄇ　ㄉㄊㄌㄋ
ㄍㄎㆣㄫ　ㄏ　ㄐㄑㄒㆢ　ㄗㄘㄙㆡ

國語聲調（平仄）符號

第一聲（陰平）	第二聲（陽平）	第三聲（上聲）	第四聲（去聲）	第五聲（輕聲）
	ˊ	ˇ	ˋ	

閩南語聲調（平仄）符號

第一聲（上平）	第二聲（上上）	第三聲（上去）	第四聲（上入）	第五聲（下平）	第六聲（下上）	第七聲（下去）	第八聲（下入）
	ˋ	˙	ˈ	ˇ	ˋ	ˍ	ˊ

閩南語鼻音聲調（平仄）符號

°	℘	8	ŏ	ŏ	℘	♀	6

附註：

(1) 國語及閩南語的第一聲皆以無符號爲符號
(2) 國語與閩南語共聲調相同的使用同一符號
(3) 國語除ㄦ以外沒有鼻音所以沒有鼻音符號
(4) 爲失學者的方便起見在閩南語以不使用複合的註音符號爲原則

ㄗˋ ˉ ㄒㄩˋ
自　序（國　語）

ㄍㄨㄛˊ-ㄐㄧㄚ ㄕㄜˋ-ㄏㄨㄟˋ ㄕˋ ㄑㄩㄣˊ-ㄓㄨㄥˋ ㄉㄜ ㄗㄨˇ-ㄓ-ㄊㄧˇ，
國家社會是群衆的組織體，
ㄖㄣˊ-ㄖㄣˊ ㄒㄩ-ㄧㄠˋ ㄧㄡˇ ㄌㄧㄢˊ-ㄌㄨㄛˋ ㄧㄡˇ ㄊㄨㄢˊ-ㄐㄧㄝˊ，ㄕˋ ㄗㄨㄟˋ
人人需要有聯絡有團結，是最
ㄧㄠˋ-ㄐㄧㄣˇ ㄉㄜ. ㄧㄡˇ ㄌㄧㄢˊ-ㄌㄨㄛˋ ㄙ-ㄒㄧㄤˇ ㄘㄞˊ ㄏㄨㄟˋ ㄐㄧㄠ-
要緊的。有聯絡思想才會交
ㄊㄨㄥ，ㄧㄝˇ ㄘㄞˊ ㄏㄨㄟˋ ㄏㄨˋ-ㄒㄧㄤ ㄌㄧˇ-ㄐㄧㄝˇ. ㄏㄨㄟˋ ㄒㄧㄤ ㄌㄧˇ-
通，也才會互相理解。會相理
ㄐㄧㄝˇ，ㄘㄞˊ ㄏㄨㄟˋ ㄒㄧㄤ ㄊㄨㄢˊ-ㄐㄧㄝˊ，ㄌㄧˇ-ㄐㄧㄝˇ ㄩˋ ㄕㄣ，
解，才會相團結，理解愈深，
ㄊㄨㄢˊ-ㄐㄧㄝˊ ㄐㄧㄡˋ ㄩˋ ㄑㄧㄤˊ ㄩˋ ㄧㄡˇ ㄌㄧˋ-ㄌㄧㄤˋ. ㄖㄨㄛˋ-ㄕˋ ㄧㄠˋ
團結就愈强愈有力量。若是要
ㄏㄨˋ-ㄒㄧㄤ ㄐㄧㄠ-ㄊㄨㄥ、ㄏㄨˋ-ㄒㄧㄤ ㄌㄧˇ-ㄐㄧㄝˇ、ㄏㄨˋ-ㄒㄧㄤ ㄊㄨㄢˊ-
互相交通、互相理解、互相團
ㄐㄧㄝˊ，ㄑㄩㄝˋ ㄕˋ ㄧㄡˇ ㄓㄨㄥˇ-ㄓㄨㄥˇ ㄈㄤ-ㄈㄚˇ，ㄑㄧˊ-ㄓㄨㄥ ㄗㄨㄟˋ
結，却是有種種方法，其中最
ㄓㄨˇ-ㄧㄠˋ ㄉㄜ˙ ㄕˋ ㄩˇ-ㄧㄢˊ ㄨㄣˊ-ㄗˋ. ㄙㄨㄛˇ-ㄧˇ ㄇㄟˇ ㄧ-ㄍㄜˋ ㄍㄨㄛˊ-
主要的，是語言文字。所以每一個國
ㄐㄧㄚ ㄕㄜˋ-ㄏㄨㄟˋ，ㄍㄜˋ-ㄖㄣˊ ㄙㄨㄛˇ ㄩㄥˋ ㄉㄜ ㄩˇ-ㄧㄢˊ ㄨㄣˊ-ㄗˋ，
家社會，各人所用的語言文字，
ㄖㄨㄛˋ-ㄕˋ ㄏㄨㄟˋ ㄒㄧㄤ ㄊㄨㄥˊ，ㄉㄚˋ-ㄐㄧㄚ ㄐㄧㄡˋ ㄓㄣ ㄖㄨㄥˊ-ㄧˋ
若是會相同，大家就眞容易
ㄌㄧㄢˊ-ㄌㄨㄛˋ ㄊㄨㄢˊ-ㄐㄧㄝˊ. ㄧㄣ-ㄘˇ ㄇㄟˇ-ㄍㄜˋ ㄍㄨㄛˊ-ㄐㄧㄚ ㄕㄜˋ-
聯絡團結。因此每個國家社
ㄏㄨㄟˋ，ㄉㄡ ㄏㄣˇ ㄓㄨˋ-ㄓㄨㄥˋ ㄍㄨㄛˊ-ㄩˇ ㄍㄨㄛˊ-ㄨㄣˊ ㄉㄜ ㄐㄧㄠˋ-ㄩˋ.
會，都很注重國語國文的教育。
ㄊㄞˊ-ㄨㄢ ㄍㄨㄛˋ-ㄑㄩˋ ㄧ-ㄉㄨㄢˋ ㄕˊ-ㄑㄧˊ ㄩㄝ ㄨˇ-ㄕˊ-ㄋㄧㄢˊ ㄓ ㄐㄧㄡˇ，
臺灣過去一段時期約五十年之久，
ㄕㄡˋ-ㄍㄨㄛˋ ㄖˋ-ㄅㄣˇ ㄉㄜ ㄊㄨㄥˇ-ㄓˋ，ㄧˇ-ㄓˋ ㄗㄨˇ-ㄍㄨㄛˊ ㄓㄨㄥ-ㄍㄨㄛˊ
受過日本的統治，以致祖國中國

ㄐㄧ˫ ㄒㄨ˫
自　序（閩南語）

國家社會是群衆的組織體，人人要有聯絡有團結，是最要緊。有聯絡思想卽會交通，也卽會互相理解。會相理解，卽會相團結，理解愈深，團結就愈强愈有力。若欲相交通、相理解、相團結，却是有種種方法，其中最主要的，是語言及文字。所以，每一個國家社會，各人所用的語言文字，若會相同，人人彼此就會眞容易相交通、相團結。因此，逐個國家社會，都攏眞正置重，國語國文的教育。臺灣過去一段時期約五十年久，受過日

ㄉㄜ ㄍㄨㄛˊ-ㄩˇ ㄍㄨㄛˊ-ㄨㄣˊ，ㄅㄟˋ ㄖˋ-ㄅㄣˇ ㄉㄧˋ-ㄍㄨㄛˊ ㄓㄨˇ-ㄧˋ-ㄓㄜˇ
的國語國文，被日本帝國主義者

ㄐㄧㄣˋ-ㄓˇ，ㄊㄞˊ-ㄨㄢˊ-ㄊㄨㄥˊ-ㄅㄠ ㄧㄣ ㄓ ㄅㄨˋ-ㄋㄥˊ ㄒㄩㄝˊ-ㄒㄧˊ，
禁止，臺灣同胞因之不能學習，

ㄧㄝˇ ㄐㄧㄡˋ ㄅㄨˋ ㄉㄨㄥˇ ㄌㄜ˙！ㄉㄢˋ-ㄕˋㄗㄨˇ-ㄍㄨㄛˊ ㄈㄨˊ-ㄐㄧㄢˋ-ㄕㄥˇ
也就不懂了！但是祖國福建省

ㄉㄜ ㄈㄤ-ㄧㄢˊ ㄐㄧㄡˋ-ㄕˋ ㄇㄧㄣˇ ㄋㄢˊ-ㄩˇ ㄐㄧˊ ㄎㄜˋ-ㄐㄧㄚ-ㄏㄨㄚˋ，
的方言就是閩南語及客家話，

ㄉㄡ ㄕㄤˋ ㄨㄢˊ-ㄑㄩㄢˊ ㄅㄠˇ-ㄘㄨㄣˊ ㄊㄨㄥ-ㄩㄥˋ.
都尚完全保存通用。

ㄨㄛˇ ㄓㄨㄥ-ㄏㄨㄚˊ-ㄇㄧㄣˊ-ㄍㄨㄛˊ ㄅㄚ-ㄋㄧㄢˊ ㄒㄩㄝˋ-ㄓㄢˋ，ㄓㄢˋ-
我中華民國八年血戰，戰

ㄕㄥˋ ㄖˋ-ㄅㄣˇ-ㄉㄧˋ-ㄍㄨㄛˊ，ㄊㄨㄛˊ-ㄏㄨㄟˊ ㄊㄞˊ-ㄨㄢˊ、ㄆㄥˊ-ㄏㄨˊ
勝日本帝國，奪回臺灣、澎湖

ㄍㄨㄟ-ㄕㄨˇ ㄓㄨㄥ-ㄏㄨㄚˊ-ㄇㄧㄣˊ-ㄍㄨㄛˊ，ㄔㄥˊ-ㄨㄟˊ ㄊㄞˊ-ㄨㄢˊ-ㄕㄥˇ，
歸屬中華民國，成爲臺灣省，

ㄕˋ ㄓㄨㄥ-ㄏㄨㄚˊ-ㄇㄧㄣˊ ㄍㄨㄛˊ ㄍㄨㄛˊ-ㄊㄨˇ ㄉㄜ ㄧ-ㄅㄨˋ-ㄈㄣˋ，
是中華民國國土的一部份，

ㄒㄧㄢˋ-ㄗㄞˋ ㄧㄡˋ ㄔㄥˊ-ㄨㄟˊ ㄈㄢˇ-ㄍㄨㄥ ㄉㄚˋ-ㄌㄨˋ ㄉㄜ ㄐㄧ-ㄉㄧˋ
現在又成爲反攻大陸的基地

ㄌㄧㄠˇ！ㄊㄞˊ-ㄨㄢˊ ㄍㄨㄤ-ㄈㄨˋ ㄏㄡˋ，ㄓㄥˋ ㄈㄨˇ ㄐㄧˊ-ㄌㄧˋ ㄊㄨㄟ-
了！臺灣光復後，政府極力推

ㄏㄧㄥˊ ㄍㄨㄛˊ-ㄩˇ-ㄨㄣˊ ㄉㄜ ㄆㄨˇ-ㄐㄧˊ，ㄓㄜˋ ㄕˋ ㄏㄣˇ ㄓㄥˋ-ㄑㄩㄝˋ ㄏㄣˇ
行國語文的普及，這是很正確很

ㄓㄨㄥˋ-ㄧㄠˋ ㄉㄜ ㄘㄨㄛˋ-ㄕ. ㄊㄞˊ-ㄨㄢˊ ㄊㄨㄥˊ-ㄅㄠ ㄧㄝˇ ㄏㄣˇ ㄖㄣˋ-ㄓㄣ
重要的措施。臺灣同胞也很認眞

ㄒㄩㄝˊ-ㄒㄧˊ，ㄙㄨㄛˇ ㄧˇ ㄉㄠˋ ㄒㄧㄢˋ-ㄗㄞˋ ㄨㄟˊ-ㄓˇ，ㄙㄢ-ㄕˊ-ㄙㄨㄟˋ
學習，所以到現在爲止，三十歲

本的統治，致到祖國中國的國語國文，被日本的帝國主義者禁止，臺灣同胞遂無機會通學習，遂昧曉得！但是祖國福建省的方言就是閩南語及客家語都尚完全保存通用。

我中華民國八年血戰，剖贏日本帝國，奪囘臺灣、澎湖歸屬中華民國，成做臺灣省，是中華民國國土的一部份，現在又成做反攻大陸的基地了！臺灣光復後，政府極力推行國語國文的普及，這是眞正確眞重要的措施。臺灣同胞也眞認眞學習，所以到現在爲止，三十歲

ㄑㄧㄢˊ-ㄏㄡˋ ㄉㄜ ㄊㄞˊ-ㄨㄢˊ ㄑㄧㄥ-ㄕㄠˋ-ㄋㄧㄢˊ ㄊㄨㄥˊ-ㄅㄠ，ㄉㄡ ㄎㄜˇ-
前後的臺灣青少年同胞，都可

ㄧˇ ㄊㄨㄥ-ㄩㄥˋ ㄍㄨㄛˊ-ㄩˇ。ㄧㄣ-ㄘˇ ㄐㄧㄡˋ ㄧㄡˇ ㄖㄣˊ ㄓㄨˇ-ㄓㄤ，ㄐㄧㄣ-
以通用國語。因此就有人主張，今

ㄏㄡˋ ㄧ-ㄨㄟˋ ㄕˇ ㄩㄥ ㄍㄨㄛˊ-ㄩˇ ㄐㄧㄡ ㄏㄠˇ，ㄎㄜˇ-ㄧˇ ㄅㄨˋ-ㄅㄧˋ ㄗㄞˋ
後一味使用國語就好，可以不必再

ㄍㄨㄢ-ㄒㄧㄣ ㄕˇ-ㄩㄥˋ ㄅㄣˇ-ㄉㄧˋ-ㄏㄨㄚˋ，ㄅㄨˋ-ㄅㄧˋ ㄕˇ-ㄩㄥˋ ㄇㄧㄣˇ-
關心使用本地話，不必使用閩

ㄋㄢˊ-ㄩˇ！ ㄓㄜˋ-ㄍㄜˋ ㄓㄨˇ-ㄓㄤ，ㄉㄨㄟˋ ㄍㄨㄛˊ-ㄐㄧㄚ ㄒㄧㄢˋ-ㄕˊ ㄉㄜ
南語！這個主張，對國家現實的

ㄒㄩ-ㄧㄠˋ ㄓㄨㄛˊ-ㄒㄧㄤˇ，ㄓㄣ-ㄉㄜ˙ ㄕˋ ㄊㄨㄛˇ-ㄕㄢˋ ㄇㄚ？
需要着想，眞的是妥善嗎？

ㄨㄛˇ ㄓㄨㄥ-ㄏㄨㄚˊ-ㄇㄧㄣˊ-ㄍㄨㄛˊ ㄉㄜ ㄍㄨㄛˊ-ㄈㄨˋ ㄙㄨㄣ ㄓㄨㄥ-
我中華民國的國父孫中

ㄕㄢ ㄒㄧㄢ-ㄕㄥ，ㄗㄞˋ ㄊㄚ ㄉㄜ ㄧˊ-ㄐㄧㄠˋ ㄧㄡˇ ㄇㄧㄥˊ-ㄅㄞˊ ㄓˇ-ㄕˋ
山先生，在他的遺教有明白指示

ㄕㄨㄛ，『ㄩˊ ㄓˋ-ㄌㄧˋ ㄍㄨㄛˊ-ㄇㄧㄣˊ ㄍㄜˊ-ㄇㄧㄥˋ，ㄈㄢˊ ㄙˋ-ㄕˊ-ㄋㄧㄢˊ，
說，『余致力國民革命，凡四十年，

……ㄐㄧ ㄙˋ-ㄕˊ-ㄋㄧㄢˊ ㄓ ㄐㄧㄥ-ㄧㄢˋ，ㄕㄣ-ㄓ ㄩˋ ㄉㄚˊ-ㄉㄠˋ ㄘˇ ㄇㄨˋ-
……積四十年之經驗，深知欲達到此目

ㄉㄧˋ，ㄅㄧˋ-ㄒㄩ ㄏㄨㄢˋ-ㄑㄧˇ ㄇㄧㄣˊ-ㄓㄨㄥˋ，………』ㄨㄛˇ-ㄇㄣ˙ ㄓˋ-
的，必需喚起民衆，………』我們至

ㄐㄧㄣ ㄇㄟˇ ㄗㄞˋ ㄐㄧˋ-ㄋㄧㄢˋ-ㄓㄡ，ㄉㄡ ㄧㄡˇ ㄍㄨㄥ-ㄙㄨㄥˋ "ㄅㄧˋ ㄒㄩ
今每在紀念週，都有恭誦"必需

ㄏㄨㄢˋ-ㄑㄧˇ ㄇㄧㄣˊ-ㄓㄨㄥˋ" ㄉㄜ ㄓˇ-ㄕˋ；ㄍㄨㄛˊ-ㄈㄨˋ ㄉㄜ ㄓˇ-ㄕˋ ㄕˋ
喚起民衆"的指示；國父的指示是

ㄕㄨㄛ，ㄐㄧㄣ-ㄏㄡˋ ㄧㄠˋ ㄍㄨㄛˊ-ㄇㄧㄣˊ ㄍㄜˊ-ㄇㄧㄥˋ ㄔㄥˊ-ㄍㄨㄥ，ㄐㄧㄡˋ
說，今後要國民革命成功，就

ㄅㄧˋ-ㄒㄩ ㄏㄢㄨˋ-ㄑㄧˇ ㄇㄧㄣˊ-ㄓㄨㄥˋ，ㄍㄣ ㄇㄧㄣˊ-ㄓㄨㄥˋ ㄐㄧㄝˊ-ㄏㄜˊ
必需喚起民衆，跟民衆結合

ㄐㄝㄫˇ-ㄚㄨˉ ㄝˇ ㄉㄚㄧˇ-ㆦㄚㄋˇ ㄑㄝㄫ-ㄒㄧㄚㄨ˙-ㄌㄧㄚㄋˇ ㄉㆦㄫˇ-ㄅㄚㄨ，ㄉㄛ
前後的臺灣青少年同胞，都

ㄎㄛˋ-ㄧˋ ㄛㄝˉ-ㄊㄚㄫ ㄒㄨˋ-ㄧㆦㄫˉ ㄍㆦㄍ-ㆣㄨˋ. ㄧㄋ-ㄑㄨˋ ㄐㄧㄨˉ ㄨˉ ㄌㄚㄫˇ
可以會通使用國語。因此就有人

ㄐㄨˋ-ㄉㄧㄨ˚，ㄍㄧㄇ-ㄚㄨˉ ㄧㄉ-ㆠㄧˉ ㄧㆦㄫˉ ㄍㆦㄍ-ㆣㄨˋ ㄐㄧㄨˉ ㄏㄛˋ，
主張，今後一味用國語就好，

ㄇˉ-ㆠㄧㄚㄋˋ ㄍㄛˋ ㄍㆦㄚㄋ-ㄒㄧㄇ ㄒㄨˋ-ㄧㆦㄫˉ ㄅㄨㄋˋ-ㄉㄝˉ-ㄛㄝˉ，ㄇˉ-
不免更關心使用本地話，不

ㆠㄧㄚㄋˋ ㄍㄛˋ ㄧㆦㄫˉㆠㄚㄋˇ-ㄌㄚㄇˇ-ㆣㄨˋ! ㄐㄧㄉ-ㄎㆦㄚㄋˋ ㄐㄨˋ-ㄉㄧㄨ˚，
免更用閩南語！此款主張，

ㄉㄨㄧˋ ㄍㆦㄍ-ㄍㄚ ㄏㄧㄚㄋˉ-ㄒㄧㄉˊ ㄝˇ ㄒㄨ-ㄧㄚㄨ˙ ㄌㄚㄧˇ ㄍㆦㄫˋ，ㄍㄚㄇˋ
對國家現實的需要來講，敢

ㄨˉ ㄊㄛ˙-ㄉㄚㄫ˙ ㄇㄚ?
有妥當嗎？

ㆣㆦ˚ ㄉㄧㆦㄫ-ㄏㆦㄚˇ ㆠㄧㄋˇ-ㄍㆦㄍ ㄝˇ ㄍㆦㄍ-ㄏㄨˉ ㄙㄨㄋ ㄉㄧㆦㄫ-ㄒㄚㄋ
我中華民國的國父孫中山

ㄒㄧㄋ-ㄒㄧ˚，ㄉㄧˉ ㄧ ㄝˇ ㄨㄧˇ-ㄍㄚㄨ˙ ㄨˉ ㆠㄝㄫˇ-ㄅㄝㄍˊ ㄐㄧˋ-ㄒㄧˉ
先生，在伊的遺教有明白指示

ㄍㆦㄫˋ，『ㄧˇ ㄉㄧ˙ ㄌㄧㄍˊ ㄍㆦㄍ-ㆠㄧㄋˇ ㄍㄝㄍ-ㆠㄝㄫˉ，ㄏㆦㄚㄋˉ ㄒㄧ˙-
講，『余致力國民革命，凡四

ㄒㄧㄅˊ-ㄌㄧㄚㄋˇ，…… ㄐㄝㄍ ㄒㄧ˙-ㄒㄧㄅˊ-ㄌㄧㄚㄋˇ ㄐㄧ ㄍㄝㄫ-ㆣㄧㄚㄇˉ，
十年，……積四十年之經驗，

ㄑㄧㄇ-ㄉㄧ ㄧㆦㄍˊ ㄉㄚㄉ-ㄉㄛ˙ ㄑㄨˋ ㆠㆦㄍˊ-ㄉㄝㄍˊ，ㄅㄧㄉ-ㄒㄨ ㄏㆦㄚㄋ˙-
深知欲達到此目的，必需喚

ㄎㄧˋ ㆠㄧㄋˇ-ㄐㄧㆦㄫ˙，……』，ㆣㆦ˚-ㆠㄨㄋˋ ㄐㄧ˙-ㄍㄧㄇ ㄇㄨㄧ˚ ㄐㄚㄧˉ
起民衆，……』，我們至今每在

ㄍㄧ˙-ㄌㄧㄚㄇˉ-ㄐㄧㄨ，ㄉㄛ ㄨˉ ㄍㄧㆦㄫ-ㄒㄧㆦㄫ "ㄅㄧㄉ-ㄒㄨ ㄏㆦㄚㄋ˙-
紀念週，都有恭誦"必需喚

ㄎㄧˋ ㆠㄧㄋˇ-ㄐㄧㆦㄫ˙" ㄝˇ ㄐㄧˋ-ㄒㄧˉ；ㄍㆦㄍ-ㄏㄨˉ ㄝˇ ㄨㄧˇ-ㄍㄚㄨ˙
起民衆"的指示；國父的遺教

ㄐㄧㄨˉ-ㄒㄧˉ ㄍㆦㄫˋ，ㄍㄧㄇ-ㄚㄨˉ ㆠㄛㄝˋ ㄉㄚㄉˊ-ㄉㄛ˙ ㄍㆦㄍ-ㆠㄧㄋˇ ㄍㄝㄍ-
就是講，今後要達到國民革

ㆠㄝㄫˉ ㄝˇ ㆠㆦㄍˊ-ㄉㄝㄍˊ，ㄐㄧㄨˉ ㄅㄧㄉ-ㄒㄨ ㄏㆦㄚㄋ˙-ㄎㄧˋ ㆠㄧㄋˇ-
命的目的，就必需喚起民

ㄗㄞˋ ㄧˋ-ㄑㄧˇ ㄈㄣˋ-ㄉㄡˋ ㄒㄧㄥˊ-ㄉㄨㄥˋ，ㄅㄨˋ-ㄋㄥˊ ㄊㄨㄛ-ㄌㄧˊ ㄇㄧㄣˊ-
在一起奮鬬行動，不能脫離民

ㄓㄨㄥˋ ㄦˊ ㄑㄧㄡˊ ㄍㄜˊ-ㄇㄧㄥˋ ㄉㄜ ㄔㄥˊ-ㄍㄨㄥ. ㄏㄨㄢˋ ㄐㄩˋ ㄏㄨㄚˋ，
衆而求革命的成功。換句話，

ㄅㄨˋ ㄩˇ ㄇㄧㄣˊ-ㄓㄨㄥˋ ㄐㄧㄝˊ-ㄏㄜˊ ㄕˇ ㄇㄧㄣˊ-ㄓㄨㄥˋ ㄐㄩㄝˊ-ㄒㄧㄣ
不與民衆結合使民衆決心

ㄏㄜˊ-ㄗㄨㄛˋ，ㄍㄜˊ-ㄇㄧㄥˋ ㄕˋ ㄅㄨˋ-ㄋㄥˊ ㄉㄚˊ-ㄉㄠˋ ㄔㄥˊ-ㄍㄨㄥ ㄉㄜ.
合作，革命是不能達到成功的。

ㄖㄨㄛˋ-ㄕˋ ㄓㄜˋ-ㄧㄤˋ，ㄗㄞˋ ㄊㄞˊ-ㄨㄢˊ ㄐㄧㄣ-ㄊㄧㄢ ㄕˋ ㄏㄣˇ ㄇㄧㄥˊ-
若是這樣，在臺灣今天是很明

ㄅㄞˊ，ㄅㄨˋ-ㄋㄥˊ ㄓˇ ㄩㄥˋ ㄍㄨㄛˊ-ㄩˇ，ㄦˊ ㄒㄧㄤˇ ㄧㄠˋ ㄏㄨㄢˋ-ㄑㄧˇ
白，不能只用國語，而想要喚起

ㄇㄧㄣˊ-ㄓㄥˋ ㄩˇ ㄇㄧㄣˊ-ㄓㄨㄥˋ ㄐㄧㄝˊ-ㄏㄜˊ ㄅㄨˋ-ㄒㄧㄥˋ ㄖㄨㄛˋ-ㄕˋ ㄧˊ
民衆與民衆結合。不幸若是一

ㄉㄧㄥˋ ㄧㄠˋ ㄓㄠˋ ㄒㄧㄢˋ-ㄓㄨㄤˋ ㄗㄨㄛˋ ㄒㄧㄚˋ-ㄑㄩˋ，ㄅㄣˇ-ㄖㄣˊ ㄐㄧㄡˋ
定要照現狀做下去，本人就

ㄇㄟˊ-ㄧㄡˇ ㄏㄨㄚˋ ㄎㄜˇ ㄕㄨㄛ，ㄉㄚˋ-ㄐㄧㄚ ㄖㄨㄛˋ-ㄕˋ ㄐㄨㄣ-ㄓㄨㄥˋ
沒有話可說，大家若是尊重

ㄍㄨㄛˊ-ㄈㄨˋ ㄉㄜ ㄧˊ-ㄐㄧㄠˋ，ㄧㄠˋ ㄉㄚˊ-ㄉㄠˋ ㄍㄜ-ㄇㄧㄥˋ ㄉㄜ ㄇㄨˋ-
國父的遺教，要達到革命的目

ㄉㄧˋ，ㄅㄧˋ ㄒㄩ ㄏㄨㄢˋ-ㄑㄧˇ ㄇㄧㄣˊ-ㄓㄨㄥˋ ㄌㄞˊ ㄊㄨㄢˊ-ㄐㄧㄝˊ ㄏㄜˊ-
的，必需喚起民衆來團結合

ㄗㄨㄛ！ㄒㄧㄢˋ-ㄗㄞˋ ㄊㄞˊ-ㄨㄢˊ ㄙˋ-ㄕˊ-ㄕㄨㄟˋ ㄧˇ-ㄕㄤˋ ㄉㄜ ㄋㄢˊ ㄋㄩˇ
作！現在臺灣四十歲以上的男女

ㄊㄨㄥˊ-ㄅㄠ，ㄉㄡ ㄑㄩㄢˊ-ㄅㄨˋ ㄅㄨˋ-ㄋㄥˊ ㄐㄧㄤˇ ㄍㄨㄛˊ-ㄩˇ，ㄋㄧˇ ㄖㄨㄛˋ
同胞，都全部不能講國語，你若

ㄓˇ-ㄕˋ ㄩㄥˋ ㄍㄨㄛˊ-ㄩˇ ㄏㄨ-ㄏㄢˇ，ㄓㄜˋ-ㄒㄧㄝ ㄖㄢˊ ㄉㄡ ㄅㄨˋ-ㄉㄨㄥˇ
只是用國語呼喊，這些人都不懂

ㄐㄧㆦㄫˋ，ㆣㄚㄅ ㆠㄧㄢˇ-ㄐㄧㆦㄫˋ ㆣㄧㄚㄉ-ㄏㄚㄅˊ ㄐㄛˋ ㄐㄧㄉˊ-ㄊㆤˋ ㄏㄨㄢˋ-
衆，與民衆結合做一體奮

ㄉㄚㄨˋ ㄏㆤㄫˊ-ㄉㆦㄫ˫，ㆠㄛㆤ˫ ㄧㆦㄫ˫-ㄉㄧㄉ ㄊㆦㄚㄉ-ㄌㄧ˫ ㆠㄧㄢˇ-ㄐㄧㆦㄫˋ
鬪行動，昧用得脫離民衆

ㄌㄧˇ ㆣㄧㄨˇ ㆣㆤㆣ-ㆠㆤㄫ˫ ㄒㆤㄫˇ-ㆣㆦㄫ. ㆦㄚ˪ ㄛㆤ˫ ㆣㆦㄫˋ，ㆠㄛˇ ㆣㄚㄅ
而求革命成功。換話講，無與

ㆠㄧㄢˇ-ㄐㄧㆦㄫˋ ㆣㄧㄚㄉ-ㄏㄚㄅˊ ㄒㄨˋ ㆠㄧㄢˇ-ㄐㄧㆦㄫˋ ㆣㆦㄚㄉ-ㄒㄧㄇ
民衆結合使民衆決心

ㄏㄚㄅˊ-ㄐㆦㆣ，ㆣㆤㆣ-ㆠㆤㄫ˫ ㄒㄧ˫ ㆠㄛㆤ˫-ㄊㄚㄫ ㄉㄚㄉˊ-ㄉㄛˋ ㄐㄛㆤˋ-
合作，革命是昧通達到最

ㄚㄨ˫ ㄒㆤㄫˇ-ㆣㆦㄫ! ㄋㄚ˪-ㄒㄧ˫ ㄚㄢˋ-ㄋㄧ˚，ㄐㄚㄧ˫ㄉㄚㄧˇ-ㆦㄚㄢˇ ㄏㄧㄢ˫-
後成功！若是按如，在臺灣現

ㆣㄧㄇ ㄐㄧㄨ˫ ㄐㄧㄣ ㆠㆤㄫˇ-ㄅㆤㆣˊ，ㆠㄛㆤ˫ ㄒㄞˋ-ㄉㄧㄉ ㆣㄢ-ㄉㄚ ㄧㆦㄫ˫
今就眞明白，昧使得乾礁用

ㆣㆦㆣ-ㆢㄨˋ，ㄇ˫-ㄧㆦㄫ˫ ㆠㄚㄢˇ-ㄌㄚㄇˇ-ㆢㄨˋ，ㆠㄛㆤˋ ㆣㄧㄨˇ ㄏㆦㄚㄢ˫-
國語，不用閩南語，卜求喚

ㄎㄧˋ ㆠㄧㄢˇ-ㄐㄧㆦㄫˋ ㆠㄛㆤˋ ㆣㄚㄅ ㆠㄧㄢˇ-ㄐㄧㆦㄫˋ ㆣㄧㄚㄉ-ㄏㄚㄅˊ，ㄋㄚ˪-
起民衆卜與民衆結合，若

ㄒㄧ˫ ㄅㄨㄉ-ㄏㆤㄫ˫ ㄧㄉ-ㄉㆤㄫ˫ ㆠㄛㆤˋ ㄚㄢˋ-ㄋㄧ˚ ㄐㄛˋ ㄌㄛˊ-ㄎㄧˋ，
是不幸一定卜按如做落去，

ㄅㄨㄢˋ-ㄌㄚㄫˇ ㄐㄧㄨ˫ ㆠㄛˇ ㄛㆤ˫ ㄊㄚㄫ ㆣㆦㄫˋ，ㄉㄚㄧ˫-ㆣㆤ ㄋㄚ˪ ㄒㄧ
本人就無話可講，大家若是

ㄐㄨㄣ-ㄉㄧㆦㄫ-ㆣㆦㆣ-ㄏㄨ˫ ㆤˇ ㄨㄧˇ-ㆣㄚㄨˋ，ㆠㄛㆤˋ ㄉㄚㄉˊ-ㄉㆦ ㆣㆤㆣ-
尊重國父的遺教，要達到革

ㆠㆤㄫ˫ ㆤˇ ㆠㆦㆣˊ-ㄉㆤㆣˊ，ㄅㄧㄉ-ㄒㄨ ㄏㆦㄚㄢ˫-ㄎㄧˋ ㆠㄧㄢˇ-ㄐㄧㆦㄫˋ
命的目的，必需喚起民衆

ㄌㄚㄧˇ ㄊㆦㄚㄢˇ-ㆣㄧㄚㄉ ㄏㄚㄅˊ-ㄐㆦㆣ! ㄏㄧㄢ˫-ㄐㄚㄧ˫ ㄉㄚㄧˇ-ㆦㄚㄢˇ
來團結合作！現在臺灣

ㄒㄧˋ-ㄐㄚㄅˊ-ㄏㄛㆤˋ ㄧˋ-ㄒㄧㆦㄫ˫ ㆤˇ ㄌㄚㄇˇ ㄌㄨˋ ㄉㆦㄫˇ-ㄅㄚㄨ，ㄉㆦ-
四十歲以上的男女同胞，都

ㄌㆦㄫˋ ㆠㄛㆤ˫-ㄏㄧㄚㄨˋ ㆣㆦㄫˋ ㆣㆦㆣ-ㆢㄨˋ，ㄌㄧˋ ㄐㄧˋ-ㄒㄧ˫ ㄧㆦㄫ˫ ㆣㆦㆣ-
攏昧曉講國語，汝只是用國

ㆢㄨˋ ㄏㆦ-ㄏㄧㄚㄇˋ，ㄐㄧㄚ-ㆤ˫ ㄌㄚㄫˇ ㄉㆦ-ㄌㆦㄫˋ ㄊㄧㄚ˚ ㆠㄛㆤ˫-ㄏㄧㄚㄨˋ，
語呼喊，這些人都攏聽昧曉，

ㄍㄨㄛˊ-ㄩˊ，ㄋㄧ˙ ㄉㄜ ㄧˋ-ㄙ ㄨㄢˇ-ㄑㄩㄢˊ ㄅㄨˋ-ㄊㄛㄦ，ㄋㄚ˙-ㄌㄧˇ ㄏㄢˋ-
國語，你的意思完全不通，那裏喊

ㄉㄜˊ ㄑㄧˇ ㄊㄚ-ㄇㄣ！? ㄑㄧㄥˇ ㄧㄠˋ ㄌㄧㄠˇ-ㄐㄧㄝˇ ㄍㄥˋ ㄕㄣ，ㄊㄞˊ-ㄨㄢˊ
得起他們！?請要了解更深，臺灣

ㄉㄜ ㄒㄧㄢˋ ㄕㄜˋ-ㄏㄨㄟˋ，ㄉㄡ ㄧㄡˊ ㄕˋ-ㄕˊ-ㄕㄨㄟˋ ㄧˇ ㄕㄤˋ ㄉㄜ ㄖㄣˊ
的現社會，都由四十歲以上的人

ㄗㄞˋ ㄓ-ㄓㄤˇ！ㄙㄢ-ㄕˊ-ㄕㄨㄟˋ ㄧˇ-ㄒㄧㄚˋ ㄏㄨㄟˋ ㄐㄧㄤˇ ㄍㄨㄛˊ-ㄩˇ ㄉㄜ
在支撑！三十歲以下會講國語的

ㄑㄧㄥ-ㄕㄠˋ-ㄋㄧㄢˊ，ㄉㄡ ㄏㄞˊ ㄗㄞˋ ㄕㄡˋ ㄏㄨˊ-ㄧㄤˇ ㄕㄡˋ ㄌㄧㄥˇ-ㄉㄠˇ
青少年，都還在受扶養受領導

ㄉㄜ˙ ㄧㄚ !!ㄐㄨ-ㄨㄟˋ ㄊㄨㄥˊ-ㄅㄠ！ㄕˋ ㄕˊ ㄏㄣˇ ㄇㄧㄥˊ-ㄅㄞˊ ㄆㄞˊ ㄗㄞˋ
的呀!!諸位同胞！事實很明白排在

ㄨㄛˇ-ㄇㄣˊ ㄉㄜ ㄇㄧㄢˋ-ㄑㄧㄢˊ，ㄓㄨㄥ-ㄏㄨㄚˊ-ㄇㄧㄣˊ-ㄍㄨㄛˊ ㄕˋ ㄒㄩ-ㄧㄠˋ
我們的面前，中華民國是需要

ㄧㄡˇ ㄈㄨㄢˇ-ㄍㄨㄥ ㄘㄞˊ ㄧㄡˇ ㄑㄧㄢˊ-ㄊㄨˊ，ㄧㄠˋ ㄉㄥˇ-ㄏㄡˋ ㄉㄠˋ ㄙˋ-
有反攻才有前途，要等候到四

ㄕˊ-ㄙㄨㄟˋ ㄧˇ ㄕㄤˋ ㄉㄜ ㄖㄣˊ，ㄏㄨㄟˋ-ㄉㄨㄥˇ ㄍㄨㄛˊ-ㄩˇ，ㄘㄞˊ ㄅㄟˋ
十歲以上的人，會懂國語，才被

ㄏㄨㄢˋ-ㄑㄧˇ ㄘㄞˊ ㄌㄞˊ ㄊㄨㄢˊ-ㄐㄧㄝˊ ㄏㄜˊ-ㄗㄨㄛˋ，ㄈㄢˇ-ㄍㄨㄥ ㄉㄜ
喚起才來團結合作，反攻的

ㄐㄧ-ㄏㄨㄟˋ，ㄑㄧˇ ㄅㄨˋ-ㄕˋ ㄧˇ-ㄐㄧㄥ ㄕ-ㄑㄩˋ ㄌㄜ！? ㄉㄤ-ㄑㄧㄢˊ
機會，豈不是已經失去了！?當前

ㄏㄨ-ㄌㄩㄝˋ ㄇㄧㄣˊ-ㄋㄢˊ-ㄩˇ ㄉㄨㄟˋ ㄍㄨㄛˊ-ㄐㄧㄚ ㄉㄜ ㄍㄨㄥ-ㄒㄧㄠˋ，
忽略閩南語對國家的功效，

ㄕˋ ㄨㄢˋ ㄅㄨˋ ㄎㄜˇ-ㄧˇ. ㄉㄜ˙ ㄧㄚ!!! ㄈㄢˇ - ㄍㄥ ㄉㄜ ㄕˊ-ㄐㄧㄢ ㄩˋ
是萬不可以的呀!!!反攻的時間愈

ㄗㄠˇ ㄕˋ ㄩˋ ㄏㄠˇ-ㄉㄜ˙，ㄧㄣ-ㄘˇ ㄅㄨˋ-ㄋㄥˊ ㄉㄥˇ-ㄏㄡˋ ㄙˋ-ㄕˊ-ㄙㄨㄟˋ
早是愈好的，因此不能等候四十歲

ㄧˇ-ㄕㄤˋ ㄉㄜ ㄊㄞˊ-ㄅㄠ，ㄒㄩㄝˊ-ㄒㄧˊ ㄍㄨㄛˊ-ㄩˇ，ㄘㄞˊ-ㄌㄞˊ ㄅㄟˋ
以上的臺胞，學習國語，才來被

ㄧˋ-ㄒㄨˋ ㄛㄚㄋˊ-ㄐㄛㄚㄋˊ ㆠㄛㆤ-ㄊㄛㄫ，ㄋㄚ°-ㄌㄧˋ ㄏㄧㄚㄇˋ ㄛㆤ ㄎㄧˋ
意 思 完 全 味 通，那 裏 喊 會 起

ㄋㆤˋ!? ㄑㄧㄚ° ㄉㄧㄛˊ ㄍㄛˋ ㄌㄧㄚㄨˋ-ㄍㄚㄧˋ ㄎㄚˋ ㄑㄧㄇ，ㄉㄚㄧˊ-ㄛㄚㄋˊ
呢!? 請 着 更 了 解 較 深，臺 灣

ㆤˊ ㄏㄧㄚㄋ ㄒㄧㄚ-ㄏㄛㆤ，ㄉㄛ ㄒㄧ ㄒㄧˋ-ㄐㄚㄅˊ-ㄏㄛㆤ ㄧˋ-ㄐㄧㄨ°
的 現 社 會，都 是 四 十 歲 以 上

ㆤˊ ㄌㄚㄫˊ，ㄉㆤˋ ㄨㄧˊ-ㄑㄧˊ ㄉㆤˋ ㄐㄧ-ㄆㄛㆤˋ! ㄙㄚ°-ㄐㄚㄅˊ-ㄏㄛㆤ ㄧˋ-
的 人，在 維 持 在 支 配！ 三 十 歲 以

ㄏㄚ ㄛㆤ ㄍㄛㄫˋ ㄍㄛㄍ-ㆣㄨˋ ㆤˊ ㄑㆤㄫ-ㄒㄧㄚㄨˋ-ㄌㄧㄚㄋˊ，ㄌㄛㄫˋ ㄧㄚㄨˋ-
下 會 講 國 語 的 青 少 年，攏 尙

ㄒㄧ ㄉㆤˋ ㄒㄧㄨ ㄏㄨˊ-ㄧㄛㄫˋ ㄒㄧㄨ ㄌㄧㄫˋ-ㄉㄛ Ｙˋ!! ㄌㄧㄚㄉˊ-ㄨㄧ
是 在 受 扶 養 受 領 導 呀!! 列 位

ㄉㄛㄫˊ-ㄅㄚㄨ! ㄙㄨ-ㄊㆤˋ ㄐㄧㄣ ㆠㆤㄫˊ-ㄅㆤㄍ ㄅㄚㄧˊ ㄐㄚㄧ ㄌㄚㄋˋ
同 胞！ 事 體 眞 明 白 排 在 咱

ㄐㄧㄋ-ㄐㆤㄫˊ，ㄉㄧㄛㄫ-ㄏㄛㄚˊ-ㆠㄧㄋˊ-ㄍㄛㄍ ㄉㄧㄛˊ ㄧㄚㄨˋ ㄨ ㄏㄛㄚㄋˋ-
面 前， 中 華 民 國 着 要 有 反

ㄍㄛㄫ ㄐㄧㄚˋ ㄨ ㄐㄧㄚㄋˊ-ㄉㄛˊ，ㆠㄛㆤˋ ㄉㄚㄋˋ-ㄏㄚㄨ ㄍㄚㄨˋ ㄒㄧˋ-
攻 才 有 前 途， 欲 等 候 到 四

ㄐㄚㄅˊ-ㄏㄛㆤ ㄧˋ-ㄐㄧㄨ° ㆤˊ ㄌㄚㄫˊ，ㄛㆤ-ㄉㄛㄫˋ ㄍㄛㄍ-ㆣㄨˋ，ㄐㄧㄚˋ
十 歲 以 上 的 人，會 懂 國 語， 才

ㄅㄧ ㄏㄛㄚㄋˋ-ㄎㄧˋ ㄐㄧㄚˋ ㄌㄚㄧˊ ㄊㄛㄚㄋˊ-ㄍㄧㄚㄉ ㄏㄚㄅˊ-ㄐㄛㄍ，
被 喚 起 才 來 團 結 合 作，

ㄏㄛㄚㄋˋ-ㄍㄛㄫ ㆤˊ ㄍㄧ-ㄏㄛㆤ，ㄎㄧˋ ㆠ-ㄒㄧ ㄧˋ-ㄍㆤㄫ ㄒㄧㄉ-ㄎㄧˋ
反 攻 的 機 會，豈 不 是 已 經 失 去

ㄌㄧㄚㄨˋ!? ㄉㄛㄫ-ㄐㄧㄚㄋˊ ㄏㄨㄉ-ㄌㄧㄛㄍˊ ㆠㄚㄋˊ-ㄌㄚㄇˊ-ㆣㄨˋ ㄉㄨㄧˋ
了 !? 當 前 忽 略 閩 南 語 對

ㄍㄛㄍ-ㄍㄚ ㆤˊ ㄍㄛㄫ-ㄏㄚㄨ，ㄒㄧ ㆠㄚㄋ-ㆠㄚㄋ ㄅㄨㄉ ㄎㄛˋ-ㄧˋ Ｙˋ!!
國 家 的 功 效， 是 萬 萬 不 可 以 呀!!

ㄏㄛㄚㄋˋ-ㄍㄛㄫ ㆤˊ ㄒㄧˊ-ㄍㄚㄋ ㄌㄨˋ ㄐㄚˋ ㄒㄧ ㄌㄨˋ ㄏㄛˋ，ㄧㄋ-ㄑㄨˋ
反 攻 的 時 間 愈 早 是 愈 好， 因 此

ㆠㄛㆤ-ㄊㄚㄫ ㄉㄚㄋˋ-ㄏㄚㄨ ㄒㄧˋ-ㄐㄚㄅˊ-ㄏㄛㆤ ㄧˋ-ㄒㄧㄛㄫ ㆤˊ ㄉㄚㄧˊ-
味 通 等 候 四 十 歲 以 上 的 臺

ㄛㄚㄋˊ ㄉㄛㄫˊ-ㄅㄚㄨ，ㄏㄚㄍˊ-ㄒㄧㄅˊ ㄍㄛㄍ-ㆣㄨˋ ㄐㄧㄚˋ ㄌㄚㄧˊ ㄅㄧ
灣 同 胞，學 習 國 語 才 來 被

ㄏㄨㄢˋ-ㄑㄧˇ ㄦˊ ㄊㄨㄢˊ-ㄐㄧㄝˊ！ ㄏㄜˊ-ㄎㄨㄤˋ ㄐㄧㄝ-ㄐㄧㄣˋ ㄇㄧㄣˊ-
喚起而團結！何況接近民

ㄗㄨㄥˋ ㄉㄜ ㄐㄧ-ㄘㄥˊ ㄍㄨㄥ-ㄨˋ-ㄩㄢˊ，ㄖㄨㄛˋ-ㄕˋ ㄅㄨˋ-ㄗㄨㄛˋ ㄌㄧㄤˊ-
衆的基層公務員，若是不做良

ㄏㄠˇ ㄉㄜ ㄈㄨˊ-ㄨˋ，ㄇㄧㄣˊ-ㄗㄨㄥˋ ㄧㄝˇ ㄕˋ ㄏㄨㄢˋ-ㄑㄧˇ ㄅㄨˋ-ㄌㄞˊ
好的服務，民衆也是喚起不來

ㄉㄜ˙ ㄐㄧ-ㄘㄥˊ ㄍㄨㄥ-ㄨˋ-ㄩㄢˊ ㄖㄨㄛˋ-ㄧㄠˋ ㄈㄨˊ-ㄨˋ ㄇㄧㄣˊ-ㄗㄨㄥˋ，
的。基層公務員若要服務民衆，

ㄐㄧㄡˋ ㄅㄨˋ ㄎㄜˇ-ㄧˇ ㄓˇ ㄐㄧㄤˇ ㄍㄨㄛˊ-ㄩˇ ㄗㄨㄛˋ-ㄗㄞˋ ㄅㄢˋ-ㄍㄨㄥ-
就不可以只講國語坐在辦公

ㄊㄧㄥ， ㄊㄚ-ㄇㄣ˙ ㄒㄩ-ㄧㄠˋ ㄏㄨㄟˋ ㄕㄨㄛ ㄐㄧˇ-ㄐㄩˋ ㄇㄧㄣˇ-ㄋㄢˊ-
廳，他們需要會說幾句閩南

ㄏㄨㄚˋ，ㄑㄧㄣ ㄉㄠˋ ㄇㄧㄣˊ-ㄗㄨㄥˋ ㄉㄜ ㄓㄨㄥ-ㄐㄧㄢ ㄎㄢˋ-ㄎㄢˋ，ㄘㄞˊ
話，親到民衆的中間看看，才

ㄧㄡˇ ㄑㄧㄣ-ㄑㄧㄝ˙ㄍㄢˇ. ㄓㄣ-ㄓㄥˋ ㄔ ㄌㄧˋ ㄗㄞˋ ㄨㄟˊ-ㄔˊ ㄒㄧㄢˋ ㄕㄜˋ-
有親切感。眞正出力在維持現社

ㄏㄨㄟˋ ㄉㄜ ㄇㄧㄣˊ-ㄗㄨㄥˋ，ㄓㄣ-ㄉㄧˋ ㄅㄟˋ ㄏㄨㄢˋ-ㄑㄧˇ ㄦˊ ㄊㄨㄢˊ-
會的民衆，眞地被喚起而團

ㄐㄧㄝˊ ㄏㄜˊ-ㄗㄨㄛˋ，ㄨㄛˇ ㄓㄨㄥ-ㄏㄨㄚˊ ㄇㄧㄣˊ-ㄍㄨㄛˊ ㄘㄞˊ ㄏㄨㄟˋ ㄗㄥˋ
結合作，我中華民國才會增

ㄐㄧㄚ ㄉㄚˋ˙ㄌㄧˋ-ㄌㄧㄤˋ！ㄅㄣˇ-ㄖㄣˊ ㄗㄞˋ ㄓㄜˋ ㄎㄠˇ-ㄌㄩˋ ㄓ ㄒㄧㄚˋ，
加大力量！本人在這考慮之下，

ㄗㄞˋ ㄙㄢ-ㄋㄧㄢˊ-ㄑㄧㄢˊ ㄔㄨ-ㄅㄢˇ ˙ㄌㄧㄠˇ "ㄍㄨㄛˊ-ㄩˇ ㄇㄧㄣˇ-ㄋㄢˊ-ㄩˇ
在三年前出版了"國語閩南語

ㄉㄨㄟˋ-ㄓㄠˋ ㄔㄤˊ-ㄩㄥˋ ㄘˊ-ㄉㄧㄢˇ" ㄒㄧㄢˋ-ㄗㄞˋ ㄧㄡˋ ㄓㄨㄣˇ-ㄅㄟˋ ㄧㄠˋ
對照常用詞典"現在又準備要

ㄔㄨ-ㄅㄢˇ "ㄍㄨㄛˊ-ㄩˇ ㄇㄧㄣˇ-ㄋㄢˊ-ㄩˇ ㄉㄨㄟˋ-ㄓㄠˋ ㄏㄨㄟˋ-ㄏㄨㄚˋ".
出版"國語閩南語對照會話"。

ㄎㄣˇ-ㄑㄧㄥˇ ㄍㄨㄛˊ-ㄖㄣˊ ㄔㄠˊ-ㄧㄝˇ ㄊㄨㄥˊ-ㄅㄠ，ㄘˋ-ㄩˇ ㄐㄧㄢˋ-ㄌㄧㄤˋ.
懇請國人朝野同胞，賜予鑒諒。

ㄏㆦㄚㄋˋ-ㄎㄧˋ ㄊㆦㄚㄋˇ-ㄍㄧㄚㄉ！ㄏㄜˇ-ㄏㆦㄫ˙ ㄐㄧㄚㄣ-ㄍㄨㄋˉ ㆠㄧㄋˇ-
喚　起　團　結！　何　況　接　近　民

ㄐㄧㆦㄫ˙ ㄝˇ ㄍㄧ-ㄐㄚㄋˇ ㄍㆦㄫ-ㆠㄨˉ-ㆦㄚㄋˇ，ㄋㄚ˚ ㆠㄜˇ ㄐㄧㄋ ㄏㄜˋ ㄝˇ
眾　的基　層　公　務　員，若　無　眞　好　的

ㄏㆦㄍˊ-ㆠㄨˉ，ㆠㄧㄋˇ-ㄐㄧㆦㄫ˙ ㄧㄚˉ-ㄒㄧˉ ㄏㆦㄚㄋ˙ ㆠㄜㄝˉ ㄎㄧˋ ㄝˇ.
服　務，民　眾　也　是　喚　昧　起　的。

ㄍㄧ-ㄐㄚㄋˇ ㄍㆦㄫ-ㆠㄨˉ-ㆦㄚㄋˇ ㆠㄜㄝˈ ㄏㆦㄍˊ-ㆠㄨ ㆠㄧㄋˇ-ㄐㄧㆦㄫ˙，
基　層　公　務　員　欲　服　務　民　眾，

ㄐㄧㄨˉ ㆠㄜㄝˉ-ㄊㄚㄫ ㄍㄚㄋ-ㄉㄚ ㄍㆦㄫˋ ㄍㆦㄍ-ㆣㄨˋ ㄐㄝˉ ㄉㄧˉ ㄅㄚㄋˉ-
就　不　可　乾　礁　講　國　語　坐　在　辦

ㄍㆦㄫ-ㄊㄧㄚ˚ ㄐㄧㄨˉ ㄏㄜˋ ㄌㄝ˙！ㄉㄧㄜˊ ㄚㄧ˙ ㆠㄚㄉ ㄍㄨㄧˋ-ㄍㄨ˙ ㆠㄚㄋˇ-
公　廳　就　好　咧！着　要　識　幾　句　閩

ㄌㄚㄇˇ-ㆣㄨˋ，ㄍㄚㄨ˙ ㆠㄧㄋˇ-ㄐㄧㆦㄫ˙ ㄝˇ ㄒㆦˋ-ㄐㄚㄧˉ ㄎㆦㄚ˚-ㄎㆦㄚ˚，
南　語，到　民　眾　的　所　在　看　看，

ㄐㄧㄚˈ ㄨˉ ㄑㄧㄋ-ㄑㄧㄚㄉ ㄍㄚㄇˋ. ㄐㄧㄋ-ㄐㄧㄚ˚ ㄑㄨㄉ-ㄌㄚㄉˊ ㄉㄝˈ ㄨㄧˇ-
才　有　親　切　感。　眞　正　出　力　在　維

ㄑㄧˇ ㄏㄧㄚㄋˉ ㄒㄧㄚˉ-ㄏㄜㄝˉ ㄝˇ ㆠㄧㄋˇ-ㄐㄧㆦㄫ˙，ㄅㄧˉ ㄏㆦㄚㄋˋ-ㄎㄧˋ
持　現　社　會　的　民　眾，　被　喚　起

ㄌㄧˇ ㄊㆦㄚㄋˇ-ㄍㄧㄚㄉ ㄏㄚㄅˊ-ㄐㆦㄍ，ㄉㄧㆦㄫ-ㄏㆦㄚˇ-ㆠㄧㄋˇ-ㄍㆦㄍ ㄐㄧㄚˈ
而　團　結　合　作，中　華　民　國　才

ㄜㄝˉ ㄐㄝㄫˇ-ㄍㄚ ㄉㆦㄚˉㄌㄝㄍˊ-ㄌㄧㆦㄫ˙！ ㄅㄨㄋˋ-ㄌㄚㄫˇ ㄒㄚ˚-ㄋㄧ˚ ㄐㄝㄫˇ
會　增　加　大　力　量！　本　人　三　年　前

ㄑㄨㄉ-ㄅㄚㄋˋ-ㄌㄧㄚㄨˋ "ㄍㆦㄍ-ㆣㄨˋ ㆠㄚㄇˇ-ㄌㄚㄇˇ-ㆣㄨˋ ㄉㄨㄧˋ-ㄐㄧㄜ˙
出　版　了　"國　語　閩　南　語　對　照

ㄒㄧㆦㄫˇ-ㄧㆦㄫˉ ㄒㄨˇ-ㄉㄧㄢㄋˋ" ㄏㄧㄚㄋˉ-ㄐㄚㄧˉ ㄧㄨˉ ㄐㄨㄋˋ-ㄅㄧˉ ㆠㄜㄝˈ
常　用　詞　典"　現　在　又　準　備　要

ㄑㄨㄉ-ㄅㄚㄋˋ "ㄍㆦㄍ-ㆣㄨˋ ㆠㄚㄋˇ-ㄌㄚㄇˇ-ㆣㄨˋ ㄉㄨㄧˉ-ㄐㄧㄜ˙ ㄏㄜㄝˉ-ㄜㄝˉ"
出　版　"國　語　閩　南　語　對　照　會　話"

ㄧㆦㄫˉ-ㄧ˙ ㄒㄧˉ ㄍㄨㄋ-ㄍㄨ˙ ㄉㄝㄫˋ-ㆠㄧㄋˉ ㄒㆦˋ-ㄍㆦㄫˋ ㄝˇ ㄎㄜˋ-ㄌㄨˉ
用　意　是　根　據　頂　面　所　講　的　考　慮

ㄌㄧˇ ㄌㄚㄧˇ，ㄎㄨㄋˋ-ㄑㄝㄫˋ ㄍㆦㄍ-ㄌㄧㄋˇ ㄉㄧㄚㄨˇ-ㄧㄚˋ ㄉㆦㄫˇ-ㄅㄚㄨ
而　來，　懇　請　國　人　朝　野　同　胞

ㄍㄚㄇ˙-ㄌㄧㆦㄫˉ.
鑒　諒。

ㄅㄨˊ-ㄍㄨㄛˋ ㄧㄣ-ㄨㄟˋ ㄅㄣˇ-ㄖㄣˊ，ㄅㄨˊ-ㄕˋ ㄩˇ-ㄧㄢˊ ㄓㄨㄢ-ㄐㄧㄚ，
不過因爲本人，不是語言專家，
ㄅㄧㄢ-ㄒㄧㄝˇ ㄉㄜ ㄐㄧˋ-ㄕㄨˋ ㄅㄨˋ-ㄏㄠˇ，ㄧㄡˋ ㄧㄣ ㄅㄣˇ-ㄖㄣˊ ㄉㄨㄛ-
編寫的技術不好，又因本人多
ㄋㄧㄢˊ ㄅㄣ-ㄆㄠˇ ㄙˋ-ㄈㄤ，ㄎㄡˇ-ㄧㄣ ㄏㄨㄣˋ-ㄗㄚˊ，ㄓㄤ 、 ㄑㄩㄢˊ ㄉㄜ
年奔跑四方，口音混雜，漳、泉的
ㄎㄡˇ-ㄧㄣ ㄉㄡ ㄈㄣ ㄅㄨˋ ㄑㄧㄥ-ㄔㄨˇ，ㄐㄧㄥˋ-ㄑㄧㄥˇ ㄍㄠ-ㄇㄧㄥˊ ㄍㄥ-
口音都分不清楚，敬請高明更
ㄓㄥˋ
正。

ㄓㄨㄥ-ㄏㄨㄚˊ-ㄇㄧㄣˊ-ㄍㄨㄛˊ ㄌㄧㄡˋ-ㄕˊ-ㄧ-ㄋㄧㄢˊ ㄔㄨㄣ-ㄔㄨ
中華民國六十一年春初

ㄘㄞˋ ㄆㄟˊ-ㄏㄨㄛˇ ㄐㄧㄣˇ-ㄓˋ
蔡培火謹議

ㄅㄨㄉ-ㄍㆦ˙ ㄧㄣ-ㄨㄧ¯ ㄅㄨㄣˋ-ㄌㄚㄫˇ ㄇ¯-ㄒㄧ¯ ㄫㄨˋ-ㄫㄧㄚㄣˇ ㄐㆦㄚㄣ-
不過因爲本人不是語言專

ㄍㄚ，ㄆㄧㄚㄣ-ㄒㄧㄚˋ ㆤˇ ㄍㄧ˙-ㄒㄨㄉˊ ㄇ¯-ㄏㄜˋ，ㄧㄨ¯ ㄧㄣ ㄅㄨㄣˋ-ㄌㄚㄫˇ
家，編寫的技術不好，又因本人

ㄉㄜ-ㄌㄧㄚㄣˇ ㄆㄨㄣ-ㄆㄚㄨˋ ㄒㄧ˙-ㄏㆦㄫ，ㆦㆤ¯-ㄫㄨˋ ㆤˇ ㄎㄧㄨ°-ㄎㄚㄨˋ
多年奔跑四方，話語的腔口

ㄏㄨㄣ¯-ㄐㄚㄅˊ，ㄐㄧㄚㄫ ㄐㆦㄚㄣˇ ㆤˇ ㄎㄚㄨˋ-ㄎㄧㄨ° ㄏㄨㄣ ㆠㄜㆤ¯ ㄑㆤㄫ，
混雜，漳泉的口腔分昧清，

ㄍㄧㄣˋ ㄑㄧㄚ° ㄍㄜ-ㆠㆤㄫˇ ㄍㆤㄫ˙-ㄐㆤㄫ˙.
謹請高明更正。

ㄉㄧㆦㄫ-ㄏㆦㄚˇ-ㆠㄧㄣˇ-ㄍㆦㄍ ㄌㄚㄍˊ-ㄐㄚㄅˊ-ㄧㄉ-ㄋㄧ° ㄑㄨㄣ-ㄑㆦ
中華民國六十一年春初

ㄑㆦㄚ˙ ㄅㄜㆤˇ-ㄏㆤˋ ㄍㄧㄣˋ-ㄐㄧ˙
蔡培火謹識

ㄍㄨㄛˊ-ㄩˇ ㄇㄧㄣˊ-ㄋㄢˊ-ㄩˇ ㄉㄨㄟˋ-ㄓㄠˋ
國語閩南語對照

ㄔㄨ-ㄅㄨˋ ㄏㄨㄟˋ-ㄏㄨㄚˋ ㄇㄨˋ-ㄌㄨˋ
初步會話目錄

ㄍㆦㄍ - ㆣㄨˋ ㆠㄚㄋˇ - ㄌㄚㄇˇ-ㆣㄨˋ ㄉㄨㄧ˙-ㄐㄧㄛ˙
國 語 閩 南 語 對 照

ㄑㆦ - ㄅㆦ¯ ㄏㄜㄝ¯-ㄜㄝ¯ ㆠㆦㄍ´-ㄌㆦㄍ´
初 步 會 話 目 錄

ㄌㄧㄢˋ - ㄒㄧˊ
練　習（二）

ㄉㄧˋ-ㄕˊ-ㄧ-ㄎㄜˋ　　ㄓˋ - ㄝˋ
第十一課　　職業

ㄉㄧˋ-ㄕˊ-ㄦˋ-ㄎㄜˋ　　ㄑㄧˋ - ㄏㄡˋ
第十二課　　氣候

ㄉㄧˋ-ㄕˊ-ㄙㄢ-ㄎㄜˋ　　ㄐㄧㄝˊ - ㄖˋ
第十三課　　節日

ㄉㄧˋ-ㄕˊ-ㄙˋ-ㄎㄜˋ　　ㄕㄨㄟˇ - ㄍㄨㄛˇ
第十四課　　水果

ㄉㄧˋ-ㄕˊ-ㄨˇ-ㄎㄜˋ　　ㄓˊ - ㄨˋ
第十五課　　植物

ㄌㄧㄢˋ - ㄒㄧˊ
練　習（三）

ㄉㄧˋ-ㄕˊ-ㄌㄧㄡˋ-ㄎㄜˋ　　ㄉㄨㄥˋ - ㄨˋ
第十六課　　動物

ㄉㄧˋ-ㄕˊ-ㄑㄧ-ㄎㄜˋ　　ㄕˊ - ㄨˋ
第十七課　　食物

ㄉㄧˋ-ㄕˊ-ㄅㄚ-ㄎㄜˋ　　ㄐㄧㄢˋ-ㄓㄨˊ-ㄨˋ
第十八課　　建築物

ㄉㄧˋ-ㄕˊ-ㄐㄧㄡˇ-ㄎㄜˋ　　ㄐㄧㄠ - ㄊㄨㄥ
第十九課　　交通

ㄉㄧˋ-ㄦˋ-ㄕˊ-ㄎㄜˋ　　ㄕㄣ-ㄊㄧˇ　ㄨㄟˋ-ㄕㄥ
第二十課　　身體　衛生

ㄌㄧㄢˋ - ㄒㄧˊ
練　習（四）

ㄌㄧㄢˋ - ㄒㄧˊ
練　習（五）

ㄌㄧㄚㄋ˫-ㄒㄧㄣˊ
練　　習（二）

ㄉㄝ˫-ㄐㄚㆴˊ-ㄧㆵ-ㄎㄛˋ 第　十　一　課	ㄐㄧㆶ - ㆣㄧㄚㆴˊ 職　　業
ㄉㄝ˫-ㄐㄚㆴˊ-ㆡㄧ˫-ㄎㄛˋ 第　十　二　課	ㄎㄧˋ - ㄏㄚㄨ˫ 氣　　候
ㄉㄝ˫-ㄐㄚㆴˊ-ㄒㄚ°-ㄎㄛˋ 第　十　三　課	ㄐㄧㄝˈ - ㆠㄧㆵˊ 節　　日
ㄉㄝ˫-ㄐㄚㆴˊ-ㄒㄧˋ-ㄎㄛˋ 第　十　四　課	ㄐㄨㄧˋ - ㄍㄛˋ 水　　果
ㄉㄝ˫-ㄐㄚㆴˊ-ㆣㆦ˫-ㄎㄛˋ 第　十　五　課	ㄒㄧㆵˊ - ㆬㄨㆵˊ 植　　物

ㄌㄧㄚㄋ˫-ㄒㄧㄣˊ
練　　習（三）

ㄉㄝ˫-ㄐㄚㆴˊ-ㄌㄚㆶˊ-ㄎㄛˋ 第　十　六　課	ㄉㆦㆭ˫ - ㆬㄨㆵˊ 動　　物
ㄉㄝ˫-ㄐㄚㆴˊ-ㄑㄧㆵ-ㄎㄛˋ 第　十　七　課	ㄐㄧㄚˊ - ㄇㄧ˙ 食　　物
ㄉㄝ˫-ㄐㄚㆴˊ-ㄅㄛㄝˈ-ㄎㄛˋ 第　十　八　課	ㄍㄧㄚㄋˋ-ㄉㄧㆦㆶ-ㆬㄨㆵˊ 建　築　物
ㄉㄝ˫-ㄐㄚㆴˊ-ㄍㄚㄨˋ-ㄎㄛˋ 第　十　九　課	ㄍㄚㄨ - ㄊㆦㆭ 交　　通
ㄉㄝ˫-ㆡㄧ˫-ㄐㄚㆴˊ-ㄎㄛˋ 第　二　十　課	ㄒㄧㄣ-ㄊㄝˋ　ㄛㄝ˫-ㄒㄝㆭ 身　體　衛　生

ㄌㄧㄚㄋ˫-ㄒㄧㄣˊ
練　　習（四）

ㄌㄧㄚㄋ˫-ㄒㄧㄣˊ
練　　習（五）

ㄍㄨㄛˊ-ㄩˇ ㄏㄨㄟˋ-ㄏㄨㄚˋ
國 語 會 話

ㄉㄧˋ-ㄧ-ㄎㄜˋ
第 一 課

ㄨㄛˇ ㄋㄧˇ ㄊㄚ ㄗㄢˊ-ㄇㄣ˙ ㄨㄛˇ-ㄇㄣ˙
我 你 他 咱們 我們

ㄋㄧˇ-ㄇㄣ˙ ㄊㄚ-ㄇㄣ˙ ㄕㄜˊ-ㄇㄛˋ-ㄖㄣˊ(ㄕㄟˊ)
你們 他們 什麼人（誰）

ㄋㄢˊ ㄋㄩˇ
男 女

ㄋㄢˊ-ㄖㄣˊ ㄋㄩˇ-ㄖㄣˊ
男人 女人

ㄉㄚˋ-ㄖㄣˊ ㄒㄧㄠˇ-ㄏㄞˊ ㄌㄠˇ-ㄖㄣˊ(ㄌㄠˇ-ㄖㄣˊ-ㄐㄧㄚ)
大人 小孩 老人（老人家）

ㄓㄨㄤˋ-ㄋㄧㄢˊ-ㄖㄣˊ ㄑㄧㄥ-ㄋㄧㄢˊ-ㄖㄣˊ ㄕㄠˋ-ㄋㄧㄢˊ-ㄖㄣˊ
壯年人 青年人 少年人

ㄧㄥ-ㄏㄞˊ ㄒㄧㄢ-ㄕㄥ ㄊㄞˋ-ㄊㄞˋ ㄒㄧㄠˇ-ㄐㄧㄝˇ ㄩㄥˋ-ㄖㄣˊ
嬰孩 先生 太太 小姐 佣人

甲 ㄨㄛˇ ㄕˋ ㄋㄢˊ-ㄖㄣˊ.
我是男人。

ㄋㄧˇ ㄕˋ ㄋㄩˇ-ㄖㄣˊ.
你是女人。

ㄊㄚ ㄕˋ ㄕㄟˊ?
他是誰？

乙 ㄊㄚ ㄕˋ ㄨㄛˇ ㄉㄜ˙ ㄍㄜ-ㄍㄜ˙.
他是我的哥哥。

甲 ㄋㄧˇ-ㄇㄣ˙ ㄧㄠˋ ㄑㄩˋ ㄋㄚˇ-ㄦ˙?
你們要去那兒？

乙 ㄨㄛˇ-ㄇㄣ˙ ㄧㄠˋ ㄑㄩˋ ㄒㄩㄝˊ-ㄒㄧㄠˋ.
我們要去學校。

ㆠㄚㄋˇ-ㄌㄚㄇˇ-ㆣㄨˋ ㄏㄛㄝˉ-ㄛㄝˉ
閩 南 語 會 話

ㄉㄝˉ - ㄧㄉ - ㄎㄛ˙
第 一 課

ㆣㆦㄚˋ　ㄌㄧˋ　ㄧ　ㄌㄚㄋˋ　ㆣㆦㄚㄋˋ(ㆣㄨㄋˋ)
我　汝(你)　伊　咱　阮

ㄌㄧㄋˋ　ㄧㄋ　ㄒㄧㄚ°-ㄌㄚㄫˇ(ㄐㄧˉ-ㄐㄨㄧˉ)
您　伲　啥　人(是　誰)

ㄐㄚ-ㄅㆦ(ㄉㄚ-ㄅㆦ)　ㄐㄚ-ㆠㆦˋ(ㄉㄚ-ㆠㆦˋ)
查甫　查某

ㄐㄚ-ㄅㆦ-ㄌㄚㄫˇ　ㄐㄚ-ㆠㆦˋ-ㄌㄚㄫˇ
查甫人　查某人

ㄉㆦㄚˉ-ㄌㄚㄫˇ　ㆣㄧㄋˋ-ㄚˋ　ㄌㄚㄨˉ-ㄌㄚㄫˇ(ㄌㄚㄨˉ-ㄌㄚㄫˇ-ㄍㄝ)
大人　囝仔　老人(老人家)

ㄐㆦㄫ˙-ㄌㄧㄚㄋˇ-ㄌㄚㄫˇ　ㄑㄝㄫ-ㄌㄧㄚㄋˇ-ㄌㄚㄫˇ　ㄒㄧㄚㄨ˙-ㄌㄧㄚㄋˇ-ㄌㄚㄫˇ
壯年人　青年人　少年人

ㄧ°-ㄚˋ　ㄒㄧㄚㄋ-ㄒㄧ°　ㄊㄚㄧ˙-ㄊㄚㄧ˙　ㄒㄧㄛˋ-ㄐㄧㄚˋ　ㄝㄫˉ-ㄌㄚㄫˇ
嬰仔　先生　太太　小姐　佣人

甲 ㆣㆦㄚˋ ㄒㄧˉ ㄐㄚ-ㄅㆦ-ㄌㄚㄫˇ.
我是查甫人。

ㄌㄧˋ ㄒㄧˉ ㄐㄚ-ㆠㆦˋ-ㄌㄚㄫˇ.
汝是查某人。

ㄧ ㄒㄧˉ ㄒㄧㄚ°-ㄌㄚㄫˇ?
伊是啥人?

乙 ㄧ ㄒㄧˉ ㆣㆦㄚㄋˋ ㄉㆦㄚˉ-ㄏㄧㄚ°.
伊是𢙂大兄。

甲 ㄌㄧㄋˋ ㆠㄝˊ ㄎㄧ˙ ㄉㄛˊ-ㄨㄧˉ?
您卜去何位?

乙 ㆣㄨㄋˋ ㆠㄝˊ ㄎㄧ˙ ㄏㄚㄍˊ-ㄏㄚㄨˉ.
阮卜去學校。

甲 ㄊㄚ-ㄇㄣ˙ ㄧㄠˋ ㄑㄩˋ ㄋㄚˇ-ㄦ˙？
他 們 要 去 那 兒？

乙 ㄊㄚ-ㄇㄣ˙ ㄧㄝˇ-ㄕˋ ㄧㄠˋ ㄑㄩˋ ㄒㄩㄝˊ-ㄒㄧㄠˋ.
他 們 也 是 要 去 學 校。

甲 ㄗㄢˊ-ㄇㄣ˙ ㄌㄞˊ ㄉㄨˊ-ㄕㄨ ㄏㄠˇ ㄇㄚ？
咱 們 來 讀 書 好 嗎？

乙 ㄏㄠˇ，ㄗㄢˊ-ㄇㄣ˙ ㄧˊ-ㄎㄨㄞˋ·ㄦ˙ ㄌㄞˊ ㄉㄨˊ-ㄕㄨ.
好，咱 們 一 塊 兒 來 讀 書。

甲 ㄋㄧˇ-ㄇㄣ˙ ㄉㄜ˙ ㄐㄧㄚ ㄧㄡˇ ㄐㄧˇ-ㄍㄜˋ ㄖㄣˊ？
你 們 的 家 有 幾 個 人？

乙 ㄧㄡˇ ㄑㄧ-ㄍㄜˋ ㄖㄣˊ：ㄨㄛˇ-ㄇㄣ˙ ㄉㄜ˙ ㄅㄚˋ-ㄅㄚ˙，ㄨㄛˇ-ㄇㄣ˙ ㄉㄜ˙ ㄇㄚ-
有 七 個 人：我 們 的 爸 爸，我 們 的 媽
ㄇㄚ˙，ㄨㄛˇ-ㄇㄣ˙ ㄉㄜ˙ ㄍㄜ-ㄍㄜ˙，ㄨㄛˇ-ㄇㄣ˙ ㄉㄜ˙ ㄐㄧㄝˇ-ㄐㄧㄝˇ，
媽，我 們 的 哥 哥，我 們 的 姊 姊，
ㄨㄛˇ-ㄇㄣ˙ ㄉㄜ˙ ㄉㄧˋ-ㄉㄧˋ ㄨㄛˇ-ㄇㄣ˙ ㄉㄜ˙ ㄇㄟˋ-ㄇㄟˋ，ㄏㄢˋ ㄨㄛˇ.
我 們 的 弟 弟 我 們 的 妹 妹，和 我。

甲 ㄋㄧˇ-ㄇㄣ˙ ㄉㄜ˙ ㄐㄧㄚ ㄧㄡˇ ㄌㄠˇ-ㄖㄣˊ ㄇㄚ˙？
你 們 的 家 有 老 人 嗎？

乙 ㄇㄟˊ-ㄧㄡˇ，ㄨㄛˇ ㄉㄜ˙ ㄗㄨˇ-ㄈㄨˋ ㄏㄢˋ ㄗㄨˇ-ㄇㄨˇ ㄉㄡ ㄌㄧㄥˋ-ㄨㄞˋ ㄓㄨˋ.
沒 有，我 的 祖 父 和 祖 母 都 另 外 住。

甲 ㄊㄚ-ㄇㄣ˙ ㄉㄜ˙ ㄐㄧㄚ ㄧㄡˇ ㄑㄧㄥ-ㄋㄧㄢˊ-ㄖㄣˊ ㄇㄚ？
他 們 的 家 有 青 年 人 嗎？

乙 ㄧㄡˇ，ㄊㄚ-ㄇㄣ˙ ㄉㄜ˙ ㄐㄧㄚ ㄧㄡˇ ㄑㄧㄥ-ㄋㄧㄢˊ·ㄖㄣˊ，ㄧㄝˇ ㄧㄡˇ ㄕㄠˋ-
有，他 們 的 家 有 青 年 人，也 有 少
ㄋㄧㄢˊ ㄒㄧㄠˇ-ㄏㄞˊ.
年 小 孩。

甲 ㄧㄋ ㆠㄝ' ㄎㄧ˙ ㄉㄛˊ-ㄨㄧ¯？
偲 卜 去 何 位？

乙 ㄧㄋ ㄧㄚ¯-ㄒㄧ¯ ㆠㄝ' ㄎㄧ˙ ㄏㄚㄍˊ-ㄏㄚㄨ¯
偲 也 是 卜 去 學 校。

甲 ㄌㄚㄋˋ ㄌㄚㄧˇ ㄊㄚㄍˊ-ㄐㄨ ㄏㄛˋ ㄇ˙？
咱 來 讀 書 好 不？

乙 ㄏㄛˋ，ㄌㄚㄋˋ ㄉㄚㄨ˙-ㄉㄧㄋ¯ ㄌㄚㄧˇ ㄊㄚㄍˊ-ㄐㄨ.
好，咱 搭 陣 來 讀 書。

甲 ㄌㄧㄋˋ-ㄑㄨ˙ ㄨ¯ ㄍㄨㄧˋ-ㄝˇ ㄌㄚㄫˇ？
您 厝 有 幾 個 人？

乙 ㄨ¯ ㄑㄧㄉ-ㄝˇ ㄌㄚㄫˇ：ㄫㄨㄋˋ ㄌㄚㄨ¯-ㄅㄝ¯，ㄫㄨㄋˋ ㄌㄚㄨ¯-ㆠㄨˋ，
有 七 個 人：悉 老 父，悉 老 母，

ㄫㄨㄋˋ ㄉㆦㄚ¯-ㄏㄧㄚ°，ㄫㄨㄋˋ ㄉㆦㄚ¯-ㄐㄧˋ，ㄫㄨㄋˋ ㄒㄧㄛˋ-ㄉㄧ¯，
悉 大 兄，悉 大 姊，悉 小 弟，

ㄫㄨㄋˋ ㄒㄧㄛˋ-ㆠㄝ¯，ㄍㄚㄅ ㄫㆦㄚˋ.
悉 小 妹，及 我。

甲 ㄌㄧㄋˋ-ㄉㄚㄨ ㄨ¯ ㄌㄚㄨ¯-ㄌㄚㄫˇ ㆠㄛ˙？
您 宅 有 老 人 無？

乙 ㆠㄛˇ，ㄫㄨㄋˋ ㄚ-ㄍㆦㄫ ㄍㄚㄅ ㄚ-ㄇㄚˋ ㄌㆦㄫˋ ㄌㄝㄫ¯-ㄫㆦㄚ¯ ㄉㆦㄚ˙.
無，悉 阿 公 及 阿 媽 攏 另 外 滯。

甲 ㄧㄋ-ㄑㄨ˙ ㄨ¯ ㄑㄝㄫ-ㄌㄧㄚㄋˇ-ㄌㄚㄫˇ ㆠㄛ˙？
偲 厝 有 青 年 人 無？

乙 ㄨ¯，ㄧㄋ-ㄑㄨ˙ ㄨ¯ ㄑㄝㄫ-ㄌㄧㄚㄋˇ-ㄌㄚㄫˇ，ㄧㄚ¯ ㄨ¯ ㄒㄧㄚㄨ˙-ㄌㄧㄚㄋˇ
有，偲 厝 有 青 年 人，也 有 少 年

ㄫㄧㄋˋ-ㄚˋ.
囝 仔。

備　考

⑴〔兀ㄨㄢˋ∥毯（阮）〕＝〔兀ㄛㄚㄢˋ∥毯（阮）〕ㄨㄛˇ-ㄇㄣ˙ 我們。

（註）閩南語的 兀ㄨㄢˋ（毯），ㄌㄚㄢˋ（咱），ㄌㄧㄢˋ（您）都是複數代名詞，但有時可用作形容詞，例如〔兀ㄨㄢˋ‥ㄌㄚㄨˉ-ㄅㄝˉ∥毯老父〕這閩南語要翻成國語時，"毯"是作形容詞用的。因此這個"毯"不只是"我們"亦應翻作"我們的"。所以〔兀ㄨㄢˋ‥ㄌㄚㄨˉ-ㄅㄝˉ∥毯老父〕應作ㄨㄛˇ-ㄇㄣˊ ㄉㄜ˙ ㄅㄚˋ-ㄅㄚ˙ 我們的爸爸。

同樣〔ㄌㄧㄢˋ‥ㄑㄨ˙∥您厝〕應該翻成 ㄋㄧˇ-ㄇㄣˊ ㄉㄜ˙ ㄐㄧㄚ 你們的家。同樣〔ㄌㄚㄢˋ‥ㄍㄛˉ-ㄏㄧㄛ兀∥咱故鄉〕ㄗㄚˊ-ㄇㄣ˙ ㄉㄜ˙ ㄍㄨˋ-ㄒㄧㄤ 偺們的故鄉。

又國語說"我父親"或是"我家裏"的時候，翻成閩南語就該將"我"變成複數語"毯（兀ㄨㄢˋ）"，就是要將"我父親"翻作"毯老父（兀ㄨㄢˋ‥ㄌㄚㄨˉ-ㄅㄝˉ）"，"我家裏"翻作"兀ㄨㄢˋ‥ㄉㄚㄨ∥毯宅"才是正確的講法。

又女子稱自己，閩南語都是稱"毯（兀ㄨㄢˋ）"或是"毯"（兀ㄛㄚㄢˋ），很少稱"我（兀ㄛㄚˋ）"。

⑵〔ㄐㄚ-ㄅㄛ∥査甫〕＝〔ㄉㄚ-ㄅㄛ∥査甫〕ㄋㄢˊ男，〔ㄐㄚ-ㄅㄛ-ㄌㄚ兀ˇ∥査甫人〕＝〔ㄉㄚ-ㄅㄛ-ㄌㄚ兀ˇ∥査甫人〕ㄋㄢˊ-ㄖㄣˊ男人；ㄋㄢˊ-ㄗˇ 男子；ㄋㄢˊ-ㄗˇ-ㄏㄢˋ 男子漢。〔ㄐㄚ-ㄫㄛˋ∥査某〕＝〔ㄉㄚ-

ㆠㆦˋ∥查某〕ㄋㄩˇ女。〔ㄐㄚ-ㆠㆦˋ-ㄌㄚㄫˇ∥查某人〕=〔ㄉㄚ-ㆠㆦˋ-ㄌㄚㄫˇ∥查某人〕ㄋㄩˇ-ㄖㄣˊ女人；ㄋㄩˇ-ㄗˇ女子；ㄋㄩˇ-ㄖㄣˊ-ㄐㄧㄚ女人家。

ㄉㄧˋ － ㄦˋ － ㄎㄜˋ
第　二　課

ㄓㄜˋ　ㄋㄚˋ　ㄓㄜˋ－ㄍㄜ˙　ㄋㄚˋ－ㄍㄜ˙　ㄓㄜˋ－ㄌㄧˇ　ㄋㄚˋ－ㄌㄧˇ
這　那　這 個　那 個　這 裏　那 裏

ㄋㄚˇ ㄧˊ－ㄍㄜ˙（ㄋㄟˇ－ㄍㄜ˙）　ㄋㄚˇ－ㄌㄧˇ
那 一 個（那 個）　那 裏

ㄓㄜˋ－ㄌㄧˇ　ㄋㄚˋ－ㄌㄧˇ
這 裏　那 裏

ㄕㄜˊ－ㄇㄛ˙　ㄕㄜˊ－ㄇㄛ˙ ㄉㄨㄥ－ㄒㄧ˙
什 麼　甚 麼 東 西

ㄕㄜˊ－ㄇㄛ˙ ㄕˊ－ㄏㄡˋ（ㄐㄧˇ－ㄕˊ）　ㄕㄜˊ－ㄇㄛ˙ ㄉㄧˋ－ㄈㄤ˙
甚 麼 時 候（幾 時）　什 麼 地 方

甲 ㄓㄜˋ ㄕˋ ㄕㄜˊ－ㄇㄛ˙？
　這 是 甚 麼？

乙 ㄓㄜˋ ㄕˋ ㄕㄨ.
　這 是 書。

甲 ㄋㄚˋ ㄕˋ ㄕㄜˊ－ㄇㄛ˙？
　那 是 甚 麼？

乙 ㄋㄟˋ ㄕˋ ㄅㄧˇ.
　那 是 筆。

甲 ㄋㄧˇ ㄕㄨㄛ ㄋㄚˇ ㄧˊ－ㄍㄜ˙ ㄕˋ ㄕㄨ？
　你 說 那 一 個 是 書？

乙 ㄓㄜˋ－ㄍㄜ˙ ㄘㄞˊ－ㄕˋ ㄕㄨ.
　這 個 才 是 書。

甲 ㄋㄚˋ－ㄍㄜ˙ ㄕˋ ㄕㄜˊ－ㄇㄛ˙？
　那 個 是 甚 麼？

乙 ㄋㄚˋ－ㄍㄜ˙ ㄕˋ ㄩㄢˊ－ㄗˇ－ㄅㄧˇ.
　那 個 是 原 子 筆。

甲 ㄋㄧˇ ㄉㄜ˙ ㄉㄨㄥ－ㄒㄧ˙ ㄗㄞˋ ㄋㄚˇ－ㄌㄧˇ？
　你 的 東 西 在 那 裏？

ㄉㆤˉ - ㄌㄧˉ - ㄎㄜ˙
第　二　課

ㄐㆤ　ㄏㆤ　ㄐㄧㄉ-ㆤˇ　ㄏㄧㄉ-ㆤˇ　ㄐㄧㄚ　ㄏㄧㄚ
這(此)　彼　這(此)個　彼個　這　彼

ㄉㄜˊ ㄐㄧㄉˊ-ㆤˇ　ㄉㄚˊ ㄐㄧㄉˊ-ㄉㄚˈ (ㄉㄜˊ-ㄨㄧˉ；ㄉㄚˊ-ㄌㄜˊ)
何一個　何一地（何位；何落）

ㄐㄧㄉ - ㄉㄚˈ(ㄐㄧㄉ-ㄅㆤㄫˇ)　ㄏㄧㄉ-ㄉㄚˈ(ㄏㄧㄉ-ㄅㆤㄫˇ)
這(此)地(此傍)　彼地(彼傍)

ㄒㄧㄚᵈ-ㄇㄧˈ(ㄒㄧㄇˊ-ㄇㄧˈ)　ㄒㄧㄇˊ-ㄇㄧˈ-ㄏㄜㆤ˙ (ㄒㄧㄚᵈ-ㄏㄜㆤ˙)
啥麼（什麼）　什麼貨（啥貨）

ㄒㄧㄚᵈ-ㄇㄧˈ ㄒㄧˇ-ㄐㄨㄋˉ(ㄒㄧㄚᵈ-ㄒㄧˇ)　ㄒㄧㄚᵈ-ㄇㄧˈ ㄒㆦˋ-ㄐㄚㄧˉ
啥麼時陣(啥時)　啥麼所在

甲 ㄐㆤ ㄒㄧˉ ㄒㄧㄇˊ-ㄇㄧˈ？
這是什麼？

乙 ㄐㆤ ㄒㄧˉ ㄑㆤˈ.
這是冊。

甲 ㄏㆤ ㄒㄧˉ ㄒㄧㄚᵈ-ㄇㄧˈ？
彼是啥麼？

乙 ㄏㆤ ㄒㄧˉ ㄅㄧㄉ.
彼是筆。

甲 ㄌㄧˋ ㄍㆦㄫˋ ㄉㄜˊ ㄐㄧㄉˊ-ㆤˇ ㄒㄧˉ ㄑㆤˈ？
汝講何一個是冊？

乙 ㄐㄧㄉ-ㆤˇ ㄐㄧㄚˈ-ㄒㄧˉ ㄑㆤˈ.
這個即是冊。

甲 ㄏㄧㄉ-ㆤˇ ㄒㄧˉ ㄒㄧㄚᵈ-ㄇㄧˈ？
彼個是啥麼？

乙 ㄏㄧㄉ-ㆤˇ ㄒㄧˉ ㄫㆦㄚㄋˇ-ㄐㄨˋ-ㄅㄧㄉ.
彼個是原子筆。

甲 ㄌㄧˋ ㆤˇ ㄇㄫˊ-ㄍㄧㄚ˚ ㄌㄧˉ ㄉㄜˊ-ㄨㄧˉ？
汝的物件在何位？

乙 ㄅㄨˊ-ㄕˋ ㄗㄞˋ ㄓㄜˋ-ㄌㄧˇ，ㄕˋ ㄗㄞˋ ㄋㄚˋ-ㄌㄧˇ.
不 是 在 這 裏，是 在 那 裏。

甲 ㄋㄚˋ-ㄌㄧˇ ㄧㄡˇ ㄕㄜˊ-ㄇㄛ˙ ㄉㄨㄥ-ㄒㄧ˙?
那 裏 有 甚 麼 東 西？

乙 ㄋㄚˋ-ㄌㄧˇ ㄧㄡˇ ㄓㄨㄛ ·ㄗ˙ ㄏㄢˋ ㄧˇ·ㄗ˙.
那 裏 有 桌 子 和 椅 子。

甲 ㄓㄜˋ-ㄌㄧˇ ㄧㄡˇ ㄕㄜˊ-ㄇㄛ˙?
這 裏 有 甚 麼？

乙 ㄓㄜˋ-ㄌㄧˇ ㄇㄟˊ-ㄧㄡˇ ㄕㄜˊ-ㄇㄛ˙，ㄧㄡˇ ㄖㄣˊ.
這 裏 沒 有 甚 麼，有 人。

甲 ㄕˋ ㄕㄜˊ-ㄇㄛ˙ ㄖㄣˊ?
是 甚 麼 人？

乙 ㄕˋ ㄉㄚˋ-ㄖㄣˊ，ㄧㄝˇ ㄧㄡˇ ㄒㄧㄠˇ-ㄏㄞˊ.
是 大 人，也 有 小 孩。

甲 ㄕㄜˊ-ㄇㄛ˙ ㄕˊ-ㄏㄡˋ ㄘㄞˊ ㄧㄡˇ ㄖㄣˊ?
甚 麼 時 候 才 有 人？

乙 ㄕㄜˊ-ㄇㄛ˙ ㄕˊ-ㄏㄡˋ ㄉㄡ ㄧㄡˇ ㄖㄣˊ；ㄕˊ-ㄕˊ ㄧㄡˇ ㄖㄣˊ.
甚 麼 時 候 都 有 人；時 時 有 人。

甲 ㄋㄧˇ ㄉㄜ˙ ㄕㄨ ㄏㄢˋ ㄅㄧˇ ㄈㄤˋ ㄗㄞˋ ㄕㄜˊ-ㄇㄛ˙ ㄉㄧˋ-ㄈㄤ˙?
你 的 書 和 筆 放 在 甚 麼 地 方？

乙 ㄈㄤˋ ㄗㄞˋ ㄓㄨㄛ·ㄗ˙ ㄕㄤˋ.
放 在 桌 子 上。

備　考

(1)〔ㄐㄧㆵ-ㄝˇ⫽這個（此個）〕＝〔ㄐㄧㆵ-ㄝ⫽這個〕＝〔ㄐㄝ⫽這個〕ㄓㄜˋ-ㄍㄜ（ㄓㄟˋ-ㄍㄜ˙.）這個。

(2)〔ㄏㄧㆵ-ㄝˇ⫽彼個〕＝〔ㄏㄧㆵ-ㄝ⫽彼個〕＝〔ㄏㄝ⫽彼個〕ㄋㄚˋ-ㄍㄜ˙（ㄋㄟˋ-ㄍㄜ˙）那個。

(3)〔ㄉㄛˊ ㄐㄧㆵˊ-ㄝˇ⫽何一個〕＝〔ㄉㄚˊ ㄐㄧㆵˊ-ㄝˇ⫽何一個〕ㄋㄚˇ ㄧˊ-ㄍㄜ˙（ㄋㄟˇ-ㄍㄜ˙）那一個。

(4)〔ㄑㄝˈ⫽册〕＝〔ㄐㄨ⫽書〕ㄕㄨ書；ㄕㄨ-ㄅㄣˇ書本；ㄕㄨ ㄅㄜˇ·ㄦ書本兒。

乙 ㄇˉ-ㄒㄧˉ ㄉㄧˉ ㄐㄧㄚ，ㄒㄧˉ ㄉㄧˉ ㄏㄧㄚ.
　不是 在 此，是 在 彼。

甲 ㄏㄧㆵ-ㄉㄚˈ ㄨˉ ㄒㄧㄇˊ-ㄇㄧˈ ㄏㄛㄝ˙？
　彼 地 有 什 麼 貨 ？

乙 ㄏㄧㆵ-ㄉㄚˈ ㄨˉ ㄉㄛˈ·ㄚˋ ㆣㄚㄅ ㄧˋ·ㄚˋ.
　彼 地 有桌 仔 及 椅 仔。

甲 ㄐㄧㆵ-ㄉㄚˈ ㄨˉ ㄒㄚᵈ-ㄏㄛㄝ˙？
　這 地 有 啥 貨 ？

乙 ㄐㄧㆵ-ㄉㄚˈ ㆠㄛˇ ㄒㄚᵈ-ㄏㄛㄝ˙，ㄨˉ ㄌㄚㄫˇ.
　這 地 無 啥 貨 ，有 人。

甲 ㄒㄧˉ ㄒㄧㄇˊ-ㄇㄧˈ ㄌㄚㄫˇ？
　是 什 麼 人 ？

乙 ㄒㄧˉ ㄉㆦㄚˉ-ㄌㄚㄫˇ，ㄧㄚˉ ㄨˉ ㄫㄧㄋˋ·ㄚˋ.
　是 大 人 ，也 有 囝 仔。

甲 ㄒㄧㄚᵈ-ㄇㄧˈ ㄒㄧˇ ㄐㄧㄚˈ ㄨˉ ㄌㄚㄫˇ？
　啥 麼 時 即 有 人 ？

乙 ㄒㄧㄚᵈ-ㄒㄧˇ ㄉㄛ ㄨˉ ㄌㄚㄫˇ；ㄅㄨㆵ-ㄒㄧˇ ㄨˉ ㄌㄚㄫˇ.
　啥 時 都有 人 ；不 時 有 人。

甲 ㄌㄧˋ ㄝˇ ㄑㄝˈ ㆣㄚㄅ ㄅㄧㆵ ㄎㄫ˙ ㄉㄧˉ ㄒㄧㄇˊ-ㄇㄧᵈ ㄒㆦˋ-ㄐㄚㄧˉ？
　汝 的 册 及 筆 擱 在 什 麼 所 在？

乙 ㄎㄫ˙ ㄉㄧˉ ㄉㄛˈ·ㄚˋ ㄉㄝㄫˋ.
　擱 在 桌 仔 頂。

ㄉㄧˋ - ㄙㄢ - ㄎㄜˋ
第　三　課

ㄓㄜˋ-ㄌㄧˇ　　ㄋㄚˋ-ㄌㄧˇ
這　裏　　那　裏

ㄋㄚˇ-ㄌㄧˇ（ㄋㄚˇ-ㄦ）　ㄋㄚˇ-ㄌㄧˇ（ㄋㄚˇ-ㄦ）
那　裏（那　兒）　那　裏　（那兒）

ㄓㄜˋ-ㄅㄧㄢ　ㄋㄚˋ-ㄅㄧㄢ　ㄧㄡˋ-ㄅㄧㄢ　ㄗㄨㄛˇ-ㄅㄧㄢ
這　邊　那　邊　右　邊　左　邊

ㄉㄨㄥ-ㄅㄧㄢ（ㄉㄨㄥ-ㄈㄤ）　ㄒㄧ-ㄅㄧㄢ（ㄒㄧ-ㄈㄤ）
東　邊（東　方）　西　邊（西　方）

ㄋㄢˊ-ㄅㄧㄢ（ㄋㄢˊ-ㄈㄤ）　ㄅㄟˇ-ㄅㄧㄢ（ㄅㄟˇ-ㄈㄤ）
南　邊（南　方）　北　邊（北　方）

ㄑㄧㄢˊ-ㄇㄧㄢˋ（ㄑㄧㄢˊ-ㄊㄡˊ）　ㄏㄡˋ-ㄇㄧㄢˋ（ㄏㄡˋ-ㄊㄡˊ）
前　面（前　頭）　後　面（後　頭）

ㄕㄤˋ-ㄇㄧㄢˋ（ㄕㄤˋ-ㄊㄡˊ）　ㄒㄧㄚˋ-ㄇㄧㄢˋ（ㄒㄧㄚˋ-ㄊㄡˊ）
上　面　（上　頭）　下　面　（下　頭）

ㄌㄞˊ　ㄑㄩˋ　ㄐㄧㄣˋ　ㄊㄨㄟˋ　ㄕㄤˋ　ㄒㄧㄚˋ
來　去　進　退　上　下

ㄊㄧㄥˊ　ㄗㄡˇ　ㄓㄨㄢˇ　ㄍㄨㄣˇ　ㄈㄤ-ㄒㄧㄤˋ
停　走　轉　滾　方　向

甲 ㄋㄧˇ ㄉㄜ˙ ㄐㄧㄚ ㄓㄨˋ ㄗㄞˋ ㄋㄚˇ·ㄦ？
你　的　家　住　在　那　兒？

乙 ㄨㄛˇ ㄉㄜ˙ ㄐㄧㄚ ㄓㄨˋ ㄗㄞˋ ㄓㄜˋ-ㄌㄧˇ
我　的　家　住　在　這　裏。

甲 ㄊㄚ ㄉㄜ˙ ㄐㄧㄚ ㄗㄞˋ ㄋㄚˇ·ㄦ？
他　的　家　在　那　兒？

乙 ㄊㄚ ㄉㄜ˙ ㄐㄧㄚ ㄗㄞˋ ㄋㄚˋ-ㄌㄧˇ
他　的　家　在　那　裏。

甲 ㄒㄩㄝˊ-ㄒㄧㄠˋ ㄗㄞˋ ㄋㄚˇ·ㄦ，ㄋㄧˇ ㄓ-ㄉㄠˋ ㄇㄚ？
學　校　在　那　兒，你　知　道　嗎？

ㄉㄝ˫ - ㄒㄚ° - ㄎㄛ˙
第　三　課

ㄐㄧㄚ (ㄐㄧㄉ-ㄉㄚˈ)　　ㄏㄧㄚ (ㄏㄧㄉ-ㄉㄚˈ)
此 (此 地)　　彼 (彼 地)

ㄉㄛˊ-ㄨㄧ¯ (ㄉㄚˊ-ㄨㄧ¯)　　ㄉㄚˊ-ㄌㄛˊ (ㄉㄛˊ-ㄌㄛˊ)
何 位　　何 落

ㄐㄧㄉ-ㄅㄝㄫˇ　ㄏㄧㄉ-ㄅㄝㄫˇ　　ㄐㄧㄚ°-ㄅㄝㄫˇ　ㄉㄛ˙-ㄅㄝㄫˇ
此 旁　彼 旁　　正 旁　倒 旁

ㄉㄚㄫ-ㄅㄝㄫˇ (ㄉㄚㄫ-ㄏㄫ)　　ㄒㄚㄧ-ㄅㄝㄫˇ (ㄒㄚㄧ-ㄏㄫ)
東 旁 (東 方)　　西 旁 (西 方)

ㄌㄚㄇˇ-ㄅㄝㄫˇ (ㄌㄚㄇˇ-ㄏㄫ)　　ㄅㄚㄍ-ㄅㄝㄫˇ (ㄅㄚㄍ-ㄏㄫ)
南 旁 (南 方)　　北 旁 (北 方)

ㄐㄝㄫˇ-ㆠㄧㄋ¯ (ㄊㄚㄨˇ-ㄐㄝㄫˇ)　　ㄚㄨ¯-ㆠㄧㄋ¯ (ㄚㄨ¯-ㄅㄧㄚˈ)
前 面 (頭 前)　　後 面 (後 壁)

ㄉㄝㄫˋ-ㆠㄧㄋ¯ (ㄉㄝㄫˊ-ㄊㄚㄨˇ)　　ㄝ¯-ㆠㄧㄋ¯ (ㄝ¯-ㄊㄚㄨˇ)
頂 面 (頂 頭)　　下 面 (下 頭)

ㄌㄚㄧˇ　ㄎㄧ˙　ㄐㄧㄋ˙　ㄊㄝ˙　ㄐㄧㄨ°　ㄌㄛˊ
來　去　進　退　上　落

ㄊㄝㄫˇ　ㄍㄧㄚ°　ㆦㄚㄉ　ㄌㄧㄋ˙　ㄏㆦㄫ-ㄏㄧㆦㄫ˙ (ㄏㄫ-ㄏㄧㄨ°)
停　行　斡　輪　方　向

甲 ㄌㄧㄋˋ-ㄑㄨ˙ ㄉㆦㄚ˙ ㄉㄧ¯ ㄉㄛˊ-ㄨㄧ¯？
　您 厝 滯 在 何 位？

乙 ㄫㄨㄋˋ-ㄑㄨ˙ ㄉㆦㄚ˙ ㄉㄧ¯ ㄐㄧㄚ (ㄐㄧㄉ-ㄉㄚˈ).
　阮 厝 滯 在 此 (此 地)。

甲 ㄧㄋ-ㄑㄨ˙ ㄉㄧ¯ ㄉㄚˊ-ㄌㄛˊ？
　怹 厝 在 何 落？

乙 ㄧㄋ-ㄑㄨ˙ ㄉㄧ¯ ㄏㄧㄚ (ㄏㄧㄉ-ㄉㄚˈ)
　怹 厝 在 彼 (彼 地)。

甲 ㄏㄚㄍˊ-ㄏㄚㄨ¯ ㄉㄧ¯ ㄉㄛˊ-ㄨㄧ¯，ㄌㄧˋ ㄐㄚㄧ ㄇ˙？
　學 校 在 何 位，汝 知 不？

乙 ㄓ-ㄉㄠˋ，ㄒㄩㄝˊ-ㄒㄧㄠˋ ㄕˋ ㄗㄞˋ ㄋㄚˋ-ㄅㄧㄢ.
知道，學校是在那邊。

甲 ㄒㄩㄝˊ-ㄒㄧㄠˋ ㄉㄜ˙ ㄑㄧㄢˊ-ㄇㄧㄢˋ ㄧㄡˇ ㄕㄜˊ-ㄇㄛ˙？
學校的前面有甚麼？

乙 ㄒㄩㄝˊ-ㄒㄧㄠˋ ㄉㄜ˙ ㄑㄧㄢˊ-ㄇㄧㄢˋ ㄧㄡˇ ㄧˋ-ㄊㄧㄠˊ ㄇㄚˇ-ㄌㄨˋ.
學校的前面有一條馬路。

甲 ㄒㄩㄝˊ-ㄒㄧㄠˋ ㄉㄜ˙ ㄏㄡˋ-ㄇㄧㄢˋ ㄧㄡˇ ㄇㄟˊ-ㄧㄡˇ ㄊㄧㄢˊ-ㄩㄢˊ？
學校的後面有沒有田園？

乙 ㄇㄟˊ-ㄧㄡˇ ㄊㄧㄢˊ-ㄩㄢˊ，ㄧㄡˇ ㄍㄨㄛˇ-ㄗˇ-ㄩㄢˊ.
沒有田園，有果子園。

甲 ㄇㄚˇ-ㄌㄨˋ ㄉㄜ˙ ㄌㄧㄤˇ-ㄅㄧㄢ ㄧㄡˇ ㄕㄜˊ-ㄇㄛ˙？
馬路的兩邊有甚麼？

乙 ㄧㄡˋ-ㄅㄧㄢ ㄧㄡˇ ㄏㄣˇ ㄉㄨㄛ ㄈㄤˊ-ㄗˇ，ㄗㄨㄛˇ-ㄅㄧㄢ ㄧㄡˇ ㄕㄨˋ·ㄦ，ㄈㄥ-
右邊有很多房子，左邊有樹兒，風
ㄐㄧㄥˇ ㄏㄣˇ ㄇㄟˇ.
景很美。

甲 ㄋㄚˇ ㄧˋ-ㄅㄧㄢ ㄕˋ ㄉㄨㄥ-ㄅㄧㄢ？
那一邊是東邊？

乙 ㄓㄜˋ-ㄅㄧㄢ ㄕˋ ㄒㄧ-ㄅㄧㄢ，ㄋㄚˋ-ㄅㄧㄢ ㄘㄞˊ-ㄕˋ ㄉㄨㄥ-ㄅㄧㄢ.
這邊是西邊，那邊才是東邊。

甲 ㄑㄧㄢˊ-ㄇㄧㄢˋ ㄕˋ ㄅㄟˇ-ㄅㄧㄢ ㄇㄚ？
前面是北邊嗎？

乙 ㄑㄧㄢˊ-ㄇㄧㄢˋ ㄅㄨˊ-ㄕˋ ㄅㄟˇ-ㄅㄧㄢ，ㄕˋ ㄋㄢˊ-ㄅㄧㄢ.
前面不是北邊，是南邊。

甲 ㄑㄧㄥˇ-ㄐㄧㄠˋ，ㄧㄠˋ ㄉㄠˋ ㄏㄨㄛˇ-ㄔㄜ-ㄓㄢˋ，ㄗㄣˇ-ㄧㄤˋ ㄑㄩˋ ㄋㄜ？
請教，要到火車站，怎樣去呢？

乙 ㄓㄜˋ-ㄌㄧˇ ㄑㄩˋ ㄩㄝ ㄧˋ-ㄅㄞˇ-ㄅㄨˋ，ㄓㄨㄢˇ ㄧㄡˋ-ㄅㄧㄢ ㄗㄞˋ ㄗㄡˇ ㄩㄝ
這裏去約一百步，轉右邊再走約
ㄨˇ-ㄕˊ-ㄅㄨˋ，ㄗㄨㄛˇ-ㄅㄧㄢ ㄉㄠˋ ㄧˋ-ㄊㄧㄠˊ ㄌㄨˋ-ㄎㄡˇ，ㄩㄝˋ-ㄍㄨㄛˋ
五十步，左邊到一條路口，越過
ㄌㄨˋ ㄧˋ-ㄓˊ ㄗㄡˇ，ㄩㄝ ㄙㄢ-ㄅㄞˇ-ㄅㄨˋ ㄐㄧㄡˋ ㄉㄠˋ ㄔㄜ-ㄓㄢˋ.
路一直走，約三百步就到車站。

乙 ㄐㄚㄧ，ㄏㄚㄍˊ-ㄏㄚㄨˉ ㄒㄧˉ ㄉㄧˉ ㄏㄧㄉ-ㄅㄝㄫˇ．
知　學　校　是　在　彼　旁。

甲 ㄏㄚㄍˊ-ㄏㄚㄨˉ ㄝˇ ㄐㄝㄫˇ-ㄅㄧㄋˉ ㄨˉ ㄒㄚˋ-ㄏㄛㄝ˙？
學　校　的　前　面　有　啥　貨？

乙 ㄏㄚㄍˊ-ㄏㄚㄨˉ ㄝˇ ㄐㄝㄫˇ-ㄅㄧㄋˉ ㄨˉ ㄐㄧㄉˊ-ㄉㄧㄚㄨˇ ㄅㄝˋ-ㄌㄛˉ．
學　校　的　前　面　有　一　條　馬　路。

甲 ㄏㄚㄍˊ-ㄏㄚㄨˉ ㄝˇ ㄚㄨˉ-ㄅㄧㄋˉ ㄨˉ ㄑㄚㄋˇ-ㄏㄫˇ ㄅㄛ˙？
學　校　的　後　面　有　田　園　無？

乙 ㄅㄛˇ ㄑㄚㄋˇ-ㄏㄫˇ，ㄨˉ ㄍㄝˋ-ㄐㄧˋ-ㄏㄫˇ
無　田　園，有　果　子　園。

甲 ㄅㄝˋ-ㄌㄛˉ ㄝˇ ㄋㄫˉ-ㄅㄝㄫˇ ㄨˉ ㄒㄧㄚˋ-ㄇㄧˋ？
馬　路　的　二　旁　有　啥　麼？

乙 ㄐㄧㄚ˚-ㄅㄝㄫˇ ㄨˉ ㄐㄧㄣ ㄐㄛㄝˉ ㄑㄨ˙，ㄉㄛ˙-ㄅㄝㄫˇ ㄨˉ ㄑㄧㄨˉ·ㄚˋ，ㄍㄛㄫ-
正　旁　有　眞　多　厝，倒　旁　有　樹　仔，光

ㄍㄝㄫˋ ㄐㄧㄣ ㄒㄨㄧˋ．
景　眞　粹。

甲 ㄉㄛˊ ㄐㄧㄉˊ-ㄅㄝㄫˇ ㄒㄧˉ ㄉㄚㄫ-ㄅㄝㄫˇ？
何　一　旁　是　東　旁？

乙 ㄐㄧㄉ-ㄅㄝㄫˇ ㄒㄧˉ ㄒㄚㄧ-ㄅㄝㄫˇ，ㄏㄧㄉ-ㄅㄝㄫˇ ㄐㄧㄚˋ-ㄒㄧˉ ㄉㄚㄫ-ㄅㄝㄫˇ
這　旁　是　西　旁，彼　旁　卽　是　東　旁。

甲 ㄐㄝㄫˇ-ㄅㄧㄋˉ ㄍㄚㄇˋ-ㄒㄧˉ ㄅㄚㄍ-ㄅㄝㄫˇ？
前　面　敢　是　北　旁？

乙 ㄐㄝㄫˇ-ㄅㄧㄋˉ ㄇˉ-ㄒㄧˉ ㄅㄚㄍ-ㄅㄝㄫˇ，ㄒㄧˉ ㄌㄚㄇˇ-ㄅㄝㄫˇ．
前　面　不　是　北　旁，是　南　旁。

甲 ㄑㄧㄫˋ-ㄍㄚㄨ˙，ㄅㄝˋ ㄎㄧ˙ ㄏㄝˋ-ㄑㄧㄚ-ㄊㄚㄨˇ，ㄉㄧㄛˊ ㄐㄚㄧ˚-ㄧㄨ˚ ㄎㄧ˙？
請　　教，要　去　火　車　頭，着　　怎　樣　去？

乙 ㄐㄧㄚ ㄎㄧ˙ ㄧㄛㄍ ㄐㄧㄉˊ-ㄅㄚˋ-ㄅㄛˉ，ㄛㄚㄉ ㄐㄧㄚ˚-ㄅㄝㄫˇ ㄍㄛˋ ㄍㄧㄚ˚ ㄧㄛㄍ
此　去　約　一　百　步，斡　正　旁　更　行　約

ㄫㄛˉ-ㄐㄚㄅˊ-ㄅㄛˉ，ㄉㄛ˙-ㄅㄝㄫˇ ㄍㄚㄨ˙ ㄐㄧㄉˊ-ㄉㄧㄚㄨˇ ㄌㄛˉ-ㄎㄚㄨˋ，
五　十　步，倒　旁　到　一　條　路　口，

ㄛㄚㄉˊ-ㄍㄝ˙ ㄌㄛˉ ㄧㄉ-ㄉㄧㄉˊ ㄍㄧㄚ˚，ㄧㄛㄍ ㄒㄚ˚-ㄅㄚˋ-ㄅㄛˉ ㄐㄧㄨˉ ㄍㄚㄨ˙
越　過　路　一　直　行，約　三　百　步　就　到

ㄑㄧㄚ-ㄊㄚㄨˇ．
車　頭。

甲 ㄒㄧㄝˋ-ㄒㄧㄝˋ ㄒㄧㄝˋ-ㄒㄧㄝˋ！
謝 謝 謝 謝！

乙 ㄅㄨˊ-ㄧㄠˋ ㄎㄜˋ-ㄑㄧˋ.
不 要 客 氣。

備 考

(1)〔ㄉㄛㄚˇ∥滯〕=〔ㄉㄧㄚㄇˇ∥站〕=〔ㄎㄧㄚˉ∥豎〕ㄓㄨˋ 住。

(2)〔ㄐㄧㄚ∥此〕＝〔ㄐㄧㄉ-ㄨㄧˉ∥此位〕＝〔ㄐㄧㄉ-ㄉㄚˈ∥此地〕＝ ㄐㄧㄉ-ㄍㄚㄍ∥此角〕=〔ㄐㄧㄉ-ㄐㄧㄚˈ∥ 此跡〕=〔ㄐㄧㄉ-ㄒㄛˋ-ㄐㄚㄧˉ ∥此所在〕ㄓㄜˋ·ㄦ 這兒；ㄓㄜˋ-ㄌㄧˇ 這裏；ˇㄓㄜˋ-ㄍㄜˇ ㄉㄧˋ-ㄈㄤˇ 這個地方。

(3)〔ㄏㄧㄚ∥彼〕=〔ㄏㄧㄉ-ㄅㄝㄫˇ∥ 彼旁〕=〔ㄏㄧㄉ-ㄉㄚˈ∥ 彼地〕=〔 ㄏㄧㄉ-ㄍㄚㄍ∥彼角〕＝〔ㄏㄧㄉ-ㄐㄧㄚˈ∥彼跡〕=〔ㄏㄧㄉ-ㄏㄛˋ-ㄐㄚㄧˉ ∥彼所在〕ㄋㄚˋ·ㄦ 那兒；ㄋㄚˋ-ㄅㄧㄢ 那邊；ㄋㄚˋ-ㄍㄜˇ ㄉㄧˋ-ㄈㄤˇ 那個地方。

(4)（ㄐㄝㄫˇ-ㄅㄧㄢˉ∥前面〕＝〔ㄊㄚㄨˇ-ㄐㄝㄫˇ∥ 頭前〕ㄑㄧㄢˊ-ㄊㄡˇ 前頭；ㄑㄧㄢˊ-ㄅㄧㄢ 前邊；ㄑㄧㄢˊ-ㄇㄧㄢˋ 前面。

(5)〔ㄚㄨ-ㄅㄧㄢˉ∥後面〕＝〔ㄚㄨˉ-ㄅㄧㄚˈ∥後壁〕ㄏㄡˋ-ㄅㄧㄚ·ㄦ 後邊兒；ㄏㄡˋ-ㄊㄡˇ 後頭；ㄏㄡˋ-ㄇㄧㄢˋ 後面。

(6)〔ㄉㄚㄨˇ-ㄉㄧㄣˉ∥搭陣〕＝〔ㄐㄛㄝˇ-ㄉㄧㄣˉ∥做陣〕ㄊㄨㄥˊ-ㄅㄢˋ 同伴；ㄧˊ-ㄉㄠˋ 一道；ㄧˋ-ㄊㄨㄥˊ一同。

(7)〔ㄫㄨㄢˋ-ㄑㄨˇ∥阮厝〕＝〔ㄫㄨㄢˋ-ㄉㄚㄨ∥阮宅〕ㄨㄛˇ ㄐㄧㄚ·ㄌㄧˇ 我家裏；ㄨㄛˇ-ㄇㄣˇ ㄉㄜˇ ㄐㄧㄚ 我們的家。

甲 ㄐㄧㄋ ㄉㄛ-ㄒㄧㄚˉ˗！
　　真　多　謝！

乙 ㆠㄧㄚㄋˋ ㄎㆤˊ-ㄎㄧ˙.
　　免　　客　氣。

ㄉㄧˋ ㄙˋ ㄎㄜˋ
第 四 課

ㄧ ㄦˋ ㄙㄢ ㄙˋ ㄨˇ ㄌㄧㄡˋ ㄑㄧ ㄅㄚ ㄐㄧㄡˇ ㄕˊ
一 二 三 四 五 六 七 八 九 十

ㄌㄧㄥˊ ㄅㄞˇ ㄑㄧㄢ ㄨㄢˋ ㄧˋ ㄩㄢˊ ㄧㄣˊ ㄅㄣˇ ㄎㄨㄞˋ
零 百 千 萬 億 元 銀 本 塊

ㄓㄤ ㄓ ㄍㄜˋ
張 枝 個

甲 ㄋㄧˇ ㄧㄡˇ ㄐㄧˇ-ㄎㄨㄞˋ ㄑㄧㄢˊ？
你 有 幾 塊 錢？

乙 ㄨㄛˇ ㄧㄡˇ ㄧˋ-ㄅㄞˇ-ㄎㄨㄞˋ ㄑㄧㄢˊ.
我 有 一 百 塊 錢。

甲 ㄧㄠˋ ㄇㄞˇ ㄕㄜˊ-ㄇㄜ？
要 買 甚 麼？

乙 ㄧㄠˋ ㄇㄞˇ ㄕˊ-ㄦˋ- ，ˊ ㄆㄨˋ·ㄗˋ，ㄙㄢ-ㄎㄨㄞˋ ㄇㄛˋ ㄏㄢˋ ㄙˋ-ㄕˊ-ㄨˇ-
要 買 十 二 本 簿 子，三 塊 墨 和 四 十 五

ㄓㄤ ㄓˇ.
張 紙。

甲 ㄦˋ-ㄕˊ-ㄙˋ-ㄓㄤ ㄎㄜˇ-ㄧˇ ㄐㄧㄤˇ-ㄨㄟˊ ㄦˋ-ㄙˋ-ㄓㄤ，ㄕˋ ㄅㄨˊ-ㄕˋ？
二 十 四 張 可 以 講 爲 二 四 張，是 不 是？

乙 ㄕˋ·ㄧㄚˇ，ㄧㄝˇ ㄎㄜˇ-ㄧˇ ㄐㄧㄤˇ-ㄨㄟˊ ㄋㄧㄢˋ-ㄙˋ-ㄓㄤ.
是 呀，也 可 以 講 爲 念 四 張。

甲 ㄙㄢ-ㄕˊ-ㄦˋ-ㄓ ㄧㄡˇ ㄇㄟˊ-ㄧㄡˇ ㄅㄧㄝˊ ㄉㄜ˙ ㄏㄨㄚˋ ㄎㄜˇ-ㄧˇ ㄐㄧㄤˇ？
三 十 二 枝 有 沒 有 別 的 話 可 以 講？

乙 ㄎㄜˇ-ㄧˇ ㄐㄧㄤˇ ㄙㄚ-ㄦˋ-ㄓ.
可 以 講 卅 二 枝。

甲 ㄙˋ-ㄕˊ-ㄙㄢ ㄎㄜˇ-ㄧˇ ㄐㄧㄤˇ-ㄗㄨㄛˋ ㄕㄜˊ-ㄇㄛ˙？
四 十 三 可 以 講 做 甚 麼？

ㄉㆤˉ - ㄒㄧˋ - ㄎㄜˋ
第　四　課

ㄐㄧㄉˊ　ㄌㄧ˫　ㄒㆩ　ㄒㄧ˙　ㆣㆦ˫　ㄌㄚㄍˊ　ㄑㄧㄉ　ㄅㄜㆤˋ　ㄍㄠˋ　ㄐㄚㄅˊ
一　二　三　四　五　六　七　八　九　十

ㄎㆦㆭ˙(ㄌㆤㆭˊ)　ㄅㄚˋ　ㄑㆤㆭ　ㆠㄚㄋ˫　ㆤㄍ　ㄎㆦ　ㆣㄨㄋˊ　ㄅㄨˋ　ㄉㆤ˙
空(零)　百　千　萬　億　元　銀　本　塊

ㄉㄧㆫ　ㄍㄧ　ㆤˊ
張　枝　個

甲 ㄌㄧˋ ㄨ˫ ㄍㄨㄧˋ-ㄎㆦ ㆣㄨㄋˊ？
　汝有幾元銀？

乙 ㆣㆦㄚˋ ㄨ˫ ㄐㄧㄉˊ-ㄅㄚˋ-ㄎㆦ ㆣㄨㄋˊ.
　我有一百元銀。

甲 ㆠㆤˋ　ㆠㄜㆤˋ ㄒㄧㄚ˙-ㄇㄧˋ？
　卜(要)買啥麼？

乙 ㆠㆤˋ　ㆠㄜㆤˋ ㄐㄚㄅˊ-ㄌㄧ˫-ㄅㄨㄋˋ ㄆㆦ˫·ㄚˋ，ㄒㆩ-ㄉㆤ˙ ㆠㄚㄍˊ ㄍㄚㄅ
　卜(要)買十二本簿仔，三塊墨及

ㄒㄧ˙-ㄐㄚㄅˊ-ㆣㆦ˫-ㄉㄧㆫ ㄐㆦㄚˋ.
四十五張紙。

甲 ㄌㄧ˫-ㄐㄚㄅˊ-ㄒㄧ˙-ㄉㄧㆫ ㄜㆤ˫-ㄊㄚㄫ ㄍㆦㆭˋ-ㄐㄜㆤ˙ ㄌㄧ˫-ㄒㄧ˙-ㄉㄧㆫ，
　二十四張會可講做二四張，

ㄒㄧ˫-ㄇ˙？
是不？

乙 ㄒㄧ˫·ㆦ˙，ㄧㄚ˫ ㄜㆤ˫-ㄊㄚㄫ ㄍㆦㆭˋ-ㄐㄜㆤ˙ ㄌㄧㄚㄅˊ-ㄒㄧ˙-ㄉㄧㆫ.
　是喔，也會通講做廿四張。

甲 ㄒㆩ-ㄐㄚㄅˊ-ㄌㄧ˫-ㄍㄧ ㄨ˫ ㄅㄚㄉˊ-ㄍㄨ˙ ㄜㆤ˫ ㄊㄚㄫ ㄍㆦㆭˋ ㆠㄜ˫？
　三十二枝有別句話通講無？

乙 ㄊㄚㄫ ㄍㆦㆭˋ ㄒㄚㄇ˙-ㄌㄧ˫-ㄍㄧ.
　通講卅二枝。

甲 ㄒㄧ˙-ㄐㄚㄅˊ-ㄒㆩ ㄜㆤ˫ ㄒㄞˋ-ㄉㄧㄉ ㄍㆦㆭˋ-ㄐㄜㆤ˙ ㄒㄧㄚ˙-ㄇㄧˋ？
　四十三會使得講做啥麼？

乙 ㄎㄜˇ-ㄧˇ ㄐㄧㄤˇ-ㄗㄨㄛˋ ㄙˋ-ㄙㄢ.
　可以 講 做 卌三。

甲 ㄨˇ-ㄅㄞˇ-ㄌㄧㄡˋ-ㄕˊ ㄌㄧㄥˋ-ㄨㄞˋ ㄎㄜˇ-ㄧˇ ㄐㄧㄤˇ-ㄗㄨㄛˋ ㄕㄜˊ-ㄇㄛ˙?
　五百 六 十 另外 可以 講 做 甚麼?

乙 ㄎㄜˇ-ㄧˇ ㄐㄧㄤˇ-ㄗㄨㄛˋ ㄨˇ-ㄅㄞˇ-ㄌㄧㄡˋ.
　可以 講 做 五百 六。

甲 ㄨˇ-ㄌㄧㄥˊ-ㄑㄧ ㄧㄠˋ ㄗㄜˇ-ㄇㄛ˙ ㄐㄧㄤˇ·ㄋㄜ˙?
　五 零 七 要 怎麼 講 呢?

乙 ㄨˇ-ㄅㄞˇ-ㄌㄧㄥˊ-ㄑㄧ.
　五百 零 七。

甲 ㄅㄚ-ㄌㄧㄥˊ-ㄌㄧㄥˊ-ㄐㄧㄡˇ ㄋㄜ?
　八 零 零 九 呢?

乙 ㄧㄠˋ ㄐㄧㄤˇ-ㄗㄨㄛˋ ㄅㄚ-ㄑㄧㄢ-ㄌㄧㄥˊ-ㄌㄧㄥˊ-ㄐㄧㄡˇ，ㄏㄨㄛˋ-ㄕˋ ㄅㄚ-
　要 講 做 八 千 零 零 九， 或是 八

　ㄑㄧㄢ-ㄕㄨㄤ-ㄌㄧㄥˊ-ㄐㄧㄡˇ.
　千 雙 零 九。

甲 ㄕˊ-ㄍㄜ˙ ㄧˋ-ㄑㄧㄢ ㄐㄧㄠˋ-ㄗㄨㄛˋ ㄕㄜˊ-ㄇㄛ˙?
　十 個 一 千 叫 做 甚 麼?

乙 ㄐㄧㄠˋ-ㄗㄨㄛˋ ㄧˊ-ㄨㄢˋ.
　叫 做 一萬。

甲 ㄧˊ-ㄨㄢˋ-ㄍㄜ˙ ㄧˊ-ㄨㄢˋ ㄐㄧㄠˋ-ㄗㄨㄛˋ ㄕㄜˊ-ㄇㄛ˙?
　一 萬 個 一 萬 叫 做 甚 麼?

乙 ㄐㄧㄠˋ-ㄗㄨㄛˋ ㄧˊ-ㄧˋ.
　叫 做 一億。

乙 ㆦㆤˉ ㄒㄚㄧˋ-ㄉㄧㄌ ㄍㆦㄫˋ-ㄐㄛㆤ˙ ㄒㄧㄚㄅ-ㄒㄚ°
　會　使　得　講　做　　　三。

甲 ㄫㆦˉ-ㄅㄚˈ-ㄌㄚㄍˊ-ㄐㄚㄅˊ ㄌㆤㄫˉ-ㄫㆦㄚˉ ㆦㆤˉ ㄒㄚㄧˋ-ㄉㄧㄌ ㄍㆦㄫˋ-ㄐㄛㆤ˙
　五　百　六　十　另　外　會　使　得　講　做

ㄒㄧㄚ-ㄇㄧˈ?
　啥　麼？

乙 ㆦㆤˉ ㄒㄚㄧˋ-ㄉㄧㄌ ㄍㆦㄫˋ-ㄐㄛㆤ˙ ㄫㆦˉ-ㄚˋ-ㄌㄚㄍˊ.
　會　使　得　講　做　五　百　六。

甲 ㄫㆦ-ㄎㆦㄫ˙-ㄑㄧㄌ ㄉㄧㄛˊ ㄚㄋˋ-ㄐㆦㄚ ㄍㆦㄫˋ·ㄋㆤ˙?
　五　空　七　着　按　怎　講　呢？

乙 ㄫㆦˉ-ㄅㄚˈ-ㄎㆦㄫ˙-ㄑㄧㄌ.
　五　百　空　七。

甲 ㄅㄚㄌ-ㄌㆤㄫˇ-ㄌㆤㄫˇ-ㄍㄧㄨˋ ㄋㆤ˙?
　八　零　零　九　呢？

乙 ㄉㄧㄛˊ ㄍㆦㄫˋ-ㄐㄛㆤ˙ ㄅㄛㆤˈ-ㄑㆤㄫ-ㄎㆦㄫ˙-ㄎㆦㄫ˙-ㄍㄚㄨˋ，ㄚˋ-ㄒㄧˉ
　着　講　做　八　千　空　空　九，　抑　是

ㄅㄛㆤˈ-ㄑㆤㄫ-ㄒㄧㄚㄫ-ㄎㆦㄫ˙-ㄍㄚㄨˋ.
　八　千　雙　空　九。

甲 ㄐㄚㄅˊ-ㆤˇ ㄐㄧㄌˊ-ㄑㆤㄫ ㄍㄧㄛ˙-ㄐㄛㆤ˙ ㄒㄧㄚ-ㄇㄧˈ?
　十　個　一　千　叫　做　啥　麼？

乙 ㄍㄧㄛ˙-ㄐㄛㆤ˙ ㄐㄧㄌˊ-ㆠㄚㄋˉ.
　叫　做　一　萬。

甲 ㄐㄧㄌˊ-ㆠㄚㄋˉ-ㆤˇ ㄐㄧㄌˊ-ㆠㄚㄋˉ ㄍㄧㄛ˙-ㄐㄛㆤ˙ ㄒㄧㄚ-ㄇㄧˈ?
　一　萬　個　一　萬　叫　做　啥　麼？

乙 ㄍㄧㄛ˙-ㄐㄛㆤ˙ ㄐㄧㄌˊ-ㆤㄍ.
　叫　做　一　億。

備　考

(1) 〔ㄐㄧㄉˊ-ㄉㄝㄦˋ ㄏㄛˉ∥一項帽〕ㄧˋ-ㄉㄧㄥˇ ㄇㄠˋ·ㄗˇ 一項帽子。

〔ㄧㄉ-ㄉㄝㄦˋ ㄌㄚㄦˇ∥一等人〕ㄉㄧˋ-ㄧ-ㄉㄥˇ ㄖㄣˊ 第一等人。

講話的時候“一項帽”不可以講做“ㄧㄉ-ㄉㄝㄦˋ ㄏㄛˉ”；又“一等人”也不可以講做“ㄐㄧㄉˊ-ㄉㄝㄦˋ ㄌㄚㄦˇ”才對。

(2) 〔ㄌㄦˉ-ㄝˇ∥二個〕ㄌㄧㄤˇ-ㄍㄜ˙ 兩個，不可以講做“ㄌㄧˉ-ㄝˇ”。

(3) 〔ㄌㄧˉ-ㄐㄚㄅˊ-ㄫㄛˉ∥二十五〕=〔ㄌㄧˉ-ㄫㄛˉ∥二五〕ㄦˋ-ㄕˊ-ㄨˇ 二十五，此時的“二”不可以講做“ㄌㄦˉ”一定要講做“ㄌㄧˉ”。

(4) 〔ㄒㄚ°-ㄐㄚㄅˊ-ㄅㄛㄝˈ∥三十八〕也可以講做〔ㄒㄚㄇˉ-ㄅㄛㄝˈ＝卅八〕ㄙㄢ-ㄕˊ-ㄅㄚ 三十八。

(5) 〔ㄒㄧˋ-ㄐㄚㄅˊ-ㄍㄚㄨˋ∥四十九〕=〔ㄒㄧㄚㄅ-ㄍㄚㄨˋ∥卌九〕ㄙˋ-ㄕˊ-ㄐㄧㄡˇ 四十九。

(6) 〔ㄑㄧㄉ-ㄅㄚˈ-ㄒㄚ°-ㄐㄚㄅˊ∥七百三十〕=〔ㄑㄧㄉ-ㄅㄚˈ-ㄒㄚ°∥七百三〕=〔ㄑㄧㄉ-ㄚˈ-ㄒㄚ°∥七百三〕ㄑㄧ-ㄅㄞˇ-ㄙㄢ-ㄕˊ；ㄑㄧ-ㄅㄞˇ-ㄙㄢ.

數字在閩南語，讀音與語音是要有差別，而且變化也多，須要特別注意習慣講法。講話的時候可以滲揷讀音，但是讀音的時候，不可以滲揷語音。

例如「十一」講話時，發音是「ㄐㄚㄅˊ-ㄧㄉ」不可講做「ㄐㄚㄅˊ-ㄐㄧㄉˊ」，而讀音時是讀爲「ㄒㄧㄅˊ-ㄧㄉ」。又「二十三」

講話時發音是「ㄌㄧˉ-ㄐㄚㆴˊ-ㄒㄚ°」，讀音時是「ㄌㄧˉ-ㄒㄧㆴˊ-ㄒㄚㆬ」，ㄌㄧˉ-ㄒㄧㆴˊ-ㄒㄚㆬ 都是讀音，但講話時 ㄌㄧˉ 雖是讀音，而ㄐㄚㆴˊ-ㄒㄚ° 是語音，可以滲揷在一起講。這是依照習慣沒有理論。

閩南語的數字讀音如下：

ㄧㆵ	ㄌㄧˉ(ㆡㄧˉ)	ㄒㄚㆬ	ㄒㄨˋ(ㄒㄧˋ)	ㄫㆦˉ	ㄌㄧㆦㆶˊ	ㄑㄧㆵ
一	二	三	四	五	六	七
ㄅㄚㆵ	ㄍㄧㄨˋ	ㄒㄧㆴˊ	ㄌㄝㄫˊ	ㄅㄝㆶ	ㄑㄧㄚㄋ	ㆠㄚㄋˉ	ㄝㆶ
八	九	十	零	百	千	萬	億

ㄉㄧˋ－ㄨˇ－ㄎㄜˋ
第　五　課

ㄐㄧㄣ－ㄊㄧㄢ　ㄇㄧㄥˊ－ㄊㄧㄢ
今天　明天

ㄏㄡˋ－ㄊㄧㄢ　ㄉㄚˋ－ㄏㄡˋ－ㄊㄧㄢ　ㄗㄨㄛˊ－ㄊㄧㄢ
後天　大後天　昨天

ㄑㄧㄢˊ－ㄊㄧㄢ　ㄉㄚˋ－ㄑㄧㄢˊ－ㄊㄧㄢ
前天　大前天

ㄓㄜˋ－ㄍㄜ˙－ㄩㄝˋ　ㄕㄤˋ－ㄩㄝˋ　ㄒㄧㄚˋ－ㄩㄝˋ
這個月　上月　下月

ㄐㄧㄣ－ㄋㄧㄢˊ　ㄇㄧㄥˊ－ㄋㄧㄢˊ　ㄏㄡˋ－ㄋㄧㄢˊ
今年　明年　後年

ㄉㄚˋ－ㄏㄡˋ－ㄋㄧㄢˊ　ㄑㄩˋ－ㄋㄧㄢˊ　ㄑㄧㄢˊ－ㄋㄧㄢˊ
大後年　去年　前年

ㄉㄚˋ－ㄑㄧㄢˊ－ㄋㄧㄢˊ　ㄆㄧㄥˊ－ㄋㄧㄢˊ　ㄖㄨㄣˋ－ㄋㄧㄢˊ
大前年　平年　閏年

ㄒㄧㄥ－ㄑㄧˊ－ㄖˋ　ㄒㄧㄥ－ㄑㄧˊ－ㄧ　ㄒㄧㄥ－ㄑㄧˊ－ㄦˋ　ㄒㄧㄥ－ㄑㄧˊ－ㄙㄢ
星期日　星期一　星期二　星期三

ㄒㄧㄥ－ㄑㄧ－ㄙˋ　ㄒㄧㄥ－ㄑㄧˊ－ㄨˇ　ㄒㄧㄥ－ㄑㄧ－ㄌㄧㄡˋ
星期四　星期五　星期六

甲　ㄧˋ－ㄒㄧㄥ－ㄑㄧˊ　ㄧㄡˇ　ㄐㄧˇ－ㄊㄧㄢ？
一星期有幾天？

乙　ㄧˋ－ㄒㄧㄥ－ㄑㄧˊ　ㄧㄡˇ　ㄑㄧ－ㄊㄧㄢ：ㄕˋ
一星期有七天：是

ㄒㄧㄥ－ㄑㄧˊ－ㄖˋ，ㄒㄧㄥ－ㄑㄧˊ－ㄧ，ㄒㄧㄥ－ㄑㄧˊ－ㄦˋ，
星期日，星期一，星期二，

ㄒㄧㄥ－ㄑㄧˊ－ㄙㄢ，ㄒㄧㄥ－ㄑㄧˊ－ㄙˋ，ㄒㄝㄫ－ㄑㄧˊ－ㄨˇ，
星期三，星期四，星期五，

ㄒㄧㄥ－ㄑㄧˊ－ㄌㄧㄡˋ.
星期六。

甲　ㄐㄧㄣ－ㄊㄧㄢ　ㄕˋ　ㄐㄧˇ－ㄩㄝˋ　ㄐㄧˇ－ㄖˋ？
今天是幾月幾日？

ㄉㄝˉ - ㄫㆦˉ - ㄎㄜ˙
第　五　課

ㄍㄧㄋ-ㄚˋ-ㆡㄧㄉˊ　ㄇㄧㄋˇ-ㄚˋ-ㄐㄚㄧ˙(ㆡㄧㄉˊ)
今仔日　明仔早(日)

ㄚㄨˉ-ㆡㄧㄉˊ　ㄉㆦㄚˉ-ㄚㄨˉ-ㆡㄧㄉˊ　ㄐㄚˉ-ㆡㄧㄉˊ
後日　大後日　昨日

ㄐㄜˊ-ㆡㄧㄉˊ　ㄉㆦㄚˉ-ㄐㄜˊ-ㆡㄧㄉˊ
前日　大前日

ㄐㄧㄉ-ㄫㄝˊ　ㄉㄝㄫˋ-ㄫㄝˊ(ㄐㄝㄫˇ-ㄫㄝˊ)　ㄚㄨˉ-ㄫㄝˊ
這月　頂月（前月）　後月

ㄍㄧㄋ-ㄋㄧᵛ　ㄇㄝᵛ-ㄋㄧᵛ　ㄚㄨˉ-ㄋㄧᵛ
今年　明年　後年

ㄉㆦㄚˉ-ㄚㄨˉ-ㄋㄧᵛ　ㄍㄨˉ-ㄋㄧᵛ　ㄐㄨㄋˇ-ㄋㄧᵛ
大後年　舊年　前年

ㄉㆦㄚˉ-ㄐㄨㄋˇ-ㄋㄧᵛ　ㄅㄝᵛ-ㄋㄧᵛ　ㄌㄨㄋˉ-ㄋㄧᵛ
大前年　平年　閏年

ㄒㄝㄫ-ㄍㄧˇ-ㆡㄧㄉˊ　ㄒㄝㄫ-ㄍㄧˇ-ㄧㄉ　ㄒㄝㄫ-ㄍㄧˇ-ㆡㄧˉ　ㄒㄝㄫ-ㄍㄧˇ-ㄒㄚ°
星期日　星期一　星期二　星期三

ㄒㄝㄫ-ㄍㄧˇ-ㄒㄧ˙　ㄒㄝㄫ-ㄍㄧˇ-ㄫㆦˉ　ㄒㄝㄫ-ㄍㄧˇ-ㄌㄚㄍˊ
星期四　星期五　星期六

甲 ㄐㄧㄉˊ-ㄒㄝㄫ-ㄍㄧˇ ㄨˉ ㄍㄨㄧˋ-ㆡㄧㄉˊ？
一星期有幾日？

乙 ㄐㄧㄉˊ-ㄒㄝㄫ-ㄍㄧˇ ㄨˉ ㄑㄧㄉ-ㆡㄧㄉˊ：ㄒㄧˉ
一星期有七日：是

ㄒㄝㄫ-ㄍㄧˇ-ㆡㄧㄉˊ，ㄒㄝㄫ-ㄍㄧˇ-ㄧㄉ，ㄒㄝㄫ-ㄍㄧˇ-ㆡㄧˉ，
星期日，星期一，星期二，

ㄒㄝㄫ-ㄍㄧᵛ-ㄒㄚ°，ㄒㄝㄫ-ㄍㄧˇ-ㄒㄧ˙，ㄒㄝㄫ-ㄍㄧˇ-ㄫㆦˉ，
星期三，星期四，星期五，

ㄒㄝㄫ-ㄍㄧˇ-ㄌㄚㄍˊ.
星期六。

甲 ㄍㄧㄋ-ㄚˋ-ㆡㄧㄉˊ ㄒㄧˉ ㄍㄨㄧˋ-ㄫㄝˊ ㄍㄨㄧˋ-ㆡㄧㄉˊ？
今仔日是幾月幾日？

乙 ㄐㄧㄣ-ㄊㄧㄢ ㄕˋ ㄩㄢˊ-ㄩㄝˋ ㄕˊ-ㄅㄚ-ㄖˋ.
今天是元月十八日。

甲 ㄇㄧㄥˊ-ㄊㄧㄢ ㄋㄜ˙?
明天呢？

乙 ㄇㄧㄥˊ-ㄊㄧㄢ ㄕˋ ㄕˊ-ㄐㄧㄡˇ-ㄖˋ.
明天是十九日。

甲 ㄓㄜˋ-ㄍㄜˋ ㄩㄝˋ ㄕˋ ㄅㄨˊ-ㄕˋ ㄩㄢˊ-ㄩㄝˋ?
這個月是不是元月？

乙 ㄕˋ,ㄓㄜˋ-ㄍㄜˋ ㄩㄝˋ ㄓㄥˋ-ㄕˋ ㄩㄢˊ-ㄩㄝˋ.
是，這個月正是元月。

甲 ㄐㄧㄣ-ㄋㄧㄢˊ ㄕˋ ㄇㄧㄣˊ-ㄍㄨㄛˊ ㄐㄧˇ-ㄋㄧㄢˊ?
今年是民國幾年？

乙 ㄐㄧㄣ-ㄋㄧㄢˊ ㄕˋ ㄇㄧㄣˊ-ㄍㄨㄛˊ ㄌㄧㄡˋ-ㄕˊ-ㄋㄧㄢˊ.
今年是民國六十年。

甲 ㄏㄡˋ-ㄋㄧㄢˊ ㄉㄜ˙ ㄧˋ-ㄋㄧㄢˊ ㄏㄡˋ ㄐㄧㄠˋ-ㄗㄨㄛˋ ㄕㄜˊ-ㄇㄛ˙ ㄋㄧㄢˊ?
後年的一年後叫做甚麼年？

乙 ㄐㄧㄠˋ-ㄗㄨㄛˋ ㄉㄚˋ-ㄏㄡˋ-ㄋㄧㄢˊ.
叫做大後年。

甲 ㄑㄩˋ-ㄋㄧㄢˊ ㄉㄜ˙ ㄧˋ-ㄋㄧㄢˊ ㄑㄧㄢˊ ㄐㄧㄠˋ-ㄗㄨㄛˋ ㄕㄜˊ-ㄇㄛ˙?
去年的一年前叫做甚麼？

乙 ㄐㄧㄠˋ-ㄗㄨㄛˋ ㄑㄧㄢˊ-ㄋㄧㄢˊ.
叫做前年。

甲 ㄗㄞˋ ㄧˋ-ㄋㄧㄢˊ ㄑㄧㄢˊ·ㄋㄜ˙?
再一年前呢？

乙 ㄐㄧㄠˋ-ㄗㄨㄛˋ ㄉㄚˋ-ㄑㄧㄢˊ-ㄋㄧㄢˊ.
叫做大前年。

甲 ㄧˋ-ㄊㄧㄢ ㄧㄡˇ ㄐㄧˇ-ㄍㄜ˙ ㄓㄨㄥ-ㄊㄡˊ?
一天有幾個鐘頭？

乙 ㄦˋ-ㄕˊ-ㄙˋ-ㄍㄜ˙ ㄓㄨㄥ-ㄧㄡˊ.
二十四個鐘頭。

甲 ㄧˋ-ㄒㄧㄠˇ-ㄕˊ ㄧㄡˇ ㄐㄧˇ-ㄈㄣ-ㄓㄨㄥ?
一小時有幾分鐘？

乙 ㄌㄧㄡˋ-ㄕˊ-ㄈㄣ-ㄓㄨㄥ.
六十分鐘。

乙 ㄍㄧㄋ-ㄚˋ-ㆢㄧㄉˊ ㄒㄧ¯ ㄐㄧㄚ°-ㄫㄝˊ ㄐㄚㄅˊ-ㄅㄛㄝˋ-ㆢㄧㄉˊ.
　今 仔 日 是 正 月 十 八 日。

甲 ㆠㄧㄋˇ-ㄚˋ-ㄐㄚㄧˋ·ㄋㄝ˙?
　明 仔 早 呢?

乙 ㆠㄧㄋˇ-ㄚˋ-ㄐㄚㄧˋ ㄒㄧ¯ ㄐㄚㄅˊ-ㄍㄚㄨˋ-ㆢㄧㄉˊ.
　明 仔 早 是 十 九 日。

甲 ㄐㄧㄉ-ㄫㄝˊ ㄒㄧ¯ ㄇ¯-ㄒㄧ¯ ㄐㄧㄚ°-ㄫㄝˊ?
　這 月 是 不 是 正 月?

乙 ㄒㄧ¯，ㄐㄧㄉˋ ㄫㄝˊ ㄐㄧㄚ°-ㄒㄧ¯ ㄐㄧㄚ°-ㄫㄝˊ.
　是，這 月 正 是 正 月。

甲 ㄍㄧㄋ-ㄋㄧᵟ ㄒㄧ¯ ㆠㄧㄋˇ-ㄍㆦㄍ ㄍㄨㄧˋ-ㄋㄧˇ?
　今 年 是 民 國 幾 年?

乙 ㄍㄧㄋ-ㄋㄧᵟ ㄒㄧ¯ ㆠㄧㄋˇ-ㄍㆦㄍ ㄌㄚㄍˊ-ㄐㄚㄅˊ-ㄋㄧᵟ.
　今 年 是 民 國 六 十 年。

甲 ㄚㄨ¯-ㄋㄧᵟ ㄝˇ ㄐㄧㄉˊ-ㄋㄧᵟ ㄚㄨ¯ ㄍㄧㄛ˙-ㄐㄛㄝ˙ ㄒㄧㄚ°-ㄇㄧˈ ㄋㄧᵟ?
　後 年 的 一 年 後 叫 做 什 麼 年?

乙 ㄍㄧㄛ˙-ㄐㄛㄝ˙ ㄉㆦㄚ¯-ㄚㄨ¯-ㄋㄧᵟ.
　叫 做 大 後 年。

甲 ㄍㄨ¯-ㄋㄧᵟ ㄝˇ ㄐㄧㄉˊ-ㄋㄧᵟ ㄐㄝㄫˇ ㄍㄧㄛ˙-ㄐㄛㄝ˙ ㄒㄧㄚ°-ㄇㄧˈ?
　舊 年 的 一 年 前 叫 做 啥 麼?

乙 ㄍㄧㄛ˙-ㄐㄛㄝ˙ ㄐㄨㄋˇ-ㄋㄧ˙
　叫 做 前 年。

甲 ㄍㄛˈ ㄐㄧㄉˊ-ㄋㄧˇ ㄐㄝㄫˇ·ㄋㄝ˙?
　更 一 年 前 呢?

乙 ㄍㄧㄛ˙-ㄐㄛㄝ˙ ㄉㆦㄚ¯-ㄐㄨㄋˇ-ㄋㄧᵟ.
　叫 做 大 前 年。

甲 ㄐㄧㄉˊ-ㆢㄧㄉˊ ㄨ¯ ㄍㄨㄧˋ-ㄉㄧㄚㄇˋ-ㄐㄝㄫ?
　一 日 有 幾 點 鐘?

乙 ㄌㄧ¯-ㄐㄚㄅˊ-ㄒㄧˋ-ㄉㄧㄚㄇˋ-ㄐㄝㄫ.
　二 十 四 點 鐘。

甲 ㄐㄧㄉˊ-ㄒㄧㄛ˙-ㄒㄧˇ ㄨ¯ ㄍㄨㄧˋ-ㄏㄨㄋ-ㄐㄝㄫ?
　一 小 時 有 幾 分 鐘?

乙 ㄌㄚㄍˊ-ㄐㄚㄅˊ-ㄏㄨㄋ-ㄐㄝㄫ.
　六 十 分 鐘。

甲 ㄧˋ-ㄈㄣ-ㄓㄨㄥ ㄕˋ ㄐㄧˇ-ㄇㄧㄠˇ ㄋㄜ?
　一分鐘是幾秒呢？

乙 ㄌㄧㄡˋ-ㄕˊ-ㄇㄧㄠˇ.
　六十秒。

甲 ㄧˋ-ㄋㄧㄢˊ ㄧㄡˇ ㄐㄧˇ-ㄊㄧㄢ?
　一年有幾天？

乙 ㄆㄧㄥˊ-ㄋㄧㄢˊ ㄕˋ ㄙㄢ-ㄅㄞˇ ㄌㄧㄡˋ-ㄕˊ-ㄨˇ-ㄊㄧㄢ，ㄌㄨㄣˋ-ㄋㄧㄢˊ ㄕˋ ㄙㄢ-ㄅㄞˇ ㄌㄧㄡˋ-ㄕˊ-ㄌㄧㄡˋ-ㄊㄧㄢ.
　平年是三百六十五天，閏年是三百六十六天。

備　考

(1) 〔ㄐㄚˉ-ㄦ／／昨央〕＝〔ㄐㄚˉ-ㄚㄇ˙／／昨暗〕＝〔ㄐㄚˉ-ㄇㄧ˙／／昨冥〕
ㄗㄨㄛˊ-ㄨㄢˇ 昨晚。

(2) ㄌㄝˋ-ㄅㄚㄧ˙-ㄋㄧㄉˊ＝ㄌㄧˇ-ㄅㄞˋ-ㄊㄧㄢ
　禮拜日　禮拜天

ㄌㄝˋ-ㄅㄚㄧ˙-ㄧㄉ＝ㄌㄧˇ-ㄅㄞˋ-ㄧ
　禮拜一

ㄌㄝˋ-ㄅㄚㄧ-ㄋㄧˉ＝ㄌㄧˇ-ㄅㄞˋ-ㄦˋ
　禮拜二

ㄌㄝˋ-ㄅㄚㄧ˙ㄒㄚ°＝ㄌㄧˇ-ㄅㄞˋ-ㄙㄢ
　禮拜三

ㄌㄝˋ-ㄅㄚㄧ˙-ㄒㄧ˙＝ㄌㄧˇ-ㄅㄞˋ-ㄙˋ
　禮拜四

ㄌㄝˋ-ㄅㄚㄧ˙-ㄫㄛˉ＝ㄌㄧˇ-ㄅㄞˋ-ㄨˇ
　禮拜五

ㄌㄝˋ-ㄅㄚㄧ˙-ㄌㄚㄍˊ＝ㄌㄧˇ-ㄅㄞˋ-ㄌㄧㄡˋ
　禮拜六

甲 ㄐㄧㆵ΄-ㄏㄨㄋ-ㄐㄝㄫ ㄒㄧˉ ㄍㄨㄧˋ-ㆠㄧㄛˋ ㄋㄝ˙？
　一　分　鐘　是　幾　　秒　呢？

乙 ㄌㄚㆶ΄-ㄐㄚㆴ΄-ㆠㄧㄛˋ.
　六　十　秒。

甲 ㄐㄧㆵ΄-ㄋㄧˇ ㄨˉ ㄍㄨㄧˋ-ㆡㄧㆵ΄？
　一　年有　幾　日？

乙 ㄅㆥˇ-ㄋㄧˇ ㄒㄧˉ ㄒㄚ°-ㄅㄚˈ ㄌㄚㆶ΄-ㄐㄚㆴ΄-ㄫㆦˉ-ㆡㄧㆵ΄，ㄌㄨㄋˉ-ㄋㄧˇ ㄒㄧˉ
　平　年　是　三　百　六　　十　五　日，閏　年　是

ㄒㄚ°-ㄅㄚˈ ㄌㄚㆶ΄-ㄐㄚㆴ΄-ㄌㄚㆶ΄-ㆡㄧㆵ΄
　三　百　六　　十　六　　日。

ㄌㄧㄢˋ - ㄒㄧˊ
練　習　(一)

1 ㄓㄜˋ ㄕˋ ㄕㄜˊ- ㄇㄛ˙?
這 是 甚(什)麼?

2 ㄓㄜˋ ㄕˋ ㄕㄜˊ- ㄇㄛ˙?
這 是 什(甚)麼?

3 ㄓㄜˋ ㄕˋ ㄕㄜˊ-ㄇㄛ˙ ㄉㄨㄥ-ㄒㄧ˙?
這 是 什 麼 東 西?

4 ㄓㄜˋ ㄕˋ ㄕㄜˊ-ㄇㄛ˙ ㄉㄨㄥ-ㄒㄧ˙?
這 是 甚 麼 東 西?

5 ㄓㄜˋ ㄕˋ ㄅㄧˇ，ㄋㄚˋ ㄕˋ ㄅㄨˊ-ㄕˋ ㄅㄧˇ?
這 是 筆，那 是 不 是 筆?

6 ㄋㄚˋ ㄅㄨˊ-ㄕˋ ㄅㄧˇ，ㄋㄚˋ ㄕˋ ㄇㄛˋ.
那 不 是 筆，那 是 墨。

7 ㄓㄜˋ-ㄍㄜˋ ㄕˋ ㄨㄛˇ·ㄉㄜ˙.
這 個 是 我 的。

8 ㄋㄚˋ-ㄍㄜˋ ㄅㄨˊ-ㄕˋ ㄨㄛˇ·ㄉㄜ˙.
那 個 不 是 我 的。

9 ㄓㄜˋ-ㄍㄜˋ ㄕˋ ㄅㄨˊ-ㄕˋ ㄋㄧˇ·ㄉㄜ˙?
這 個 是 不 是 你 的?

10 ㄓㄜˋ-ㄍㄜˋ ㄓㄥˋ-ㄕˋ ㄨㄛˇ·ㄉㄜ˙，ㄋㄚˋ-ㄍㄜˋ ㄘㄞˊ ㄅㄨˊ-ㄕˋ.
這 個 正 是 我 的，那 個 才 不 是。

11 ㄋㄧˇ ㄗㄞˋ ㄋㄚˇ-ㄌㄧˇ?
你 在 那 裏?

12 ㄨㄛˇ ㄗㄞˋ ㄓㄜˋ-ㄌㄧˇ，ㄕˋ ㄗㄞˋ ㄋㄧˇ ㄉㄜ˙ ㄑㄧㄢˊ-ㄊㄡ˙.
我 在 這 裏，是 在 你 的 前 頭。

13 ㄊㄚ ㄗㄞˋ ㄋㄚˇ-ㄌㄧˇ?
他 在 那 裏?

14 ㄊㄚ ㄗㄞˋ ㄋㄚˋ-ㄌㄧ˙，ㄕˋ ㄗㄞˋ ㄋㄧˇ ㄉㄜ˙ ㄏㄡˋ-ㄊㄡ˙.
他 在 那 裏，是 在 你 的 後 頭。

15 ㄨㄛˇ ㄉㄜ˙ ㄏㄡˋ-ㄊㄡ˙ ㄏㄞˊ-ㄧㄡˇ ㄕㄟˊ ㄋㄜ˙?
我 的 後 頭 還 有 誰 呢?

ㄌㄧㄚㄋˉ － ㄒㄧㄅˊ
練　　習　　(一)

1 ㄐㄝ ㄒㄧˉ ㄒㄧㄇˊ-ㄇㄧˈ？
這　是　甚　麼？

2 ㄐㄝ ㄒㄧˉ ㄒㄧㄚᵈ － ㄇㄧˈ？
這　是　什（啥）麼？

3 ㄐㄝ ㄒㄧˉ ㄒㄧㄚᵈ-ㄇㄧˈ ㄏㄛㄝ˙？
這是　啥（什）麼　貨？

4 ㄐㄝ ㄒㄧˉ ㄒㄚᵈ ㄏㄛㄝ˙？
這　是　啥　貨？

5 ㄐㄝ ㄒㄧˉ ㄅㄧㄉ，ㄏㄝ ㄒㄧˉ ㄇˉ-ㄒㄧ ㄅㄧㄉ？
這　是　筆，彼　是　不是　筆？

6 ㄏㄝ ㄇˉ-ㄒㄧˉ ㄅㄧㄉ，ㄏㄝ ㄒㄧˉㆠㄚㄍˊ.
彼　不　是　筆，彼　是　墨。

7 ㄐㄧㄉ-ㄝˇ ㄒㄧˉ ㄫㆦㄚˋ·ㄝˇ.
此(這)個是　我　的。

8 ㄏㄧㄉ-ㄝˇ ㄇˉ-ㄒㄧˉ ㄫㆦㄚˋ·ㄝˇ.
彼(那)個不 是　我　的。

9 ㄐㄧㄉ-ㄝˇ ㄒㄧˉ ㄇˉ-ㄒㄧˉ ㄌㄧˋ·ㄝˇ？
此(這)個是　不 是　汝　的？

10 ㄐㄧㄉ-ㄝˇ ㄐㄧㄚ°-ㄒㄧˉ ㄫㆦㄚˋ·ㄝˇ，ㄏㄧㄉ-ㄝˇ ㄐㄧㄚˈ ㄇˉ ㄒㄧˉ.
此(這)個 正　是　我　的，彼(那)個 才　不 是。

11 ㄌㄧˋ ㄉㄧˉ ㄉㄛˊ-ㄌㄛˊ？
汝　在　何　落？

12 ㄫㆦㄚˋ ㄉㄧˉ ㄐㄧㄚ，ㄒㄧˉ ㄉㄧˉ ㄌㄧˋ ㄝˇ ㄊㄚㄨˊ-ㄐㄝㄫˇ.
我　在　此，是　在　汝　的　頭　前。

13 ㄧ ㄉㄧˉ ㄉㄛˊ-ㄨㄧˉ？
伊 在　何　位？

14 ㄧ ㄉㄧˉ ㄏㄧㄚ，ㄒㄧˉ ㄌㄧˉ ㄌㄧˋ ㄝˇ ㄚㄨˉ-ㆠㄧㄋˉ.
伊 在　彼，是　在 汝　的　後　面。

15 ㄫㆦㄚˋ ㄝˇ ㄚㄨˉ-ㆠㄧㄋˉ ㄧㄚㄨˋ-ㄨˉ ㄒㄧㄚᵈ-ㄌㄚㄫˇ？
我　的　後　面　尚　有　啥　人？

16 ㄋㄧˇ ㄉㄜ˙ ㄏㄡˋ-ㄊㄡ˙ ㄏㄞˊ-ㄧㄡˇ ㄉㄚˋ-ㄖㄣˊ，ㄧㄝˇ-ㄧㄡˇ ㄒㄧㄠˇ-
汝的後頭還有大人，也有小
ㄏㄞˊ，ㄧㄡˇ ㄋㄢˊ·ㄉㄜ˙，ㄧㄝˇ-ㄧㄡˇ ㄋㄩˇ·ㄉㄜ˙.
孩，有男的，也有女的。

17 ㄉㄚˋ-ㄖㄣˊ ㄒㄧㄠˇ-ㄏㄞˊ ㄐㄨㄥˇ-ㄍㄨㄥˋ ㄧㄡˇ ㄐㄧˇ-ㄍㄜˋ？ㄋㄧˇ
大人小孩總共有幾個？你
ㄒㄨㄢˋ-ㄎㄢˋ.
算看。

18 ㄏㄠˇ，ㄨㄛˇ ㄌㄞˊ ㄒㄨㄢˋ-ㄎㄢˋ. ㄧ ㄦˋ ㄙㄢ ㄙˋ ㄨˇ ㄌㄧㄡˋ ㄑㄧ
好，我來算看。一二三四五六七
ㄅㄚ ㄐㄧㄡˇ ㄕˊ ㄕˊ-ㄧ ㄕˊ-ㄦˋ ㄕˊ-ㄙㄢ…… ㄕˊ-ㄐㄧㄡˇ ㄦˋ-ㄕˊ ㄦˋ-
八九 十十一十二 十三……… 十九二十二
ㄕˊ-ㄧ ㄦˋ-ㄕˊ-ㄦˋ，ㄐㄨㄥˇ-ㄍㄨㄥˋ ㄧㄡˇ ㄦˋ-ㄕˊ-ㄦˋ-ㄍㄜˋ.
十一二十二，總共有二十二個。

◎ ㄑㄧㄥˇ ㄓㄨˋ-ㄧˋ！ㄗㄞˋ ㄇㄧㄣˇ-ㄋㄢˊ-ㄩˇ ㄉㄜ˙ ㄩˇ-ㄧㄣ ㄏㄢˋ ㄗˋ-ㄧㄣ，
請注意！在閩南語的語音和字音，
ㄕˋ ㄨㄢˇ-ㄑㄩㄢˊ ㄅㄨˋ ㄊㄨㄥˊ. ㄐㄧㄤˇ-ㄏㄨㄚˋ ㄉㄜ˙ ㄕˊ-ㄏㄡˋ，ㄎㄜˇ-
是完全不同。講話的時候，可
ㄧˇ ㄘㄢ-ㄐㄧㄚ ㄗˋ-ㄧㄣ ㄐㄧㄤˇ. ㄉㄢˋ-ㄕˋ ㄉㄨˊ ㄗˋ-ㄧㄣ ㄉㄜ˙ ㄕˊ-
以參加字音講。但是讀字音的時
ㄏㄡˋ，ㄅㄨˊ ㄎㄜˇ-ㄧˇ ㄘㄢ-ㄐㄧㄚ ㄩˇ-ㄧㄣ ㄉㄨˊ. ㄗㄞˋ ㄉㄧˋ-ㄙˋ-ㄎㄜˋ
候，不可以參加語音讀。在第四課
ㄧˇ ㄐㄧㄤˇ ㄇㄧㄥˊ-ㄅㄞˊ ㄌㄧㄠˇ.
已講明白了。

16 ㄌㄧˋ ㆤˇ ㄚㄨˉ-ㆠㄧㄋˉ ㄧㄚㄨˋ-ㄨˉ ㄉㆦㄚˉ-ㄌㄚㄫˇ，ㄧㄚˉ-ㄨˉ ㄫㄧㄋˋ-
汝 的 後 面 尚 有 大 人，也有 囝
ㄚˋ，ㄨˉ ㄐㄚ-ㄅㆦ·ㆤˇ，ㄧㄚˉ-ㄨˉ ㄐㄚ-ㆠㄛˋ·ㆤˇ．
仔，有 查 甫 的，也 有 查 某 的。

17 ㄉㆦㄚˉ-ㄌㄚㄫˇ ㄫㄧㄋˋ-ㄚˋ ㄐㆦㄫˋ-ㄍㄧㆦㄫˉ ㄨˉ ㄍㄨㄧˋ-ㄌㄚㄫˇ？ㄌㄧˋ
大 人 囝 仔 總 共 有 幾 人？汝
ㄒㄫ˙-ㄎㆦㄚ˚．
算 看。

18 ㄏㄛˋ，ㄫㆦㄚˋ ㄌㄚㄧˇ ㄒㄫ˙-ㄎㆦㄚ˚． ㄐㄧㄉˊ ㄋㄫˉ ㄒㄚ˚ ㄒㄧ˙ ㄫㆦˉ
好，我 來 算 看。一 二 三 四 五
ㄌㄚㄍˊ ㄑㄧㄉ ㄅㄛㆤˋ ㄍㄚㄨˋ ㄐㄚㄅˊ ㄐㄚㄅˊ-ㄧㄉ ㄐㄚㄅˊ-ㄌㄧˉ ㄐㄚㄅˊ-
六 七 八 九 十 十 一 十 二 十
ㄒㄚ˚…… ㄐㄚㄅˊ-ㄍㄚㄨˋ ㄌㄧˉ-ㄐㄚㄅˊ ㄌㄧˉ-ㄐㄚㄅˊ-ㄧㄉ ㄌㄧˉ-ㄐㄚㄅˊ-
三…… 十 九 二 十 二 十 一 二 十
ㄌㄧˉ，ㄐㆦㄫˋ-ㄍㄧㆦㄫˉ ㄨˉ ㄌㄧˉ-ㄌㄧˉ-ㄌㄚㄫˇ．
二，總 共 有 二 二 人。

◎ ㄑㄧㄚ˚ ㄐㄨ˙-ㄧ˙！ ㄐㄚㄧˉ ㆠㄚㄋˇ-ㄌㄚㄇˇ-ㄫㄨˋ ㆤˇ ㄫㄨˋ-ㄧㄇ ㄍㄚㄅ
請 注 意！ 在 閩 南 語 的 語 音 及
ㆡㄧˉ-ㄧㄇ，ㄒㄧˉ ㆦㄚㄋˇ-ㄐㆦㄚㄋˇ ㆠㄛˇ ㄉㄚㄫˇ．ㄍㆦㄫˋ-ㄛㆤˉ ㆤˇ ㄒㄧˇ，
字 音，是 完 全 無 同。講 話 的 時，
ㄛㆤˉ ㄧㆦㄫˉ-ㄉㄧㄉ ㄑㄚㄇ ㆡㄧˉ-ㄧㄇ ㄍㆦㄫˋ． ㄉㄚㄋˉ-ㄒㄧˉ ㄊㄚㄍˊ ㆡㄧˉ-
會 用 得 滲 字 音 講。但 是 讀 字
ㄧㄇ ㆤˇ ㄒㄧˇ，ㆠㄛㆤˉ ㄧㆦㄫˉ-ㄉㄧㄉ ㄑㄚㄇ ㄫㄨˋ-ㄧㄇ ㄊㄚㄍˊ． ㄉㄧˉ
音 的 時，昧 用 得 滲 語 音 讀。在
ㄉㆤˉ-ㄒㄧ˙-ㄎㄛ˙ ㄨˉ ㄍㆦㄫˋ ㆠㆤㄫˇ-ㄅㆤㄍˊ ㄌㄧㄚㄨˋ．
第 四 課 有 講 明 白 了。

ㄉㄧˋ－ㄌㄧㄡˋ－ㄎㄜˋ

第　六　課

ㄓㄜˋ-ㄓㄨㄥˇ　ㄋㄚˋ-ㄓㄨㄥˇ　ㄋㄚˇ-ㄧ-ㄓㄨㄥˇ（ㄧㄤˋ）
這種　那種　那一種（樣）

ㄏㄠˇ　ㄏㄨㄞˋ　ㄑㄧㄥ　ㄓㄨㄥˋ　ㄩㄢˊ　ㄐㄧㄢ
好　壞　輕　重　圓　尖

ㄔㄤˊ　ㄉㄨㄢˇ　ㄉㄚˋ　ㄒㄧㄠˇ　ㄐㄧㄠˇ　ㄊㄨ
長　短　大　小　角　秃

ㄍㄠ　ㄉㄧ　ㄎㄨㄢ　ㄓㄞˇ　ㄩㄢˇ　ㄐㄧㄣˋ
高　低　寬　窄　遠　近

ㄏㄡˋ　ㄅㄠˊ　ㄍㄨㄟˋ　ㄆㄧㄢˊ-ㄧˊ
厚　薄　貴　便宜

ㄉㄨㄛ　ㄕㄠˇ　ㄘㄨ　ㄒㄧˋ　ㄧㄥˋ　ㄖㄨㄢˇ
多　少　粗　細　硬　軟

甲　ㄓㄜˋ-ㄓㄨㄥˇ ㄅㄧˇ ㄧˋ-ㄓ ㄉㄨㄛ-ㄕㄠˇ ㄑㄧㄢˊ？
這種筆一枝多少錢？

乙　ㄋㄚˋ-ㄓㄨㄥˇ ㄉㄜ ㄧˋ-ㄓ ㄑㄧ-ㄎㄨㄞˋ-ㄑㄧㄢˊ.
那種的一枝七塊錢。

甲　ㄋㄚˇ ㄧˋ-ㄓㄨㄥˇ ㄉㄜ ㄐㄧㄠˋ ㄒㄠˇ ㄋㄜ?
那一種的較好呢？

乙　ㄓㄟˋ ㄧㄤˋ ㄉㄜ ㄅㄧˇ-ㄐㄧㄠˋ ㄏㄠˇ ㄒㄧㄝˇ.
這樣的比較好寫。

甲　ㄓㄟˋ ㄌㄧㄤˇ-ㄓ ㄅㄧˇ，ㄋㄚˇ ㄧˋ-ㄓ ㄐㄧㄠˋ ㄍㄨㄟˋ? ㄋㄚˇ ㄧˋ-ㄓ ㄐㄧㄠˋ ㄆㄧㄢˊ-ㄧˊ?
這兩枝筆，那一枝較貴？那一枝較便宜？

乙　ㄓㄜˋ-ㄓ ㄍㄨㄟˋ ㄏㄣˇ ㄉㄨㄛ·ㄚˇ！
這枝貴很多啊！

甲　ㄓㄟˋ-ㄐㄧㄢ ㄨ-ㄗˇ ㄅㄧˇ ㄋㄟˋ-ㄐㄧㄢ ㄗㄜˇ-ㄇㄜˇ-ㄧㄤˋ?
這間屋子比那間怎麼樣？

ㄉㆤ˫ - ㄌㄚㄍˊ - ㄎㆦ˙

第　六　課

ㄐㄧㄉ-ㄎㆦㄚㄋˋ　ㄏㄧㄉ-ㄎㆦㄚㄋˋ　ㄉㄜˊ-ㄐㄧㄉˊ-ㄎㆦㄚㄋˋ
此　款　彼　款　何　一　款

ㄏㄜˋ　ㄆㄚㄧˋ　ㄎㄧㄣ　ㄉㄚㄫ˫　ㄧˬ　ㄐㄧㄚㄇ
好　呆　輕　重　圓　尖

ㄉㆭˇ　ㄉㆤˋ　ㄉㆦㄚ˫　ㄒㄧㄜˋ　ㄍㄚㄍ　ㄊㄨㄉˊ
長　短　大　小　角　禿

ㄍㆦㄚㄋˇ　ㄍㆤ˫　ㄎㆦㄚˋ　ㄜㆤˊ　ㄏㆭ˫　ㄍㄨㄋ˫（ㄍㄧㄋ˫）
昻（高）　低　濶　窄　遠　近

ㄍㄚㄨ˫　ㆠㄜˊ　ㄍㄨㄧ˙　ㄒㄧㆦㄍˊ
厚　薄　貴　俗

ㄐㄜㆤ˫　ㄐㄧㄜˋ　ㄑㆦ　ㄒㄜㆤ˙　ㄉㆤㆭ˫　ㄋㆭˋ
多　少　粗　細　堅　軟

甲 ㄐㄧㄉ-ㄎㆦㄚㄋˋ ㄅㄧㄉ ㄐㄧㄉˊ-ㄍㄧ ㄍㄨㄧˋ-ㄧˬ？
此　款　筆　一　枝　幾　圓　？

乙 ㄏㄧㄉ-ㄎㆦㄚㄋˋ·ㆤˇ ㄐㄧㄉˊ-ㄍㄧ ㄑㄧㄉ-ㄎㆦ-ㆠㄨㄋˇ.
彼　款　的　一　枝　七　元　銀。

甲 ㄉㄜˊ ㄐㄧㄉˊ-ㄎㆦㄚㄋˋ·ㆤˇ ㄎㄚˋ ㄏㄜˋ·ㄚ？
何　一　款　的　較　好　啊？

乙 ㄐㄧㄉ-ㄎㆦㄚㄋˋ·ㆤˇ ㄎㄚˋ ㄏㄜˋ ㄒㄧㄚˋ.
這　款　的　較　好　寫。

甲 ㄐㄧㄉ ㄌㆭ˫-ㄍㄧ ㄅㄧㄉ，ㄉㄜˊ ㄐㄧㄉˊ-ㄍㄧ ㄎㄚˋ ㄍㄨㄧ˙？ㄉㄜˊ ㄐㄧㄉˊ-ㄍㄧ
這　二　枝　筆，何　一　枝　較　貴？何　一　枝

ㄎㄚˋ ㄒㄧㆦㄍˊ？
較　俗？

乙 ㄐㄧㄉ-ㄍㄧ ㄍㄨㄧ˙ ㄐㄧㄣ ㄐㄜㆤ˫ ㆦ˙！
這　枝　貴　眞　多　喔！

甲 ㄐㄧㄉ-ㄍㆤㆭ ㄑㄨ˙ ㄅㄧˋ ㄏㄧㄉ-ㄍㆤㆭ ㄐㄚ˖-ㄧㄨ˖？
這　間　厝　比　彼　間　怎　樣？

乙 ㄓㄟˋ-ㄐㄧㄢ ㄨ-ㄗ˙ ㄐㄧㄠˋ ㄍㄠ ㄐㄧㄠˋ ㄎㄨㄢ，ㄋㄟˋ-ㄐㄧㄢ ㄐㄧㄠˋ ㄉㄧ ㄧㄝˇ
這間屋子 較高 較寬 那間 較低也
ㄐㄧㄠˋ ㄓㄞˇ.
較窄。

甲 ㄋㄧˇ ㄧㄡˇ ㄕㄜˊ-ㄇㄜ˙-ㄧㄤˋ-ㄗ˙ ㄉㄜ˙ ㄅㄧˇ?
你有什麼樣子的筆？

乙 ㄨㄛˇ ㄧㄡˇ ㄌㄧㄤˇ-ㄓ ㄉㄚˋ..ㄅㄧˇ，ㄏㄢˋ ㄙㄢ-ㄓ ㄒㄧㄠˇ..ㄅㄧˇ.
我有兩枝大筆，和三枝小筆。

甲 ㄋㄚˇ ㄧˋ-ㄅㄣˇ ㄕㄨ ㄐㄧㄠˋ ㄏㄡˋ，ㄋㄚˇ ㄧˋ-ㄅㄣˇ ㄐㄧㄠˋ ㄅㄠˊ?
那一本書較厚，那一本較薄？

乙 ㄓㄟˋ-ㄅㄣˇ ㄐㄧㄠˋ ㄏㄡˋ，ㄋㄟˋ-ㄅㄣˇ ㄐㄧㄠˋ ㄅㄠˊ.
這本較厚，那本較薄。

甲 ㄓㄜˋ ㄌㄧㄤˇ-ㄧㄤˋ ㄉㄨㄥ-ㄒㄧ ㄋㄚˇ ㄧˊ-ㄧㄤˋ ㄐㄧㄠˋ ㄍㄨㄟˋ，ㄋㄚˇ ㄧˊ-ㄧㄤˋ
這兩樣東西那一樣較貴，那一樣
ㄐㄧㄠˋ ㄆㄧㄢˊ-ㄧˊ?
較便宜？

乙 ㄑㄧˋ-ㄔㄜ ㄐㄧㄠˋ ㄍㄨㄟˋ，ㄅㄨˊ-ㄩㄥˋ ㄐㄧㄤˇ ㄐㄧㄠˇ-ㄊㄚˋ-ㄔㄜ ㄕˋ ㄆㄧㄢˊ-
汽車較貴，不用講腳踏車是便
ㄧˊ ㄉㄜˊ ㄏㄣˇ ㄉㄨㄛ.
宜得很多。

甲 ㄋㄟˋ-ㄍㄜ˙ ㄒㄧㄠˇ-ㄏㄞˊ ㄉㄜ˙ ㄧㄢˇ-ㄐㄧㄥ，ㄒㄧㄠˇ ㄏㄞˊ-ㄕˋ ㄉㄚˋ?
那個小孩的眼睛，小還是大？

乙 ㄋㄟˋ-ㄍㄜ˙ ㄅㄠˇ-ㄅㄠˇ ㄉㄜ˙ ㄧㄢˇ-ㄐㄧㄥ ㄅㄧˇ-ㄐㄧㄠˋ ㄒㄧㄠˇ ㄧˋ-ㄉㄧㄢˇ.
那個寶寶的眼睛比較小一點。

甲 ㄊㄚ ㄈㄨˋ-ㄑㄧㄣ ㄉㄜ˙ ㄘㄞˊ-ㄔㄢˇ ㄉㄨㄛ ㄅㄨˋ-ㄉㄨㄛ?
他父親的財產多不多？

乙 ㄏㄣˇ ㄉㄨㄛ ㄨㄚ˙!
很多哇！

甲 ㄐㄧㄣ-ㄕㄨˊ ㄉㄜ˙ ㄌㄧˇ-ㄊㄡˊ ㄕˋ ㄐㄧㄣ-ㄗ˙ ㄓㄨㄥˋ，ㄏㄞˊ-ㄕˋ ㄧㄣˊ-ㄗ˙ ㄅㄧˇ-
金屬的裏頭是金子重，還是銀子比
ㄐㄧㄠˋ ㄓㄨㄥˋ?
較重？

乙 ㄐㄧㄣ-ㄗ˙ ㄅㄧˇ ㄧㄣˊ-ㄗ˙ ㄓㄨㄥˋ ㄉㄠˋ ㄏㄠˇ ㄐㄧˇ-ㄅㄟˋ ㄧㄚ˙.
金子比銀子重到好幾倍呀。

乙 ㄐㄧㄉ-ㄍㆤㄫ ㄑㄨ˙ ㄎㄚˋ ㄍㆦㄚㄋˊ ㄎㄚˋ ㄎㆦㄚˋ，ㄏㄧㄉ-ㄍㆤㄫ ㄎㄚˋ-ㄍㆤˉ
這 間 厝 較 昂 較 闊，彼 間 較 低
ㄧㄚˉ ㄎㄚˋ-ㆧㆤˊ.
也 較 窄。

甲 ㄌㄧˋ ㄨˉ ㄒㄧㄚ°-ㄇㄧˋ-ㄎㆦㄚㄋˋ ㆤˊ ㄅㄧㄉ？
汝 有 什 麼 款 的 筆？

乙 ㄫㆦㄚˋ ㄨˉ ㄋㄫˉ-ㄍㄧ ㄉㆦㄚˉ‥ㄅㄧㄉ，ㄍㄚㄅ ㄒㄚ°-ㄍㄧ ㄒㄧㄛˋ‥ㄅㄧㄉ.
我 有 二 枝 大 筆，及 三 枝 小 筆。

甲 ㄉㄛˊ ㄐㄧㄉˊ-ㄅㄨㄋˋ ㄑㆤˋ ㄎㄚˋ ㄍㄚㄨˉ，ㄉㄛˊ ㄐㄧㄉˊ-ㄅㄨㄋˋ ㄎㄚˋ ㄅㄛˊ？
何 一 本 冊 較 厚，何 一 本 較 薄？

乙 ㄐㄧㄉ-ㄅㄨㄋˋ ㄎㄚˋ ㄍㄚㄨˉ，ㄏㄧㄉˉ ㄅㄨㄋˋ ㄎㄚˋ ㄅㄛˊ.
這 本 較 厚，彼 本 較 薄。

甲 ㄐㄧㄉ ㄋㄫˉ-ㄏㄚㄫˉ ㄇㄫˊ-ㄍㄧㄚ˙ ㄉㄛˊ ㄐㄧㄉˊ-ㄏㄚㄫˉ ㄎㄚˋ ㄍㄨㄧˋ，ㄉㄛˊ
這 二 項 物 件 何 一 項 較 貴，何
ㄐㄧㄉˊ-ㄏㄚㄫ ㄎㄚˋ ㄒㄧㆦㄍˊ？
一 項 較 俗？

乙 ㄎㄧˋ-ㄑㄧㄚ ㄎㄚˋ ㄍㄨㄧˋ，ㆠㄧㄚㄋˋ-ㄍㆦㄫˋ ㄎㄚ-ㄉㄚˊ-ㄑㄧㄚ ㄒㄧˉ ㄍㆤ ㄐㄧㄋ
汽 車 較 貴，免 講 脚 踏 車 是 加 眞
ㄒㄧㆦㄍˊ.
俗。

甲 ㄏㄧㄉ-ㆤˇ ㄫㄧㄋˋ-ㄚˋ ㆤˇ ㆠㄚㄍˊ-ㄐㄧㄨ，ㄒㄛㆤ˙ ㄧㄚˋ-ㄒㄧˉ ㄉㆦㄚˉ？
彼 個 囝 仔 的 目 睭， 細 抑 是 大？

乙 ㄏㄧㄉ-ㆤˇ ㄧ°-ㄚˋ ㆠㄚㄍˊ-ㄐㄧㄨ ㄅㄧˋ-ㄍㄚㄨ˙ ㄎㄚˋ ㄒㄛㆤ˙.
彼 個 嬰 仔 目 睭 比 較 較 細。

甲 ㄧㄋ ㄌㄚㄨˉ-ㄅㆤˉ ㆤˇ ㄐㄚㄧˇ-ㄒㄚㄋˋ ㄐㄛㆤˉ ㄧㄚˋ ㄐㄧㄛˋ？
恁 老 父 的 財 產 多 抑 少？

乙 ㄐㄧㄋ ㄐㄛㆤˉ ㆦ˙！
眞 多 喔！

甲 ㄍㄧㄇ-ㄒㄧㆦㄍˊ ㆤˇ ㄌㄚㄧˉ-ㄉㆤˋ ㄒㄧˉ ㄍㄧㄇ ㄎㄚˋ ㄉㄚㄫˉ，ㄚˋ-ㄒㄧˉ ㄫㄨㄋˊ
金 屬 的 內 底 是 金 較 重，抑 是 銀
ㄎㄚˋ ㄉㄚㄫˉ？
較 重？

乙 ㄍㄧㄇ ㄅㄧˋ ㄫㄨㄋˊ ㄍㆤ ㄉㄚㄫˉ ㄐㄧㄋ ㄐㄛㆤˉ-ㄅㄛㆤˉ ㆦ˙.
金 比 銀 加 重 眞 多 倍 喔。

甲 ㄓㄜˋ-ㄉㄨㄟˋ ㄐㄧㄢ-ㄓㄨㄛˊ·ㄗ˙ ㄋㄧˇ ㄎㄢˋ ㄗㄣˇ-ㄇㄛˊ ㄧㄤˋ?
這 對 金 鐲 子 你 看 怎 麼 樣?

乙 ㄨㄛˇ ㄎㄢˋ ㄅㄨˊ-ㄕˋ ㄓㄣ-ㄐㄧㄢ, ㄕˋ ㄉㄨˋ-ㄐㄧㄢ ㄉㄜ˙, ㄓㄣ-ㄐㄧㄢ ㄅㄨˊ-
我 看 不 是 眞 金，是 鍍 金 的，眞 金 不

ㄏㄨㄟˋ ㄓㄜˋ-ㄧㄤˋ ㄎㄧㄢ.
會 這 樣 輕。

備　考

(1) 〔ㄐㄧㄉ-ㄎㆦㄚㄋˋ⫽這款〕=〔ㄐㄧㄉ-ㄐㄝㄫˋ ⫽這種〕=〔ㄐㄧㄉ-ㄏㄛˉ⫽這號〕ㄓㄜˋ-ㄧㄤˋ-ㄉㄜ˙ 這樣的。

(2) 〔ㄐㄛㄝˉ⫽多〕，〔ㄛㄝˊ⫽窄〕，〔ㄒㄛㄝ˙⫽細〕是廈門音。〔ㄐㄝˉ⫽多〕，〔ㄝˊ⫽窄〕，〔ㄒㄝ˙⫽細〕是漳州音。

甲 ㄐㄧㄉ-ㄉㄨㄧ˙ ㄍㄧㄇ-ㄎㄛㄚㄋˇ ㄌㄧˋ ㄎㄛㄚ˚ ㄐㄚㄧ˚-ㄧㄨ?
　這 對 金 環 汝 看 怎 樣？

乙 ㆣㄛㄚˋ ㄎㄛㄚ˚ ㄇ¯-ㄒㄧ¯ ㄐㄧㄋ-ㄍㄧㄇ， ㄒㄧ¯ ㄉㄛ¯-ㄍㄧㄇ ㄝˇ， ㄐㄧㄋ-ㄍㄧㄇ
　我 看 不是 眞 金， 是 鍍 金 的， 眞 金
　ㄏㄛㄝ¯ ㄐㄧㄚˋ ㄎㄧㄋ.
　昧 卽 輕。

ㄉㄧˋ - ㄑㄧ - ㄎㄜˋ
第 七 課

ㄒㄧㄥˋ ㄇㄧㄥˊ ㄙㄨㄟˋ ㄕㄥ-ㄒㄧㄠˋ
姓 名 歲 生 肖

ㄐㄧˊ-ㄍㄨㄢˋ ㄉㄧˋ-ㄓˇ (ㄓㄨˋ-ㄓˇ)
籍 貫 地 址（住 址）

ㄕㄥˇ ㄒㄧㄢˋ ㄕˋ ㄑㄩ ㄓㄣˋ ㄒㄧㄤ ㄌㄧˇ ㄌㄧㄣˊ
省 縣 市 區 鎮 鄉 里 隣

ㄌㄨˋ ㄐㄧㄝ ㄒㄧㄤˋ ㄌㄨㄥˋ ㄏㄠˋ
路 街 巷 衖（弄）號

甲 ㄋㄧˇ ㄒㄧㄥˋ ㄕㄜˊ-ㄇㄜ˙?
你 姓 甚 麼？

乙 ㄨㄛˇ ㄒㄧㄥˋ ㄘㄞˋ (ㄔㄣˊ·ㄌㄧㄣˊ·ㄧㄤˊ·ㄨㄤˊ·ㄍㄠ·ㄓㄤ·ㄌㄧˇ·ㄓㄥˋ·ㄐㄧㄤˇ·
我 姓 蔡（陳·林·楊·王·高·張·李·鄭·蔣·
ㄏㄜˊ·ㄏㄡˊ·ㄏㄨㄤˊ·ㄓㄡ·ㄨˊ·ㄒㄩˇ·ㄎㄜ·ㄑㄧㄡ ㄙㄨㄣ·ㄗㄥ·ㄒㄧㄝˋ)
何·侯·黃·周·吳·許·柯·邱·孫·曾·謝）

甲 ㄋㄧˇ ㄐㄧㄠˋ-ㄗㄨㄛˋ ㄕㄜˊ-ㄇㄜ˙ ㄇㄧㄥˊ-ㄗˋ?
你 叫 做 甚 麼 名 字？

乙 ㄨㄛˇ ㄉㄜ˙ ㄏㄨˋ-ㄎㄡˇ-ㄇㄧㄥˊ-ㄗˇ ㄕˋ ㄈㄨˊ-ㄘㄞˊ, ㄖㄣˊ-ㄐㄧㄚ ㄉㄡ ㄐㄧㄠˋ
我 的 戶 口 名 子是 福 財，人 家 都 叫
ㄨㄛˇ ㄚ-ㄘㄞˊ.
我 阿 財。

甲 ㄐㄧㄣ-ㄋㄧㄢˊ ㄐㄧˇ-ㄙㄨㄟˋ·ㄋㄜ˙?
今 年 幾 歲 呢？

乙 ㄦˋ-ㄕˊ-ㄐㄧㄡˇ ㄙㄨㄟˋ·ㄌㄜ˙.
二 十 九 歲 了。

甲 ㄕㄥ-ㄒㄧㄠˋ ㄕㄨˇ ㄕㄜˊ-ㄇㄜ˙?
生 肖 屬 甚 麼？

乙 ㄕㄨˇ ㄌㄠˇ-ㄕㄨˇ (ㄋㄧㄡˊ·ㄏㄨˇ·ㄊㄨˋ·ㄌㄨㄥˊ·ㄕㄜˊ·ㄇㄚˇ·ㄧㄤˊ·ㄏㄡˊ·ㄐㄧ·
屬 老 鼠（牛·虎·兎 龍·蛇·馬·羊·猴·鷄·
ㄍㄡˇ·ㄓㄨ)
狗·猪）。

ㄉㆤ˫ - ㄑㄧㆵ - ㄎㄜ˙
第　七　課

ㄒㄧ˙　ㄇㄧㆩ˪　ㄏㆤ˙　ㄒㄧ°-ㄒㄧㄨ˙
姓　名　歲　生肖

ㄐㆤㆍㄍ′-ㄍㄛㄚㄋ˙　ㄉㆤ˫-ㄐㄧˋ（ㄐㄨ˫-ㄒㄛˋ）
籍貫　地址（住所）

ㄒㆤㄫˋ　ㄍㄛㄚㄋ˫　ㄑㄧ˫　ㄎㄨ　ㄉㄧㄋ˙　ㄏㄧㄨ°　ㄌㄧˋ
省　縣　市　區　鎮　鄉　里

ㄌㄧㄋˇ　ㄌㄛ˫　ㄍㄜㆤ　ㄏㄚㄫ˫　ㄌㄛㄫ˫　ㄏㄜ˫
鄰　路　街　巷　衖（弄）號

甲　ㄌㄧˋ　ㄒㄧ˙　ㄒㄧㄚ˙?
　　汝　姓　啥？

乙　ㄫㄛㄚˋ　ㄒㄧ˙ㄑㄛㄚ˙（ㄉㄚㄋˇ・ㄌㄧㆬˇ・ㄧㄨ˪・ㄛㄫˇ・ㄍㄜ・ㄉㄧㄨ°・ㄌㄧˋ・ㄉㄧ˪・ㄐㄧㄨ˪・
　　我　姓　蔡（陳・林・楊・王・高・張・李・鄭・蔣・

ㄏㄜˇ・ㄏㄚㄨˇ・ㄫˇ・ㄐㄧㄨ・ㄫㄛˇ・ㄎㄛˋ・ㄍㄛㄚ・ㄎㄨ・ㄒㄨㄋ（ㄒㄫ）・ㄐㄚㄋ・ㄒㄧㄚ˫）
何・侯・黃・周・吳・許・柯・邱・孫　曾・謝）

甲　ㄌㄧˋ　ㄍㄧㄜ˫-ㄐㄜㆤ˙　ㄒㄧㄚ°-ㄇㄧˋ　ㄇㄧㆩ˪?
　　汝　叫　做　什　麼　名？

乙　ㄫㄛㄚˋ　ㆤˇ　ㄏㄛ˫-ㄎㄚㄨˋ-ㄇㄧㆩ˪　ㄒㄧ˫　ㄏㄛㄍ-ㄐㄚㄧˇ，ㄌㄚㄫˇ　ㄌㄛㄫˋ　ㄍㄧㄜ˙
　　我　的　戶　口　名　是　福　財，人　攏　叫

ㄫㄛㄚˋ　ㄚ-ㄐㄚㄧˇ.
我　阿　財。

甲　ㄍㄧㄋ-ㄋㄧ˪　ㄍㄨㄧˋ-ㄏㆤ˙・ㄚ˙?
　　今　年　幾　歲　啊？

乙　ㄌㄧ˫-ㄐㄚㄅ′-ㄍㄚㄨˋ　ㄏㆤ˙　ㄌㄛ˙.
　　二　十　九　歲　咯。

甲　ㄒㄧㄨ˙　ㄒㄧㄚ°-ㄇㄧˋ　ㄒㄧ°-ㄒㄧㄨ˙?
　　肖　什　麼　生　肖？

乙　ㄒㄧㄨ˙ㄑㄨˋ（ㄫㄨˇ・ㄏㄛˋ・ㄊㄛˋ・ㄌㄧㄥˇ・ㄐㄛㄚˇ・ㆠㆤˋ・ㄧㄨ˪・ㄍㄚㄨˇ・ㄍㆤ・ㄍㄚㄨˋ・
　　肖　鼠（牛・虎・兔・龍・蛇・馬・羊・猴・雞・狗・

ㄉㄧ）.
豬）。

甲 ㄐㄧˊ-ㄍㄨㄢˋ ㄋㄚˇ-ㄌㄧ˙?
籍　貫　那　裏?

乙 ㄈㄨˊ-ㄐㄧㄢˋ-ㄕㄥˇ ㄐㄧㄣˋ-ㄐㄧㄤ-ㄒㄧㄢˋ.
福　建　省　晉　江　縣。

甲 ㄒㄧㄢˋ-ㄗㄞˋ ㄉㄜ˙ ㄓㄨˋ-ㄓˇ ㄋㄜ˙?
現　在　的　住　址　呢?

乙 ㄊㄞˊ-ㄨㄢ-ㄕㄥˇ ㄊㄞˊ-ㄅㄟˇ-ㄕˋ ㄉㄨㄣ-ㄏㄨㄚˋ-ㄋㄢˊ-ㄌㄨˋ ㄧˊ-ㄉㄨㄢˋ
臺　灣　省　臺　北　市　敦　化　南　路　一　段

ㄙˋ-ㄒㄧㄤˋ ㄑㄧ-ㄏㄠˋ.
四　巷　七　號。

甲 ㄕˋ ㄕㄜˊ-ㄇㄜ˙ ㄑㄩ ㄕㄜˊ-ㄇㄜ˙ ㄌㄧˇ ㄉㄧˋ-ㄐㄧˇ-ㄌㄧㄣˊ?
是　甚　麼　區　甚　麼　里　第　幾　鄰?

乙 ㄕˋ ㄉㄚˋ-ㄢ-ㄑㄩ ㄐㄧㄢˋ-ㄢ-ㄌㄧˇ ㄦˋ-ㄕˊ-ㄌㄧㄣˊ.
是　大　安　區，建　安　里　二　十　鄰。

甲 ㄋㄟˋ-ㄍㄜ˙ ㄖㄣˊ ㄉㄜ˙ ㄓㄨˋ-ㄓˇ ㄕˋ ㄋㄚˇ-ㄌㄧ˙?
那　個　人　的　住　址　是　那　裏?

乙 ㄕˋ ㄓㄤ-ㄏㄨㄚˋ-ㄒㄧㄢˋ ㄌㄨˋ-ㄍㄤˇ-ㄓㄣˋ ㄒㄧㄣ-ㄒㄧㄥ-ㄐㄧㄝ ㄦˋ-ㄨˇ-ㄅㄚ
是　彰　化　縣　鹿　港　鎮　新　興　街　二　五　八

ㄒㄧㄤˋ ㄙˋ-ㄏㄠˋ.
巷　四　號。

甲 ㄐㄝㄍˊ-ㄍㆦㄚㄋ˙ ㄉㄜˊ-ㄨㄧˉ?
籍貫何位？

乙 ㄏㆦㄍ-ㄍㄧㄚㄋ˙-ㄒㄝㆭˋ ㄐㄧㄋ˙-ㄍㄚㆭ-ㄍㆦㄚㄋˉ.
福建省晉江縣。

甲 ㄏㄧㄚㄋˉ-ㄐㄚㄧˉ ㄝˇ ㄐㄨˉ-ㄐㄧˋ ㄋㄝ˙?
現在的住址呢？

乙 ㄉㄚㄧˇ-ㆦㄚㄋˇ-ㄒㄝㆭˋ ㄉㄚㄧˇ-ㄅㄚㄍ-ㄑㄧ˙ ㄉㄨㄋ-ㄏㆦㄚ˙ ㄌㄚㄇˇ-ㄌㆦˉ ㄧㄉ-
臺灣省臺北市敦化南路一
ㄉㆦㄚ˫ ㄒㄧ˙-ㄏㄚㆭˉ ㄑㄧㄉ-ㄏㄜˉ.
段四巷七號。

甲 ㄒㄧˉ ㄒㄧㄚ˪-ㄇㄧˋ ㄎㄨ ㄒㄧㄚ˪-ㄇㄧˋ ㄌㄧˋ ㄉㄝˉ-ㄍㄨㄧˋ-ㄌㄧㄋˇ?
是什麼區什麼里第幾鄰？

乙 ㄒㄧˉ ㄉㄚㄧˉ-ㄚㄋ-ㄎㄨ ㄍㄧㄚㄋ˙-ㄚㄋ-ㄌㄧˋ ㄌㄧˉ-ㄐㄚㄅˊ-ㄌㄧㄋˇ.
是大安區建安里二十鄰。

甲 ㄏㄧㄉ-ㄝˇ ㄌㄚㆭˇ ㄝˇ ㄐㄨˉ-ㄐㄧˋ ㄒㄧˉ ㄉㄜˊ-ㄨㄧˉ?
彼個人的住址是何位？

乙 ㄒㄧˉ ㄐㄧㆦㆭ-ㄏㆦㄚ˙-ㄍㆦㄚㄋˉ ㄌㆦㄍˊ-ㄍㄚㆭˋ-ㄉㄧㄋ˙ ㄒㄧㄋ-ㄏㄝㆭ-ㄍㄜㄝˉ
是彰化縣鹿港鎮新興街
ㄌㄧˉ-ㆭㆦˋ-ㄅㄚㄉ ㄏㄚㆭˉ ㄒㄧ˙-ㄏㄜˉ.
二五八巷四號。

ㄉㄧˋ - ㄅㄚ - ㄎㄜˋ
第　八　課

ㄐㄧㄚ-ㄗㄨˊ ㄧㄝˊ-ㄧㄝ˙ ㄋㄞˇ-ㄋㄞ˙ ㄙㄨㄣ·ㄗ˙ ㄈㄨˋ-ㄑㄧㄣ（ㄅㄚˋ-ㄅㄚ˙）
家族 爺爺 奶奶 孫子 父親（爸爸）

ㄇㄨˇ-ㄑㄧㄣ（ㄇㄚ-ㄇㄚ˙） ㄦˊ-ㄗ˙ ㄋㄩˇ-ㄦˊ ㄅㄛˊ-ㄅㄛˊ ㄉㄚˋ-ㄇㄚ
母親（媽媽） 兒子 女兒 伯伯 大媽

ㄕㄨˊ-ㄕㄨ˙ ㄕㄣˇ-ㄋㄧㄤˊ ㄍㄨ-ㄇㄚ ㄍㄜ-ㄍㄜ˙ ㄙㄠˇ-ㄙㄠ˙ ㄐㄧㄝ˙-ㄐㄧㄝˇ
叔叔 嬸娘 姑媽 哥哥 嫂嫂 姊姊

ㄇㄟˋ-ㄇㄟ˙ ㄉㄧˋ-ㄉㄧ˙ ㄉㄧˋ-ㄒㄧˊ-ㄈㄨˋ ㄍㄨㄥ-ㄍㄨㄥ ㄆㄛˊ-ㄆㄛˊ
妹妹 弟弟 弟媳婦 公公 婆婆

ㄑㄧㄣ‥ㄒㄩㄥ-ㄉㄧˋ ㄑㄧㄣ‥ㄗˇ-ㄇㄟˋ ㄕㄨˊ-ㄅㄛˊ‥ㄉㄧˋ-ㄒㄩㄥ
親兄弟 親姊妹 叔伯弟兄

ㄒㄧˊ-ㄈㄨˋ ㄕㄨˊ-ㄅㄛˊ‥ㄗˇ-ㄇㄟˋ ㄈㄨ-ㄈㄨˋ ㄓㄨˊ-ㄌㄧˇ ㄑㄧㄣ-ㄕㄨˊ
媳婦 叔伯姊妹 夫婦 妯娌 親屬

ㄈㄨ-ㄉㄧˋ（ㄒㄧㄠˇ-ㄕㄨˊ） ㄉㄧˋ-ㄒㄧˊ-ㄈㄨˋ ㄒㄧㄠˇ-ㄍㄨ ㄓˊ·ㄗ˙ ㄓˊ-ㄋㄩˇ
夫弟（小叔） 弟媳婦 小姑 侄子 姪女

甲 ㄋㄧˇ-ㄇㄣ˙ ㄧˋ-ㄐㄧㄚ ㄧㄡˇ ㄐㄧˇ-ㄍㄜ˙ ㄖㄣˊ?
你們一家有幾個人？

乙 ㄨㄛˇ-ㄇㄣ˙ ㄧˋ-ㄐㄧㄚ ㄧㄡˇ ㄧㄝˊ-ㄧㄝ˙ ㄋㄞˇ-ㄋㄞ˙ ㄅㄚˋ-ㄅㄚ˙ ㄇㄚ-ㄇㄚ ㄧˇ-
我們一家有爺爺奶奶爸爸媽媽以
ㄨㄞˋ，ㄏㄞˊ ㄧㄡˇ ㄙㄢ-ㄍㄜ˙ ㄍㄜ-ㄍㄜ˙ ㄌㄧㄤˇ-ㄍㄜ˙ ㄐㄧㄝˇ-ㄐㄧㄝ˙，ㄧˊ
外，還有三個哥哥兩個姊姊，一
ㄍㄜ˙ ㄉㄧˋ-ㄉㄧ˙，ㄧˊ-ㄍㄜ˙ ㄇㄟˋ-ㄇㄟ˙，ㄧ-ㄍㄨㄥˋ ㄕˊ-ㄦˋ-ㄍㄜ˙ ㄖㄣˊ.
個弟弟，一個妹妹，一共十二個人。

甲 ㄏㄣˇ ㄉㄚˋ ㄉㄜ˙ ㄐㄧㄚ-ㄗㄨˊ ㄨㄚ˙！ㄋㄧˇ ㄧㄡˇ ㄅㄛˊ-ㄅㄛ˙ ㄕㄨˊ-ㄕㄨ˙ ㄇㄚ?
很大的家族哇！你有伯伯叔叔嗎？

乙 ㄉㄡ ㄧㄡˇ，ㄊㄚ-ㄇㄣ˙ ㄉㄡ ㄌㄧㄥˋ-ㄨㄞˋ ㄐㄩ-ㄓㄨˋ，ㄨㄛˇ ㄧㄝˇ-ㄧㄡˇ ㄉㄚˋ-
都有，他們都另外居住，我也有大
ㄇㄚ ㄏㄢˊ ㄕㄣˇ-ㄋㄧㄤˊ.
媽和嬸娘。

ㄉㄝˉ - ㄅㄛㄝˈ - ㄎㄛ˙
第　八　課

ㄍㄚ-ㄐㆦㄍˊ　ㄚ-ㄍㆦㆭ　ㄚ-ㄇㄚˋ　ㄒㄨㄋ·ㄚˋ　ㄌㄚㄨˉ-ㄅㄝˉ　ㄌㄚㄨˉ-ㆠㄨˋ
家族　阿公　阿媽　孫仔　老父　老母

ㄐㄚ-ㄅㆦ-ㄍㄧㄚ°　(ㄏㄚㄨˉ-ㄒㄧ°)　ㄐㄚ-ㆠㆦˋ-ㄍㄧㄚ°　ㄚ-ㄅㄝˈ　ㄚ-ㄇˋ
查甫子（後生）查某子　阿伯　阿姆

ㄚ-ㄐㄝㄍ　ㄚ-ㄐㄧㄇˋ　ㄚ-ㄍㆦ　ㄉㆦㄚˉ-ㄏㄧㄚ°　ㄏㄧㄚ°-ㄒㄛˋ　ㄉㆦㄚˉ-ㄐㄧˋ
阿叔　阿嬸　阿姑　大兄　兄嫂　大姊

ㄒㄧㄛˋ-ㆠㄝˉ　ㄒㄧㄛˋ-ㄉㄧˉ　ㄉㄝˉ-ㄏㄨˉ　(ㄒㄧㄛˋ-ㄐㄧㄇˋ)　ㄉㄚ-ㄍㆦㄚ°　ㄉㄚ-ㄍㄝ
小妹　小弟　弟婦（小嬸）大官　大家

ㄑㄧㄋ‥ㄏㄧㄚ°-ㄉㄧˉ　ㄑㄧㄋ‥ㄐㄧˋ-ㆠㄝˉ　ㄐㄝㄍ-ㄅㄝˈ‥ㄏㄧㄚ°-ㄉㄧˉ
親兄弟　親姊妹　叔伯兄弟

ㄒㄧㄇ-ㄅㄨˉ　ㄐㄝㄍ-ㄅㄝˈ　ㄐㄧˋ-ㆠㄝˉ　ㄚㆭ-ㆠㆦˋ　ㄉㄚㆭˇ-ㄒㄚㄧˉ　ㄑㄧㄋ-ㄉㆦㆭˇ
媳婦　叔伯　姊妹　翁媽　同仕　親同

ㄒㄧㄛˋ-ㄐㄝㄍ　ㄒㄧㄛˋ-ㄐㄧㄇˋ　ㄒㄧㄛˋ-ㄍㆦ　ㄉㄧㄉˊ·ㄚˋ　ㄉㄧㄉ-ㄌㄨˋ
小叔　小嬸　小姑　侄仔　姪女

甲　ㄌㄧㄋˋ　ㄐㄧㄉˊ-ㄍㄝ　ㄨˉ　ㄍㄨㄧˋ-ㄝˇ　ㄌㄚㆭˇ？
您一家有幾個人？

乙　ㄫㄨㄋˋ　ㄐㄧㄉˊ-ㄍㄝ　ㄨˉ　ㄚ-ㄍㆦㆭ　ㄚ-ㄇㄚˋ　ㄌㄚㄨˉ-ㄅㄝˉ　ㄌㄚㄨˉ-ㆠㄨˋ　ㄧˋ-
恁一家有阿公阿媽老父老母以

ㄫㆦㄚˉ，ㄍㄛˈ　ㄨˉ　ㄒㄚ°-ㄝˇ　ㄚ-ㄏㄧㄚ°，ㄋㆭˉ-ㄝˇ　ㄉㆦㄚˉ-ㄐㄧˋ，ㄐㄧㄉˊ-ㄝˇ
外，更有三個阿兄，二個大姊，一個

ㄒㄧㄛˋ-ㄉㄧˉ，ㄐㄧㄉˊ-ㄝˇ　ㄒㄧㄛˋ-ㆠㄝˉ，ㄌㆦㆭˋ-ㄐㆦㆭˋㄐㄚㄅˊ-ㄌㄧˉ-ㄝˇ　ㄌㄚㆭˇ。
小弟，一個小妹，攏總十二個人。

甲　ㄐㄧㄋ　ㄉㆦㄚˉ‥ㄍㄚ-ㄐㆦㄍˊ　ㆦ˙！ㄌㄧˋ　ㄨˉ　ㄚ-ㄅㄝˈ　ㄚ-ㄐㄝㄍ　ㆠㄛ˙？
眞大家族喔！汝有阿伯阿叔無？

乙　ㄌㆦㆭˋ　ㄨˉ，ㄧㄋ　ㄌㆦㆭˋ　ㄌㄝㆭˉ-ㄫㆦㄚˉ　ㄎㄧㄚˉ，ㄫㆦㄚˋ　ㄧㄚˉ　ㄨˉ　ㄚ-ㄇˋ
攏有，您攏另外豎，我也有阿姆

ㄍㄚˈ　ㄚ-ㄐㄧㄇˋ。
及阿嬸。

甲 ㄑㄧㄣ ㄉㄜ˙ ㄒㄩㄥ-ㄉㄧˋ ㄗˇ-ㄇㄟˋ ㄧˇ-ㄨㄞˋ ㄧㄡˇ ㄉㄨㄛ-ㄕㄠˇ-ㄍㄜ˙ ㄕㄨˊ-
親的兄弟姊妹以外，有多少個叔
ㄅㄛˊ·ㄒㄩㄥ-ㄉㄧˋ ㄗˇ-ㄇㄟˋ ㄋㄜ˙?
伯兄弟姊妹呢？

乙 ㄧㄡˇ ㄨˇ-ㄍㄜ˙ ㄕㄨˊ-ㄅㄛˊ··ㄉㄧˋ-ㄒㄩㄥ，ㄙˋ-ㄍㄜ˙ ㄕㄨˊ-ㄅㄛˊ··ㄗˇ-ㄇㄟˋ.
有五個叔伯弟兄，四個叔伯姊妹。

甲 ㄋㄧˇ ㄉㄜ˙ ㄙㄠˇ-ㄙㄠˇ ㄕㄥ ㄐㄧˇ-ㄍㄜ˙ ㄏㄞˊ-ㄗˇ ㄌㄜ˙?
你的嫂嫂生幾個孩子了？

乙 ㄨㄛˇ ㄉㄜ˙ ㄙㄠˇ-ㄙㄠˇ ㄕㄥ ㄙㄢ-ㄍㄜ˙ ㄌㄜ˙.
我的嫂嫂生三個了。

甲 ㄊㄚ ㄉㄜ˙ ㄉㄧˋ-ㄉㄧ˙ ㄐㄧㄝˊ-ㄏㄨㄣ·ㄌㄜ˙ ㄇㄚ?
他的弟弟結婚了嗎？

乙 ㄐㄧㄝˊ-ㄏㄨㄣ·ㄌㄜ˙，ㄊㄚ ㄉㄜ˙ ㄉㄧˋ-ㄒㄧˊ-ㄈㄨˋ ㄧㄝˇ ㄕㄥ ㄏㄞˊ·ㄗ˙ ㄌㄜ˙.
結婚了，他的弟媳婦也生孩子了。

甲 ㄊㄚ-ㄇㄣˊ ㄓㄨˊ-ㄌㄧˇ ㄏㄣˇ ㄏㄜˊ-ㄏㄠˇ ㄇㄚ?
他們妯娌很和好嗎？

乙 ㄏㄠˇ-ㄒㄧㄤˋ ㄑㄧㄣ··ㄗˇ-ㄇㄟˋ ㄋㄚˋ-ㄇㄛ˙ ㄏㄠˇ.
好像親姊妹那麼好。

甲 ㄋㄧˇ ㄉㄜ˙ ㄧㄝˊ-ㄧㄝ˙ ㄊㄥˊ-ㄞˋ ㄋㄧˇ ㄇㄚ?
你的爺爺疼愛你嗎？

乙 ㄧㄡˇ·ㄨㄚ˙! ㄧㄝˊ-ㄧㄝ˙ ㄊㄥˊ-ㄞˋ ㄙㄨㄣ·ㄗ˙ ㄕˋ ㄗˋ-ㄖㄢˊ ㄉㄧ˙ ㄧㄚ˙.
有哇！爺爺疼愛孫子是自然的呀。

甲 ㄊㄚ-ㄇㄣˊ ㄕˋ ㄅㄨˊ-ㄕˋ ㄈㄨ-ㄈㄨˋ ㄋㄜ˙?
他們是不是夫婦呢？

乙 ㄕˋ·ㄚ˙! ㄏㄠˇ-ㄒㄧㄤˋ ㄧˊ-ㄉㄨㄟˋ ㄉㄜ˙ ㄩㄢ-ㄧㄤ ㄌㄨㄛ˙!
是啊！好像一對的鴛鴦囉！

備考

(1) 〔ㆠㄝˉ＝妹〕是廈音〔ㄇㄛㄝˉ＝妹〕是漳音〔ㄐㄧˋ＝姊〕是廈音〔ㄐㄝˋ＝姊〕是漳音。

(2) 〔ㄒㄧㄛˋ-ㄐㄧㄇˋ∥小嬸〕＝〔ㄉㄝˉ-ㄏㄨˉ＝弟婦〕ㄉㄧˋ-ㄒㄧˊ-ㄏㄨˋ 弟媳婦。

(3) 〔ㄒㄧㄛˋ-ㄐㄝㄍ∥小叔〕＝〔ㄏㄨ-ㄉㄝˉ＝夫弟〕ㄒㄧㄠˇ-ㄕㄨˊ 小叔。

甲 ㄑㄧㄋ ㄝˇ ㄏㄧㄚ°-ㄉㄧˉ ㄐㄧˋ-ㆠㄝˉ ㄧˋ-ㄫㄛㄚˉ，ㄨˉ ㄌㆦㄚˉ-ㄐㄛㄝˉ-ㄝˇ ㄐㄝㄍ-
親的兄弟姊妹以外，有偌多個叔
ㄅㄝˊ ㄏㄧㄚ°-ㄉㄧˉ ㄐㄧˋ-ㆠㄝˉ ㄋㄝ˙?
伯兄弟姊妹呢？

乙 ㄨˉ ㄫㆦˉ-ㄝˇ ㄐㄝㄍ-ㄅㄝˊ‥ㄏㄧㄚ°-ㄉㄧˉ，ㄒㄧ˙-ㄝˇ ㄐㄝㄍ-ㄅㄝˊ‥ㄐㄧˋ-ㆠㄝˉ.
有五個叔伯兄弟，四個叔伯姊妹。

甲 ㄌㄧㄋˋ ㄚ-ㄒㄛˋ ㄒㄧ° ㄍㄨㄧˋ-ㄝˇ ㄍㄧㄚˋ ㄌㆦ˙?
您阿嫂生幾個子了？

乙 ㄫㄨㄋˋ ㄏㄧㄚ°-ㄒㄛˋ ㄒㄧ° ㄒㄚ°-ㄝˇ ㄌㆦ˙.
悉兄嫂生三個了。

甲 ㄧㄋ ㄒㄧㄛˋ-ㄉㄧˉ ㄍㄧㄚㄉ-ㄏㄨㄋ ㆠㄝˉ?
偲小弟結婚未？

乙 ㄍㄧㄚㄉ-ㄏㄨㄋ·ㄌㄧㄚㄨˋ，ㄧㄋ ㄒㄧㄛˋ-ㄐㄧㄇˋ ㄧㄚˉ ㄒㄧ° ㄍㄧㄚ° ㄌㆦ˙.
結婚了，偲小嬸也生子了。

甲 ㄧㄋ ㄉㄚㄫˇ-ㄒㄚㄧˉ ㄨˉ ㄒㄧㆦㄫ-ㄏㄛˋ ㆠㄛˇ?
偲同仕有相好無？

乙 ㄑㄧㄋ-ㄑㄧㄨ² ㄑㄧㄋ‥ㄐㄧˋ-ㆠㄝˉ ㄏㄧㄚˊ·ㄏㄛˋ.
親像親姊妹彼好。

甲 ㄌㄧㄋˋ ㄚ-ㄍㆦㄫ ㄨˉ ㄊㄧㄚ° ㄌㄧˋ ㄧㄚˋ ㆠㄛˇ?
您阿公有疼汝抑無？

乙 ㄨˉ·ㆦˇ！ㄍㆦㄫ ㄊㄧㄚ° ㄒㄨㄋ ㄒㄧˉ ㄐㄨˉ-ㆢㄧㄚㄋˇ ㄝˇ ㄚ˙.
有喔！公疼孫是自然的啊。

甲 ㄧㄋ ㄒㄧˉ ㄚㄫ-ㆠㆦˋ ㄚˋ ㄇˉ-ㄒㄧˉ?
偲是翁某（媽）抑不是？

乙 ㄒㄧˉ·ㆦˇ！ㄑㄧㄋ-ㄑㄧㄨ² ㄐㄧㄉˊ-ㄉㄨㄧˉ ㆦㄚㄋ-ㄧㄨ°·ㄌㄝ˙.
是喔！親像一對鴛鴦咧。

ㄉㄧˋ - ㄐㄧㄡˇ - ㄎㄜˋ
第 九 課

ㄑㄧㄣ-ㄑㄧ ㄋㄟˋ-ㄑㄧㄣ ㄨㄞˋ-ㄑㄧ ㄑㄧㄣ-ㄕㄨˊ ㄐㄧㄡˋ-ㄈㄨˋ
親戚 內親 外戚 親屬 舅父

ㄐㄧㄡˋ-ㄇㄨˇ ㄧˊ-ㄇㄨˇ ㄧˊ-ㄓㄤˋ ㄍㄨ-ㄇㄨˇ ㄍㄨ-ㄓㄤˋ ㄐㄧㄝˇ-ㄈㄨ
舅母 姨母 姨丈 姑母 姑丈 姊夫

ㄇㄟˋ-ㄈㄨ ㄨㄞˋ-ㄕㄥ ㄋㄩˇ-ㄒㄩˋ ㄩㄝˋ-ㄈㄨˋ ㄩㄝˋ-ㄇㄨˇ
妹夫 外甥 女婿 岳父 岳母

ㄐㄧㄡˋ·ㄗˇ ㄧˊ·ㄦˊ ㄕㄥ-ㄕㄨ ㄉㄜ˙ ㄖㄣˊ ㄕㄡˊ-ㄖㄣˊ
舅子 姨兒 生疏的人 熟人

甲 ㄋㄧˇ ㄧㄡˇ ㄑㄧㄣ-ㄑㄧ ㄗㄞˋ ㄊㄞˊ-ㄨㄢ ㄇㄚ˙？
你有親戚在臺灣嗎？

乙 ㄧㄡˇ·ㄨㄚ˙！ㄧㄡˇ ㄋㄟˋ-ㄑㄧㄣ，ㄧㄝˇ-ㄧㄡˇ ㄨㄞˋ-ㄑㄧ.
有哇！有內親，也有外戚。

甲 ㄧㄡˇ ㄕㄜˊ-ㄇㄜ˙ ㄋㄟˋ-ㄑㄧㄣ ㄋㄜ˙？
有甚麼內親呢？

乙 ㄧㄡˇ ㄅㄛˊ-ㄅㄛ˙，ㄕㄨˊ-ㄕㄨ˙，ㄧㄝˇ-ㄧㄡˇ ㄑㄧㄣ-ㄕㄨˊ…ㄕㄨˊ-ㄅㄛˊ，ㄏㄢˋ
有伯伯，叔叔，也有親屬叔伯，和

ㄊㄤˊ-ㄒㄩㄥ-ㄉㄧˋ.
堂兄弟。

甲 ㄧㄡˇ ㄕㄜˊ-ㄇㄜ˙ ㄨㄞˋ-ㄑㄧ ㄇㄟˊ-ㄧㄡˇ？
有甚麼外戚沒有？

乙 ㄧㄡˇ ㄐㄧㄡˋ-ㄈㄨˋ ㄐㄧㄡˋ-ㄇㄨˇ ㄧˊ-ㄇㄨˇ ㄧˊ-ㄓㄤˋ ㄉㄥˇ ㄉㄥˇ.
有舅父舅母姨母姨丈等等。

甲 ㄑㄧㄥˇ ㄋㄧㄣˊ ㄐㄩˇ-ㄔㄨ ㄐㄧˇ-ㄍㄜ˙ ㄒㄧㄝˇ-ㄑㄧㄣ ㄆㄟˋ-ㄡˇ ㄉㄜ˙ ㄌㄧˋ·ㄗ˙.
請您舉出幾個血親配偶的例子。

乙 ㄍㄨ-ㄇㄚ ㄉㄜ˙ ㄓㄤˋ-ㄈㄨ ㄐㄧㄠˋ-ㄗㄨㄛˋ ㄍㄨ-ㄓㄤˋ，ㄉㄚˋ-ㄐㄧㄝˇ ㄉㄜ˙
姑媽的丈夫叫做姑丈，大姊的

ㄓㄤˋ-ㄈㄨ ㄐㄧㄠˋ-ㄗㄨㄛˋ ㄐㄧㄝˇ-ㄈㄨ，ㄇㄟˋ-ㄇㄟˋ ㄉㄜ˙ ㄓㄤˋ-ㄈㄨ ㄐㄧㄠˋ-
丈夫叫做姊夫，妹妹的丈夫叫

ㄉㆤ‾ - ㄍㄚㄨˋ - ㄎㄜ˙
第　九　課

ㄑㄧㄋ-ㄑㆤㄍ　ㆡㄚㄧ‾-ㄑㄧㄋ　ㄫㄛㄚ‾-ㄑㆤㄍ　ㄑㄧㄋ-ㄉㆦㄫˇ　ㄚ-ㄍㄨ‾
親戚　內親　外戚　親堂　阿舅

ㄚ-ㄍㄧㄇ‾　ㄚ-ㄧˇ　ㄧˇ-ㄉㄧㄨ²　ㄚ-ㄍㆦ　ㄍㆦ-ㄉㄧㄨ²　ㄐㄧˋ-ㄏㄨ
阿妗　阿姨　姨丈　阿姑　姑丈　姊夫

ㆠㆤ‾-ㄒㄚㄧ˙　ㄫㄛㆤ‾-ㄒㆤㄫ　ㄍㄧㄚ°-ㄒㄚㄧ˙　ㄉㄧㄨ²-ㆡㄚㄫˇ　ㄉㄧㄨ²-ㄇˋ
妹婿　外甥　子婿　丈人　丈姆

ㄍㄨ‾·ㄚˋ　ㄧˇ·ㄚˋ　ㄒㄧ°-ㄏㄨㄋ‾-ㆡㄚㄫˇ　ㄒㆤㄍˊ-ㄒㄚㄧ‾-ㄌㄚㄫˇ
舅仔　姨仔　生混人　熟識人

甲 ㆡㄧˋ ㄨ‾ ㄑㄧㄋ-ㄑㆤㄍ ㄉㄧ‾ ㄉㄚㄧˇ-ㄛㄚㄋˇ ㆠㄜ˙?
　 汝有親戚在臺灣無？

乙 ㄨ‾·ㄛ˙！ㄨ‾ ㆡㄚㄧ‾-ㄑㄧㄋ，ㄚ‾-ㄨ‾ ㄫㄛㄚ‾-ㄑㆤㄍ.
　 有喔！有內親，也有外戚。

甲 ㄨ‾ ㄒㄧㄚ°-ㄇㄧˋ ㆡㄚㄧ‾-ㄑㄧㄋ ㄋㆤ˙?
　 有什麼內親呢？

乙 ㄨ‾ ㄚ-ㄅㆤˋ，ㄚ-ㄐㆤㄍ，ㄚ‾-ㄨ‾ ㄑㄧㄋ-ㄉㆦㄫˇ…ㄐㆤㄍ-ㄅㆤˋ，ㄍㄚㄅ ㄑㄧㄋ-
　 有阿伯，阿叔，也有親堂叔伯，及親

ㄉㆦㄫˇ…ㄏㄧㄚ°-ㄉㄧ‾.
堂兄弟。

甲 ㄨ‾ ㄒㄧㄚ°-ㄇㄧˋ ㄫㄛㄚ‾-ㄑㆤㄍ ㆠㄜˇ?
　 有什麼外戚無？

乙 ㄨ‾ ㄚ-ㄍㄨ‾ ㄚ-ㄍㄧㄇ‾ ㄚ-ㄧˇ ㄧˇ-ㄉㄧㄨ² ㄉㆤㄫˋ-ㄉㆤㄫˋ.
　 有阿舅阿妗阿姨姨丈等等。

甲 ㄑㄧㄚ° ㆡㄧˋ ㄍㄨˋ-ㄑㄨㄉ ㄍㄨㄧˋ-ㆤˇ ㄏㄧㄚㄉ-ㄑㄧㄋ ㄆㄜㆤ˙-ㄫㆦ˙ ㆤˇ ㆡㆤ‾
　 請汝舉出幾個血親配偶的例。

乙 ㄚ-ㄍㆦ ㆤˇ ㄚㄫ ㄍㄧㄜ˙-ㄐㄜㆤ˙ ㄍㆦ-ㄉㄧㄨ²，ㄉㄛㄚ‾-ㄐㄧˋ ㆤˇ ㄚㄫ ㄍㄧㄜ˙-
　 阿姑的翁叫做姑丈，大姊的翁叫

ㄐㄜㆤ˙ ㄐㄧˋ-ㄏㄨ，ㄒㄧㄜˋ-ㆠㆤ‾ ㆤˇ ㄚㄫ ㄍㄧㄜ˙-ㄐㄜㆤ˙ ㆠㆤ‾-ㄒㄚㄧ˙，
做姊夫，小妹的翁叫做妹婿，

ㄗㄨㄛˋ ㄇㄟˋ-ㄈㄨ，ㄋㄩˇ-ㄦˊ ㄉㄜ˙ ㄐㄧㄡˋ-ㄕˋ ㄐㄧㄠˋ-ㄗㄨㄛˋ ㄋㄩˇ-ㄒㄩˋ.
做 妹夫 女兒的 就是叫 做 女 婿。

甲 ㄆㄟˋ-ㄡˇ ㄉㄜ˙ ㄒㄧㄝˇ-ㄑㄧㄣ ㄋㄜ˙?
配偶 的 血 親 呢？

乙 ㄑㄧ·ㄗ˙ ㄉㄜ˙ ㄅㄚˋ-ㄅㄚ˙ ㄇㄚ-ㄇㄚ˙ ㄐㄧㄠˋ-ㄗㄨㄛˋㄩㄝˋ-ㄈㄨˋㄩㄝˋ-ㄇㄨˇ，
妻子 的 爸 爸 媽 媽 叫 做 岳 父 岳 母，

ㄑㄧ ㄉㄜ ㄍㄜ-ㄍㄜ˙ ㄉㄧˋ-ㄉㄧ˙ ㄐㄧㄠˋ-ㄗㄨㄛˋ ㄉㄚˋ-ㄐㄧㄡˋ·ㄗ˙ ㄒㄧㄠˇ-
妻 的 哥 哥 弟 弟 叫 做 大 舅 子 小

ㄐㄧㄡˋ·ㄗ˙，ㄉㄚˋ-ㄐㄧㄝˇ ㄒㄧㄠˇ-ㄇㄟˋ ㄐㄧㄠˋ-ㄗㄨㄛˋ ㄉㄚˋ-ㄧˊ·ㄦ˙
舅 子，大 姊 小 妹 叫 做 大 姨 兒

ㄒㄧㄠˇ-ㄧˊ·ㄦ˙.
小 姨 兒。

ㄓㄤˋ-ㄈㄨ ㄉㄜ˙ ㄅㄚˋ-ㄅㄚ˙ ㄇㄚ-ㄇㄚ˙ ㄉㄚˋ-ㄍㄜ ㄉㄧˋ-ㄉㄧ˙ ㄉㄚˋ-ㄐㄧㄝˇ
甲 丈 夫 的 爸 爸 媽 媽 大 哥 弟 弟 大 姊

ㄇㄟˋ-ㄇㄟ˙ ㄧㄠˋ ㄗㄣˇ-ㄧㄤˋ ㄔㄥ-ㄏㄨ ㄋㄜ˙?
妹 妹 要 怎 樣 稱 呼 呢？

乙 ㄔㄥ-ㄏㄨ ㄨㄟˋ ㄍㄨㄥ-ㄍㄨㄥ ㄆㄛˊ-ㄆㄛˊ ㄅㄛˊ-ㄅㄛˊ ㄒㄧㄠˇ-ㄕㄨˊ-ㄗ˙ ㄍㄨ-ㄦ˙
稱 呼 爲 公 公 婆 婆 伯 伯 小 叔 子 姑 兒

ㄒㄧㄠˇ-ㄍㄨ-ㄦ˙.
小 姑 兒。

甲 ㄊㄚ ㄑㄩˇ ㄦˊ-ㄒㄧˊ-ㄈㄨˋ ㄌㄜ˙ ㄇㄚ˙?
他 娶 兒 媳 婦 了 嗎？

乙 ㄑㄩˇ-ㄍㄨㄛˋ·ㄌㄜ˙，ㄋㄩˇ-ㄦˊ ㄧㄝˇ ㄐㄧㄚ-ㄍㄨㄛˋ·ㄌㄜ˙.
娶 過 了，女 兒 也 嫁 過 了。

甲 ㄋㄟˋ-ㄍㄜ˙ ㄖㄣˊ ㄕˋ ㄋㄧˇ ㄉㄜ˙ ㄑㄧㄣ-ㄑㄧ ㄇㄚ˙?
那 個 人 是 你 的 親 戚 嗎？

乙 ㄅㄨˊ-ㄕˋ ㄨㄛˇ ㄉㄜ˙ ㄑㄧㄣ-ㄑㄧ，ㄧㄝˇ ㄅㄨˊ-ㄕˋ ㄕㄡˊ-ㄖㄣˊ，ㄕˋ ㄧˊ-ㄍㄜ˙
不 是 我 的 親 戚，也 不 是 熟 人，是 一 個

ㄕㄥ-ㄕㄨ ㄉㄜ˙ ㄖㄣˊ.
生 疏 的 人。

ㄐㄚ-ㄏㆦˋ-ㄍㄧㄚˋ ㄝˇ ㄐㄧㄨˉ-ㄒㄧˉ ㄍㄧㄛˋ-ㄐㄛㄝˋ ㄍㄧㄚˋ-ㄒㄚㄧˋ.
查某子的就是叫做子婿。

甲 ㄆㄛㄝˋ-ㄫㆦˋ ㄝˇ ㄏㄧㄚㄉ-ㄑㄧㄣ ㄋㄝˋ?
配偶的血親呢？

乙 ㄏㆦˋ ㄝˇ ㄌㄚㄨˉ-ㄅㄝˉ ㄌㄚㄨˉ-ㄏㄨˋ ㄍㄧㄛˋ-ㄐㄛㄝˋ ㄉㄧㄨˋ-ㄌㄚㄫˇ
媽(某)的老父老母叫做丈人

ㄉㄧㄨˋ-ㄇˋ, ㄏㆦˋ ㄝˇ ㄉㆦㄚˉ-ㄏㄧㄚ˚ ㄒㄧㄛˋ-ㄉㄧˉ ㄍㄧㄛˋ-ㄐㄛㄝˋ ㄉㆦㄚˉ-
丈姆，某的大兄小弟叫做大

ㄍㄨ ㄍㄨ·ㄚˋ, ㄉㆦㄚˉ-ㄐㄧˋ ㄒㄧㄛˋ-ㄏㄝˉ ㄍㄧㄛˋ-ㄐㄛㄝˋ ㄉㆦㄚˉ-ㄧˇ ㄧˇ·ㄚˋ.
舅舅仔，大姊小妹叫做大姨姨仔。

甲 ㄚㄫ ㄝˇ ㄌㄚㄨˉ-ㄅㄝˉ ㄌㄚㄨˉ-ㄏㄨˋ ㄉㆦㄚˉ-ㄏㄧㄚ˚ ㄒㄧㄛˋ-ㄉㄧˉ
翁(夫)的老父老母大兄小弟

ㄉㆦㄚˉ-ㄐㄧˋ ㄒㄧㄛˋ-ㄏㄝˉ ㄏㄝˊ ㄐㄚ˚-ㄧㄨˋ ㄑㄝㄫ-ㄏㆦ?
大姊小妹卜怎樣稱呼？

乙 ㄑㄝㄫ-ㄏㆦ ㄐㄛㄝˋㄉㄚ-ㄍㆦㄚ˚ㄉㄚ-ㄍㄝ ㄉㆦㄚˉ-ㄅㄝˊ ㄒㄧㄛˋ-ㄐㄝㄍ ㄉㆦㄚˉ-
稱呼做大官大家大伯小叔大

ㄍㆦ ㄒㄧㄛˋ-ㄍㆦ.
姑小姑。

甲 ㄧ ㄑㆦㄚˉ ㄒㄧㄇ-ㄅㄨˉ ㄏㄝˋ?
伊娶媳婦未？

乙 ㄑㆦㄚˉ-ㄌㄧㄚㄨˋ·ㄌㆦˋ, ㄐㄚ-ㄏㆦˋ-ㄍㄧㄚ˚ ㄚˉ ㄍㄝˋ ㄌㆦˋ.
娶了咯，查某子也嫁咯。

甲 ㄏㄧㄉ-ㄝˇ ㄌㄚㄫˇ ㄒㄧˉ ㄌㄧˋ ㄝˇ ㄑㄧㄣ-ㄑㄝㄍ ㄇㄚˋ?
彼個人是汝的親戚嗎？

乙 ㄇˉ-ㄒㄧˉ ㄫㆦㄚˋ ㄝˇ ㄑㄧㄣ-ㄑㄝㄍ, ㄚˉ ㄇˉ-ㄒㄧˉ ㄒㄝㄍˊ-ㄒㄚㄧˉ-ㄌㄚㄫˇ,
不是我的親戚，也不是熟識人，

ㄒㄧˉ ㄐㄧㄉ-ㄝˇ ㄒㄧ˚-ㄏㄨㄣˉ-ㄌㄚㄫˋ.
是一個生混人。

ㄉㄧˋ ㄕˊ-ㄎㄜˋ
第 十 課

ㄑㄧˇ-ㄔㄨㄤˊ　ㄕㄨˋ-ㄎㄡˇ　ㄒㄧˇ-ㄌㄧㄢˇ　ㄔ-ㄈㄢˋ
起床　漱口　洗臉　吃飯

ㄔ ㄓㄨㄥ-ㄈㄢˋ　ㄔ ㄨㄢˇ-ㄈㄢˋ　ㄇㄟˇ-ㄊㄧㄢ
吃中飯　吃晚飯　每天

ㄕㄤˋ-ㄨˇ (ㄕㄤˋ ㄅㄢˋ-ㄊㄧㄢ)　ㄓㄨㄥ-ㄨˇ (ㄓㄥˋ-ㄨˇ)
上午（上半天）　中午（正午）

ㄒㄧㄚˋ-ㄨˇ(ㄒㄧㄚˋ-ㄅㄢˋ-ㄊㄧㄢ)　ㄨㄢˇ-ㄕㄤˋ　ㄗㄠˇ-ㄕㄤˋ　ㄉㄚˋ-ㄑㄧㄥ-ㄗㄠˇ
下午（下半天）　晚上　早上　大清早

ㄗㄨㄛˋ ㄗㄠˇ-ㄘㄠ　ㄎㄢˋ ㄅㄠˋ-ㄓˇ　ㄊㄧㄥ ㄧㄣ-ㄩㄝˋ
做早操　看報紙　聽音樂

ㄎㄢˋ ㄉㄧㄢˋ-ㄕˋ　ㄎㄢˋ ㄉㄧㄢˋ-ㄧㄥˇ　ㄐㄧㄤˇ ㄒㄧㄠˋ-ㄏㄨㄚˋ
看電視　看電影　講笑話

ㄒㄧㄡ-ㄒㄧˊ　ㄕㄨㄟˋ ㄓㄨㄥ-ㄐㄧㄠˋ
休息　睡中覺

甲 ㄋㄧˇ ㄗㄠˇ-ㄕㄤˋ ㄐㄧˇ-ㄉㄧㄢˇ-ㄓㄨㄥ ㄑㄧˇ-ㄌㄞˊ·ㄋㄜ˙?
你早上幾點鐘起來呢？

乙 ㄇㄟˇ-ㄊㄧㄢ ㄉㄚˋ-ㄑㄧㄥ-ㄗㄠˇ ㄨˇ-ㄉㄧㄢˇ ㄐㄧㄡˋ ㄑㄧˇ-ㄔㄨㄤˊ.
每天大清早五點就起床。

甲 ㄑㄧˇ-ㄔㄨㄤˊ ㄧˇ-ㄏㄡˋ ㄒㄧㄢ ㄗㄨㄛˋ ㄕㄜˊ-ㄇㄛ˙ ㄕˋ?
起床以後先做甚麼事？

乙 ㄒㄧㄢ ㄕㄨˋ-ㄎㄡˇ ㄒㄧˇ-ㄌㄧㄢˇ ㄗㄨㄛˋ ㄗㄠˇ-ㄘㄠ.
先漱口洗臉做早操。

甲 ㄔ ㄗㄠˇ-ㄈㄢˋ ㄧˇ-ㄑㄧㄢˊ ㄗㄨㄛˋ ㄕㄜˊ ㄇㄛ˙ ㄕˋ?
吃早飯以前做甚麼事？

乙 ㄎㄢˋ ㄅㄠˋ-ㄓˇ (ㄒㄧㄣ-ㄨㄣˊ).
看報紙（新聞）。

甲 ㄕㄤˋ-ㄨˇ ㄐㄧˇ-ㄉㄧㄢˇ-ㄓㄨㄥ ㄕㄤˋ-ㄅㄢ·ㄋㄜ˙?
上午幾點鐘上班呢？

ㄉㆤ - ㄐㄚㆴˊ - ㄎㄜ˙
第　十　課

ㄎㄧˋ-ㄑㆭˇ　ㄒㄛㄚˋ-ㄎㄚㄨˋ　ㄒㄜㆤˋ-ㆠㄧㄋ̄　ㄐㄧㄚˊ-ㄅㆭ̄
起床　漱口　洗面　喰飯

ㄐㄧㄚˊ ㄉㄧㄛㆭ-ㄉㄚㄨ˙　ㄐㄧㄚˊ ㄚㄇ˙-ㄉㆭ˙　ㄉㄚㆻˊ-ㆡㄧㆵˊ
喰中晝　喰暗頓　逐日

ㄒㄧㄛㆭ̄-ㆣㄛˋ（ㄉㆤㆭˋ-ㄅㄛ）　ㄉㄧㄛㆭ-ㆣㄛˋ（ㄉㄧㄛㆭ-ㄉㄚㄨ˙）
上午（頂晡）　中午（中晝）

ㄏㄚ̄-ㆣㄛˋ（ㆤ̄-ㄅㄛ）　ㄇ˙-ㄒㄧˇ　ㄐㄚˋ-ㄎㄧˋ-ㄒㄧˇ　ㄊㄚㄨ˙-ㄐㄚˋ
下午（下晡）　暗時　早起時　透早

ㄐㄜㆤ˙ ㄐㄚˋ-ㄑㄚㄨ　ㄎㄛㄚ° ㄅㄜ˙-ㄐㄛㄚˋ　ㄊㄧㄚ° ㄧㄇ-ㆣㄚㆻˊ
做早操　看報紙　聽音樂

ㄎㄛㄚ° ㄉㄧㄢ̄-ㄒㄧ̄　ㄎㄛㄚ° ㄉㄧㄢ̄-ㄧㄚ°　ㄍㄛㆭˋ ㄑㄧㄜ˙-ㄜㆤ̄
看電視　看電影　講笑話

ㄏㄧㄜˋ-ㄎㄨㄣ˙　ㄎㄨㄣ˙-ㄉㄚㄨ˙
息睏　睏晝

甲 ㄌㄧˋ ㄐㄚㄧˋ-ㄎㄧˋ-ㄒㄧˇ ㄍㄨㄧˋ-ㄉㄧㄚㆬˋ ㄎㄧˋ-ㄌㄞˇ·ㄋㆤ˙?
　汝早起時幾點起來呢？

乙 ㄉㄚㆻˊ-ㆡㄧㆵˊ ㄊㄚㄨ˙-ㄐㄚˋ ㆣㄛ̄-ㄉㄧㄚㆬˋ ㄐㄧㄨ̄ ㄎㄧˋ-ㄑㆭˇ.
　逐日透早五點就起床。

甲 ㄎㄧˋ-ㄑㆭˇ ㄌㄧㄠˋ-ㄠ̄ ㄒㆤㆭ ㄑㄛㆭ˙ ㄒㄧㄚ°-ㄇㄧˋ?
　起床了後先創什麼？

乙 ㄉㄞ̄-ㄒㆤㆭ ㄒㄛㄚˋ-ㄎㄚㄨˋ ㄒㄜㆤˋ-ㆠㄧㄋ̄ ㄐㄜㆤ˙ ㄐㄚˋ-ㄑㄚㄨ.
　在先漱口洗面做早操。

甲 ㄐㄧㄚˊ ㄐㄚㄧˋ-ㄎㄧˋ··ㄅㆭ̄ㄧˋ-ㄐㆤㆭˇ ㄑㄛㆭ˙ ㄒㄧㄚ°-ㄇㄧˋ?
　喰早起飯以前創什麼？

乙 ㄎㄛㄚ° ㄅㄜ˙-ㄐㄛㄚˋ（ㄒㄧㄣ-ㆠㄨㄣˇ）.
　看報紙（新聞）。

甲 ㄒㄧㄛㆭ̄-ㆣㄛˋ ㄍㄨㄧˋ-ㄉㄧㄚㆬˋ-ㄐㆤㆭ ㄒㄧㄛㆭ̄-ㄅㄚㄋ·ㄋㆤ˙?
　上午幾點鐘上班呢？

乙 ㄕㄤˋ-ㄨˇ ㄅㄚ-ㄉㄧㄢˇ ㄕㄤˋ-ㄅㄢ.
上午 八點 上班。

甲 ㄓㄨㄥ-ㄨˇ ㄏㄨㄟˊ-ㄌㄞˊ ㄔ ㄓㄨㄥ-ㄈㄢˋ ㄇㄚ?
中午 回來 吃 中飯 嗎？

乙 ㄓㄨㄥ-ㄨˇ ㄇㄟˊ-ㄧㄡˇ ㄏㄨㄟˊ-ㄌㄞˊ，ㄉㄡ ㄉㄞˋ ㄅㄧㄢˋ-ㄉㄤ ㄑㄩˋ ㄔ.
中午 沒有 回來，都 帶 便當 去吃。

甲 ㄒㄧㄚˋ-ㄨˇ ㄐㄧˇ-ㄉㄧㄢˇ ㄒㄧㄚˋ-ㄅㄢ·ㄋㄜ˙?
下午 幾點 下班 呢？

乙 ㄒㄧㄚˋ-ㄨˇ ㄌㄧㄡˋ-ㄉㄧㄢˇ ㄒㄧㄚˋ-ㄅㄢ.
下午 六點 下班。

甲 ㄨㄢˇ-ㄕㄤˋ ㄐㄧˇ-ㄉㄧㄢˇ ㄔ ㄨㄢˇ-ㄈㄢˋ?
晚上 幾點 吃晚飯？

乙 ㄒㄧㄚˋ-ㄨˇ ㄌㄧㄡˋ-ㄉㄧㄢˇ-ㄅㄢˋ ㄔ ㄨㄢˇ-ㄈㄢˋ.
下午 六點 半 吃 晚飯。

甲 ㄨㄢˇ-ㄈㄢˋ ㄏㄡˋ ㄗㄨㄛˋ ㄕㄜˊ-ㄇㄛ˙?
晚飯 後 做 甚麼？

乙 ㄊㄧㄥ ㄧㄣ-ㄩㄝˋ，ㄎㄢˋ ㄉㄧㄢˋ-ㄕˋ，ㄐㄧㄤˇ ㄒㄧㄠˋ-ㄏㄨㄚˋ，ㄉㄚˋ-ㄐㄧㄚ
聽 音樂，看 電視，講 笑話，大家
ㄒㄧㄤˇ-ㄕㄡˋ ㄎㄨㄞˋ-ㄌㄜˋ.
享受 快樂。

甲 ㄐㄧˇ-ㄉㄧㄢˇ ㄘㄞˊ ㄕㄨㄟˋ·ㄋㄜ?
幾點 纔 睡 呢？

乙 ㄅㄨˋ ㄔㄠ-ㄍㄨㄛˋ ㄕˊ-ㄉㄧㄢˇ ㄐㄧㄡˋ ㄕㄨㄟˋ.
不 超過 十點 就 睡。

甲 ㄌㄧˇ-ㄅㄞˋ-ㄊㄧㄢ ㄏㄨㄛˋ-ㄕˋ ㄌㄧˋ-ㄐㄧㄚˇ-ㄖˋ ㄋㄜ?
禮拜天 或是 例假日 呢？

乙 ㄧㄡˇ ㄕˊ ㄑㄩㄢˊ-ㄐㄧㄚ ㄔㄨ ㄑㄩˋ ㄐㄧㄠ-ㄨㄞˋ ㄐㄧㄠ-ㄧㄡˊ，ㄧㄡˇ ㄕˊ ㄑㄩˋ
有時 全家 出去 郊外 郊遊，有時 去
ㄒㄧ-ㄇㄣˊ-ㄉㄧㄥ ㄎㄢˋ ㄉㄧㄢˋ-ㄧㄥˇ.
西門町 看 電影。

甲 ㄋㄧˇ ㄉㄜ˙ ㄕㄥ-ㄏㄨㄛˊ ㄕˊ-ㄗㄞˋ ㄏㄣˇ ㄒㄧㄥˋ-ㄈㄨˊ!
你的 生活 實在 很 幸福！

乙 ㄇㄚˇ-ㄇㄚˇ ㄏㄨ-ㄏㄨ.
馬馬 虎虎。

乙 ㄉㄝㄫˋ-ㄅㆦ ㄅㄛㄝˋ-ㄉㄧㄚㄇˋ ㄒㄧㆦㄫ˫-ㄅㄚㄋ.
　頂晡八點上班。

甲 ㄉㄧㆦㄫ-ㄫㆦˋ ㄨ˫ ㄉㄫˋ-ㄌㄚㄧˊ ㄐㄧㄚˊ ㄉㄧㆦㄫ-ㄉㄚㄨˋ-ㄉㄫˋ ㆠㄛˊ?
　中午有返來喰中晝頓無？

乙 ㄉㄧㆦㄫ-ㄉㄚㄨˋ ㆠㄛˊ ㄉㄫˋ ㄌㄚㄧˊ，ㄌㆦㄫˋ ㄉㆦㄚˋ ㄅㄧㄚㄋ˫-ㄉㆦㄫ ㄎㄧˋ ㄐㄧㄚˊ.
　中晝無返來，攏帶便當去喰。

甲 ㄏㄚ˫-ㄫㆦˋ ㄍㄨㄧˋ-ㄉㄧㄚㄇˋ ㄏㄚ˫-ㄅㄚㄋ·ㄋㄝ˙?
　下午幾點下班呢？

乙 ㄝ˫-ㄅㆦ ㄌㄚㄍˊ-ㄉㄧㄚㄇˋ ㄏㄚ˫-ㄅㄚㄋ.
　下晡六點下班。

甲 ㄚㄇˋ-ㄒㄧˊ ㄍㄨㄧˋ-ㄉㄧㄚㄇˋ ㄐㄧㄚˊ ㄚㄇˋ-ㄅㄫ˫?
　暗時幾點喰暗飯？

乙 ㄏㄚ˫-ㄫㆦˋ ㄌㄚㄍˊ-ㄉㄧㄚㄇˋ-ㄅㆦㄚˋ ㄐㄧㄚˊㄚㄇˋ-ㄉㄫˋ.
　下午六點半喰暗頓。

甲 ㄐㄧㄚˊ-ㄚㄇˋ·ㄌㄧㄚㄨˋ ㄑㆦㄫˋ ㄒㄧㄚˋ-ㄇㄧˋ?
　喰暗了創什麼？

乙 ㄊㄧㄚˋ ㄧㄇ-ㄫㄚㄍˊ，ㄎㆦㄚˋ ㄉㄧㄚㄋ˫-ㄒㄧ˫，ㄍㆦㄫˋ ㄏㄧㄛˋ-ㄛㄝ˫，ㄉㄚㄧ˫-ㄍㄝ
　聽音樂，看電視，講笑話，大家

ㄏㄧㆦㄫˋ-ㄒㄧㄨ˫ ㄎㆦㄚㄧˋ-ㄌㆦㄍˊ.
　享受快樂。

甲 ㄍㄨㄧˋ-ㄉㄧㄚㄇˋ ㄐㄧㄚˋ ㄎㄨㄋˋ?
　幾點才睏？

乙 ㆠㄛˊ ㄍㄝˋ ㄐㄚㄅ-ㄉㄧㄚㄇˋ ㄐㄧㄨ˫ ㄎㄨㄋˋ.
　無過十點就睏。

甲 ㄌㄝˋ-ㄅㄚㄧˋ-ㆡㄧㄉˊ ㄚˋ-ㄒㄧ˫ ㄏㄧㄛˋ-ㄎㄨㄋˋ-ㆡㄧㄉˊ ㄋㄝ˙?
　禮拜日抑是息睏日呢？

乙 ㄨ˫ ㄒㄧˊ ㄐㆦㄚㄋˊ-ㄍㄝ ㄏㄨㄉ ㄎㄧˋ ㄍㄚㄨ-ㄫㆦㄚ˫ ㄍㄚㄨ-ㄧㄨˊ，ㄨ˫ ㄒㄧˊ
　有時全家出去郊外郊遊，有時

ㄎㄧˋ ㄒㄝ-ㄇㄫˊ-ㄉㄧㄥ ㄎㆦㄚˋ ㄉㄧㄚㄋ˫-ㄧㄚˋ.
　去西門町看電影。

甲 ㄌㄧˋ ㄝˊ ㄒㄝㄫ-ㆦㄚˊ ㄒㄧㄉˊ-ㄐㄚㄧ˫ ㄐㄧㄣ ㄏㄝㄫ˫-ㄏㆦㄍ!
　汝的生活實在眞幸福！

乙 ㄇㄚˋ-ㄇㄚˋ ㄏㄨ-ㄏㄨ.
　馬馬虎虎。

ㄌㄧㄢˋ - ㄒㄧˊ
練 習 (二)

1 ㄓㄜˋ-ㄧㄤˋ ㄏㄢˋ ㄋㄚˋ-ㄧㄤˋ ㄅㄨˋ ㄊㄨㄥˊ.
這樣和那樣不同。

2 ㄋㄚˇ ㄧ-ㄧㄤˋ ㄅㄧˇ-ㄐㄧㄠˋ ㄏㄠˇ ㄋㄜ?
那一樣比較好呢？

3 ㄓㄜˋ-ㄧㄤˋ ㄅㄧˇ-ㄐㄧㄠˋ ㄏㄠˇ, ㄐㄧㄚˋ-ㄑㄧㄢˊ ㄍㄨㄟˋ ㄧ-ㄉㄧㄢˇ.
這樣比較好，價錢貴一點。

4 ㄧㄠˋ ㄆㄧㄢˊ-ㄧˊ, ㄏㄨㄛˋ ㄐㄧㄡˋ ㄧㄠˋ ㄏㄨㄞˋ.
要便宜，貨就要壞。

5 ㄓㄜˋ-ㄊㄧㄠˊ-ㄌㄨˋ ㄏㄣˇ ㄗㄞˊ, ㄔㄜ ㄊㄨㄥ ㄅㄨˊ ㄍㄨㄛˋ-ㄑㄩˋ.
這條路很窄，車通不過去。

6 ㄓㄨㄢˇ ㄒㄧㄤˋ ㄋㄢˊ-ㄈㄤ ㄑㄩˋ, ㄌㄨˋ ㄅㄧˇ-ㄐㄧㄠˋ ㄎㄨㄢ, ㄐㄧㄡˋ ㄏㄠˇ ㄗㄡˇ·ㄌㄚ˙.
轉向南方去，路比較寬，就好走啦。

7 ㄑㄧㄥˇ ㄨㄣˋ, ㄋㄧㄣˊ ㄐㄨㄣ-ㄒㄧㄥˋ ㄉㄚˋ ㄇㄧㄥˊ?
請問，您尊姓大名？

8 ㄅㄧˋ-ㄒㄧㄥˋ ㄨㄤˊ, ㄒㄧㄠˇ-ㄇㄧㄥˊ ㄒㄧㄡ-ㄕㄥ.
敝姓王，小名修身。

9 ㄍㄨㄟˋ-ㄈㄨˇ ㄋㄚˇ-ㄌㄧˇ?
貴府那裏？

10 ㄅㄧˋ-ㄕㄜˋ ㄊㄞˊ-ㄋㄢˊ-ㄕˋ.
敝舍臺南市。

11 ㄍㄨㄟˋ-ㄍㄥ ㄉㄨㄛ-ㄕㄠˇ?
貴庚多少？

12 ㄐㄧㄣ-ㄋㄧㄢˊ ㄘ-ㄓㄤˇ ㄙㄢ-ㄕˊ-ㄧˊ.
今年痴長三十一。

13 ㄌㄧㄥˋ-ㄗㄨㄣ ㄌㄧㄥˋ-ㄊㄤˊ ㄉㄡ ㄎㄤ-ㄐㄧㄢˋ ㄇㄚ?
令尊令堂都康健嗎？

14 ㄊㄨㄛ-ㄈㄨˊ, ㄐㄧㄚ-ㄈㄨˋ ㄐㄧㄚ-ㄇㄨˇ ㄉㄡ ㄏㄞˊ ㄏㄠˇ.
託福，家父家母都還好。

ㄌㄧㄚㄋˉ － ㄒㄧㄅˊ
練　習　㈡

1 ㄐㄧㄉ－ㄎㆦㄚㄋˋ ㄍㄚㄅ ㄏㄧㄉ－ㄎㆦㄚㄋˋ ㆠㄜˇ ㄉㄚㆭˇ.
　這　款　及　彼　款　無　同。

2 ㄉㄜˊ ㄐㄧㄉˊ－ㄎㆦㄚㄋˋ ㄎㄚˈ ㄏㄜˋ ㄋㄝ?
　何　一　款　較　好　呢？

3 ㄐㄧㄉ－ㄎㆦㄚㄋˋ ㄎㄚˈ ㄏㄜˋ，ㄍㄝ˙－ㄐㄧ˚ ㄨˉ ㄎㄚˈ ㄍㄨㄧ˙.
　這　款　較　好，價　錢　有　較　貴。

4 ㄚㄧ˙ ㄎㄚˈ ㄒㄧㆦㄍˊ，ㄏㄜㄝ˙ ㄐㄧㄨˉ ㄝˉ ㄎㄚˈ ㄆㄚㄧˋ.
　愛　較　俗，貨　就　會　較　呆。

5 ㄐㄧㄉ－ㄉㄧㄚㄨˇ ㄌㆦˉ ㄐㄧㄋ‥ㄜㄝˊ，ㄑㄧㄚ ㆠㄜㄝ－ㄊㄚㆭ ㄍㄜㄝ˙.
　這　條　路　眞　窄，車　昧　通　過。

6 ㄐㆦㄚㄋˋ ㄉㄨㄧ˙ ㄌㄚㄇˇ－ㄅㄝㆭˇㄎㄧ˙，ㄌㆦˉ ㄐㄧㄨˉ ㄎㄚˈ ㄎㆦㄚˈ ㄎㄚˈ
　轉　對　南　旁　去，路　就　較　濶　較

ㄏㄜˋ ㄍㄧㄚ˚.
　好　行。

7 ㄑㄧㄚ˚ ㄇㆭˉ，ㄌㄧˋ ㄝˇ ㄐㄨㄋ－ㄒㄧ˚ ㄉㆦㄚˉ－ㄇㄧㄚ˚?
　請　問，汝　的　尊　姓　大　名？

8 ㄅㄝ˙－ㄒㄧ˚ ㆦㆭˇ，ㄒㄧㄜˋ－ㄇㄧㄚ˚ ㄒㄧㄨ－ㄒㄧㄋ.
　敝　姓　王，小　名　修　身。

9 ㄍㄨㄧ˙－ㄏㄨˋ ㄉㄜˊ－ㄨㄧˉ?
　貴　府　何　位？

10 ㄅㄝ˙－ㄒㄧㄚ˙ ㄉㄚㄧˇ－ㄌㄚㄇˇ－ㄑㄧˉ.
　敝　舍　臺　南　市。

11 ㄍㄨㄧ˙－ㄍㄧ˚ ㄌㆦㄚˉ－ㄐㄝˉ?
　貴　庚　偌　多？

12 ㄍㄧㄋ－ㄋㄧ˚ ㄑㄧ－ㄉㄧㆦㆭˋ ㄒㄚ˚－ㄐㄚㄅˊ－ㄧㄉ.
　今　年　痴　長　三　十　一。

13 ㄌㄝㆭˉ－ㄐㄨㄋ ㄌㄝㆭˉ－ㄉㆦㆭˇ ㄉㄜ ㄎㆦㆭ－ㄍㄧㄚㄋˉ ㄇㄚ?
　令　尊　令　堂　都　康　健　嗎？

14 ㄊㆦㄍ－ㄏㆦㄍ，ㄍㄚ－ㄏㄨˉ ㄍㄚ－ㆠㄜˋ ㄉㄜ ㄧㄨˋ ㄏㄜˋ.
　託　福，家　父　家　母　都　尙　好。

15 ㄌㄧㄥˋ-ㄇㄟˋ ㄔㄥˊ-ㄑㄧㄣ·ㄌㄜ˙ ㄇㄟˊ-ㄧㄡˇ?
令 妹 成 親 了 沒 有？

16 ㄕㄜˋ-ㄇㄟˋ ㄧˇ-ㄐㄧㄥ ㄐㄧㄝˊ-ㄏㄨㄣ·ㄌㄜ˙，ㄧㄝˇ ㄧˇ-ㄐㄧㄥ ㄧㄡˇ ㄏㄞˊ-ㄗˇ.
舍 妹 已 經 結 婚 了，也 已 經 有 孩 子。

17 ㄌㄧㄥˋ-ㄇㄟˋ-ㄈㄨ ㄉㄜ˙ ㄐㄧㄚ-ㄊㄧㄥˊ ㄈㄨˋ-ㄗㄚˊ ㄇㄚ?
令 妹 夫 的 家 庭 複 雜 嗎？

18 ㄛ! ㄕˋ ㄉㄚˋ‥ㄐㄧㄚ-ㄊㄧㄥˊ，ㄖㄣˊ-ㄎㄡˇ ㄒㄧㄤ-ㄉㄤ ㄉㄨㄛ.
喔！是 大 家 庭，人 口 相 當 多。

19 ㄋㄧㄣˊ ㄇㄟˇ-ㄊㄧㄢ ㄗㄠˇ-ㄔㄣˊ，ㄐㄧˇ-ㄉㄧㄢˇ-ㄓㄨㄥ ㄑㄧˇ-ㄔㄨㄤˊ ㄋㄜ?
您 每 天 早 晨，幾 點 鐘 起 床 呢？

20 ㄉㄚˋ-ㄍㄞˋ ㄗㄞˋ ㄑㄧ-ㄉㄧㄢˇ-ㄓㄨㄥ ㄑㄧㄢˊ-ㄏㄡˋ ㄑㄧˇ-ㄔㄨㄤˊ，ㄧㄣ-
大 概 在 七 點 鐘 前 後 起 床，因
ㄨㄟˋ ㄨㄛˇ ㄨㄢˇ-ㄕㄤˋ ㄏㄣˇ-ㄨㄢˇ ㄘㄞˊ ㄕㄨㄟˋ.
爲 我 晚 上 很 晚 才 睡。

21 ㄨㄟˋ ㄕㄜˊ-ㄇㄛˊ ㄧㄠˋ ㄋㄚˋ-ㄇㄛ˙ ㄔˊ ㄘㄞˊ ㄕㄨㄟˋ ㄋㄜ?
爲 什 麼 要 那 麼 遲 才 睡 呢？

22 ㄧㄣ-ㄨㄟˋ ㄅㄞˊ-ㄊㄧㄢ ㄗㄚˊ-ㄕˋ ㄉㄨㄛ，ㄅㄨˋ-ㄋㄥˊ ㄗㄨㄛˋ ㄧㄢˊ-
因 爲 白 天 雜 事 多，不 能 做 研
ㄐㄧㄡˋ，ㄌㄞˊ ㄔㄨㄥ-ㄕˊ ㄗˋ-ㄐㄧˇ.
究，來 充 實 自 己。

15 ㄌㄝㆭˉ-ㄇㄛㄝ^ ㄒㄝㆭˇ-ㄑㄧㄋ˙ㄌㄧㄚㄨˋ ㄅㄝˉ?
令妹成親了未？

16 ㄒㄧㄚ˙-ㄇㄛㄝ^ ㄧˋ-ㄍㄝㆭ ㄍㄧㄚㆵ-ㄏㄨㄋ˙ㄌㄧㄚㄨˋ，ㄧㄚˉ ㄧˋ-ㄍㄝㆭ ㄨˉ
ㄫㄧㄋˋ-ㄚˋ.
舍妹已經結婚了，也已經有囝仔。

17 ㄌㄝㆭˉ-ㄇㄛㄝ^-ㄒㄚㄧ˙ ㄝˇ ㄍㄚ-ㄉㄝㆭˇ ㄏㆦㆶ-ㄐㄚㆷˊ ㄇㄚ?
令妹婿的家庭複雜嗎？

18 ㆦ！ ㄒㄧˉㄉㆦㄚˉ˙ㄍㄚ-ㄉㄝㆭˇ，ㄒㄧㆦㆭ-ㄉㆦㆭ ㄐㄝˉ ㄌㄚㆭˇ.
喔！是大家庭，相當多人。

19 ㄌㄧˋ ㄉㄚㆶˊ-ㆡㄧㆵˊ ㄐㄚˋ-ㄎㄧˋ-ㄒㄧˇ，ㄍㄨㄧˋ-ㄉㄧㄚㆬˋ-ㄐㄝㆭ ㄎㄧˋ-ㄑㆭˇ
ㄚ˙?
汝逐日早起時，幾點鐘起床啊？

20 ㄉㄚㄧˉ-ㄎㄚㄧ˙ ㄉㄧˉ ㄑㄧㆵ-ㄉㄧㄚㆬˋ ㄐㄝㆭˇ-ㄚㄨˉ ㄎㄧˋ-ㄑㆭˇ，ㄧㄋ-ㄨㄧˉ
ㄫㆦㄚˋ ㄚㆬ˙-ㄒㄧˇ ㄐㄧㄋ˙˙ㄚㆬ ㄐㄧㄚˊ ㄎㄨㄋ˙
大概在七點前後起床，因爲我暗時眞暗才睏。

21 ㄚㄋˋ-ㄐㆦㄚ^ ㄅㄛㄝˊ ㄏㄧㄚˊ ㄚㆬ˙ ㄐㄧㄚˊ ㄎㄨㄋ˙ ㄋㄝ?
按怎卜許暗才睏呢？

22 ㄧㄋ-ㄨㄧˉ ㆡㄧㆵˊ-ㄒㄧˇ ㄐㄚㆴˊ-ㄒㄨˉ ㄐㄝˉ，ㄅㄛㄝˉ-ㄊㄚㆭ ㄐㄛ˙ ㄫㄧㄚㄋˋ-
ㄍㄧㄨ˙，ㄌㄚㄧˇ ㄑㄧㆦㆭ-ㄒㄧㆵˊ ㄍㄚ-ㄍㄧˉ.
因爲日時雜事多，昧通做研究，來充實家己。

ㄉㄧˋ - ㄕˊ - ㄧ - ㄎㄜˋ
第十一課

ㄓˊ-ㄧㄝˋ　ㄏㄤˊ-ㄧㄝˋ(ㄓˊ-ㄧㄝˋ)　ㄍㄨㄥ-ㄨˋ-ㄩㄢˊ
職業　行業職業　公務員

ㄌㄩˋ-ㄕ　ㄧ - ㄕ(ㄧ-ㄕㄥ)　ㄐㄧㄠˋ-ㄩㄢˊ
律師　醫師醫生　教員

ㄍㄨㄥ-ㄖㄣˊ　ㄉㄚˇ-ㄊㄧㄝˇ-ㄉㄜ˙(ㄊㄧㄝˇ-ㄐㄧㄤˋ)
工人　打鐵的（鐵匠）

ㄇㄨˋ-ㄍㄨㄥ　ㄋㄧˊ-ㄕㄨㄟˇ-ㄐㄧㄤˋ　ㄔㄥˊ-ㄧ-ㄐㄧㄤˋ
木工　泥水匠　成衣匠

ㄔㄨˊ-ㄕ　ㄒㄩㄝˊ-ㄊㄨˊ　ㄓㄨㄤ-ㄐㄧㄚˋ-ㄖㄣˊ(ㄋㄨㄥˊ-ㄈㄨ)
廚師　學徒　莊稼人（農夫）

ㄗㄨㄛˋ-ㄕㄥ-ㄧˋ-ㄉㄜ˙　ㄌㄠˇ-ㄅㄢˇ
做生意的　老板

ㄏㄨㄛˇ-ㄐㄧˋ　ㄉㄧㄢˋ-ㄩㄢˊ　ㄍㄨㄥ-ㄙ　ㄍㄨㄥ-ㄔㄤˇ　ㄓˊ-ㄩㄢˊ
夥計　店員　公司　工廠　職員

ㄐㄧㄥ-ㄌㄧˇ　ㄗㄨㄥˇ-ㄐㄧㄥ-ㄌㄧˇ　ㄉㄨㄥˇ-ㄕˋ　ㄉㄨㄥˇ-ㄕˋ-ㄓㄤˇ
經理　總經理　董事　董事長

甲 ㄋㄧˇ ㄉㄜ˙ ㄓˊ-ㄧㄝˋ ㄕˋ ㄕㄜˊ-ㄇㄜ˙ ㄋㄜ˙?
你的職業是什麼呢？

乙 ㄨㄛˇ ㄉㄜ˙ ㄓˊ-ㄧㄝˋ ㄕˋ ㄗㄨㄛˋ ㄕㄥ-ㄧˋ，ㄕㄣ-ㄈㄣˋ-ㄓㄥˋ ㄉㄜ˙ ㄓˊ-ㄧㄝˋ-
我的職業是做生意，身分證的職業
ㄌㄢˊ ㄒㄧㄝˇ ㄕㄤ-ㄧㄝˋ.
欄寫商業。

甲 ㄎㄞ-ㄓㄜ˙ ㄕㄜˊ-ㄇㄜ˙ ㄉㄚˋ‥ㄍㄨㄥ-ㄙ，ㄕˋ ㄅㄨˊ-ㄕˋ?
開着甚麼大公司，是不是？

乙 ㄅㄨˊ-ㄕˋ ㄗㄨㄛˋ·ㄓㄜ˙ ㄉㄚˋ‥ㄌㄠˇ-ㄅㄢˇ，ㄕˋ ㄗㄨㄛˋ-ㄓㄜ˙ ㄒㄧㄠˇ‥ㄏㄨㄛˇ-
不是做着大老板，是做着小夥
ㄐㄧˋ，ㄕˋ ㄧˊ-ㄍㄜ˙ ㄒㄧㄠˇ‥ㄉㄧㄢˋ-ㄩㄢˊ.
計，是一個小店員。

ㄉㄝ˫-ㄐㄚㄅˊ-ㄧㄉ-ㄎㄛ˙
第十一課

ㄐㄧㄉ-ㄫㄧㄚㄅˊ　ㄊㄚㄨˇ-ㄌㆦ˫　ㄍㆦㄫ-ㆠㄨ˫-ㆦㄚㄋˇ
職業　頭路　公務員

ㄌㄨㄉˊ-ㄙㄨ　ㄧ-ㄙㄨ（ㄧ-ㄒㄝㄫ）　ㄍㄚㄨ˙-ㆦㄚㄋˇ
律師　醫師醫生　教員

ㄍㄚㄫ-ㄌㄚㄫˇ　ㄆㄚ'-ㄊㄧ'-ㄝ˙
工人　打鐵的

ㄐㄛㄝ˙-ㆠㄚㄍˊ-ㄝ˙　ㄐㄛㄝ˙-ㄊㆦˇ-ㄐㄨㄧ'-ㄝ˙　ㄑㄚㄧˇ-ㄏㆦㄫˇ‥ㄙㄚㄧ-ㄏㄨ˫
做木的　做土水的　裁縫司傅

ㄉㄛ-ㄐㄧ'　ㄙㄚㄧ-ㄚ'-ㄍㄚㄫ　ㄐㄛㄝ˙-ㄒㄧㄉ-ㄌㄚㄫˇ（ㄌㆦㄫˇ-ㄏㄨ）
調煮　司仔工　做穡人（農夫）

ㄐㄛㄝ˙-ㄒㄝㄫ-ㄌㄧ'-ㄝ˙　ㄊㄚㄨˇ-ㄍㄝ
做生理的　頭家

ㄏㄝ'-ㄍㄧ'　ㄒㄧㄋ-ㄌㄛˇ　ㄍㆦㄫ-ㄒㄧ　ㄍㄚㄫ-ㄑㄧㄨ°　ㄐㄧㄉ-ㆦㄚㄋˇ
夥計　薪勞　公司　工廠　職員

ㄍㄝㄫ-ㄌㄧ'　ㄐㆦㄫ'-ㄍㄝㄫ-ㄌㄧ'　ㄉㄚㄫ'-ㄙㄨ˫　ㄉㄚㄫ'-ㄙㄨ˫-ㄉㄧㄨ°
經理　總經理　董事　董事長

甲　ㄌㄧ' ㄝˇ ㄐㄧㄉ-ㄫㄧㄚㄅˊ ㄒㄧ˫ ㄒㄧㄚ°-ㄇㄧ' ㄋㄝ˙?
　　汝的職業是什麼呢？

乙　ㄫㆦㄚ' ㄝˇ ㄐㄧㄉ-ㄫㄧㄚㄅˊ ㄒㄧ˫ ㄐㄛㄝ˙ ㄒㄝㄫ-ㄌㄧ'，ㄒㄧㄋ-ㄏㄨㄋ˫-ㄐㄝㄫ˙
　　我的職業是做生理，身分證
　　ㄝˇ ㄐㄧㄉ-ㄫㄧㄚㄅˊ-ㄌㄚㄋˇ ㄒㄧㄚ' ㄒㄧㆦㄫ-ㄫㄧㄚㄅˊ.
　　的職業欄寫商業。

甲　ㄉㄝ' ㄎㄨㄧ ㄒㄧㄚ°-ㄇㄧ' ㄉㆦㄚ˫·ㄍㆦㄫ-ㄒㄧ，　ㄚ' ㄇ˫-ㄒㄧ˫?
　　在開甚麼大公司，抑不是？

乙　ㄇ˫-ㄒㄧ˫ ㄉㄝ'-ㄐㄛㄝ˙ ㄉㄛㄚ˫‥ㄊㄚㄨˇ-ㄍㄝ，ㄒㄧ˫ ㄐㄛㄝ˙ ㄒㄧㄛ'‥ㄏㄝ'-
　　不是在做大頭家，是做小夥
　　ㄍㄧ˙，ㄒㄧ˫ ㄐㄧㄉ-ㄝˇ ㄒㄧㄛ'‥ㄉㄧㄚㄇ'-ㆦㄚㄋˇ
　　計，是一個小店員。

甲 ㄊㄚ ㄒㄧㄢˋ-ㄗㄞˋ ㄍㄢˋ ㄕㄜˊ-ㄇㄛ˙ ㄏㄤˊ-ㄧㄝˋ?
他現在幹甚麼行業?

乙 ㄊㄚ ㄕˋ ㄍㄨㄥ-ㄨˋ-ㄩㄢˊ.
他是公務員。

甲 ㄍㄨㄥ-ㄖㄣˊ ㄧㄡˇ ㄐㄧˇ ㄓㄨㄥˇ?
工人有幾種?

乙 ㄧㄡˇ ㄊㄧㄝˇ-ㄐㄧㄤˋ, ㄇㄨˋ-ㄐㄧㄤˋ, ㄋㄧˊ-ㄕㄨㄟˇ-ㄐㄧㄤˋ, ㄔㄥˊ-ㄧ-ㄐㄧㄤˋ
有鐵匠，木匠，泥水匠，成衣匠
ㄉㄥˇ-ㄉㄥˇ, ㄏㄣˇ ㄉㄨㄛ ㄓㄨㄥˇ.
等等，很多種。

甲 ㄆㄥ-ㄖㄣˋ ㄉㄜ˙ ㄋㄥˊ-ㄕㄡˇ ㄐㄧㄠˋ-ㄗㄨㄛˋ ㄕㄜˊ-ㄇㄛ˙?
烹飪的能手叫做什麼?

乙 ㄐㄧㄠˋ ㄗㄨㄛˋ ㄔㄨˊ-ㄕ.
叫做廚師。

甲 ㄒㄩㄝˊ ㄍㄨㄥ-ㄈㄨ ㄉㄜ˙ ㄏㄞˊ·ㄗ˙ ㄐㄧㄠˋ-ㄗㄨㄛˋ ㄕㄜˊ-ㄇㄛ˙?
學工夫的孩子叫做什麼?

乙 ㄐㄧㄠˋ-ㄗㄨㄛˋ ㄒㄩㄝˊ-ㄊㄨˊ.
叫做學徒。

甲 ㄓㄨㄤ-ㄐㄧㄚˋ··ㄖㄣˊ ㄐㄧㄠˋ-ㄗㄨㄛˋ ㄕㄜˊ-ㄇㄛ˙?
莊稼人叫做什麼?

乙 ㄐㄧㄠˋ-ㄗㄨㄛˋ ㄋㄨㄥˊ-ㄈㄨ .
叫做農夫。

甲 ㄋㄧˇ ㄉㄜ˙ ㄅㄛˊ-ㄅㄛ˙ ㄗㄞˋ ㄍㄨㄥ-ㄔㄤˇ ㄉㄢ-ㄖㄣˋ·ㄓㄜ˙ ㄕㄜˊ-ㄇㄛ˙ ㄓˊ-
你的伯伯在工廠擔任着什麼職
ㄨˋ ㄋㄜ?
務呢?

乙 ㄅㄨˊ-ㄕˋ ㄆㄨˇ-ㄊㄨㄥ ㄓˊ-ㄩㄢˊ, ㄕˋ ㄉㄨㄥˇ-ㄕˋ-ㄓㄤˇ ㄐㄧㄢ ㄗㄨㄥˇ-ㄐㄧㄥ-
不是普通職員，是董事長兼總經
ㄌㄧˇ·ㄚ˙!
理啊!

甲 ㄋㄧˇ ㄕㄨˊ-ㄕㄨ˙ ㄉㄜ˙ ㄓˊ-ㄧㄝˋ ㄋㄜ?
你叔叔的職業呢?

乙 ㄕˋ ㄌㄩˋ-ㄕ.
是律師。

甲 I ㄉㄝˋ-ㄐIㄚˊ ㄒIㄚ˚-ㄇIˋ ㄊㄚㄨˇ-ㄌㆦˉ?
伊在喰　什麼　頭路？

乙 I ㄒIˉ ㄍㆦㄫ-ㆬㄨˉ-ㆦㄚㄋˇ.
伊是公　務員。

甲 ㄍㄚㄫ-ㄌㄚㄫˇ ㄨˉ ㄍㄨIˋ ㄐㄝㄫˋ?
工人有幾種？

乙 ㄨˉ ㄆㄚˋ-ㄊIˋ-ㄝ˙，ㄐㄛㄝ˙-ㆬㄚㄍˊ-ㄝ˙，ㄐㄛㄝ˙-ㄊㆦˇ-ㄐㄨIˋ-ㄝ˙，ㄐㄛㄝ˙-
有打鐵的，做木的，做土水的，做

ㄑㄚIˇ-ㄏㆦㄫˇ-ㄝ˙ ㄉㄝㄫˋ-ㄉㄝㄫˋ，ㄐIㄋ ㄐㄛㄝˉ ㄐㄝㄫˋ.
裁縫的等等，眞多種。

甲 ㄐㄨˋ-ㄐIㄚˊ ㄝˇ ㄒㄚI-ㄏㄨˉ ㄍIㄛ˙-ㄐㄛㄝ˙ ㄒIㄚ˚-ㄇIˋ?
煮食的司傅叫做什麼？

乙 ㄍIㄛ˙-ㄐㄛㄝ˙ ㄉㄛ-ㄐIˋ‥ㄒㄚI-ㄏㄨˉ.
叫做調煮司傅。

甲 ㄛˊ ㄍㄚㄫ-ㄏㄨ ㄝˇ ㆣIㄋˋ ㄚˋ ㄍIㄛ˙-ㄐㄛㄝ˙ ㄒIㄚ˚-ㄇIˋ?
學工夫的囝仔叫做什麼？

乙 ㄍIㄛ˙-ㄐㄛㄝ˙ ㄒㄚI-ㄚˋ-ㄍㄚㄫ.
叫做司仔工。

甲 ㄐㄛㄝ˙-ㄒIㄉ‥ㄌㄚㄫˇ ㄍIㄛ˙-ㄐㄛㄝ˙ ㄒIㄚ˚-ㄇIˋ?
做穡人叫做什麼？

乙 ㄍIㄛ˙-ㄐㄛㄝ˙ ㄌㆦㄫˇ-ㄏㄨ
叫做農夫。

甲 ㄌIㄋˋ ㄚ-ㄅㄝˋ ㄉIˉ ㄍㄚㄫ-ㄑIㄨ˚ ㄉㄝˋ ㄉㄚㄇ-ㄌIㄇˉ ㄒIㄚ˚-ㄇIˋ ㄐIㄉ-
您阿伯於工廠在擔任什麼職

ㆬㄨˉ ㄋㄝ˙?
務呢？

乙 ㄇˉ-ㄒIˉ ㄆㆦˋ-ㄊㆦㄫ ㄐIㄉ-ㆦㄚㄋˇ，ㄒIˉ ㄉㄚㄫˋ-ㄙㄨˉ-ㄉIㄨ˚ ㄍIㄚㄇ
不是普通職員，是董事長兼

ㄐㆦㄫˋ-ㄍㄝㄫ-ㄌIˋ·ㆦ˙!
總經理喔！

甲 ㄌIㄋˋ ㄚ-ㄐㄝㄍ ㄝˇ ㄐIㄉ-ㆣIㄚㄅˊ ㄋㄝ˙?
您阿叔的職業呢？

乙 ㄒIˉ ㄌㄨㄉˊ-ㄙㄨ（ㄅIㄢˉ-ㄏㆦˉ-ㄙㄨˉ）.
是律師（辯護士）。

甲 ㄋㄧˇ ㄉㄚˋ-ㄍㄜ ㄋㄜ˙？
　你　大　哥　呢？

乙 ㄕˋ ㄧ-ㄕ（ㄉㄞˋ-ㄈㄨ˙）.
　是醫師（大　夫）。

甲 ㄋㄧˇ ㄉㄚˋ-ㄐㄧㄝˇ ㄋㄜ？
　你　大　姊　呢？

乙 ㄕˋ ㄓㄨㄥ-ㄒㄩㄝˊ ㄉㄜ˙ ㄐㄧㄠˋ-ㄩㄢˊ.
　是　中　學　的　教　員。

甲 ㄌㄧㄋˋ ㄉㄛㄚˉ-ㄏㄧㄚ˚ ㄋㄝ˙?
　　您　　大　　兄　　呢？

乙 ㄒㄧˉ ㄧ-ㄒㄨ (ㄧ-ㄒㄝㄦ).
　　是醫師（醫　生）。

甲 ㄌㄧㄋˋ ㄉㄛㄚˉ-ㄐㄧˋ ㄋㄝ˙?
　　您　　大　　姊　　呢？

乙 ㄒㄧˉ ㄉㄧㄛㄦ-ㄛˊ ㄝˇ ㄍㄚㄨ˙-ㄛㄚㄋˇ.
　　是　中　　學的　教　　　員。

ㄉㄧˋ-ㄕˊ-ㄦˋ-ㄎㄜˋ
第十二課

ㄙˋ-ㄐㄧˋ ㄔㄨㄣ-ㄊㄧㄢ ㄒㄧㄚˋ-ㄊㄧㄢ ㄑㄧㄡ-ㄊㄧㄢ ㄉㄨㄥ-ㄊㄧㄢ
四季 春天 夏天 秋天 多天

ㄑㄧˋ-ㄏㄡˋ
氣候

ㄨㄣ-ㄋㄨㄢˇ ㄖㄜˋ ㄌㄧㄤˊ ㄌㄧㄤˊ-ㄎㄨㄞˋ
溫暖 熱 涼 涼快

ㄏㄢˊ ㄌㄥˇ ㄊㄧㄢ-ㄑㄧˋ
寒 冷 天氣

ㄑㄧㄥˊ-ㄊㄧㄢ ㄧㄣ-ㄊㄧㄢ ㄒㄧㄚˋ-ㄩˇ
晴天 陰天 下雨

ㄌㄟˊ-ㄩˇ（ㄗㄡˋ-ㄩˇ） ㄌㄧㄢˊ-ㄧㄣ-ㄩˇ
雷雨（驟雨） 連陰雨

ㄊㄞˊ-ㄈㄥ ㄏㄨㄥˊ-ㄕㄨㄟˇ ㄒㄧㄚˋ-ㄕㄨㄤ
颱風 洪水 下霜

ㄒㄧㄚˋ-ㄒㄩㄝˇ ㄍㄨㄚ-ㄈㄥ ㄌㄟˊ ㄇㄧㄥˊ ㄕㄢˇ-ㄉㄧㄢˋ
下雪 刮風 雷鳴 閃電

甲 ㄧˋ-ㄋㄧㄢˊ ㄧㄡˇ ㄙˋ-ㄐㄧˋ，ㄕˋ ㄕㄜˊ-ㄇㄜ˙ ㄏㄢˋ ㄕㄜˊ-ㄇㄜ˙？
一年有四季，是甚麼和甚麼？

乙 ㄕˋ ㄔㄨㄣ-ㄊㄧㄢ ㄒㄧㄚˋ-ㄊㄧㄢ ㄑㄧㄡ-ㄊㄧㄢ ㄏㄢˋ ㄉㄨㄥ-ㄊㄧㄢ.
是春天夏天秋天和多天。

甲 ㄙˋ-ㄐㄧˋ ㄉㄜ˙ ㄑㄧˋ-ㄏㄡˋ ㄕˋ ㄗㄣˇ-ㄇㄜ˙ ㄧㄤˋ？
四季的氣候是怎麼樣？

乙 ㄔㄨㄣ-ㄊㄧㄢ ㄨㄣ-ㄋㄨㄢˇ，ㄒㄧㄚˋ-ㄊㄧㄢ ㄏㄣˇ-ㄖㄜˋ，ㄑㄧㄡ-ㄊㄧㄢ ㄌㄧㄤˊ-ㄎㄨㄞˋ，ㄉㄨㄥ-ㄊㄧㄢ ㄏㄣˇ ㄌㄥˇ.
春天溫暖，夏天很熱，秋天涼快，多天很冷。

甲 ㄊㄨㄥˊ ㄧˊ-ㄍㄜ˙ ㄉㄧˋ-ㄈㄤ ㄉㄜ˙ ㄊㄧㄢ-ㄑㄧˋ，ㄔㄤˊ-ㄔㄤˊ ㄅㄨˋ ㄧˊ-ㄧㄤˋ，
同一個地方的天氣，常常不一樣，

ㄉㆤˉ－ㄐㄚㆴˊ－ㄌㄧˉ－ㄎㄜ˙
第十二課

ㄒㄨˋ－ㄍㄨㄧˋ　ㄑㄨㄣ－ㄊㄧ°　ㄏㆤˉ－ㄊㄧ°　ㄑㄧㄨ－ㄊㄧ°　ㄉㄚㄥ－ㄊㄧ°
四季　春天　夏天　秋天　冬天

ㄎㄧˋ－ㄏㄠ－
氣候

ㄨㄣ－ㄌㆦㄚㄣˋ　ㄖㆦㄚˊ　ㄌㄧㄚㄥˇ　ㄑㄧㄨ－ㄑㄧㄣˋ
溫暖　熱　涼　秋凊

ㄍㆦㄚ˚　ㄌㆤㄥˋ　ㄊㄧ°－ㄎㄧˋ
寒　冷　天氣

ㄏㄜˋ－ㄊㄧ°　ㆦ－ㄧㄇ－ㄊㄧ°　ㄌㄜˊ－ㄏㆦˉ
好天　烏陰天　落雨

ㄒㄚㄧ－ㄅㄚㄍ－ㄏㆦˉ　ㄍㄨˋ－ㄉㄥˇ－ㄏㆦˉ
西北雨　久長雨

ㄏㆦㄥ－ㄊㄚㄧ　ㄌㆦㄚˉ－ㄐㄨㄧˋ　ㄌㄜˊ－ㄒㄥ
風颱　大水　落霜

ㄌㄜˊ－ㄒㆤˋ　ㄊㄚㄨˋ－ㄏㆦㄥ　ㄌㄨㄧˇ ㄉㄚㄣˇ　ㄒㄧˋ－ㄋㄚˋ
落雪　透風　雷彈　閃電

甲 ㄐㄧㄉˊ－ㄋㄧˇ ㄨˉ ㄒㄨˋ－ㄍㄨㄧˋ，ㄒㄧˉ ㄒㄧㄚ˚－ㄇㄧˋ ㄍㄚˋ ㄒㄧㄚ˚－ㄇㄧˋ？
一年有四季，是啥麼及啥麼？

乙 ㄒㄧˉ ㄑㄨㄣ－ㄊㄧ° ㄏㆤˉ－ㄊㄧ° ㄑㄧㄨ－ㄊㄧ° ㄍㄚˋ ㄉㄚㄥ－ㄊㄧ°。
是春天夏天秋天及冬天。

甲 ㄒㄨˋ－ㄍㄨㄧˋ ㆤˇ ㄎㄧˋ－ㄏㄠˉ ㄒㄧˉ ㄒㄧㄚ˚－ㄎㆦㄚㄣˋ？
四季的氣候是啥款？

乙 ㄑㄨㄣ－ㄊㄧ° ㄨㄣ－ㄌㆦㄚㄣˋ，ㄏㆤˉ－ㄊㄧ° ㄐㄧㄣ ㄖㆦㄚˊ，ㄑㄧㄨ－ㄊㄧ° ㄑㄧㄨ－ㄑㄧㄣˋ，ㄉㄚㄥ－ㄊㄧ° ㄐㄧㄣ ㄍㆦㄚ˚。
春天溫暖，夏天眞熱，秋天秋凊，冬天眞寒。

甲 ㄍㄚㄥˉ ㄐㄧㄉˊ－ㆤˇ ㄒㆦˋ－ㄐㄚㄧˉ ㆤˇ ㄊㄧ°－ㄎㄧ，ㄒㄧㆦㄥˇ－ㄒㄧㆦㄥ ㄅㄜˇ
共一個所在的天氣，常常無

ㄉㄠˋ ㄉㄧˇ ㄎㄜˇ-ㄧˇ ㄈㄣ ㄨㄟˊ ㄐㄧˇ-ㄓㄨㄥˇ ㄊㄧㄢ-ㄑㄧˋ ㄋㄜ˙?
到底可以分爲幾種天氣呢？

乙 ㄎㄜˇ-ㄧˇ ㄈㄣ ㄗㄨㄛˋ ㄑㄧㄥˊ-ㄊㄧㄢ、ㄧㄣ-ㄊㄧㄢ、ㄏㄢˋ ㄒㄧㄚˋ-ㄩˇ-ㄊㄧㄢ
可以分做晴天、陰天、和下雨天
ㄙㄢ-ㄓㄨㄥˇ.
三種。

甲 ㄊㄞˊ-ㄨㄢ ㄋㄢˊ-ㄅㄨˋ ㄒㄧㄚˋ-ㄊㄧㄢ ㄔㄤˊ-ㄔㄤˊ ㄧㄡˇ ㄕㄜˊ-ㄇㄜ˙ ㄩˇ ㄋㄜ˙?
臺灣南部夏天常常有甚麼雨呢？

乙 ㄧㄡˇ ㄗㄡˋ-ㄩˇ (ㄈㄣ-ㄌㄨㄥˊ-ㄩˇ).
有驟雨（分龍雨）。

甲 ㄊㄞˊ-ㄨㄢ ㄅㄟˇ-ㄅㄨˋ ㄉㄜ˙ ㄉㄨㄥ-ㄊㄧㄢ ㄋㄜ˙?
臺灣北部的多天呢？

乙 ㄕˋ ㄩˇ-ㄐㄧˋ, ㄉㄡ ㄒㄧㄚˋ ㄌㄧㄢˊ-ㄧㄣ-ㄩˇ, ㄏㄣˇ ㄌㄥˇ ㄚ˙!
是雨季，都下連陰雨，很冷啊！

甲 ㄑㄩˋ-ㄋㄧㄢˊ ㄧㄡˇ ㄊㄞˊ-ㄈㄥ ㄇㄚ?
去年有颱風嗎？

乙 ㄅㄨˊ-ㄉㄢˋ ㄧㄡˇ ㄊㄞˊ-ㄈㄥ, ㄧㄝˇ-ㄧㄡˇ ㄏㄨㄥˊ-ㄕㄨㄟˇ.
不但有颱風，也有洪水。

甲 ㄐㄧㄣ-ㄋㄧㄢˊ ㄋㄜ?
今年呢？

乙 ㄓㄣ-ㄏㄠˇ, ㄐㄧㄣ-ㄋㄧㄢˊ ㄇㄟˊ-ㄧㄡˇ ㄊㄞˊ-ㄈㄥ, ㄧㄝˇ ㄇㄟˊ-ㄧㄡˇ ㄕㄨㄟˇ-
眞好，今年沒有颱風，也沒有水
ㄗㄞ.
災。

甲 ㄅㄠˇ-ㄉㄠˇ ·ㄉㄜ˙ ㄆㄧㄥˊ ㄉㄧˋ ㄉㄨㄥ-ㄊㄧㄢ ㄏㄨㄟˋ ㄐㄧㄝˊ-ㄅㄧㄥ ㄇㄚ?
寶島的平地多天會結冰嗎？

乙 ㄅㄨˊ-ㄏㄨㄟˋ ㄧㄚ˙!
不會呀！

甲 ㄏㄨㄟˋ ㄒㄧㄚˋ ㄒㄩㄝˇ ㄇㄚ?
會下雪嗎？

ㄍㄚㄫˉ-ㄎㆦㄚㄋˋ，ㄉㄚㄨˇ-ㄉㄧˋ ㄛㆤˉ ㄒㄚㄧˋ-ㄉㄧㄉ ㄏㄨㄋ ㄐㄛㆤ˙ ㄍㄨㄧˋ-
共 款， 到 底 會 使 得 分 做 幾
ㄐㆤㄫˋ ㆤˊ ㄊㄧ°-ㄎㄧ˙ ㄋㆤ˙?
種 的 天 氣 呢？

乙 ㄎㄛˋ-ㄧˋ ㄏㄨㄋ ㄐㄛㆤ˙ ㄏㄛˋ-ㄊㄧ°、ㆦ-ㄧㄇ-ㄊㄧ°、ㄍㄚㄅ ㄌㄛˊ-ㄏㆦˉ-ㄊㄧ°
可 以 分 做 好 天、烏 陰 天、及 落 雨 天
ㄒㄚ°-ㄐㆤㄫˋ
三 種。

甲 ㄉㄚㄧˊ-ㆦㄚㄋˊ ㄌㄚㄇˊ-ㄅㆦˉ ㄏㆤˉ-ㄊㄧ° ㄒㄧㆦㄫˊ-ㄒㄧㆦㄫˊ ㄨˉ ㄒㄧㄚ°-ㄇㄧˋ
臺 灣 南 部 夏 天 常 常 有 啥 麼
ㄏㆦˉ ㄋㆤ˙?
雨 呢？

乙 ㄨˉ ㄒㄚㄧ-ㄅㄚㄍ-ㄏㆦˉ.
有 西 北 雨。

甲 ㄉㄚㄧˊ-ㆦㄚㄋˊ ㄅㄚㄍ-ㄅㆦˉ ㆤˊ ㄉㄚㄥ-ㄊㄧ° ㄋㆤ˙?
臺 灣 北 部 的 多 天 呢？

乙 ㄒㄧˉ ㄏㆦˉ-ㄍㄧˊ，ㄌㆦㄫˋ ㄌㄛˊ ㄍㄨˋ-ㄉㄫˊ-ㄏㆦˉ，ㄐㄧㄋ ㄍㆦㄚˊ ㆦ˙!
是 雨 期， 攏 落 久 長 雨， 眞 寒 喔！

甲 ㄍㄨˉ-ㄋㄧˊ ㄨˉ ㄐㄛㆤ˙ ㄏㆦㄫ-ㄊㄚㄧ ㆠㄛ˙?
舊 年 有 做 風 颱 無？

乙 ㄇˉ-ㄋㄚˉ ㄨ-ㄐㄛㆤ˙ ㄏㆦㄫ-ㄊㄚㄧ，ㄧㄚˉ-ㄨˉ ㄐㄛㆤ˙ ㄉㆦㄚˉ-ㄐㄨㄧˋ.
不 但 有 做 風 颱， 也 有 做 大 水。

甲 ㄍㄧㄋ-ㄋㄧˊ ㄋㆤ˙?
今 年 呢？

乙 ㄐㄧㄋ-ㄐㄧㄚ˙ ㄏㄛˋ，ㄍㄧㄋ-ㄋㄧ˙ ㆠㄛˊ ㄏㆦㄫ-ㄊㄚㄧ，ㄧㄚˉ ㆠㄛˊ ㄐㄨㄧˋ-
眞 正 好， 今 年 無 風 颱， 也 無 水
ㄐㄚㄧ.
災。

甲 ㄅㄛˋ-ㄉㆦˋ ㆤˊ ㄅㄧ˙-ㄉㄛㆤˉ ㄉㄚㄥ-ㄊㄧ° ㄛㆤˉ ㄍㄧㄚㄋ-ㄅㆤㄥ ㆠㄛㆤˉ?
寶 島 的 平 地 多 天 會 堅 冰 昧？

乙 ㆠㄛㆤˉ ㆦ˙!
昧 喔！

甲 ㄛㆤˉ ㄌㄛˊ ㄒㆤˋ ㆠㄛㆤˉ?
會 落 雪 昧？

乙 ㄧㄝˇ ㄅㄨˊ-ㄏㄨㄟˋ.
　也 不 會。

甲 ㄏㄨㄟˋ ㄒㄧㄚˋ-ㄕㄨㄤ ㄇㄚ?
　會 下 霜 嗎？

乙 ㄓˇ-ㄧㄡˇ ㄅㄟˇ-ㄅㄨˋ ㄉㄧˋ-ㄈㄤ ㄘㄞˊ-ㄏㄨㄟˋ ㄒㄧㄚˋ ㄧˋ-ㄉㄧㄢˇ
　只 有 北 部 地 方 才 會 下 一 點。

甲 ㄓㄜˋ-ㄧㄤˋ ㄅㄠˇ-ㄉㄠˇ ㄉㄜ˙ ㄑㄧˋ-ㄏㄡˋ ㄏㄣˇ ㄏㄠˇ ㄇㄚ˙!
　這 樣 寶 島 的 氣 候 很 好 嗎！

乙 ㄕˋ ㄧㄚ˙! ㄅㄠˇ-ㄉㄠˇ ㄙˋ-ㄐㄧˋ ㄖㄨˊ ㄔㄨㄣ.
　是 呀！寶 島 四 季 如 春。

乙 ㄧㄚ¯ ㆠㄛㄝ¯.
也 昧。

甲 ㄛㄝ¯ ㄌㄛˊ-ㄒㄫ ㆠㄛㄝ¯?
會 落 霜 昧?

乙 ㄐㄧˋ-ㄨ¯ ㄅㄚㄍ-ㄅㆦ¯ ㄉㄛㄝ¯-ㄏㄫ ㄐㄧㄚ'-ㄛㄝ¯ ㄌㄛˊ ㄉㄚㄇ¯-ㄅㄛˊ.
只有北 部 地 方 才 會 落 淡 薄。

甲 ㄚㄋˋ-ㄋㄧ° ㄅㄛˋ-ㄉㆦˋ ㄝˇ ㄎㄧ˙-ㄏㄚㄨ¯ ㄐㄧㄋ ㄏㄛˋ ㄇㄚ˙!
按 如 寶 島 的 氣 候 眞 好 嗎!

乙 ㄒㄧ¯ ㆦ˙! ㄅㄛˋ-ㄉㆦˋ ㄒㄨ˙-ㄍㄨㄧ˙ ㄌㄨˇ ㄑㄨㄋ.
是 喔! 寶 島 四 季 如 春。

ㄉㄧˋ－ㄕˊ－ㄙㄢ－ㄎㄜˋ
第 十 三 課

ㄐㄧㄝˊ－ㄖˋ　ㄔㄨㄣ－ㄐㄧㄝˊ
節日　春節

ㄉㄨㄢ－ㄨˇ－ㄐㄧㄝˊ　ㄓㄨㄥ－ㄑㄧㄡ－ㄐㄧㄝˊ
端午節　中秋節

ㄕㄨㄤ－ㄕˊ－ㄐㄧㄝˊ　ㄍㄨㄤ－ㄈㄨˋ－ㄐㄧㄝˊ
雙十節　光復節

ㄊㄨㄢˊ－ㄩㄢˊ－ㄈㄢˋ　（ㄋㄧㄢˊ－ㄧㄝˋ－ㄈㄢˋ）
團圓飯　（年夜飯）

ㄏㄨㄥˊ－ㄅㄠ　ㄈㄤˋ　ㄅㄧㄢ－ㄆㄠˋ
紅包　放鞭炮

ㄅㄞˋ－ㄋㄧㄢˊ　ㄧㄡˊ－ㄨㄢˊ　ㄖㄜˋ－ㄋㄠˋ
拜年　遊玩　熱鬧

ㄏㄨㄚˊ　ㄌㄨㄥˊ－ㄔㄨㄢˊ　ㄖㄡˋ－ㄗㄨㄥˋ·ㄗ˙
划龍船　肉粽子

ㄩㄝˋ－ㄌㄧㄤˋ　ㄩㄝˋ－ㄅㄧㄥˇ
月亮　月餅

甲　ㄧˋ－ㄋㄧㄢˊ　ㄓㄨㄥ－ㄐㄧㄢ　ㄐㄧㄠˋ　ㄓㄨㄥˋ－ㄧㄠˋ　ㄉㄜ˙　ㄐㄧㄝˊ－ㄖˋ　ㄕˋ
一年中間較重要的節日是
ㄕㄜˊ－ㄇㄜ˙？
甚麼？

乙　ㄐㄧㄠˋ　ㄓㄨㄥˋ－ㄧㄠˋ　ㄉㄜ˙　ㄐㄧㄡˋ－ㄕˋ　ㄔㄨㄣ－ㄐㄧㄝˊ，ㄐㄧㄝ－ㄒㄧㄚˋ－ㄑㄩˋ
較重要的就是春節，接下去
ㄕˋ　ㄉㄨㄢ－ㄨˇ－ㄐㄧㄝˊ、ㄓㄨㄥ－ㄑㄧㄡ－ㄐㄧㄝˊ、ㄕㄨㄤ－ㄕˊ－ㄐㄧㄝˊ.
是端午節、中秋節、雙十節。

甲　ㄗㄢˊ－ㄇㄣ˙　ㄌㄞˊ　ㄐㄧㄤˇ　ㄔㄨㄣ－ㄐㄧㄝˊ　ㄧㄡˇ　ㄕㄜˊ－ㄇㄜ˙　ㄏㄨㄛˊ－ㄉㄨㄥˋ？
偺們來講春節有甚麼活動？

乙　ㄔㄨˊ－ㄒㄧˋ－ㄧㄝˋ　ㄇㄟˇ－ㄐㄧㄚ　ㄔ　ㄊㄨㄢˊ－ㄩㄢˊ－ㄈㄢˋ，ㄒㄧㄠˇ－ㄏㄞˊ
除夕夜每家吃團圓飯，小孩

ㄉㆤ˫ - ㄐㄚㆴˊ - ㄒㄚ° - ㄎㄛ˙
第十三課

ㄐㄛㆤˈ-ㆡㄧㆵˊ　　ㄑㄨㄋ-ㄐㄧㄚㆵ(ㄐㄛㆤˈ)
節日　　春節

ㄫㆦ˫-ㆡㄧㆵˊ-ㄐㄛㆤˈ　　ㄉㄧㆦㄫ-ㄑㄧㄨ-ㄐㄧㄚㆵ(ㄐㄛㆤˈ)
五日節　　中秋節

ㄒㆦㄫ-ㄒㄧㆴˊ-ㄐㄧㄚㆵ(ㄐㄛㆤˈ)　　ㄍㆦㄫ-ㄏㆦㆶˊ-ㄐㄧㄚㆵ
雙十節　　光復節

ㄊㆦㄚㄋˇ-ㄧ̊ˇ-ㄅㄫ˫ (ㄍㄛㆤ˙-ㄋㄧˇ-ㄅㄫ˫)
團圓飯(過年飯)

ㄚㄫˇ-ㄅㄚㄨ　　ㄅㄚㄫ˙　ㄆㄚㄨ˙
紅包　　放炮

ㄅㄚㄧˋ-ㄋㄧˇ　　ㄊㄧㆵ-ㄊㄛˊ　　ㄌㄚㄨ˫-ㆡㄧㄚㆵˊ
拜年　　暢蕩(迌迌)　鬧熱

ㄅㆤˇ　ㄌㆤㄫˇ-ㄐㄨㄋˇ　　ㆠㄚˈ-ㄐㄚㄫ˙
爬龍船　　肉粽

ㄫㆤˊ-ㄋㄧㄨˇ　　ㄫㆤˊ-ㄅㄧㄚ°
月娘　　月餅

甲 ㄐㄧㆵˊ-ㄋㄧˇ ㄉㄧㆦㄫ-ㄍㄚㄋ ㄎㄚˈ ㄉㄧㆦㄫ˫-ㄧㄚㄨ˙ ㆤˇ ㄐㄛㆤˈ-ㆡㄧㆵˊ ㄒㄧ˫
一年中間較重要的節日是
ㄒㄧㄚ°-ㄇㄧˈ?
啥麼

乙 ㄎㄚˈ ㄉㄧㆦㄫ˫-ㄧㄚㄨ˙ ㆤˇ ㄐㄧㄨ˫-ㄒㄧ˫ ㄑㄨㄋ-ㄐㄧㄚㆵ，ㄒㆦㄚ˙-ㄌㄛˊ-ㄎㄧ˙
較重要的就是春節，續落去
ㄒㄧ˫ ㄫㆦ˫-ㆡㄧㆵˊ-ㄐㄛㆤˈ、ㄉㄧㆦㄫ-ㄑㄧㄨ-ㄐㄧㄚㆵ、ㄒㄚㄫ-ㄒㄧㆴˊ-ㄐㄛㆤˈ.
是五日節、中秋節、雙十節。

甲 ㄌㄚㄋˋ ㄌㄚㄧˇ ㄍㆦㄫˋ ㄑㄨㄋ-ㄐㄧㄚㆵ ㄨ˫ ㄒㄧㄚ°-ㄇㄧˈ ㆦㄚˊ-ㄉㄚㄫ˫?
咱來講春節有啥麼活動？

乙 ㄍㄛㆤ˙-ㄋㄧˇ-ㄚㄇ˙ ㄉㄚㆶˊ-ㄍㆤ ㄐㄧㄚˊ ㄊㆦㄚㄋˇ-ㄧ̊ˇ-ㄅㄫ˫，ㄫㄧㄋˋ·ㄚˋ
過年暗逐家喰團圓飯，囝仔

ㄈㄣ ㄏㄨㄥˊ-ㄅㄠ.
分紅包。

甲 ㄓㄥ-ㄩㄝˋ ㄔㄨ-ㄧ ㄉㄚˋ-ㄑㄧㄥ-ㄗㄠˇ，ㄧㄡˇ ㄕㄜˊ-ㄇㄛ˙ ㄏㄨㄛˊ-ㄉㄨㄥˋ?
正月初一大清早，有甚麼活動？

乙 ㄉㄚˋ-ㄑㄧㄥ-ㄗㄠˇ ㄑㄧˇ-ㄌㄞˊ ㄐㄧㄡˋ ㄈㄤˋ ㄅㄧㄢ-ㄆㄠˋ，ㄧㄡˇ ㄉㄜ˙ ㄔㄨ-ㄑㄩˋ
大清早起來就放鞭炮，有的出去
ㄅㄞˋ-ㄋㄧㄢˊ，ㄧㄡˇ ㄉㄜ˙ ㄔㄨ-ㄑㄩˋ ㄧㄡˊ-ㄨㄢˇ.
拜年，有的出去遊玩。

甲 ㄗㄢˊ-ㄇㄣˊ ㄗㄞˋ ㄌㄞˊ ㄐㄧㄤˇ ㄉㄨㄢ-ㄨˇ-ㄐㄧㄝˊ.
偺們再來講端午節。

乙 ㄓㄨˇ-ㄧㄠˋ ㄕˋ ㄏㄨㄚˊ ㄌㄨㄥˊ-ㄔㄨㄢˊ ㄏㄢˋ ㄔ ㄖㄡˋ-ㄗㄨㄥˋ˙ㄗ˙.
主要是划龍船和吃肉粽子。

甲 ㄉㄨㄢ-ㄨˇ-ㄐㄧㄝˊ ㄧㄡˋ ㄐㄧㄠˋ-ㄗㄨㄛˋ ㄕㄜˊ-ㄇㄛ˙?
端午節又叫做甚麼？

乙 ㄧㄡˋ ㄐㄧㄠˋ-ㄗㄨㄛˋ ㄕ-ㄖㄣˊ-ㄐㄧㄝˊ.
又叫做詩人節。

甲 ㄒㄧㄢˋ-ㄗㄞˋ ㄌㄞˊ ㄐㄧㄤˇ ㄓㄨㄥ-ㄑㄧㄡ-ㄐㄧㄝˊ.
現在來講中秋節。

乙 ㄧˋ-ㄋㄧㄢˊ˙ㄓㄨㄥ，ㄓㄜˋ-ㄧㄝˋ ㄉㄜ˙ ㄩㄝˋ-ㄌㄧㄤˋ ㄗㄨㄟˋ..ㄩㄢˊ ㄗㄨㄟˋ..
一年中，這夜的月亮最圓最
ㄌㄧㄤˋ.
亮。

甲 ㄓㄜˋ-ㄧㄝˋ ㄧㄡˇ ㄕㄜˊ-ㄇㄛ˙ ㄏㄨㄛˊ-ㄉㄨㄥˋ?
這夜有甚麼活動？

乙 ㄓㄨㄥ-ㄑㄧㄡ-ㄧㄝˋ ㄉㄚˋ-ㄐㄧㄚ ㄉㄡ ㄧˋ-ㄇㄧㄢˋ ㄔ ㄩㄝˋ-ㄅㄧㄥˇ，
中秋夜大家都一面吃月餅，
ㄧˊ-ㄇㄧㄢˋ ㄒㄧㄣ-ㄕㄤˇ ㄩㄝˋ-ㄌㄧㄤˋ.
一面欣賞月亮。

甲 ㄧㄡˇ ㄖㄣˊ ㄕㄨㄛ ㄊㄤˊ-ㄇㄧㄥˊ-ㄏㄨㄤˊ ㄧㄡˊ ㄩㄝˋ-ㄍㄨㄥ；ㄧㄡˇ ㄖㄣˊ
有人說唐明皇遊月宮；有人
ㄕㄨㄛ ㄩㄝˋ-ㄌㄧㄤˋ ㄕㄤˋ-ㄇㄧㄢˋ ㄧㄡˇ ㄧˋ-ㄓ ㄊㄨˋ˙ㄗ˙，ㄧㄡˇ
說月亮上面有一隻兔子，有
ㄉㄨㄛ-ㄓㄨㄥˇ ㄉㄜ˙ ㄕㄨㄛ-ㄈㄚˇ.
多種的說法。

ㄅㄨㄋ ㄚㄫˇ-ㄅㄚㄨ.
分紅包。

甲 ㄐㄧㄚ°-ㄫㄝˊ ㄑㆦㄝ-ㄧㄉ ㄊㄚㄨˋ-ㄐㄚˋ，ㄨˉ ㄒㄧㄚ°-ㄇㄧˋ ㆦㄚˊ-ㄉㄚㄫˉ?
正月初一透早，有啥麼活動？

乙 ㄊㄚㄨˋ-ㄐㄚˋ ㄎㄧˋ-ㄌㄞˇ ㄐㄧㄨˉ ㄅㄚㄫˋ ㄆㄚㄨˋ，ㄨˉ ㄝˇ ㄑㄨㄉ-ㄎㄧˋ
透早起來就放炮，有的出去

ㄅㄞˋ-ㄋㄧˇ，ㄨˉ ㄝˇ ㄑㄨㄉ-ㄎㄧˋ ㄊㄧㄉ-ㄊㆦˇ.
拜年，有的出去暢蕩(迌迌)。

甲 ㄌㄢˋ ㄍㆦˋ ㄌㄞˇ ㄍㆲˋ ㄫㆦˉ-ㆡㄧㄉˊ-ㄐㆦㄝˋ.
咱更來講五日節。

乙 ㄐㄨˋ-ㄧㄠˋ ㄒㄧˉ ㄅㄝˇ ㄌㄝㄫˇ-ㄐㄨㄋˇ ㄍㄚˋ ㄐㄧㄚˊ ㆠㄚˋ-ㄐㄚㄫˋ.
主要是爬龍船及喰肉粽。

甲 ㄫㆦˉ-ㆡㄧㄉˊ-ㄐㆦㄝˋ ㄍㆦˋ ㄍㄧㆦˋ-ㄐㆦˋ ㄒㄧㄚ°-ㄇㄧˋ?
五日節更叫做啥麼？

乙 ㄧㄨˉ ㄍㄧㆦˋ-ㄐㆦˋ ㄒㄧ-ㆡㄧㄋˇ-ㄐㄧㄚㄉ.
又叫做詩人節。

甲 ㄉㄚ° ㄌㄞˇ ㄍㆲˋ ㄉㄧㆲ-ㄑㄧㄨ-ㄐㄧㄚㄉ.
今來講中秋節。

乙 ㄐㄧㄉˊ-ㄋㄧˇ·ㄉㄧㆲ，ㄐㄧㄉ-ㄚㆬˋ ㄝˇ ㄫㄝˊ-ㄋㄧㄨ° ㄒㄧㆲˉ‥ㄧ° ㄒㄧㆲˉ
一年中，這暗的月娘上圓上

‥ㄍㄫ.
光。

甲 ㄐㄧㄉ-ㄚㆬˋ ㄨˉ ㄒㄧㄚ°-ㄇㄧˋ ㆦㄚˊ-ㄉㄚㄫˉ?
這暗有啥麼活動？

乙 ㄉㄧㆲ-ㄑㄧㄨ-ㄚㆬˋ ㄉㄚㄧˉ-ㄍㄝ ㄌㆲˋ ㄐㄧㄉˊ-ㆠㄧㄋˉ ㄐㄧㄚˊ ㄫㄝˊ-ㄅㄧㄚ°，
中秋暗大家攏一面喰月餅，

ㄐㄧㄉˊ-ㆠㄧㄋˉ ㄏㄧㄣ-ㄒㄧㄨ° ㄫㄝˊ-ㄋㄧㄨ°.
一面欣賞月娘。

甲 ㄨˉ ㄌㄚㄫˇ ㄍㆲˋ ㄉㆲˇ-ㆠㄝㄫˇ-ㄏㆲˇ ㄧㄨˇ ㄫㆦㄚㄉˊ-ㄍㄧㆲ；ㄨˉ ㄌㄚㄫˇ
有人講唐明皇遊月宮；有人

ㄍㆲˋ ㄫㄝˊ-ㄋㄧㄨ° ㄉㄝㄫˋ-ㄊㄚㄨˇ ㄨˉ ㄐㄧㄉˊ-ㄐㄧㄚˋ ㄊㆦˋ-ㄚˋ，ㄨˉ
講月娘頂頭有一隻兔仔，有

ㄐㆦㄝˉ-ㄐㄧㆲˋ ㄝˇ ㄍㆲˋ-ㄏㆦㄚㄉ.
多種的講法。

乙 ㄑㄧˊ-ㄕˊ，ㄇㄟˇ-ㄍㄨㄛˊ ㄊㄞˋ-ㄎㄨㄥ-ㄖㄣˊ ㄧˇ-ㄐㄧㄥ ㄑㄩˋ ㄩㄝˋ-ㄌㄧㄤˋ
其實，美國太空人已經去月亮
ㄕㄤˋ-ㄇㄧㄢˋ ㄌㄜ˙，ㄕㄤˋ-ㄇㄧㄢˋ ㄕㄜˊ-ㄇㄛ˙ ㄧㄝˇ ㄇㄟˊ-ㄧㄡˇ.
上面了，上面甚麼也沒有。

甲 ㄅㄨˋ-ㄓˇ ㄕㄜˊ-ㄇㄛ˙ ㄉㄡ ㄇㄟˊ-ㄧㄡˇ，ㄩㄝˋ-ㄌㄧㄤˋ ㄕㄤˋ-ㄇㄧㄢˋ ㄕˋ ㄧˊ-ㄍㄜ˙
不只什麼都沒有，月亮上面是一個
ㄉㄨㄥˋ ㄧˊ-ㄍㄜ˙ ㄉㄨㄥˋ，ㄓㄣ ㄋㄢˊ-ㄎㄢˋ.
洞一個洞，眞難看。

乙 ㄏㄢˋ ㄗㄢˊ-ㄇㄣ˙ ㄙㄨㄛˇ ㄒㄧㄤˇ ㄉㄜ˙ ㄨㄢˊ-ㄑㄩㄢˊ ㄅㄨˋ-ㄊㄨㄥˊ.
和偺們所想的完全不同。

甲 ㄗㄨㄟˋ-ㄏㄡˋ ㄌㄞˊ ㄐㄧㄤˇ ㄕㄨㄤ-ㄕˊ-ㄐㄧㄝˊ，ㄓㄜˋ-ㄍㄜ˙ ㄐㄧㄝˊ-ㄖˋ
最後來講雙十節，這個節日
ㄕˋ ㄗㄣˇ-ㄇㄛ˙ ㄌㄞˊ·ㄉㄜ˙ ㄋㄜ？
是怎麼來的呢？

乙 ㄕㄨㄤ-ㄕˊ-ㄐㄧㄝˊ ㄌㄧㄥˋ-ㄨㄞˋ ㄐㄧㄠˋ-ㄗㄨㄛˋ ㄍㄨㄛˊ-ㄑㄧㄥˋ-ㄖˋ，
雙十節另外叫做國慶日，
ㄕˋ ㄗㄞˋ ㄕˊ-ㄩㄝˋ ㄔㄨ-ㄕˊ-ㄖˋ，ㄨˇ-ㄔㄤ ㄍㄜˊ-
是在十月初十日，武昌革
ㄇㄧㄥˋ ㄔㄥˊ-ㄍㄨㄥ，ㄓㄨㄥ-ㄏㄨㄚˊ ㄇㄧㄣˊ-ㄍㄨㄛˊ ㄔㄥˊ-ㄌㄧˋ，
命成功，中華民國成立，
ㄑㄧㄚˋ-ㄑㄧㄚˋ ㄕˋ ㄌㄧㄤˇ-ㄍㄜ˙ ㄕˊ ㄉㄜ˙ ㄖˋ-ㄗ˙，ㄙㄨㄛˇ-ㄧˇ ㄐㄧㄡˋ ㄔㄥ
恰恰是兩個十的日子，所以就稱
ㄗㄨㄛˋ ㄕㄨㄤ-ㄕˊ-ㄐㄧㄝˊ.
做雙十節。

甲 ㄗㄚˊ-ㄇㄣ˙ ㄊㄞˊ-ㄨㄢ ㄏㄞˊ ㄧㄡˇ ㄧ-ㄍㄜ˙ ㄊㄜˋ-ㄅㄧㄝˊ ㄉㄜ ㄉㄚˋ..
咱們臺灣還有一個特別的大
ㄐㄧㄝˊ-ㄖˋ，ㄐㄧㄠˋ-ㄗㄨㄛˋ ㄍㄨㄤ-ㄈㄨˋ-ㄐㄧㄝˊ. ㄗㄣˇ-ㄧㄤˋ
節日，叫做光復節。怎樣
ㄊㄞˊ-ㄨㄢ ㄊㄜˋ-ㄅㄧㄝˊ ㄧㄡˇ，ㄕˋ ㄗㄞˋ ㄕㄣˊ-ㄇㄛ˙ ㄖˋ·ㄗ˙？
臺灣特別有，是在甚麼日子？

乙 ㄕˋ ㄗㄞˋ ㄕˊ-ㄩㄝˋ ㄦˋ-ㄕˊ-ㄨˇ ㄋㄚˋ-ㄊㄧㄢ. ㄧㄣ-ㄨㄟˋ ㄑㄧ-
是在十月二十五那日。因爲七
ㄕˊ-ㄉㄨㄛ ㄋㄧㄢˊ ㄑㄧㄢˊ ㄉㄜ ㄐㄧㄚˇ-ㄨˇ-ㄋㄧㄢˊ，ㄓㄨㄥ-ㄍㄨㄛˊ ㄑㄧㄥ-
十多年前的甲午年中國清

乙 ㄍㄧˇ-ㄒㄧㄉˊ，ㄏㄧˋ-ㄍㆦㄍ ㄊㄚㄧˋ-ㄎㆦㄫ-ㄖㄧㄣˇ ㄧˋ-ㄍㄝㄫ ㄎㄧˋ ㄫㄝˊ-ㄋㄧ°
其實，美國太空人已經去月娘

ㄉㄝㄫˋ-ㄊㄚㄨˇ ㄌㄛˇ，ㄉㄝㄫˋ-ㄊㄚㄨˇ ㄒㄧㄚ°-ㄇㄧˊ ㄇㄚˉ ㄏㄛˇ.
頂頭了，頂頭什麼並無。

甲 ㄇˉ-ㄋㄚˉ ㄒㄧㄚ°-ㄇㄧˊ ㄉㄛ ㄏㄛˇ，ㄫㄝˊ-ㄋㄧㄨ° ㄉㄝㄫˋ-ㄏㄧㄣˉ ㄒㄧˉ ㄐㄧㄉˊ-
不但什麼都無，月娘頂面是一

ㄎㄚㄫ ㄐㄧㄉˊ ㄎㄧㄚˊ ㄐㄧㄣ ㄏㄚㄧˋ-ㄎㆦㄚ°.
孔一缺眞偲看。

乙 ㄍㄚˊ ㄌㄚㄋˋ ㄒㆦˋ ㄒㄧㄨ° ㄝˇ ㄌㆦㄫˋ ㄏㄛˇ ㄍㄚㄫˇ.
及咱所想的攏無同。

甲 ㄐㄛㄝˋ-ㄚㄨˉ ㄌㄚㄧˇ ㄍㆦㄫˋ ㄒㆦㄫ-ㄒㄧㄅˊ-ㄐㄧㄚㄉ，ㄐㄧㄉ-ㄝˇ ㄐㄛㄝˋ-ㄖㄧㄉˊ
最後來講雙十節，這個節日

ㄒㄧˉ ㄚㄋˋ-ㄐㆦㄚ° ㄌㄚㄧˇ·ㄝˇ ㄋㄝˋ?
是按怎來的呢？

乙 ㄒㆦㄫ-ㄒㄧㄅˊ-ㄐㄧㄚㄉ ㄌㄝㄫˉ-ㄫㆦㄚˉ ㄍㄧㄛˋ-ㄐㄛㄝˋ ㄍㆦㄍ-ㄎㄝㄫˋ-ㄖㄧㄉˊ，
雙十節另外叫做國慶日，

ㄒㄧˉ ㄉㄧˉ ㄐㄚㄅˊ-ㄫㄛㄝˊ ㄑㄛㄝ-ㄐㄚㄅˊ-ㄖㄧㄉˊ，ㄏㄨˋ-ㄑㄧㆦㄫ ㄍㄝㄍ-
是於十月初十日，武昌革

ㄏㄝㄫˉ ㄒㄝㄫˇ-ㄍㆦㄫ，ㄉㄧㆦㄫ-ㄏㆦㄚˇ ㄅㄧㄣˇ-ㄍㆦㄍ ㄒㄝㄫˇ-ㄌㄧㄅˊ，
命成功，中華民國成立，

ㄉㄨˋ-ㄉㄨˋ ㄒㄧˉ ㄌㄫˉ-ㄝˇ ㄐㄚㄅˊ ㄝˇ ㄖㄧㄉˊ，ㄒㆦˋ-ㄧˋ ㄐㄧㄨˉ ㄑㄝㄫ-
抵抵是二個十的日，所以就稱

ㄐㄛㄝˋ ㄒㆦㄫ-ㄒㄧㄅˊ-ㄐㄧㄚㄉ.
做雙十節。

甲 ㄌㄚㄋˋ ㄉㄚㄧˇ-ㆦㄚㄋˇ ㄧㄨˋ ㄨˉ ㄐㄧㄉˊ-ㄝˇ ㄉㄝㄍˊ-ㄅㄧㄚㄉˊ ㄝˇ ㄉㆦㄚ°..
咱臺灣尚有一個特別的大

ㄐㄛㄝˋ-ㄖㄧㄉˊ，ㄍㄧㄛˋ-ㄐㄛㄝˋ ㄍㆦㄫ-ㄏㆦㄍˊ-ㄐㄧㄚㄉ. ㄐㄚㄧ°-ㄧㄨ°
節日，叫做光復節。怎樣

ㄉㄚㄧˇ-ㆦㄚㄋˇ ㄉㄝㄍˊ-ㄅㄧㄚㄉˊ ㄨˉ，ㄒㄧˉ ㄉㄧˉ ㄒㄧㄇˊ-ㄇㄧˊ ㄖㄧㄉˊ?
臺灣特別有，是在甚麼日？

乙 ㄒㄧˉ ㄉㄧˉ ㄐㄚㄅˊ-ㄫㄝˊ ㄌㄧˉ-ㄐㄚㄅˊ-ㄫㆦˉ ㄏㄧㄉ-ㄖㄧㄉˊ. ㄧㄣ-ㄨㄧˉ ㄑㄧㄉ-
是在十月二十五彼日。因爲七

ㄐㄚㄅˊ ㄫㆦㄚˉ ㄋㄧ° ㄐㄝㄫˇ ㄝˇ ㄍㄚˊ-ㄫㆦ°-ㄋㄧ°，ㄉㄧㆦㄫ-ㄍㆦㄍ ㄑㄝㄫ-
十外年前的甲午年，中國清

ㄑㄠˊ ㄓㄥˋ-ㄈㄨˇ， ㄓㄢˋ-ㄅㄞˋ ㄕㄨ-ㄌㄧㄠˇ ㄖˋ-ㄅㄣˇ，
朝 政 府， 戰 敗 輸 了 日 本，

ㄐㄧㄡˋ ㄓㄠˋ ㄖˋ-ㄅㄣˇ ㄉㄜ˙ ㄧㄠ-ㄑㄧㄡˊ， ㄍㄜ-ㄖㄤˋ ㄊㄞˊ-ㄨㄢ
就 照 日 本 的 要 求， 割 讓 臺 灣

ㄍㄨㄟ-ㄕㄨˊ ㄖˋ-ㄅㄣˇ， ㄩㄝ ㄨˇ-ㄕˊ-ㄋㄧㄢˊ ㄓ ㄐㄧㄡˇ. ㄉㄠˋ
歸 屬 日 本， 約 五 十 年 之 久。 到

ㄇㄧㄣˊ-ㄍㄨㄛˊ ㄙㄢ-ㄕˊ-ㄙˋ-ㄋㄧㄢˊ ㄅㄚ-ㄩㄝˋ， ㄓㄨㄥ-ㄏㄨㄚˊ
民 國 三 十 四 年 八 月， 中 華

ㄇㄧㄣˊ-ㄍㄨㄛˊ ㄓㄢˋ-ㄕㄥˋ ㄌㄧㄠˇ ㄖˋ-ㄅㄣˇ，ㄔㄨㄥˊ ㄓㄜˋ ㄩㄢˊ-ㄍㄨˋ，ㄊㄞˊ-
民 國 戰 勝 了 日 本，從 這 緣 故，臺

ㄨㄢ ㄍㄨㄤ-ㄈㄨˋ ㄔㄥˊ-ㄨㄟˊ ㄓㄨㄥ-ㄏㄨㄚˊ ㄇㄧㄣˊ-ㄍㄨㄛˊ ㄉㄜ˙ ㄍㄨㄛˊ-
灣 光 復 成 爲 中 華 民 國 的 國

ㄊㄨˇ！ ㄊㄞˊ-ㄨㄢ‥ㄖㄣˊ ㄔㄨㄥˊ-ㄍㄨㄟ ㄗㄨˇ-ㄍㄨㄛˊ ㄗㄨㄛˋ
土！ 臺 灣 人 重 歸 祖 國 做

ㄓㄨㄥ-ㄏㄨㄚˊ-ㄇㄧㄣˊ-ㄍㄨㄛˋ ㄉㄜ˙ ㄍㄨㄛˊ-ㄇㄧㄣˊ!!
中 華 民 國 的 國 民 !!

甲 ㄖˋ-ㄅㄣˇ ㄊㄧㄢ-ㄈㄤˊ ㄒㄩㄢ-ㄍㄠˋ ㄊㄡˊ-ㄒㄧㄤˊ， ㄕˋ ㄅㄚ-
日本 天 皇 宣 告 投 降， 是 八

ㄩㄝˋ ㄕˊ-ㄨˇ-ㄖˋ， ㄨㄛˇ-ㄇㄣˊ ㄓㄨㄥ-ㄏㄨㄚˊ-ㄇㄧㄣˊ-ㄍㄨㄛˊ ㄐㄧㄝ-
月 十 五 日， 我 們 中 華 民 國 接

ㄕㄡˋ ㄖˋ-ㄅㄣˇ ㄊㄡˊ-ㄒㄧㄤˊ， ㄕˋ ㄐㄧㄡˇ-ㄩㄝˋ ㄙㄢ-ㄖˋ.
受 日 本 投 降， 是 九 月 三 日。

ㄗㄣˇ-ㄧㄤˋ ㄊㄞˊ-ㄨㄢ ㄍㄨㄤ-ㄈㄨˋ-ㄐㄧㄝˊ ㄏㄨㄟˋ ㄉㄧㄥˋ ㄗㄞˋ
怎 樣 臺 灣 光 復 節 會 定 在

ㄕˊ-ㄩㄝˋ ㄦˋ-ㄕˊ-ㄨˇ-ㄖˋ ㄋㄜ?
十 月 二 十 五 日 呢？

乙 ㄕˋ ㄧㄣ-ㄨㄟˋ ㄓㄨㄥ-ㄏㄨㄚˊ ㄇㄧㄣˊ-ㄍㄨㄛˊ ㄆㄞˋ ㄍㄨㄢ-ㄩㄢˊ ㄉㄠˋ
是 因 爲 中 華 民 國 派 官 員 到

ㄊㄞˊ-ㄨㄢ， ㄔㄨㄥˊ ㄖˋ-ㄅㄣˇ ㄐㄧㄝ-ㄍㄨㄢˇ ㄊㄞˊ-ㄨㄢ ㄉㄜ
臺 灣， 從 日 本 接 管 臺 灣 的

ㄖˋ-ㄗ˙， ㄕˋ ㄕˊ-ㄩㄝˋ ㄦˋ-ㄕˊ-ㄨˇ-ㄖˋ ㄉㄜ˙ ㄩㄢˊ-ㄍㄨˋ.
日子，是 十 月 二 十 五 日 的 緣 故。

ㄉㄧㄚㄨˇ ㄐㄝㄫ-ㄏㄨˋ， ㄐㄧㄚㄋ-ㄅㄚㄧˉ ㄒㄨ· ㄌㄧㄚㄨˋ ㆢㄧㄉˊ-ㄅㄨㄋˋ，
朝政府，戰敗輸了日本，

ㄐㄧㄨˉ ㄐㄧㄚㄨˋ ㆢㄧㄉˊ-ㄅㄨㄋˋ，ㄧㄚㄨ-ㄍㄧㄨˇ，ㄍㄛㄚˋ-ㄋㄧㄨ˫ ㄉㄚㄧˇ-ㄛㄚㄋˇ
就照日本，要求，割讓臺灣

ㄍㄨㄧ-ㄒㄧㄛㄍ ㆢㄧㄉˊ-ㄅㄨㄋˋ ㄧㄛㄍ ㄫㄛˉ-ㄐㄚㄅˊ-ㄋㄧ˫ ㄍㄨˋ. ㄍㄚㄨˋ
歸屬日本約五十年久。到

ㆠㄧㄋˇ-ㄍㄛㄍ ㄒㄚ°-ㄐㄚㄅˊ-ㄒㄧˋ-ㄋㄧ˫ ㄅㄜㄝˋ-ㄫㄝˊ， ㄉㄧㄛㄫ-ㄏㄛㄚˇ-
民國三十四年八月，中華

ㆠㄧㄋˇ-ㄍㄛㄍ ㄐㄧㄚㄋˋ-ㄒㄝㄫˋ ㆢㄧㄉˊ-ㄅㄨㄋˋ， ㄉㄨㄧˋ ㄚㄋˋ-ㄋㄧ° ㄉㄚㄧˇ-
民國戰勝日本，對按如，臺

ㄛㄚㄋˇ ㄍㄛㄫ-ㄏㄛㄍˊ ㄐㄛㄝˋ ㄉㄧㄛㄫ-ㄏㄛㄚˇ-ㆠㄧㄋˇ-ㄍㄛㄍ ㄝˇ ㄍㄛㄍ-
灣光復做中華民國的國

ㄊㄛˋ！ ㄉㄚㄧˇ-ㄛㄚㄋˇ··ㄌㄚㄫˇ ㄍㄜˋ ㄍㄨㄧ-ㄏㄜㄝˇ ㄐㄛˋ-ㄍㄛㄍ ㄐㄛㄝˋ
土！臺灣人再歸回祖國做

ㄉㄧㄛㄫ-ㄏㄛㄚˇ-ㆠㄧㄋˇ-ㄍㄛㄍ ㄝˇ ㄍㄛㄍ-ㆠㄧㄋˇ！！
中華民國的國民！！

甲 ㆢㄧㄉˊ-ㄅㄨㄋˋ ㄊㄧㄢ-ㄏㄛㄫˇ ㄒㄛㄢ-ㄍㄜˋ ㄉㄚㄨˇ-ㄏㄚㄫˇ，ㄒㄧˉ ㄅㄜㄝˋ-
日本天皇宣告投降，是八

ㄫㄝˊ ㄐㄚㄅˊ-ㄫㄛˉ-ㆢㄧㄉˊ， ㄌㄚㄋˋ ㄉㄧㄛㄫ-ㄏㄛㄚˇ ㆠㄧㄋˇ-ㄍㄛㄍ ㄐㄧㄚㄅ-
月十五日，咱中華民國接

ㄒㄧㄨˉ ㆢㄧㄉˊ-ㄅㄨㄋˋ ㄉㄚㄨˇ-ㄏㄚㄫˇ， ㄒㄧˉ ㄍㄚㄨˋ-ㄫㄝˊ ㄒㄚ°-ㆢㄧㄉˊ.
受日本投降，是九月三日。

ㄐㄚㄧ°-ㄧㄨ˫ ㄉㄚㄧˇ-ㄛㄚㄋˇ ㄍㄛㄫ-ㄏㄛㄍˊ-ㄐㄧㄚㄉ ㄜㄝˉ ㄉㄧㄝㄫˉ ㄐㄚㄧˉ
怎樣臺灣光復節會定在

ㄐㄚㄅˊ-ㄫㄝˊ ㄌㄧˉ-ㄐㄚㄅˊ-ㄫㄛˉ-ㆢㄧㄉˊ ㄋㄝ?
十月二十五日呢？

乙 ㄒㄧˉ ㄧㄋ-ㄨㄧˉ ㄉㄧㄛㄫ-ㄏㄛㄚˇ ㆠㄧㄋˇ-ㄍㄛㄍ ㄆㄚㄧˋ ㄍㄛㄚ°-ㄛㄚㄋˇ ㄍㄚㄨˋ
是因爲中華民國派官員到

ㄉㄚㄧˇ-ㄛㄚㄋˇ，ㄉㄨㄧˋ ㆢㄧㄉˊ-ㄅㄨㄋˋ ㄐㄧㄚㄅ-ㄍㄛㄚㄋˋ ㄉㄚㄧˇ-ㄛㄚㄋˇ ㄝˇ
臺灣，對日本接管臺灣的

ㆢㄧㄉ， ㄒㄧˉ ㄐㄚㄅˊ-ㄫㄝˊ ㄌㄧˉ-ㄐㄚㄅˊ-ㄫㄛˉ-ㆢㄧㄉˊ ㄝˇ ㄧㄚㄋˇ-ㄍㄛˋ.
日，是十月二十五日的緣故。

ㄉㄧˋ ㄕˊ ㄙˋ ㄎㄜˋ
第十四課

ㄕㄨㄟˇ-ㄍㄨㄛˇ　ㄊㄠˊ·ㄦ˙　ㄌㄧˇ·ㄗ˙　ㄆㄧˊ-ㄅㄚˊ
水果　桃兒　李子　枇杷

ㄒㄧㄤ-ㄍㄨㄚ　ㄌㄧˋ-ㄓ　ㄈㄢ-ㄕˊ-ㄌㄧㄡˊ
香瓜　荔枝　番石榴

ㄒㄧ-ㄍㄨㄚ　ㄈㄥˋ-ㄌㄧˊ　ㄇㄥˊ-ㄍㄨㄛˇ
西瓜　鳳梨　檬果

ㄆㄨˊ-ㄊㄠˊ　ㄧㄡˋ·ㄗ˙　ㄍㄨㄟˋ-ㄩㄢˊ
葡萄　柚子　桂圓

ㄐㄩˊ·ㄗ˙　ㄆㄧㄥˊ-ㄍㄨㄛˇ
橘子　蘋果

ㄕˋ·ㄗ˙　ㄌㄧˊ·ㄗ˙　ㄒㄧㄤ-ㄐㄧㄠ
柿子　梨兒　香蕉

ㄇㄨˋ-ㄍㄨㄚ　ㄨㄟˊ-ㄕㄥ-ㄙㄨˋ
木瓜　維生素

甲 ㄊㄞˊ-ㄨㄢ ㄕㄨㄟˇ-ㄍㄨㄛˇ ㄏㄣˇ ㄉㄨㄛ，ㄧˋ-ㄋㄧㄢˊ ㄙˋ-ㄐㄧˋ ㄉㄡ ㄧㄡˇ.
臺灣水果很多，一年四季都有。

乙 ㄕˋ·ㄧㄚ˙，ㄕㄨㄟˇ-ㄍㄨㄛˇ ㄉㄨㄛ，ㄎㄜˇ ㄉㄨㄛ ㄔ ㄧˋ-ㄒㄧㄝ.
是呀，水果多，可多吃一些。

甲 ㄔ ㄕㄨㄟˇ-ㄍㄨㄛˇ ㄉㄨㄟˋ ㄕㄣ-ㄊㄧˇ ㄧㄡˇ ㄕㄜˊ-ㄇㄛ˙ ㄏㄠˇ-ㄔㄨˋ ㄋㄜ˙?
吃水果對身體有甚麼好處呢？

乙 ㄏㄠˇ-ㄔㄨˋ ㄏㄣˇ ㄉㄨㄛ，ㄎㄜˇ-ㄧˇ ㄅㄤ-ㄓㄨˋ ㄒㄧㄠ-ㄏㄨㄚˋ，ㄏㄠˇ ㄊㄨㄥ-ㄅㄧㄢˋ，ㄔㄨˊ ㄆㄧˊ-ㄌㄠˊ ㄉㄥˇ ㄉㄥˇ.
好處很多，可以幫助消化，好通便，除疲勞等等。

甲 ㄔㄨㄣ-ㄊㄧㄢ·ㄏㄣˇ ㄕㄠˇ ㄕㄨㄟˇ-ㄍㄨㄛˇ，ㄒㄧㄚˋ-ㄊㄧㄢ ㄗㄣˇ-ㄧㄤˋ ㄚ?
春天很少水果，夏天怎樣啊？

ㄉㄝ¯-ㄐㄚㄅˊ-ㄒㄧ˙-ㄎㄜ˙
第十四課

ㄍㄝˋ-ㄐㄧˋ　ㄊㄜˇ·ㄚˋ　ㄌㄧˋ·ㄚˋ　ㄅㄧˇ-ㄅㄝˇ
果子　桃仔　李仔　枇杷

ㄆㄚㄫ-ㄍㄜㄝ　ㄋㄚㄧ˜-ㄐㄧ　ㄅㄚㄉˊ·ㄚˋ
香瓜　荔支　拔仔

ㄒㄧ-ㄍㄜㄝ　ㆦㄫ¯-ㄌㄚㄧˇ　ㄒㆦㄚㄧ˜˙·ㄚˋ
西瓜　鳳梨　檨仔

ㄆㄨˇ-ㄉㄜˇ　ㄧㄨ¯·ㄚˋ　ㄌㄝㄫˇ-ㄫㄝㄫˋ
葡萄　柚仔　龍眼

ㄍㄚㄇ·ㄚˋ　ㄆㄧㄋˇ-ㄍㄜˋ（ㄏㆦㄚ-ㄍㄜˋ）
柑仔　蘋果（花果）

ㄎㄧ¯·ㄚˋ　ㄌㄚㄧˇ·ㄚˋ　ㄍㄝㄫ-ㄐㄧㄜ
柿仔　梨仔　芎蕉

ㆠㆦㄍˊ-ㄍㄜㄝ　ㄨㄧˇ-ㄒㄝㄫ-ㄒㆦ˙
木瓜　維生素

甲　ㄉㄚㄧˇ-ㆦㄚㄋˇ ㄍㄝˋ-ㄐㄧˋ ㄐㄧㄋ ㄐㄜㄝ¯，ㄐㄧㄉˊ-ㄋㄧˇ ㄒㄨ˙-ㄍㄨㄧ˙ ㄌㆦㄫˋ ㆠㄜˇ ㄉㄫ¯.
臺灣果子眞多，一年四季攏無斷。

乙　ㄒㄧ¯·ㆦ，ㄍㄝˋ-ㄐㄧˋ ㄐㄜㄝ¯，ㄊㄚㄫ¯ ㄍㄝ ㄐㄧㄚˊ ㄐㄧㄉˊ-ㄍㆦㄚˋ.
是喔，果子多，可加喰一許。

甲　ㄐㄧㄚˊ ㄍㄝˋ-ㄐㄧˋ ㄉㄨㄧ˙ ㄒㄧㄋ-ㄊㄝˋ ㄨ¯ ㄒㄧㄚ˜-ㄇㄧˋ ㄏㄜˋ-ㄑㄨ˙ ㄋㄝ？
喰果子對身體有什麼好處呢？

乙　ㄏㄜˋ-ㄑㄨ˙ ㄐㄧㄋ ㄐㄜㄝ¯，ㄜㄝ¯-ㄊㄚㄫ¯ ㄅㄚㄫ-ㄐㆦ¯ ㄒㄧㄚㄨ-ㄏㆦㄚ˙，ㄏㄜˋ
好處眞多，會可幫助消化，好

ㄊㆦㄫ-ㄅㄧㄢ¯，ㄉㄨˇ ㄆㄧ-ㄌㄜˇ ㄉㄧㄫˋ ㄉㄧㄫˋ.
通便，除疲勞等等。

甲　ㄑㄨㄋ-ㄊㄧ˜ ㄎㄚˋ ㆠㄜˇ ㄍㄝˋ-ㄐㄧˋ，ㄏㄝ¯-ㄊㄧ˜ ㄐㄚㄧ˜-ㄧㄨ˜ ㄚ˙？
春天較無果子，夏天怎樣啊？

乙 ㄒㄧㄚˋ-ㄊㄧㄢ ㄏㄣˇ ㄉㄨㄛ，ㄧㄡˇ ㄌㄧˋ-ㄓ、ㄈㄢ-ㄕˊ-ㄌㄧㄡˊ、ㄒㄧ-ㄍㄨㄚ、
夏天很多，有荔枝、番石榴、西瓜、
ㄆㄧˊ-ㄅㄚˊ、ㄈㄥˋ-ㄌㄧˊ、ㄇㄥˊ-ㄍㄨㄛˊ、ㄆㄨˊ-ㄊㄠˊ、ㄉㄥˇ-ㄉㄥˇ，
枇杷、鳳梨、檬果、葡萄等等；
ㄒㄨㄢ ㄅㄨˋ ㄨㄢˊ.
算不完。

甲 ㄑㄧㄡ-ㄊㄧㄢ ㄧㄡˇ ㄕㄜˊ-ㄇㄛ˙ ㄕㄨㄟˇ-ㄍㄨㄛˇ?
秋天有甚麼水果？

乙 ㄧㄡˇ ㄧㄡˋ-ㄗ˙ ㄐㄩˊ-ㄗ˙ ㄏㄢˋ ㄕˋ-ㄗ˙. ㄦˊ ㄉㄨㄥ-ㄊㄧㄢ ㄐㄧㄡˋ ㄔㄨ-ㄔㄢˇ
有柚子橘子和柿子。而冬天就出產
ㄆㄧㄥˊ-ㄍㄨㄛˇ，ㄏㄨㄛˋ-ㄕˋ ㄌㄧˊ-ㄗ˙.
蘋果，或是梨子。

甲 ㄒㄧㄤ-ㄐㄧㄠ ㄇㄨˋ-ㄍㄨㄚ ㄕˋ ㄕㄜˊ-ㄇㄛ˙ ㄕˊ-ㄏㄡˋ ㄘㄞˊ ㄔㄨ-ㄔㄢˇ?
香蕉木瓜是甚麼時候才出產？

乙 ㄧ-ㄋㄧㄢˊ ㄙˋ-ㄐㄧˋ ㄉㄡ ㄧㄡˇ ㄧㄚ˙!
一年四季都有呀！

甲 ㄋㄧˇ ㄗㄨㄟˋ ㄞˋ ㄔ ㄕㄜˊ-ㄇㄛ˙ ㄕㄨㄟˇ-ㄍㄨㄛˇ?
你最愛吃甚麼水果？

乙 ㄨㄛˇ ㄗㄨㄟˋ ㄞˋ ㄔ ㄒㄧㄤ-ㄐㄧㄠ，ㄒㄧㄤ-ㄐㄧㄠ ㄆㄧㄢˊ-ㄧˊ ㄧㄡˋ
我最愛吃香蕉，香蕉便宜又
ㄏㄠˇ ㄔ.
好吃。

甲 ㄖㄨㄛˋ ㄕˋ ㄨㄛˇ，ㄨㄛˇ ㄐㄧㄠˋ ㄞˋ ㄔ ㄈㄢ-ㄕˊ-ㄌㄧㄡˊ，ㄈㄢ-ㄕˊ-ㄌㄧㄡˊ
若是我，我較愛吃番石榴，番石榴
ㄨㄟˊ-ㄕㄥ-ㄙㄨˋ ㄏㄣˇ ㄉㄨㄛ.
維生素很多。

乙 ㄑㄧˊ-ㄕˊ ㄓˇ ㄧㄠˋ ㄕˋ ㄕㄨㄟˇ-ㄍㄨㄛˇ ㄉㄡ ㄏㄠˇ，ㄉㄨㄛ ㄔ ㄧㄡˇ ㄏㄠˇ
其實只要是水果都好，多吃有好
ㄨˊ ㄏㄨㄞˋ.
無壞。

甲 ㄒㄧㄚˋ-ㄊㄧㄢ ㄖㄣˊ ㄐㄧㄠˋ ㄌㄟˋ，ㄉㄨㄛ ㄔ ㄧˋ-ㄒㄧㄝ ㄕㄨㄟˇ-ㄍㄨㄛˇ，
夏天人較累，多吃一些水果，
ㄎㄜˇ-ㄧˇ ㄒㄧㄠ-ㄔㄨˊ ㄆㄧˊ-ㄌㄠˊ.
可以消除疲勞。

ㄏㄝˉ-ㄊㄧ° ㄐㄧㄋˉ ㄐㄛㄝˉ，ㄨˉ ㄋㄚㄧ˚-ㄐㄧ、ㄅㄚㄉˊ-ㄚˋ、ㄒㄧ-ㄍㄛㄝ、
夏天眞多，有荔枝、拔仔、西瓜、
ㄅㄧˇ-ㄅㄝˇ、ㆦㄫˉ-ㄌㄚㄧˇ、ㄒㆦㄚㄧ˚-ㄚˋ、ㄆㄨˇ-ㄉㄛˇ ㄉㄝㄫˋ-ㄉㄝㄫˋ，
枇杷、鳳梨、檨仔、葡萄等等，
ㄒㄫ˙ ㆠㄛㄝˉ ㄌㄧㄚㄨˋ.
算味了。

甲 ㄑㄧㄨ-ㄊㄧ° ㄨˉ ㄒㄧㄇˊ-ㄇㄧˋ ㄍㄝˋ-ㄐㄧˋ?
秋天有什麼果子？

乙 ㄨˉㄧㄨˉ-ㄚˋ ㄍㄚㄇ-ㄚˋ ㄍㄚㄅ ㄎㄧˉ-ㄚˋ. ㄧㄚˉ ㄉㄚㄫ-ㄊㄧ° ㄐㄧㄨˉ ㄑㄨㄉ
有柚仔柑仔及柿仔。也多天就出
ㄆㄧㄋˇ-ㄍㄛˋ，ㄚˋ-ㄒㄧˉ ㄌㄧㄚㄧˇ-ㄚˋ.
蘋果，或是梨仔。

甲 ㄍㄝㄫ-ㄐㄧㄛ ㆠㆦㄍˊ-ㄍㄛㄝ ㄒㄧˉ ㄒㄧㄚ˚-ㄇㄧˋ ㄒㄧˇ-ㄐㄨㄋˉ ㄐㄧㄚˋ ㄑㄨㄉ？
芎蕉木瓜是啥麼時陣才出？

乙 ㄐㄧㄉˊ-ㄋㄧ˚ ㄒㄧˋ-ㄍㄨㄧˋ ㄌㆦㄫˋ ㄨˉ ㄑㄨㄉ！
一年四季攏有出！

甲 ㄌㄧˋ ㄒㄧㆦㄫˉ ㄞˋ ㄐㄧㄚˊ ㄒㄧㄚ˚-ㄇㄧˋ ㄍㄝˋ-ㄐㄧˋ?
汝上愛喰什麼果子？

乙 ㄫㆦㄚˋ ㄒㄧㆦㄫˉ ㄞˋ ㄐㄧㄚˊ ㄍㄝㄫ-ㄐㄧㄛ，ㄍㄝㄫ-ㄐㄧㄛ ㄒㄧㆦㄍˊ ㄍㄛˋ
我上愛喰芎蕉，芎蕉俗更
ㄏㄛˋ ㄐㄧㄚˊ.
好喰。

甲 ㄋㄚˉ ㄒㄧˉ ㄫㆦㄚˋ，ㄫㆦㄚˋ ㄎㄚˋ ㄞˋ ㄐㄧㄚˊ ㄅㄚㄉˊ·ㄚˋ，ㄅㄚㄉˊ·ㄚˋ
若是我，我較愛喰拔仔，拔仔
ㄨㄧˇ-ㄒㄝㄫ-ㄒㆦˋ ㄐㄧㄋ ㄐㄛㄝˉ.
維生素眞多。

乙 ㄍㄧˇ-ㄒㄧㄉˊ ㄋㄚˉ ㄒㄧˉ ㄍㄝˋ-ㄐㄧˋ ㄌㆦㄫˋ ㄏㄛˋ，ㄍㄝ ㄐㄧㄚˊ ㄨˉ ㄏㄛˋ
其實若是果子攏好，加喰有好
ㆠㄛˇ ㄆㄚㄧˋ.
無呆。

甲 ㄏㄝˉ-ㄊㄧ° ㄌㄚㄫˇ ㄎㄚˋ ㄒㄧㄚㄋˉ，ㄍㄝˉ ㄐㄧㄚˊ ㄐㄧㄉˊ-ㄍㆦㄚˋ ㄍㄝˋ-ㄐㄧˋ，
夏天人較倦，加喰一許果子，
ㄛㄝˉ-ㄊㄚㄫ ㄒㄧㄚㄨ-ㄉㄨˇ ㄆㄧˇ-ㄌㄛˇ.
會通消除疲勞。

乙 ㄗㄢˊ-ㄇㄣ˙ .ㄓㄨˋ ㄗㄞˋ ㄊㄞˊ-ㄨㄢ ㄓㄣ ㄏㄠˇ，ㄧˋ-ㄋㄧㄢˊ ㄙˋ-ㄐㄧˋ
偺們住在臺灣眞好，一年四季
ㄕㄨㄟˇ ㄍㄨㄛˇ ㄉㄡ ㄅㄨˋ ㄊㄧㄥˊ.
水果都不停。

甲 ㄕˋ·ㄧㄚ˙！ㄏㄞˊ ㄧㄡˇ ㄏㄣˇ ㄉㄨㄛ ㄕㄨㄟˇ-ㄍㄨㄛˇ，ㄋㄚˊ ㄔㄨ-ㄑㄩˋ ㄨㄞˋ-ㄍㄨㄛˊ
是·呀！還有很多水果，拿出去外國
ㄓㄨㄢˋ ㄨㄞˋ-ㄏㄨㄟˋ.
賺外滙。

乙 ㄊㄞˊ-ㄨㄢ ㄓㄥ ㄕˋ ㄧˊ-ㄍㄜ˙ ㄅㄠˇ-ㄉㄠˇ.
臺灣眞是一個寶島。

乙 ㄌㄚㄋˋ ㄉㆦㄚ˙ ㄉㄧˉ ㄉㄚㄧˇ-ㆦㄚㄋˇ ㄐㄧㄋ ㄏㄛˋ，ㄐㄧㄉˊ-ㄋㄧˇ ㄒㄧ˙-ㄍㄨㄧ˙
咱滯在臺灣眞好，一年四季

ㄍㆤˋ-ㄐㄧˋ ㄌㆦㄫˋ ㆠㄛˇ ㄉㄫˉ.
果子攏無斷。

甲 ㄒㄧˉ·ㄚ˙！ ㄚˋ ㄨˉ ㄐㄧㄋ ㄐㄛㆤˉ ㄍㆤˋ-ㄐㄧˋ，ㄊㆤˇ ㄑㄨㄉ ㄎㄧ˙ ㄫㄛㄚˉ-ㄍㆦㄍ
是啊！還有眞多果子，提出去外國

ㄊㄚㄋˋ ㄫㄛㄚˉ-ㄏㄛㆤ.
趁外滙。

乙 ㄉㄚㄧˇ-ㆦㄚㄋˇ ㄐㄧㄋ ㄒㄧˉ ㄐㄧㄉ-ㆤˇ ㄅㄛˋ-ㄉㄛˋ.
臺灣眞是一個寶島。

ㄉㄧˋ - ㄕˊ - ㄨˇ - ㄎㄜˋ
第 十 五 課

ㄓˊ-ㄨˋ　ㄕㄨˋ·ㄦ　ㄓㄣ-ㄧㄝˋ-ㄕㄨˋ　ㄎㄨㄛˋ-ㄧㄝˋ-ㄕㄨˋ
植物　樹兒　針葉樹　闊葉樹

ㄙㄨㄥ　ㄅㄞˊ　ㄕㄢ　ㄎㄨㄞˋ　ㄈㄥ　ㄓㄤ　ㄐㄧㄚ-ㄉㄨㄥ　ㄋㄢˊ
松　柏　杉　檜　楓　樟　枷柊　楠

ㄊㄥˊ　ㄓㄨˊ　ㄏㄨㄚ　ㄘㄠˇ　ㄘㄠˇ-ㄅㄣˇ　ㄇㄨˋ-ㄅㄣˇ
藤　竹　花　草　草本　木本

ㄈㄥˋ-ㄏㄨㄤˊ-ㄏㄨㄚ　ㄏㄨㄚㄉㄜ˙ㄍㄢˋ-ㄕㄣ　ㄩˋ-ㄌㄢˊ-ㄏㄨㄚ
鳳凰花　花的幹身　玉蘭花

ㄇㄨˋ-ㄇㄧㄢˊ-ㄏㄨㄚ　ㄕㄨˋ-ㄌㄢˊ-ㄏㄨㄚ　ㄏㄢˊ-ㄒㄧㄠˋ-ㄏㄨㄚ
木棉花　樹蘭花　含笑花

ㄧㄥ-ㄏㄨㄚ　ㄒㄧㄤ　ㄇㄟˇ-ㄌㄧˋ　ㄒㄧㄢ-ㄧㄢˋ
櫻花　香　美麗　鮮艷

甲 ㄇㄨˋ-ㄘㄞˊ-ㄏㄤˊ ㄉㄜ˙ ㄇㄨˋ-ㄌㄧㄠˋ ㄕˋ ㄗㄣˇ-ㄇㄜ˙ ㄌㄞˊ ㄉㄜ˙ ㄋㄜ˙？
木材行的木料是怎麼來的呢？

乙 ㄉㄚˋ-ㄍㄞˋ ㄕˋ ㄎㄢˇ ㄕㄢ-ㄌㄧˇ ㄉㄜ˙ ㄉㄚˋ··ㄕㄨˋ ㄍㄟˇ ㄅㄢ ㄔㄨ-ㄌㄞˊ ㄉㄜ˙
大概是砍山裏的大樹給搬出來的。

甲 ㄕㄢ-ㄌㄧˇ ㄉㄜ˙ ㄉㄚˋ··ㄕㄨˋ ㄉㄡ ㄕˋ ㄧˊ-ㄧㄤˋ ㄉㄜ˙ ㄇㄚ？
山裏的大樹都是一樣的嗎？

乙 ㄍㄠ-ㄕㄢ ㄉㄜ˙ ㄩˇ ㄉㄧ-ㄕㄢ ㄉㄜ˙ ㄅㄨˋ ㄧˊ-ㄧㄤˋ.
高山的與低山的不一樣。

甲 ㄍㄠ-ㄕㄢ ㄉㄜ˙ ㄕˋ ㄗㄣˇ-ㄇㄜ˙ ㄧㄤˋ ㄋㄜ˙？
高山的是怎麼樣呢？

乙 ㄍㄠ-ㄕㄢ ㄅㄧˇ-ㄐㄧㄠˋㄏㄢˊ-ㄌㄥˇ，ㄕㄨˋ-ㄧㄝˋㄏㄠˇ-ㄒㄧㄤˋ ㄓㄣ ㄉㄜ˙ ㄧㄤˋ·
ㄗ˙，ㄐㄧㄠˋ-ㄗㄨㄛˋ ㄓㄣ-ㄧㄝˋ-ㄕㄨˋ.
高山比較寒冷，樹葉好像針的樣子，叫做針葉樹。

ㄉㆤ˫ ㄐㄚㆵˊ-ㆣㆦ˫-ㄎㄜ˙
第十五課

ㄒㄧㆵˊ-ㆠㄨㆵˊ ㄑㄧㄨ˫·ㄚ˪ ㄐㄧㄚㆬ-ㄏㄧㄜˊ-ㄑㄧㄨ˫ ㄎㄜㄚ˪-ㄏㄧㄜˊ-ㄑㄧㄨ˫
植物 樹仔 針葉樹 濶葉樹

ㄑㆤㆭˋ ㄅㆤ˪ ㄒㄚㆬ ㄍㄜㆤ˙ ㄅㆭ ㄐㄧㄨ° ㄍㄚ-ㄌㄚㆭ ㄌㄚㆬˋ·ㄚ˪
松 柏 杉 檜 楓 樟 枷柊 楠仔

ㄌㄧㄋˋ ㄉㆤㄍ ㄏㄜㆤ ㄑㄚㄨ˪ ㄑㄚㄨ˪-ㄅㄨㄋ˪ ㆠㆦㄍˊ-ㄅㄨㄋ˪
籐 竹 花 草 草本 木本

ㄏㆦㆭ˫-ㄏㆦㆭˋ-ㄏㄜㆤ ㄏㄜㆤ-ㄐㄚㆭˋ ㆣㄧㆦㄍˊ-ㄌㄚㄋˋ-ㄏㄜㆤ
鳳凰花 花欉 玉蘭花

ㆠㆦㄍˊ-ㄇㄧˋ-ㄏㄜㆤ ㄑㄧㄨ˫-ㄌㄚㄋˋ-ㄏㄜㆤ ㄏㄚㆬˋ-ㄑㄧㄚㄨ˙-ㄏㆦㆤ
木棉花 樹蘭花 含笑花

ㆤㆭ-ㄏㄜㆤ ㄆㄚㆭ ㄒㄨㄧ˪ ㄒㄧㄚㄋ-ㄧㄚㆬ˫
櫻花 香 粹 鮮艷

甲 ㆠㆦㄍˊ-ㄐㄚㄧˊ-ㄏㄚㆭˋ ㆤˋ ㆠㆦㄍˊ-ㄌㄧㄚㄨ˫ ㄒㄧ˫ ㄐㄧㄚ°-ㄧㄨ˫ ㄌㄚㄧˋ ㆤˋ?
木材行的木料是怎樣來的?

乙 ㄉㄚㄧ˫-ㄎㄞ˙ ㄒㄧ˫ ㄑㄜ˙ ㄒㆦㄚ°-ㄋㄧ˙ ㆤˋ ㄉㆦㄚ˫‥ㄑㄧㄨ˫ ㄍㄚ ㄅㄜㄚ°
大概是剉山裡的大樹，加搬

ㄑㄨㆵ-ㄌㄚㄧˋ ㆤˋ.
出來的。

甲 ㄒㆦㄚ°-ㄋㄧ˙ ㆤˋ ㄉㆦㄚ˫‥ㄑㄧㄨ˫ ㄍㄚㆬˋ-ㄨ˫ ㄌㆦㆭ˪ ㄒㄧㄚㆭ˫-ㄎㆦㄚㄋ˪?
山裡的大樹敢有攏像款?

乙 ㄍㆦㄚㄋˋ-ㄒㆦㄚ°·ㆤˋ ㄍㄚㄅ ㄍㆤ˫-ㄒㆦㄚ°· ㆤˋ ㆠㄜˋ ㄒㄧㄚㆭ˫-ㄎㆦㄚㄋ˪.
昂山的及低山的無像款。

甲 ㄍㆦㄚㄋˋ-ㄒㆦㄚ° ㆤˋ ㄒㄧ˫ ㄒㄧㆬˊ-ㄇㄧ˪ ㄎㆦㄚㄋ˪?
昂山的是什麼款?

乙 ㄍㆦㄚㄋˋ-ㄒㆦㄚ° ㄎㄚ˪ ㄍㆦㄚ°, ㄑㄧㄨ˫-ㄏㄧㄜˊ ㄑㄧㄋ-ㄑㄧㄨ˫ ㄐㄧㄚㆬ˫, ㄍㄧㄜ˙-
昂山較寒，樹葉親像針，叫

ㄐㄜ˙ ㄐㄧㄚㆬ-ㄏㄧㄜˊ-ㄑㄧㄨ˫.
做針葉樹。

甲 ㄋㄚˋ-ㄇㄛ˙ ㄉㄧ-ㄕㄢ ㄉㄜ˙ ㄋㄜ˙?
那麼低山的呢？

乙 ㄉㄧ-ㄕㄢ ㄅㄧˇ-ㄐㄧㄠˋ ㄨㄣ-ㄋㄨㄢˇ，ㄕㄨˋ-ㄧㄝˋ ㄎㄨㄢ-ㄉㄚˋ，ㄐㄧㄠˋ-ㄗㄨㄛˋ
低山比較溫暖，樹葉寬大，叫做
ㄎㄨㄛˋ-ㄧㄝˋ-ㄕㄨˋ.
濶葉樹。

甲 ㄕㄜˊ-ㄇㄛ˙ ㄕˋ ㄓㄣ-ㄧㄝˋ-ㄕㄨˋ?
甚麼是針葉樹？

乙 ㄙㄨㄥ、ㄅㄛˊ、ㄕㄢ、ㄎㄨㄞˋ ㄓㄜˋ-ㄒㄧㄝ ㄐㄧㄡˋ-ㄕˋ ㄓㄣ-ㄧㄝˋ-ㄕㄨˋ.
松柏杉檜這些就是針葉樹。

甲 ㄋㄚˋ-ㄇㄛ˙ ㄎㄨㄛˋ-ㄧㄝˋ-ㄕㄨˋ ㄋㄜ?
那麼濶葉樹呢？

乙 ㄈㄥ ㄓㄤ ㄐㄧㄚ-ㄉㄨㄥ ㄋㄢˊ ㄉㄡ ㄕˋ ㄎㄨㄛˋ-ㄧㄝˋ-ㄕㄨˋ.
楓樟枷柊楠都是濶葉樹。

甲 ㄕㄨˋ-ㄇㄨˋ ㄧˇ-ㄨㄞˋ ㄏㄞˊ-ㄧㄡˇ ㄕˊ-ㄇㄛ˙ ㄕˋ ㄓˊ-ㄨˋ ㄋㄜ˙?
樹木以外還有甚麼是植物呢？

乙 ㄊㄥˊ˙ㄌㄛ ㄓㄨˊ˙ㄌㄛ ㄏㄨㄚ ㄘㄠˇ ㄉㄡ ㄕˋ ㄓˊ-ㄨˋ ㄧㄚ˙.
藤囉竹囉花草都是植物呀。

甲 ㄓㄨˊ˙ㄗ ㄉㄠˋ-ㄔㄨˋ ㄉㄡ ㄧㄡˇ ㄎㄢˋ-ㄐㄧㄢˋ，ㄊㄥˊ ㄕㄥ-ㄔㄥˊ ㄗㄣˇ ㄧㄤˋ，
竹子到處都有看見，藤生成怎樣，
ㄨㄛˇ ㄅㄨˋ-ㄘㄥˊ ㄎㄢˋ-ㄍㄨㄛˋ.
我不曾看過。

乙 ㄊㄥˊ ㄉㄚˋ ㄅㄨˋ-ㄈㄣˋㄕㄥ ㄗㄞˋ ㄕㄢ-ㄕㄤˋ，ㄔㄚ-ㄅㄨˋ-ㄉㄨㄛ ㄉㄡ ㄇㄟˊ-
藤大部份生在山上，差不多都沒
ㄧㄡˇ ㄓ˙ㄗ，ㄆㄢ˙ㄉㄜˊ ㄏㄣˇ ㄔㄤˊ ㄏㄣˇ ㄩㄢˇ，ㄓㄥˇ-ㄊㄧㄠˊ ㄏㄠˇ-ㄒㄧㄤˋ
有枝子，攀得很長很遠，整條好像
ㄕㄥˊ˙ㄕ，ㄏㄣˇ ㄖㄣˋ ㄋㄧㄡˇ ㄅㄨˊ ㄉㄨㄢˋ.
繩子，很靱扭不斷。

甲 ㄆㄨˇ-ㄊㄨㄥ ㄙㄨㄛˇ-ㄧㄡˇ ㄉㄜ˙ ㄏㄨㄚ，ㄉㄡ ㄕˋ ㄘㄠˇ-ㄅㄣˇ ㄉㄜ˙，ㄧㄡˇ
普通所有的花，都是草本的，有
ㄇㄟˊ-ㄧㄡˇ ㄇㄨˋ-ㄅㄣˇ ㄉㄜ˙ ㄏㄨㄚ?
沒有木本的花？

乙 ㄗㄞˋ ㄅㄟˇ-ㄅㄨˋ ㄔㄚ-ㄅㄨˋ-ㄉㄨㄛ ㄎㄢˋ ㄅㄨˊ-ㄉㄠˋ，ㄗㄞˋ ㄓㄨㄥ-ㄋㄢˊ-
在北部差不多看不到，在中南

甲 ㄧㄚˋ ㄍㆤˉ-ㄒㆦㄚ° ㆤˇ ㄋㆤ˙?
抑 低 山 的 呢？

乙 ㄍㆤˉ-ㄒㆦㄚ° ㄎㄚˋ ㄒㄧㄛ-ㄐㆦㄚˊ，ㄑㄧㄨˉ-ㄏㄧㄛˊ ㄎㆦㄚˋ-ㄉㆦㄚˉ，ㄍㄧㄛˉ-
低 山 較 燒 熱，樹 葉 濶 大，叫
ㄐㄛ˙ ㄎㆦㄚˋ-ㄏㄧㄛˊ-ㄑㄧㄨˉ.
做 濶 葉 樹。

甲 ㄒㄧㄚ°-ㄏㄛㆤ˙ ㄒㄧˉ ㄐㄧㄚㄇ-ㄏㄧㄛˊ-ㄑㄧㄨˉ?
啥 貨 是 針 葉 樹？

乙 ㄑㆤㆭˇ、ㄅㆤˋ、ㄒㄚㄇ、ㄍㄛㆤˇ ㄐㄧㄚ-ㆤ ㄐㄧㄨˉ-ㄒㄧˉ ㄐㄧㄚㄇ-ㄏㄧㄛˊ-ㄑㄧㄨˉ.
松 柏 杉 檜 這些就是 針 葉 樹。

甲 ㄧㄚˋ ㄎㆦㄚˋ-ㄏㄧㄛˊ-ㄑㄧㄨˉ ㄋㆤ˙?
抑 濶 葉 樹 呢？

乙 ㄅㆭ ㄐㄧㄨ° ㄍㄚ-ㄉㄚㆭ ㄌㄚㄇˇ-ㄚˋ ㄉㄛ ㄒㄧˉ ㄎㆦㄚˋ-ㄏㄧㄛˊ-ㄑㄧㄨˉ.
楓 樟 枷 柊 楠 仔 都 是 濶 葉 樹。

甲 ㄑㄧㄨˉ-ㆠㄚㄍˊㄧˋ-ㆣㆦㄚˉ ㄧㄚㄨˋ-ㄨˉㄒㄧㄇˊ-ㄇㄧˋ ㄒㄧˉ ㄒㄧㄉˊ-ㆠㄨㄉˊ ㄋㆤ˙?
樹 木 以外 尚 有 什 麼 是 植 物 呢？

乙 ㄉㄧㄣˇ·ㄌㆦ˙ ㄉㆤㄍ·ㄌㆦ˙ ㄏㄛㆤ ㄑㄚㄨˋㄉㄛ ㄌㆦㆭˋ-ㄒㄧˉㄒㄧㄉˊ-ㆠㄨㄉˊ ㄚ˙.
藤 囉 竹 囉 花 草 都 攏 是 植 物 啊。

甲 ㄉㆤㄍㄉㆦ˙-ㄑㄨ˙ ㄉㄛ ㄨˉ ㄎㆦㄚ°-ㄍㄧ°，ㄉㄧㄣˇ ㄒㄧˉ ㄒㄧ°-ㄐㄛ˙ ㄒㄧㄇˊ-ㄇㄧˋ-
竹 到 處 都 有 看 見，藤 是 生 做 什 麼
ㄎㆦㄚㄋ˙，ㆣㆦㄚˋ ㄇˉ-ㆠㄚㄉ ㄎㆦㄚ°-ㄍㄧ°.
款，我 不 曾 看 見。

乙 ㄉㄧㄣˇ ㄉㆦㄚˉ··ㄅㆦˉ-ㄏㄨㄣˉ ㄒㄧ° ㄉㄧˉ ㄒㆦㄚ°-ㄉㆤㆭˋ，ㄑㄚ-ㄅㄨㄉ-ㄉㄛ
藤 大 部 份 生 在 山 頂，差 不 多
ㄌㆦㆭˋ ㆠㄛˇ ㄛㆤ，ㄆㄚ ㄐㄧㄣ ㄉㆭˇ ㄐㄧㄣ ㄏㆭˉ，ㄍㄨㄧ-ㄉㄧㄚㄨˇ ㄑㄧㄣ-
攏 無 枝，攀 眞 長 眞 遠，歸 條 親
ㄑㄧㄨ˙ ㄒㄛˋ·ㄚˋ，ㄐㄧㄣ ㄧㆦㆭˋ ㆣㄧㄨˋ ㆠㄛㆤ ㄉㆭˉ.
像 索 仔，眞 勇 扭 昧 斷。

甲 ㄆㆦˋ-ㄊㆦㆭ ㄒㆦˋ-ㄨˉ ㆤˇ ㄏㄛㆤ，ㄉㄛ-ㄒㄧˉㄑㄚㄨˋ-ㄅㄨㄣˋ ㆤˇ，ㄨˉ ㆠㆦㄍˊ-
普 通 所有的 花，都 是 草 本 的，有 木
ㄅㄨㄣˋ ㆤˇ ㄏㄛㆤ ㄧㄚˋ ㆠㄛˇ?
本 的 花 抑 無？

乙 ㄉㄧˉㄅㄚㄍ-ㄅㆦˉㄑㄚ-ㄅㄨㄉ-ㄉㄛ ㆠㄛˇ ㄎㆦㄚ° ㄍㄧ°，ㄉㄧˉ ㄉㄧㆦㆭ-ㄌㄚㄇˇ-
在北 部 差 不 多 無 看 見，在 中 南

ㄅㄨˋ ㄐㄧㄡˋ ㄏㄣˇ ㄉㄨㄛ，ㄈㄥˋ-ㄏㄨㄤˊ-ㄏㄨㄚ ㄐㄧㄡˋ-ㄕˋ ㄇㄨˋ-ㄅㄣˇ ㄉㄜ˙，
部 就 很 多，鳳 凰 花 就 是 木 本 的，

ㄏㄨㄚ ㄉㄜ˙ ㄍㄢˋ-ㄕㄣ ㄐㄧㄡˋ-ㄕˋ ㄉㄚˋ··ㄕㄨˋ，ㄏㄨㄚ ㄎㄞ ㄉㄜ˙ ㄏㄣˇ
花 的 幹 身 就 是 大 樹， 花 開 得 很

ㄐㄧㄡˇ，ㄧㄝˇ ㄏㄣˇ ㄒㄧㄢ-ㄧㄢ ㄏㄣˇ ㄇㄟˇ.
久， 也 很 鮮 艷 很 美。

甲 ㄏㄞˊ-ㄧㄡˇ、ㄕㄜˊ-ㄇㄛ˙ ㄇㄨˋ-ㄅㄣˇ ㄉㄜ˙ ㄏㄨㄚ ㄇㄟˊ-ㄧㄡˇ?
還 有 什 麼 木 本 的 花 沒 有？

乙 ㄧㄡˇ·ㄉㄜ˙，ㄩˋ-ㄌㄢˊ-ㄏㄨㄚ、ㄇㄨˋ-ㄇㄧㄢˊ-ㄏㄨㄚ、ㄕㄨˋ-ㄌㄢˊ-ㄏㄨㄚ、ㄏㄢˊ-
有 的，玉 蘭 花、木 棉 花、樹 蘭 花、含

ㄒㄧㄠˋ-ㄏㄨㄚ，ㄉㄡ ㄧㄝˇ ㄕˋ ㄇㄨˋ-ㄅㄣˇ ㄉㄜ˙. ㄏㄞˊ-ㄧㄡˇ ㄧㄥ-ㄏㄨㄚ
笑 花， 都 也 是 木 本 的。還 有 櫻 花

ㄍㄥˋ-ㄕˋ ㄇㄨˋ-ㄅㄣˇ ㄉㄜ˙·ㄌㄛ˙. ㄩˋ-ㄌㄢˊ、ㄕㄨˋ-ㄌㄢˊ、ㄏㄢˊ-ㄒㄧㄠˋ，
更 是 木 本 的 囉。玉 蘭、樹 蘭、含 笑，

ㄏㄨㄚ ㄧㄝˇ ㄉㄡ ㄏㄣˇ ㄒㄧㄤ.
花 也 都 很 香。

甲 ㄗㄢˊ-ㄇㄣ˙ ㄉㄜ˙ ㄍㄨㄛˊ-ㄏㄨㄚ ㄕˋ ㄕㄜˊ-ㄇㄛ˙，ㄋㄧˇ ㄓ-ㄉㄠˋ ㄇㄚ?
咱 們 的 國 花 是 甚 麼，你 知 道 嗎？

乙 ㄉㄤ-ㄖㄢˊ ㄓ-ㄉㄠˋ，ㄕˋ ㄇㄟˊ-ㄏㄨㄚ.
當 然 知 道，是 梅 花。

ㄅㄛˉ ㄐㄧㄨˉ ㄐㄧㄣ ㄐㄝˉ，ㄏㄛㄫˉ-ㄏㄛㄫˇ-ㄏㄛㄝ ㄐㄧㄨˉ-ㄒㄧˉ ㆠㄛㄍˊ-ㄅㄨㄣˋ
部就眞多，鳳凰花就是木本

ㄝˇ，ㄏㄛㄝ-ㄐㄚㄫˇ ㄒㄧˉ ㄉㄨㄚˉ-ㄐㄚㄫˇ‥ㄑㄧㄨˉ，ㄏㄛㄝ ㄎㄨㄧ ㄐㄧㄣ ㄍㄨˋ，
的，花欉是大欉樹，花開眞久，

ㄧㄚˉ ㄐㄧㄣ ㄒㄧㄚㄣ-ㄧㄚㆬˉ ㄐㄧㄣ ㄒㄨㄧˋ.
也眞鮮艷眞粹。

甲 ㄧㄨㄚˋ-ㄨˉ ㄒㄧㆬˊ-ㄇㄧˋ ㆠㄛㄍˊ-ㄅㄨㄣˋ ㄝˇ ㄏㄛㄝ ㆠㄛˇ?
尙有什麼木本的花無？

乙 ㄨˉ·ㄛˉ，ㆣㄧㄛㄍˊ-ㄌㄚㄋˇ-ㄏㄛㄝ、ㆠㄛㄍˊ-ㄇㄧˊ-ㄏㄛㄝ、ㄑㄧㄨˉ-ㄌㄚㄋˇ-ㄏㄛㄝ、
有喔，玉蘭花、木棉花、樹蘭花、

ㄏㄚㆬˇ-ㄑㄧㄚㄨˋ-ㄏㄛㄝ，ㄌㄛㄫˋ ㄇㄚˉ-ㄒㄧˉ ㆠㄛㄍˊ-ㄅㄨㄣˋ·ㄝˇ. ㄧㄨㄚˋ-
含笑花，攏也是木本的。尙

ㄨˉ ㄝㄫ-ㄏㄛㄝ ㄍㄛˋ-ㄎㄚˋ ㄒㄧˉ ㆠㄛㄍˊ-ㄅㄨㄣˋ ㄝˇ ㄌㄛˉ. ㆣㄧㄛㄍˊ-
有櫻花更較是木本的囉。玉

ㄌㄚㄋˇ、ㄑㄧㄨˉ-ㄌㄚㄋˇ、ㄏㄚㆬˇ-ㄑㄧㄚㄨ，ㄏㄛㄝ ㄧㄚˉ ㄉㄛ ㄐㄧㄣ ㄆㄚㄫ.
蘭、樹蘭、含笑，花也都眞香。

甲 ㄌㄚㄋˋ ㄝˇ ㄍㄛㄍ-ㄏㄛㄝ ㄒㄧˉ ㄒㄧㄚ˚，ㄌㄧˋ ㄐㄚㄧ ㆠˉ?
咱的國花是啥，汝知不？

乙 ㄉㄛㄫ-ㄖㄧㄚㄋˇ ㄐㄚㄧ ㄧㄚ˙，ㄒㄧˉ ㆠㄨㄧˇ-ㄏㄛㄝ.
當然知呀是梅花。

ㄌㄧㄢˋ - ㄒㄧˊ
練　習　㈢

1. ㄓˊ-ㄧㄝˋ ㄅㄨˋ-ㄈㄣ ㄍㄠ ㄉㄧ.
職 業 不 分 高 低。

2. ㄧ-ㄕㄥ ㄕˋ ㄏㄣˇ ㄅㄤˋ.
醫生是很 棒。

3. ㄋㄨㄥˊ-ㄈㄨ ㄧㄝˇ ㄕˋ ㄅㄤˋ.
農 夫 也 是 棒。

4. ㄏㄤˊ-ㄧㄝˋ ㄙㄢ-ㄅㄞˇ ㄌㄧㄡˋ-ㄕˊ ㄏㄤˊ，ㄏㄤˊ ㄏㄤˊ ㄔㄨ ㄓㄨㄤˋ-ㄩㄢˊ.
行 業 三 百 六 十 行，行 行 出 狀 元。

5. ㄌㄠˇ-ㄅㄢˇ ㄉㄟˇ ㄊㄧˋ ㄉㄧㄢˋ-ㄩㄢˋ ㄓㄠˊ-ㄒㄧㄤˇ.
老 板 得 替 店 員 着 想。

6. ㄉㄧㄢˋ-ㄩㄢˊ ㄧㄝˇ ㄉㄟˇ ㄖㄣˋ-ㄓㄣ ㄗㄨㄛˋ-ㄕˋ.
店 員 也 得 認 眞 做 事。

7. ㄗㄨㄛˋ ㄕㄥ-ㄧˋ ㄉㄟˇ ㄧㄠˋ ㄍㄨㄥ-ㄉㄠˋ.
做 生意得 要 公 道。

8. ㄓㄠˋ ㄍㄨㄢˋ-ㄌㄧˋ，ㄒㄩㄝˊ-ㄊㄨˊ ㄉㄟˇ ㄒㄩㄝˊ ㄙㄢ-ㄋㄧㄢˊ，ㄘㄞˊ ㄋㄥˊ
照 慣 例，學 徒 得 學 三 年，才 能
ㄨㄢˊ-ㄔㄥˊ ㄌㄧㄢˋ-ㄍㄨㄥ.
完 成 練 工。

9. ㄔㄨㄣ-ㄊㄧㄢ ㄅㄞˇ-ㄏㄨㄚ ㄎㄞ，ㄈㄥ-ㄐㄧㄥˇ ㄇㄟˇ
春 天 百 花 開，風 景 美。

10. ㄒㄧㄚˋ-ㄊㄧㄢ ㄑㄧˋ-ㄏㄡˋ ㄖㄜˋ，ㄕㄣ-ㄊㄧˇ ㄧㄠˋ ㄓㄨˋ-ㄧˋ ㄅㄠˇ-ㄧㄤˇ.
夏 天 氣 候 熱，身 體 要 注 意 保 養。

11. ㄗㄠˇ-ㄕㄤˋ ㄊㄧㄢ-ㄑㄧˋ ㄏㄞˊ ㄏㄠˇ-ㄏㄠˇ ㄉㄜ˙，ㄒㄧㄚˋ-ㄨˇ ㄑㄩㄝˋ
早 上 天 氣 還 好 好 的，下 午 却
ㄒㄧㄚˋ-ㄩˇ ㄌㄧㄠ˙
下 雨 了。

12. ㄒㄧㄚˋ-ㄊㄧㄢ ㄒㄧㄚˋ-ㄨˇ，ㄔㄤˊ-ㄔㄤˊ ㄧㄡˇ ㄌㄟˊ-ㄩˇ.
夏 天 下 午，常 常 有 雷 雨。

ㄌㄧㄚㄋˉ ー ㄒㄧㆴˊ

練 習 (三)

1. ㄐㄧㆵ-ㆣㄧㄚㆴˊ ㆠㄛˇ-ㄏㄨㄋ ㄍㆦㄚㄋˇ ㄍㆤˉ.
職業無分昂低。

2. ㄧ˫ㄒㆤㆭ ㄒㄧˉ ㄐㄧㄋ ㆣㄚㄨˇ.
醫生是眞賢。

3. ㄌㆦㆭˇ-ㄏㄨ ㄇㄚˉ ㄒㄧˉ ㆣㄚㄨˇ.
農夫也是賢。

4. ㄊㄚㄨˇ-ㄌㆦ˫ ㄒㄚ°-ㄅㄚˋ ㄌㄚㆶˊ-ㄐㄚㆴˊ-ㄏㄚㆭˇ，ㄏㄚㆭˇ ㄏㄚㆭˋ ㄑㄨㆵ
頭路三百六十行，行行出
ㄐㄧㆦㆭˉ-ㆣㆦㄚㄋˇ.
狀元。

5. ㄊㄚㄨˇ-ㄍㆤ ㄉㄧㄛˊ ㄊㄛㆤ˙ ㄒㄧㄋ-ㄌㄛˇ ㄒㄧㄨ°.
頭家着替薪勞想。

6. ㄒㄧㄋ-ㄌㄛˇ ㄇㄚˉ-ㄉㄧㄛˊ ㄆㄚˋ-ㄅㄧㄚ° ㄐㄛㆤ˙ ㄒㄨˉ.
薪勞也着打拼做事。

7. ㄐㄛㆤ˙ ㄒㆤㆭ-ㄌㄧˋ ㄉㄧㄛˊ ㄚㄧ˙ ㄍㆦㆭ-ㄉㄛˉ.
做生理着愛公道。

8. ㄐㄧㄚㄨ˙ ㄍㆦㄚㄋˇ-ㄌㆤˉ，ㄒㄚㄧ-ㄚˋ-ㄍㄚㆭ ㄉㄧㄛˊ ㄛˊ ㄒㄚ°-ㄋㄧˇ，
照慣例司仔工着學三年，
ㄐㄧㄚˋ ㄛㆤˉ ㄑㄨㆵ-ㄒㄚㄧ.
才會出司。

9. ㄑㄨㄋ-ㄊㄧ° ㄅㄚˋ-ㄏㄛㆤ ㄎㄨㄧ，ㄍㆤㆭˋ-ㄉㄧ˙ ㄒㄨㄧˋ.
春天百花開，景緻粹。

10. ㄏㆤˉ-ㄊㄧ° ㄎㄧ˙-ㄏㄚㄨˉ ㄖㆦㄚˊ，ㄒㄧㄋ-ㄊㆤˋ ㄚㄧ˙ ㄐㄨ˙-ㄧ˙ ㄅㄛˋ-ㄧㆦㆭˋ.
夏天氣候熱，身體愛注意保養。

11. ㄐㄚㄧˋ-ㄎㄧˋ-ㄒㄧˇ ㄧㄚˋ ㄏㄛˋ-ㄊㄧ°，ㆤˉ-ㄅㆦ ㄒㆦㄚˋ ㄌㄛˊ-ㄏㆦˉ. ㄌㆦ˙
早起時尚好天，下晡遂落雨了。

12. ㄏㆤˉ-ㄊㄧ° ㆤˉ-ㄅㆦ-ㄒㄧˇ，ㄒㄧㆦㆭˇ-ㄒㄧㆦㆭˇ ㄨˉ ㄒㄚㄧ-ㄅㄚㆶ-ㄏㆦˉ.
夏天下晡時，常常有西北雨。

13. ㄧㄣ-ㄊㄧㄢ ㄔㄨ-ㄇㄣˊ，ㄉㄟˇ ㄉㄞˋ ㄩˇ-ㄙㄢˇ.
陰 天 出 門，得 帶 雨 傘。

14. ㄊㄞˊ-ㄈㄥ ㄕˊ-ㄑㄧˊ，ㄉㄚˋ-ㄐㄧㄚ ㄉㄟˇ ㄒㄧㄠˇ-ㄒㄧㄣ ㄐㄧㄝˋ-ㄅㄟˋ，
颱 風 時 期，大 家 得 小 心 戒 備，
ㄩˋ-ㄈㄤˊ ㄉㄚˋ-ㄕㄨㄟˇ.
預 防 大 水。

15. ㄒㄧㄠˇ-ㄏㄞˊ·ㄗ˙ ㄗㄨㄟˋ ㄞˋ ㄍㄨㄛˋ-ㄋㄧㄢˊ，ㄧㄡˇ ㄏㄨㄥˊ-ㄅㄠ ㄎㄜˇ
小 孩 子 最 愛 過 年，有 紅 包 可
ㄋㄚˊ.
拿。

16. ㄉㄨㄢ-ㄨˇ-ㄐㄧㄝˊ ㄧㄡˇ ㄖㄡˋ-ㄗㄨㄥ-·ㄗ˙ ㄎㄜˇ ㄔ.
端 午 節 有 肉 粽 子 可 吃。

17. ㄓㄨㄥ-ㄑㄧㄡ-ㄐㄧㄝˊ ㄉㄜ˙ ㄩㄝˋ-ㄅㄧㄥˇ ㄏㄣˇ ㄏㄠˇ-ㄔ.
中 秋 節 的 月 餅 很 好 吃。

18. ㄕㄨㄟˇ-ㄍㄨㄛˇ ㄔ-ㄉㄜˊ ㄩㄝˋ ㄉㄨㄛ ㄩㄝˋ ㄏㄠˇ.
水 果 吃 得 越 多 越 好。

19. ㄈㄢˋ ㄏㄡˋ ㄔ ㄕㄨㄟˇ-ㄍㄨㄛˇ，ㄏㄨㄟˋ ㄅㄤ-ㄓㄨˋ ㄒㄧㄠ-ㄏㄨㄚˋ.
飯 後 吃 水 果，會 幫 助 消 化。

20. ㄊㄞˊ-ㄨㄢ ㄔㄨ-ㄔㄢˇ ㄏㄣˇ ㄉㄨㄛ ㄕㄨㄟˇ-ㄍㄨㄛˇ.
臺 灣 出 產 很 多 水 果。

21. ㄕㄨˋ·ㄦ˙ ㄓㄨㄥˋ ㄉㄨㄛ ㄧㄡˇ ㄏㄠˇ ㄨˊ ㄏㄨㄞˋ.
樹 兒 種 多 有 好 無 壞。

22. ㄙㄢ-ㄩㄝˋ ㄕˊ-ㄦˋ ㄕˋ ㄓˊ-ㄕㄨˋ-ㄐㄧㄝˊ.
三 月 十 二 是 植 樹 節。

23. ㄍㄨㄛˊ-ㄑㄧㄥˋ-ㄖˋ ㄕˋ ㄍㄨㄛˊ-ㄐㄧㄚ ㄉㄜ˙ ㄕㄥ-ㄖˋ，ㄕˋ ㄑㄩㄢˊ··
國 慶 日 是 國 家 的 生 日，是 全
ㄍㄨㄛˊ-ㄇㄧㄣˊ ㄗㄨㄟˋ-ㄉㄚˋ ㄏㄨㄢ-ㄌㄜˋ ㄉㄜ˙ ㄖˋ-ㄗ˙.
國 民 最 大 歡 樂 的 日 子。

13. ㆦ-ㄧㄇ-ㄊㄧ° ㄑㄨㄉ-ㄇㆭˇ，ㄉㄧㄜˊ ㄉㆦㄚ˙ ㄏㆦˉ-ㄒㆦㄚ˙.
鳥陰天出門，着帶雨傘。

14. ㄏㆦㆭ-ㄊㄚㄧ ㄒㄧˇ-ㄐㄨㄋ，ㄉㄚˉ-ㄍㄝ ㄉㄧㄜˊ ㄒㄧㄜˋ-ㄒㄧㄇ ㄍㄚㄧ˙-ㄅㄧˉ，
風颱時陣，大家着小心戒備，
ㄨˉ-ㄏㆦㆭˇ ㄉㆦㄚˉ-ㄐㄨㄧˋ.
預防大水。

15. ㄫㄧㄋˋ-ㄚˋ ㄒㄧㆦㆭˉ ㄚㄧ˙ ㄍㄜㄝ˙-ㄋㄧˇ，ㄨˉ ㄚㆭˇ-ㄅㄚㄨ ㄊㄚㆭ ㄊㄝˊ.
囝仔上愛過年，有紅包通提。

16. ㄫㆦˉ-ㆡㄧㄉˊ-ㄐㄜㄝ' ㄨˉ ㆠㄚ'-ㄐㄚㆭ˙ ㄊㄚㆭ ㄐㄧㄚˊ.
五日節有肉粽通喰。

17. ㄉㄧㆦㆭ-ㄑㄧㄨ-ㄐㄧㄚㄉ ㄝˇ ㄫㄝˊ-ㄅㄧㄚ° ㄐㄧㄋ ㄏㄜˋ-ㄐㄧㄚˊ.
中秋節的月餅眞好喰。

18. ㄍㄝˋ-ㄐㄧˋ ㄐㄧㄚˊ ㆡㄨˋ ㄐㄜㄝˉ ㆡㄨˋ ㄏㄜˋ.
果子喰愈多愈好。

19. ㄅㆭˉ ㄏㄚㄨˉ ㄐㄧㄚˊ ㄍㄝˋ-ㄐㄧˋ，ㄜㄝˉ ㄅㄚㆭ-ㄐㆦˉ ㄒㄧㄚㄨ-ㄏㄜㄚ˙.
飯後喰果子，會幫助消化。

20. ㄉㄚㄧˇ-ㆦㄚㄋˇ ㄑㄨㄉ-ㄒㄚㄋˋ ㄐㄧㄋ ㄐㄜㄝˉ ㄍㄝˋ-ㄐㄧˋ.
臺灣出產眞多果子。

21. ㄑㄧㄨˉ·ㄚˋ ㄐㄝㆭ˙ ㄎㄚ' ㄐㄜㄝˉ ㄨˉ ㄏㄜˋ ㆠㄜˇ ㄆㄚㄧˋ.
樹仔種較多有好無呆。

22. ㄒㄚ°-ㄫㄝˊ ㄐㄚㄅˊ-ㆡㄧˉ ㄒㄧˉ ㄐㄝㆭ˙-ㄑㄧㄨˉ-ㄐㄜㄝ'.
三月十二是種樹節。

23. ㄍㆦㄍ-ㄎㄝㆭ˙-ㆡㄧㄉˊ ㄒㄧˉ ㄍㆦㄍ-ㄍㄚ ㄝˇ ㄒㄧ°-ㆡㄧㄉˊ，ㄒㄧˉ ㄐㆦㄚㄋˇ..
國慶日是國家的生日，是全
ㄍㆦㄍ-ㆠㄧㄋˇ ㄐㄜㄝ˙-ㄉㆦㄚˉ ㄏㆦㄚ°-ㄏㄧˋ ㄝˇ ㆡㄧㄉˊ-ㄐㄧˋ.
國民最大歡喜的日子。

ㄉㄧˋ－ㄕˊ－ㄌㄧㄡˋ－ㄎㄜˋ
第十六課

ㄉㄨㄥˋ－ㄨˋ ㄕㄡˋ－ㄌㄟˋ ㄋㄧㄠˇ－ㄌㄟˋ ㄔㄨㄥˊ－ㄌㄟˋ ㄍㄡˇ ㄇㄠ ㄓㄨ
動物 獸類 鳥類 蟲類 狗 貓 猪

ㄋㄡˊ ㄏㄨˇ ㄅㄠˋ ㄕ－ㄗˇ ㄒㄧㄤˋ ㄧㄚ ㄜˊ ㄐㄧ ㄩㄢ－ㄧㄤ
牛 虎 豹 獅子 象 鴨 鵞 鷄 鴛鴦

ㄨ－ㄧㄚ ㄅㄞˊ－ㄌㄨˋ－ㄙ ㄎㄨㄥˇ－ㄑㄩㄝˋ ㄍㄜ－ㄗˇ ㄨ－ㄩˊ
烏鴉 白鷺鷥 孔雀 鴿子 烏魚

ㄅㄞˊ－ㄉㄞˋ－ㄩˊ ㄑㄧㄤ－ㄩˊ ㄐㄧ－ㄩˊ ㄘㄠˇ－ㄩˊ ㄌㄨㄥˊ－ㄒㄧㄚ
白帶魚 鎗魚 鯽魚 草魚 龍蝦

ㄆㄤˊ－ㄒㄧㄝˋ ㄇㄢˊ－ㄩˊ ㄅㄧㄝ ㄅㄠˋ－ㄩˊ ㄏㄞˇ－ㄍㄜˊ－ㄌㄧˋ ㄔㄨㄥˊ
螃蟹．鰻魚 鼈 鮑魚 海蛤蜊 虫

ㄕㄜˊ ㄜˋ－ㄩˊ ㄒㄧ－ㄧˋ ㄎㄨㄣ－ㄔㄨㄥˊ ㄇㄧˋ－ㄈㄥ
蛇 鰐魚 蜥蝪 昆蟲 蜜蜂

ㄏㄨˊ－ㄉㄧㄝˊ ㄨㄣˊ·ㄗ ㄘㄤ－ㄧㄥˊ ㄨㄟˊ－ㄕㄥ－ㄨˋ ㄒㄧˋ－ㄐㄩㄣˋ
蝴蝶 蚊子 蒼蠅 微生物 細菌

ㄇㄟˊ－ㄐㄩㄣˋ ㄅㄧㄥˋ－ㄐㄩㄣˋ
黴菌 病菌

甲 ㄕㄥ－ㄨˋ·ㄓㄨㄥ ㄉㄜ˙ ㄉㄨㄥˋ－ㄨˋ，ㄉㄠˋ－ㄉㄧˇ ㄧㄡˇ ㄉㄨㄛ－ㄕㄠˇ ㄓㄨㄥˇ－ㄌㄟˋ ㄋㄜ˙？
生物中的動物，到底有多少種類呢？

乙 ㄧㄡˇ ㄕㄡˋ－ㄌㄟˋ、ㄋㄧㄠˇ－ㄌㄟˋ、ㄩˊ－ㄌㄟˋ、ㄏㄢˋ ㄔㄨㄥˊ－ㄌㄟˋ ㄉㄥˇ－ㄉㄥˇ·
有獸類鳥類魚類和蟲類等等。

甲 ㄇㄚˇ、ㄋㄧㄡˊ、ㄧㄤˊ、ㄍㄡˇ、ㄇㄠ、ㄓㄨ、ㄏㄨˇ、ㄅㄠˋ、ㄕ、ㄒㄧㄤˋ……
馬牛羊狗貓猪虎豹獅象……
ㄓㄜˋ－ㄒㄧㄝ ㄏㄨㄟˋ ㄗㄡˇ ㄉㄜ˙ ㄕㄡˋ－ㄌㄟˋ·ㄓㄨㄥ，ㄋㄧˇ ㄒㄧˇ－ㄏㄨㄢ ㄕㄜˊ－
這些會走的獸類中，你喜歡甚

ㄉㆤ¯ - ㄐㄚㆴ´-ㄌㄚㆶ´ - ㄎㆦˋ
第 十 六 課

ㄉㆦㄫ¯-ㆠㄨㄉ´ ㄒㄧㄨ˙-ㄌㄨㄧ¯ ㄐㄧㄚㄨˋ-ㄌㄨㄧ¯ ㄊㄚㄫˇ-ㄌㄨㄧ¯ ㄍㄚㄨˋ ㄋㄧㄚㄨ°
動物 獸類 鳥類 蟲類 狗 貓

ㄉㄧ ㆣㄨˇ ㄏㆦˋ ㄅㄚ˙ ㄒㄚㄧ ㄑㄧㄨ° ㄚ´ ㆣㆦˇ ㄍㆤ ㆦㄚㄋ-ㄧㄨ°
猪 牛 虎 豹 獅 象 鴨 鵞 鷄 鴛鴦

ㆦ-ㄚ ㄅㆤ´-ㄌㆤㄫ¯-ㄒㄧ ㄎㆦㄫˋ-ㄑㄧㆦㄍ ㄏㄨㄋˋ-ㄐㄧㄚㄨˋ ㆦ-ㄏㄧˇ
烏鴉 白鷺鷥 孔雀 粉鳥 烏魚

ㄅㆤ´-ㄉㆦㄚ˙-ㄏㄧˇ ㄑㄧㄨ°-ㄏㄧˇ ㄐㄧㄉ-ㄏㄧˇ ㄑㄚㄨˋ-ㄏㄧˇ ㄌㆤㄫˇ-ㄏㆤˇ
白帶魚 鎗魚 鯽魚 草魚 龍蝦

ㄇㆦ°-ㄏㆤ¯ ㄇㆦㄚ°-ㄏㄧˇ ㄅㄧ´ ㄅㄚㄨˇ-ㄏㄧˇ ㄏㄨㄋˋ-ㆣㄧㆦˇ ㄊㄚㄫˇ
毛蟹 鰻魚 鼈 鮑魚 粉蛤 虫

ㄐㆦㄚˇ ㆣㆦㄍ´-ㄏㄧˇ ㄒㄧ˙-ㄎㄚ-ㄊㄧㄚㄨ˙·ㄚˋ ㄎㄨㄋ-ㄊㄧㆦㄫˇ ㆠㄧㄉ´-ㄆㄚㄫ
蛇 鱷魚 四脚跳仔 昆蟲 蜜蜂

ㆠㆤˋ-ㄧㄚ´ ㆠㄚㄫˋ·ㄚˋ ㄏㆦ¯-ㄒㄧㄋˇ ㆠㄧˇ-ㄒㆤㄫ-ㆠㄨㄉ´ ㄒㆤ˙-ㄎㄨㄋˋ
舞蝶 蚊仔 雨蠅 微生物 細菌

ㄇㄨㄧˇ-ㄎㄨㄋˋ ㄅㆤ˫-ㄎㄨㄋˋ
黴菌 病菌

甲 ㄒㆤㄫ-ㆠㄨㄉ´·ㄉㄧㆦㄫ ㆤˇ ㄉㆦㄫ¯-ㆠㄨㄉ´，ㄉㄚㄨ˙-ㄉㄧˋ ㄨ¯ ㄌㆦㄚ¯-ㄐㆤ¯ ㄐㄧㆦㄫˋ-ㄌㄨㄧ¯ ㄚ˙?
生物中的動物，到底有偌多種類啊？

乙 ㄨ¯ ㄒㄧㄨ˙-ㄌㄨㄧ¯、ㄐㄧㄚㄨˋ-ㄌㄨㄧ¯、ㄏㄧˇ ㄌㄨㄧ¯、ㄍㄚㄅ ㄊㄚㄫˇ-ㄌㄨㄧ¯ ㄉㆤㄫˋ-ㄉㆤㄫˋ.
有獸類、鳥類、魚類及蟲類等等。

甲 ㆠㆤˋ、ㆣㄨˇ、ㄧㄨ°、ㄍㄚㄨˋ、ㄋㄧㄚㄨ、ㄉㄧ、ㄏㆦˋ、ㄅㄚ˙、ㄒㄚㄧ、ㄑㄧㄨ°
馬牛羊狗貓猪虎豹獅象
……ㄐㄧㄚ´-ㆤ ㆦㆤ¯ ㄐㄚㄨˋ ㆤˇ ㄒㄧㄨ˙-ㄌㄨㄧ¯·ㄉㄧㆦㄫ，ㄌㄧˋ ㄚㄧ˙ ㄒㄧㄚ°-
……這些會走的獸類中，汝愛啥

ㄇㄛˇ ㄋㄜ?
麼 呢？

乙 ㄨㄛˇ ㄗㄨㄟˋ ㄞˋ ㄋㄧㄡˊ，ㄧㄣ-ㄨㄟˋ ㄊㄚ ㄏㄨㄟˋ ㄌㄧˊ-ㄊㄧㄢˊ，ㄏㄨㄟˋ ㄌㄚ-
我 最 愛 牛，因 爲 他 會 犁 田，會 拉
ㄔㄜ，ㄓㄣ ㄏㄨㄟˋ ㄓㄨㄥ-ㄕˊ ㄑㄧㄣˊ-ㄌㄠˊ.
車，眞 會 忠 實 勤 勞。

甲 ㄐㄧ、ㄧㄚ、ㄜˊ、ㄧㄥ-ㄨˇ、ㄩㄢ-ㄧㄤ、ㄎㄨㄥˇ-ㄑㄩㄝˋ、ㄅㄞˊ-ㄏㄜˋ、ㄨ-ㄧㄚ、
雞 鴨 鵝 鸚鵡鴛鴦 孔 雀 白 鶴 烏鴉
ㄅㄞˊ-ㄌㄨˋ、ㄇㄚˊ-ㄑㄩㄝˋ………ㄓㄜˋ-ㄒㄧㄝ ㄏㄨㄟˋ ㄈㄟ ㄉㄜ˙ ㄋㄧㄠˇ-
白 鷺 麻 雀…… 這 些 會 飛 的 鳥
ㄌㄟˋ·ㄓㄨㄥ，ㄋㄧˇ ㄒㄧˇ-ㄏㄨㄢ ㄕㄜˊ-ㄇㄛˇ ㄋㄜ？
類 中，你 喜 歡 甚 麼 呢？

乙 ㄋㄧˇ ㄐㄧㄤˇ ㄉㄜ˙ ㄋㄚˋ-ㄒㄧㄝ ㄨㄛˇ ㄉㄡ ㄅㄨˋ ㄒㄧˇ-ㄏㄨㄢ，ㄨㄛˇ ㄓˇ ㄒㄧˇ-
你 講 的 那 些 我 都 不 喜 歡，我 只 喜
ㄏㄨㄢ ㄍㄜ·ㄗˇ ㄦˊ-ㄧˇ，ㄧㄣ-ㄨㄟˋ ㄊㄚ ㄏㄣˇ ㄒㄩㄣˊ-ㄌㄧㄤˊ.
歡 鴿 子 而已，因 爲 他 很 馴 良。

甲 ㄩˊ-ㄌㄟˋ ㄧㄡˇ ㄑㄧㄤ-ㄩˊ、ㄨ-ㄩˊ、ㄅㄞˊ-ㄉㄞˋ-ㄩˊ ㄉㄥˇ ㄉㄥˇ，ㄋㄧˇ ㄒㄧˇ-
魚 類 有 鎗 魚 烏魚 白 帶魚 等 等，你 喜
ㄏㄨㄢ ㄔ ㄕㄜˊ-ㄇㄛˇ ㄩˊ？
歡 吃 甚 麼 魚？

乙 ㄨˊ-ㄌㄨㄣˋ ㄕㄜˊ-ㄇㄛˇ ㄩˊ，ㄨㄛˇ ㄉㄡ ㄒㄧˇ-ㄏㄨㄢ ㄔ，ㄧㄣ-ㄨㄟˋ ㄩˊ-ㄌㄟˋ
無 論 甚 麼 魚，我 都 喜 歡 吃，因 爲 魚 類
ㄧㄡˇ ㄗ-ㄧㄤˊ，ㄅㄧㄥˊ-ㄑㄧㄝˇ ㄖㄨㄥˊ-ㄧˋ ㄒㄧㄠ-ㄏㄨㄚˋ
有 滋 養，並 且 容 易 消 化。

甲 ㄇㄞˋ-ㄩˊ ㄉㄜ˙ ㄩˊ-ㄊㄢ·ㄗˇ，ㄔㄨˊ ㄇㄞˋ ㄩˊ ㄧˇ-ㄨㄞˋ，ㄏㄞˊ-ㄧㄡˇ ㄇㄞˋ
賣 魚 的 魚 攤 子，除 賣 魚 以 外，還 有 賣
ㄕㄜˊ-ㄇㄛˇ?
甚 麼？

乙 ㄧㄝˇ-ㄧㄡˇ ㄇㄞˋ ㄌㄨㄥˊ-ㄒㄧㄚ、ㄆㄤˊ-ㄒㄧㄝˋ、ㄇㄢˊ-ㄩˊ、ㄅㄧㄝ、ㄅㄠˋ-ㄩˊ、
也 有 賣 龍 蝦 蟛 蟹 鰻 魚 鼈 鮑 魚
ㄏㄞˇ-ㄍㄜˊ-ㄌㄧˋ ㄉㄥˇ-ㄉㄥˇ.
海 蛤 蜊 等 等。

甲 ㄒㄧㄢˋ-ㄗㄞˋ ㄙㄨㄛˇ ㄐㄧㄤˇ ㄓㄜˋ-ㄒㄧㄝ ㄗㄡˇ-ㄕㄡˋ ㄈㄟ-ㄑㄧㄣˊ ㄏㄢˋ ㄕㄨㄟˇ-
現 在 所 講 這 些 走 獸 飛 禽 和 水

ㄇㄧˋ ㄚ˙?
麼　啊？

乙 ㄫㆦㄚˋ ㄐㄛㄝ˙…ㄚ ㄧ˙ ㄫㄨˇ，ㄧㄣ-ㄨㄧˉ ㄧ ㄛㄝˉ ㄌㄛㄝˇ-ㄑㄚㄋˇ，ㄛㄝˉ ㄊㆦㄚ-
我　最　愛牛，因為伊會　犁　田，會　拖

ㄑㄧㄚ，ㄐㄧㄣ ㄛㄝˉ ㄉㄧㆦㆭ-ㄒㄧㄉˊ ㄎㄨㄣˇ-ㄌㄛˇ.
車，眞　會　忠　實　勤　勞。

甲 ㄍㄛㄝ、ㄚˋ、ㄫㄛˇ、ㄝㆭ-ㆠㄨˋ、ㆦㄚㄋ-ㄧㄨ°、ㄎㆦㆭˋ-ㄑㄧㆦㄍ、ㄅㄝˊ-ㄏㄛˊ、
鷄　鴨　鷲　鸚　鵡　鴛　鴦孔　雀　白　鶴

ㆦ-ㄚ、ㄅㄝˊ-ㄌㄝㆭˉ-ㄒㄧ、ㄑㄝㄍ-ㄐㄧㄚㄨˋ·ㄚˋ……ㄐㄧㄚˋ-ㄝ ㄛㄝˉ ㄅㄝ
烏鴉　白　鷺　鷥　雀　鳥　仔……這　些　會　飛

ㄝˇ ㄐㄧㄚㄨˋ-ㄌㄨㄧˉ·ㄉㄧㆦㆭ，ㄌㄧˋ ㄚㄧ˙ ㄒㄧㄚ°-ㄇㄧˋ ㄚ˙?
的　鳥　類　中，汝　愛　什　麼　啊？

乙 ㄌㄧˋ ㄍㆦㆭˋ ㄏㄧㄚˋ-ㄝ ㄫㆦㄚˋ ㄌㆦㆭˋ ㆠㄛˇ ㄚㄧ˙，ㄫㆦㄚˋ ㄐㄧˋ-ㄨˉ ㄚㄧ˙
汝　講　彼　些　我　攏　無　愛，　我　只　有　愛

ㄏㄨㄣˋ-ㄐㄧㄚㄨˋ ㄋㄧㄚ°-ㄉㄧㄚ°，ㄧㄣ-ㄨㄧˉ ㄧ ㄐㄧㄣ ㄒㄨㄣˇ-ㄌㄧㆦㆭˇ.
粉　鳥　而　定，因　為　伊　眞　馴　良。

甲 ㄏㄧˇ-ㄌㄨㄧˉ ㄨˉ ㄑㄧㄨ°-ㄏㄧˇ、ㆦ-ㄏㄧˇ、ㄅㄝˊ-ㄉㄛㄚˋ-ㄏㄧˇ ㄉㄝㆭˋ-ㄉㄝㆭˋ，
魚　類　有　鎗　魚　烏　魚　白　帶　魚　等　等，

ㄌㄧˋ ㄚㄧ˙ ㄐㄧㄚˊ ㄒㄧㄚ°-ㄇㄧˋ ㄏㄧˇ?
汝　愛　喰　啥　麼　魚？

乙 ㆠㄛˇ-ㄌㄨㄣˉ ㄒㄧㄚ°-ㄇㄧˋ ㄏㄧˇ，ㄫㆦㄚˋ ㄌㆦㆭˋ ㄚㄧ˙ ㄐㄧㄚˊ，ㄧㄣ-ㄨㄧˉ ㄏㄧˇ
無　論　什　麼　魚　我　攏　愛　喰，因　為　魚

ㄨˉ ㄐㄨ-ㄧㆦㆭˋ，ㄍㄛˋ ㄏㄛˋ ㄒㄧㄚㄨ-ㄏㆦㄚ˙.
有　滋　養，更　好　消　化。

甲 ㆠㄛㄝˉ-ㄏㄧˇ ㄝˇ ㄏㄧˇ-ㄍㄝ˙·ㄚˋ，ㄉㄨˇ-ㄎㄧ˙ ㄏㄧˇ ㄧˋ-ㄫㆦㄚˉ，ㄧㄚˋ-ㄍㄛˋ ㄨˉ
賣　魚　的　魚　架　仔，除　去　魚　以　外，也　更　有

ㆠㄛㄝˉ ㄒㄧㄇˊ-ㄇㄧˋ?
賣　什　麼？

乙 ㄧㄚˉ-ㄨˉ ㆠㄛㄝˉ ㄌㄝㆭˇ-ㄏㄝˇ、ㄇㆦˇ-ㄏㄝˉ、ㄇㆦㄚˇ、ㄅㄧˋ、ㄅㄚㄨˇ-ㄏㄧˇ、
也　有　賣　龍　蝦　毛　蟹　鰻　鼈　鮑　魚

ㄏㄨㄣ-ㄫㄧㄛˇ ㄉㄝㆭˋ-ㄉㄝㆭˋ.
粉　蛤　等　等。

甲 ㄐㄧㄇˋ-ㄚˋ ㄒㆦˋ ㄍㆦㆭˋ ㄐㄧㄚˋ-ㄝ ㄐㄚㄨˋ-ㄒㄧㄨ˙ ㄅㄝ-ㄎㄧㄇˇ ㄍㄚˋ ㄐㄨㄧˋ-
今　仔　所　講　這　些　走　獸　飛　禽　及　水

ㄗㄨˊ ㄧˇ-ㄨㄞˋ，ㄏㄞˊ-ㄧㄡˇ ㄕㄜˊ-ㄇㄛ˙ ㄕㄥ-ㄨˋ？
族以外，還有甚麼生物？

乙 ㄆㄚˊ-ㄔㄨㄥˊ-ㄌㄟˋ·ㄌㄜ˙、ㄎㄨㄣ-ㄔㄨㄥˊ-ㄌㄟˋ·ㄌㄜ˙、ㄨㄟˊ-ㄕㄥ-ㄨˋ·ㄌㄜ˙，
爬蟲類嘞、昆蟲類嘞、微生物嘞，
ㄉㄡ ㄧㄝˇ-ㄕˋ ㄕㄥ-ㄨˋ·ㄨㄚ˙.
都也是生物哇。

甲 ㄕㄜˊ-ㄇㄛ˙ ㄕˋ ㄆㄚˊ-ㄔㄨㄥˊ-ㄌㄟˋ？
甚麼是爬蟲類？
ㄑㄧㄥˇ ㄋㄧˇ ㄐㄩˇ-ㄔㄨ ㄐㄧˇ-ㄍㄜ˙ ㄌㄧˋ-ㄗˇ ㄅㄚ˙.
請你舉出幾個例子罷。

乙 ㄏㄠˇ-ㄒㄧㄤˋ ㄕㄜˊ·ㄌㄚ、ㄒㄧ-ㄧˋ·ㄌㄚ、ㄜˋ-ㄩˊ·ㄌㄚ，ㄓㄜˋ-ㄒㄧㄝ ㄏㄨㄟˋ
好像蛇啦、蜥蜴啦、鱷魚啦，這些會
ㄆㄚˊ-ㄉㄜ˙，ㄏㄨㄟˋ ㄒㄩˊ-ㄒㄩˊ ㄦˊ ㄒㄧㄥˊ ㄉㄜ˙，ㄐㄧㄡˋ ㄕˋ ㄆㄚˊ-ㄔㄨㄥˊ-
爬的，會徐徐而行的，就是爬蟲
ㄌㄟˋ.
類。

甲 ㄖㄣˊ-ㄐㄧㄚ ㄕㄨㄛ ㄇㄧˋ-ㄈㄥ、ㄏㄨˊ-ㄉㄧㄝˊ、ㄨㄣˊ·ㄗ˙ ㄏㄢˋ ㄘㄤ-ㄧㄥˊ，ㄉㄡ
人家說蜜蜂蝴蝶蚊子和蒼蠅，都
ㄕˋ ㄎㄨㄣ-ㄔㄨㄥˊ-ㄌㄟˋ，ㄉㄠˋ-ㄉㄧˇ ㄧㄡˇ ㄕㄜˊ-ㄇㄛ˙ ㄊㄜˋ-ㄕㄜˋ·ㄋㄜ˙？
是昆蟲類，到底有甚麼特色呢？

乙 ㄧㄣ-ㄨㄟˋ ㄊㄚ-ㄇㄣ˙ ㄉㄜ˙ ㄕㄣ-ㄊㄧˇ ㄈㄣ ㄙㄢ-ㄐㄧㄝˊ，ㄉㄡ ㄧㄡˇ ㄌㄧㄡˋ-
因為牠們的身體分三節，都有六
ㄓ ㄐㄧㄠˇ，ㄙˋ-ㄍㄜ˙ ㄏㄨㄛˋ-ㄕˋ ㄌㄧㄤˇ-ㄍㄜ˙ ㄔˋ-ㄅㄤˇ.
枝脚，四個或是兩個翅膀。

甲 ㄊㄨㄥ-ㄍㄨㄛˋ ㄒㄧㄢˇ-ㄨㄟˊ-ㄐㄧㄥˋ ㄘㄞˊ ㄏㄨㄟˋ ㄖㄤˋ ㄖㄣˊ ㄎㄢˋ-ㄉㄠˋ ㄉㄜ˙
通過顯微鏡纔會讓人看到的
ㄨㄟˊ-ㄕㄥ-ㄨˋ，ㄧㄡˇ ㄕㄜˊ-ㄇㄛ˙·ㄋㄜ˙，ㄑㄧㄥˇ ㄋㄧˇ ㄐㄧㄤˇ-ㄐㄧㄤˇ ㄎㄢˋ.
微生物，有甚麼呢，請你講講看。

乙 ㄧㄡˇ ㄇㄟˊ-ㄐㄩㄣˋ ㄏㄢˋ ㄅㄧㄥˋ-ㄐㄩㄣˋ ㄉㄥˇ-ㄉㄥˇ ㄉㄜ˙ ㄒㄧˋ-ㄐㄩㄣˋ.
有黴菌和病菌等等的細菌。

ㄐㆦㄍˊ ㄧˋ-ㆣㄛㄚˉ、ㄧㄚㄨˋ-ㄨˉ ㄒㄧㄇˊ-ㄇㄧˈ ㄛㄚˊ-ㄇㄧˊ?
族以外，尙有什麼活物？

乙 ㄅㆤˇ-ㄊㄧㆦㆭˇ-ㄌㄨㄧˉ·ㄌㆦˋ、ㄎㄨㄣ-ㄊㄧㆦㆭˇ-ㄌㄨㄧˉ·ㄌㆦˋ·ㆠㄧˇ-ㄒㆤㆭ-ㆠㄨㆡˊ·
爬蟲類咯、昆蟲類咯、微生物
ㄌㆦˋ，ㄌㆦㆭˋ ㄇㄚˉ-ㄒㄧˉ ㄛㄚˊ-ㄇㄧˊ·ㄌㆤˋ.
咯，攏並是活物咧。

甲 ㄒㄧㄇˊ-ㄇㄧˈ ㄒㄧˉ ㄅㆤˇ-ㄊㄧㆦㆭˇ-ㄌㄨㄧˉ?
什麼是爬蟲類？
ㄑㄧㄚ° ㄌㄧˋ ㄍㄨˋ ㄍㄨㄧˋ-ㆤˇ ㄌㆤˉ ㄏㆦ°.
請汝擧幾個例呀。

乙 ㄑㄧㄣ-ㄑㄧㄨ² ㄐㄛㄚˇ·ㄌㄚˋ、ㄒㄧˋ-ㄎㄚ-ㄊㄧㄚㄨˋ·ㄌㄚˋ、ㆣㆦㄍˊ-ㄏㄧˇ·ㄌㄚˋ，
親像蛇啦、四脚跳啦、鱷魚啦，
ㄐㄧㄚˈ-ㆤ ㆦㆤˉ ㄅㆤˇ-ㆤˇ ㆦㆤˉ ㄒㆦˇ-ㆤˇ，ㄐㄧㄨˉ ㄒㄧˉ ㄅㆤˇ-ㄊㄧㆦㆭˇ-
這些會爬的會徙的，就是爬蟲
ㄌㄨㄧˉ.
類。

甲 ㄌㄚㆭˇ ㄍㆦㆭˋ ㆠㄧㆡˊ-ㄆㄚㆭ、ㆠㆤˋ-ㄧㄚˊ、ㆠㄚㆭˋ·ㄚˋ ㄍㄚˈ ㄏㆦˉ-ㄒㄧㄣˇ，
人講蜜蜂、舞蝶、蚊仔及雨繩，
ㄌㆦㆭˋ ㄒㄧˉ ㄎㄨㄣ-ㄊㄧㆦㆭˇ-ㄌㄨㄧˉ，ㄉㄚㄨˋ-ㄉㄧˋ ㄨˉ ㄒㄧㄇˊ-ㄇㄧˈ ㄉㆤㄍˊ-
攏是昆蟲類，到底有什麼特
ㄐㄧㆡ ㄋㆤˋ?
質呢？

乙 ㄧㄣ-ㄨㄧˉ ㄧㄣ ㆤˇ ㄒㄧㄣ-ㄎㄨ ㄏㄨㄣ ㄒㄚ°-ㄐㄚㆡ，ㄌㆦㆭˋ ㄨˉ ㄌㄚㄍˊ-
因爲偲的身軀分三節，攏有六
ㄍㄧ ㄎㄚ，ㄒㄧˋ-ㆤˇ ㄚˋ-ㄒㄧˉ ㄌㆭˉ-ㆤˇ ㄒㄧㆡˊ
枝脚，四個抑是二個翅。

甲 ㄊㆦㆭ-ㄍㆤˋ ㄏㄧㄚㄣˋ-ㆠㄧˇ-ㄍㄧㄚ° ㄐㄧㄚˈ ㆦㆤˉ ㄏㆦˉ ㄌㄚㆭˇ ㄎㆦㄚ°-ㄍㄧ° ㆤˇ
通過顯微鏡卽會給人看見的
ㆠㄧˇ-ㄒㆤㆭ-ㆠㄨㆡˊ，ㄨˉ ㄒㄧㄚ°-ㄇㄧˈ ㄚˋ，ㄑㄧㄚ° ㄌㄧˋ ㄍㆦㆭˋ ㄎㆦㄚ°.
微生物，有什麼啊，請汝講看。

乙 ㄨˉ ㄇㄨㄧˇ-ㄎㄨㄣˋ ㄍㄚㄅ ㄅㆤ°-ㄎㄨㄣˋ ㄉㆤㆭˋ-ㄉㆤㆭˋ ㆤˇ ㄒㆤˋ-ㄎㄨㄣˋ.
有黴菌及病菌等等的細菌。

ㄉㄧˋ-ㄕˊ-ㄑㄧ-ㄎㄜˋ
第十七課

ㄕˊ-ㄨˋ ㄉㄚˋ-ㄇㄧˇ ㄈㄢˋ ㄇㄧㄢˋ-ㄊㄧㄠˊ ㄇㄧㄢˋ-ㄈㄨㄣˇ ㄇㄧㄢˋ-ㄅㄠ
食物 大米 飯 麵條 麵粉 麵包

ㄇㄢˊ-ㄊㄡˊ ㄅㄠ-ㄗˇ ㄕㄨㄟˇ-ㄐㄧㄠˇ ㄉㄡˋ-ㄐㄧㄤ ㄕㄠ-ㄅㄧㄥˇ
饅頭 包子 水餃 豆漿 燒餅

ㄧㄡˊ-ㄓㄚˋ-ㄍㄨㄛˇ (ㄧㄡˊ-ㄊㄧㄠˊ) ㄇㄧˇ-ㄈㄨㄣˇ ㄏㄨㄚ-ㄕㄥ-ㄧㄡˊ
油炸粿 (油條) 米粉 花生油

ㄓㄨ-ㄧㄡˊ ㄗ-ㄧㄤˇ ㄉㄨˋ-ㄗˇ ㄜˋ ㄅㄠˇ ㄕㄨㄞ-ㄖㄨㄛˋ
猪油 滋養 肚子 餓 飽 衰弱

ㄌㄧˋ-ㄑㄧˋ ㄕㄥ-ㄅㄧㄥˋ ㄕㄡˊ-ㄔ ㄕㄥ-ㄔ ㄖㄡˋ-ㄌㄟˋ
力氣 生病 熟吃 生吃 肉類

ㄏㄞˇ-ㄒㄧㄢ ㄕㄨ-ㄘㄞˋ ㄅㄞˊ-ㄘㄞˋ ㄐㄧㄡˇ-ㄘㄞˋ ㄑㄧㄣˊ-ㄘㄞˋ
海鮮 蔬菜 白菜 韮菜 芹菜

ㄌㄨㄛˊ-ㄅㄛˊ ㄙㄨㄣˇ-ㄗˇ ㄙㄨㄢˋ ㄘㄨㄥ ㄐㄧㄤ
蘿蔔 筍子 蒜 葱 薑

甲 ㄖㄣˊ ㄨㄟˋ ㄕㄜˊ-ㄇㄛˇ ㄧㄠˋ ㄔ ㄉㄨㄥ-ㄒㄧˋ?
人爲甚麼要吃東西?

乙 ㄧㄣ-ㄨㄟˋ ㄉㄨˋ-ㄗˇ ㄏㄨㄟˋ ㄜˋ.
因爲肚子會餓。

甲 ㄉㄨˋ-ㄗˇ ㄜˋ ㄐㄧㄡˋ ㄏㄨㄟˋ ㄗㄣˇ-ㄧㄤˋ?
肚子餓就會怎樣?

乙 ㄉㄨˋ-ㄗˇ ㄜˋ ㄐㄧㄡˋ-ㄕˋ ㄑㄩㄝ-ㄑㄧㄢˋ ㄗ-ㄧㄤˇ，ㄕㄣ-ㄊㄧˇ ㄏㄨㄟˋ ㄕㄨㄞ-ㄖㄨㄛˋ，ㄇㄟˊ-ㄧㄡˇ ㄌㄧˋ-ㄑㄧˋ，ㄐㄧㄡˋ ㄏㄨㄟˋ ㄕㄥ-ㄅㄧㄥˋ.
肚子餓就是缺欠滋養，身體會衰弱，沒有力氣，就會生病。

甲 ㄖㄣˊ ㄔ ㄉㄨㄥ-ㄒㄧˋ ㄧㄡˇ ㄐㄧˇ-ㄧㄤˋ ㄔ-ㄈㄚˇ?
人吃東西有幾樣吃法?

乙 ㄧㄡˇ ㄌㄧㄤˇ-ㄧㄤˋ ㄔ-ㄈㄚˇ，ㄧˋ ㄧㄤˋ ㄕˋ ㄕㄡˊ-ㄔ，ㄏㄞˊ-ㄧㄡˇ ㄧˊ-ㄧㄤˋ ㄕˋ
有兩樣吃法，一樣是熟吃，還有一樣是

ㄉㆤˉ-ㄐㄚㆴˊ-ㄑㄧㆵ-ㄎㄜ˙

第十七課

ㄐㄧㄚˊ-ㄇㄧˊ　ㆬㄧˋ　ㄅㄫˉ　ㄉㄛㄚˉ-ㄇㄧˉ　ㄇㄧˉ-ㄏㄨㄣˋ　ㄇㄧˉ-ㄅㄚㄨ
食物　米　飯　大麵　麵粉　麵包

ㆬㄚㄋˉ-ㄊㄚㄨˊ　ㄅㄚㄨ-ㄚˋ　ㄐㄨㄧˋ-ㄍㄧㄚㄨˋ　ㄉㄚㄨˉ-ㄋㄧ˙　ㄒㄧㄜ-ㄅㄧㄚ˙
饅頭　包仔　水餃　豆乳　燒餅

ㄧㄨˊ-ㄐㄧㄚˊ-ㄍㆤˋ（ㄧㄨˊ-ㄉㄧㄚㄨˊ）ㆬㄧˋ-ㄏㄨㄣˋ　ㄊㄛ-ㄉㄚㄨˉ-ㄧㄨˊ
油炸粿（油　條）米粉　土豆油

ㄉㄧ-ㄧㄨˊ　ㄐㄨ-ㄧㄛㄫˋ　ㄅㄚㄍ-ㄉㄛˋ　ㄧㄚㄨ　ㄅㄚˋ　ㄒㄜㆤ-ㄌㄧㄛㄍˊ
猪油　滋養　腹肚　枵　飽　衰弱

ㄎㄨㄧˋ-ㄌㄚㄉˊ　ㄆㄛㄚˋ-ㄅㄧ˙　ㄒㄧㄍˊ-ㄐㄧㄚˊ　ㄑㄧ˙-ㄐㄧㄚˊ　ㆬㄚˋ-ㄌㄨㄧˉ
氣力　破病　熟食　生食　肉類

ㄏㄚㄧˋ-ㄑㄧ˙　ㄑㄚㄨˋ-ㄑㄚㄧˋ　ㄅㆤˊ-ㄑㄚㄧˋ　ㄑㄨˋ-ㄑㄚㄧˋ　ㄎㄨㄣˊ-ㄑㄚㄧˋ
海生　草菜　白菜　韮菜　芹菜

ㄑㄚㄧˋ-ㄉㄚㄨˊ　ㄉㆤㄍ-ㄒㄨㄣˋ　ㄒㄨㄚㄣˋ　ㄑㄚㄫ　ㄑㄧㄨ˙
菜頭　竹筍　蒜　葱　薑

甲 ㄌㄚㄫˊ ㄗㄚㄧ˙-ㄧㄨ˙ ㄉㄧㄜˊ ㄐㄧㄚˊ ㄇㄧˊ？
人怎樣着喰物？

乙 ㄧㄣ-ㄨㄧˉ ㄋㄚㄍ-ㄉㄛˋ ㄜㆤˉ ㄧㄚㄨ.
因爲腹肚會枵。

甲 ㄅㄚㄍ-ㄉㄛˋ ㄧㄚㄨ ㄐㄧㄨˉ ㄛㆤˉ ㄐㄚㄧ˙-ㄧㄨ˙？
腹肚枵就會怎樣？

乙 ㄅㄚㄍ-ㄉㄛˋ ㄧㄚㄨ ㄐㄧㄨˉ-ㄒㄧˉ ㄎㄧㄚㄇˋ ㄐㄨ-ㄧㄛㄫˋ，ㄒㄧㄣ-ㄊㆤˋ ㄜㆤˉ
腹肚枵就是欠滋養，身體會

ㄒㄜㆤ-ㄌㄧㄛㄍ，ㆬㄛˊ ㄎㄨㄧˋ-ㄌㄚㄉˊ，ㄜㆤˉ ㄆㄛㄚˋ-ㄅㄧ˙.
衰弱，無氣力，會破病。

甲 ㄌㄚㄫˊ ㄐㄧㄚˊ ㄇㄧˊ ㄨˉ ㄍㄨㄧˋ-ㄎㄛㄚㄣˋ ㄐㄧㄚˊ-ㄏㄛㄚㄉ？
人喰物有幾款喰法？

乙 ㄨˉ ㄌㄫˉ-ㄎㄛㄚㄣˋ ㄐㄧㄚˊ-ㄏㄛㄚㄉ，ㄐㄧㄉˊ-ㄎㄛㄚㄣˋ ㄒㄧˉ ㄒㆤㄍˊ-ㄐㄧㄚˊ，
有二款喰法，一款是熟喰，

ㄕㄥ-ㄔ.
生吃。

甲 ㄕㄜˊ-ㄇㄛ˙ ㄕˋ ㄕㄡˊ-ㄔ，ㄧㄡˋ ㄕㄜˊ-ㄇㄛ˙ ㄕˋ ㄕㄥ-ㄔ ㄋㄜ？
什麼是熟食，又什麼是生吃呢？

乙 ㄨㄛˇ-ㄇㄣ˙ㄓㄨㄥ-ㄍㄨㄛˊ‥ㄖㄣˊ ㄉㄡ-ㄕˋ ㄓㄨˇ-ㄕㄡˊ ㄘㄞˊ ㄔ ㄉㄜ˙，ㄕㄨㄟˇ-
我們中國人都是煮熟才吃的，水
ㄍㄨㄛˇ ㄘㄞˊ-ㄕˋ ㄕㄥ-ㄔ，ㄧㄡˇ ㄧˋ-ㄒㄧㄝ ㄏㄞˇ-ㄒㄧㄢ ㄧㄝˇ-ㄧㄡˇ ㄖㄣˊ ㄕㄥ-
果才是生吃，有一些海鮮也有人生
ㄔ.
吃。

甲 ㄒㄧ-ㄧㄤˊ‥ㄖㄣˊ ㄗㄣˇ-ㄧㄤˋ ㄔ ㄋㄜ˙？ㄕㄡˊ-ㄔ ㄉㄜ˙ ㄉㄨㄛ，ㄏㄨㄛˋ-ㄕˋ ㄕㄥ-
西洋人怎樣吃呢？熟吃的多，或是生
ㄔ ㄉㄜ˙ ㄉㄨㄛ?
吃的多？

乙 ㄡ-ㄇㄟˇ ㄉㄜ˙ ㄖㄣˊ ㄕㄥ-ㄔ ㄅㄧˇ ㄨㄛˇ-ㄇㄣ˙ ㄉㄨㄛ，ㄕㄨ-ㄘㄞˋ ㄊㄚ-ㄇㄣ˙
歐美的人生吃比我們多，蔬菜他們
ㄉㄚˋ-ㄍㄞˋ ㄉㄡ-ㄕˋ ㄕㄥ-ㄔ，ㄐㄧㄡˋ ㄕˋ ㄋㄧㄡˊ-ㄖㄡˋ ㄊㄚ-ㄇㄣ˙ ㄧㄝˇ
大概都是生吃，就是牛肉他們也
ㄅㄧˇ-ㄐㄧㄠˋ ㄒㄧˇ-ㄏㄨㄢ ㄔ ㄅㄢˋ-ㄕㄡˊ ㄉㄜ˙. ㄕㄥ-ㄩˊ ㄕˋ ㄖˋ-ㄅㄣˇ‥
比較喜歡吃半熟的。生魚是日本
ㄖㄣˊ ㄗㄨㄟˋ ㄒㄧˇ-ㄏㄨㄢ ㄔ ㄉㄜ˙ ㄏㄠˇ‥ㄘㄞˋ ㄧㄚ˙！
人最喜歡吃的好菜呀！

甲 ㄓㄨㄥ-ㄍㄨㄛˊ ㄋㄢˊ-ㄅㄨˋ ㄉㄚˋ-ㄅㄨˋ-ㄈㄣˋ ㄉㄜ˙ ㄖㄣˊ ㄔ ㄇㄧˇ-ㄈㄢˋ，ㄆㄟˋ
中國南部大部份的人吃米飯，配
ㄩˊ ㄖㄡˋ ㄏㄢˋ ㄑㄧㄥ-ㄘㄞˋ.
魚肉和青菜。

乙 ㄅㄟˇ-ㄈㄤ ㄉㄜ˙ ㄖㄣˊ ㄉㄚˋ-ㄅㄨˋ-ㄈㄣˋ，ㄔ ㄉㄚˋ-ㄇㄧㄢˋ、ㄇㄧㄢˋ-ㄅㄠ、
北方的人大部份，吃大麵、麵包、
ㄇㄢˊ-ㄊㄡ˙，ㄇㄧㄢˋ-ㄔ ㄉㄨㄛ，ㄆㄟˋ ㄘㄞˋ ㄕˋ ㄧˊ-ㄧㄤˋ ㄉㄜ˙.
饅頭，麵吃多，配菜是一樣的。

甲 ㄔ ㄉㄨㄥ-ㄒㄧ˙ ㄔㄨˊ-ㄌㄜ˙ ㄧㄠˋ ㄏㄠˇ-ㄔ ㄧˇ-ㄨㄞˋ，ㄧㄝˇ ㄉㄟˇ ㄧㄠˋ ㄧㄡˇ ㄗ-
吃東西除了要好吃以外，也得要有滋

ㄍㄛˋ ㄐㄧㄉˊ-ㄎㄛㄚㄋˋ ㄒㄧˉ ㄑㄧ°-ㄐㄧㄚˊ.
更 一 款 是 生 喰。

甲 ㄒㄧㄚ˙-ㄇㄧˋ ㄒㄧˉ ㄒㄝㄍˊ-ㄐㄧㄚˊ, ㄧㄚˋ ㄒㄧㄚ˙-ㄇㄧˋ ㄒㄧˉ ㄑㄧ°-ㄐㄧㄚˊ ㄋㄝ?
啥 麼 是 熟 喰，抑 啥 麼 是 生 喰 呢？

乙 ㄌㄚㄋˋ ㄉㄧㄛㄫ-ㄍㄛㄍ‥ㄌㄚㄫˇ ㄉㄛ-ㄒㄧˉ ㄒㄝㄍˊ ㄐㄧㄚˋ ㄐㄧㄚˊ-ㄝˇ, ㄍㄛㄝˋ-
咱 中 國 人 都 是 熟 才 喰 的，果

ㄐㄧˋ ㄐㄧㄚˋ-ㄨˉ ㄑㄧ°-ㄐㄧㄚˊ, ㄐㄧㄉˊ-ㄅㄛㄚ°-ㄏㄚㄫˉ ㄏㄚㄧˋ-ㄑㄧ° ㄧㄚˉ-ㄨˉ
子 即 有 生 喰，一 半 項 海 生 也 有

ㄌㄚㄫˇ ㄑㄧ°-ㄑㄧ° ㄐㄧㄚˊ.
人 生 生 喰。

甲 ㄒㄝ-ㄧㄨ°‥ㄌㄚㄫˇ ㄗㄚㄧˋ-ㄧㄨ° ㄐㄧㄚˊ ㄋㄝ˙? ㄒㄝㄍˊ-ㄐㄧㄚˊ ㄎㄚˋ ㄐㄝˉ,
西 洋 人 怎 樣 喰 呢？ 熟 喰 較 多，

ㄚˋ-ㄒㄧˉ ㄑㄧ°-ㄐㄧㄚˊ ㄎㄚˋ ㄐㄝˉ?
或 是 生 喰 較 多？

乙 ㄚㄨ-ㆠㄧˋ ㄝˇ ㄌㄚㄫˇ ㄑㄧ°-ㄐㄧㄚˊ ㄅㄧˋ ㄌㄚㄋˋ ㄎㄚˋ ㄐㄝˉ, ㄑㄚㄨˋ-ㄑㄚㄧˋ
歐 美 的 人 生 喰 比 咱 較 多， 草 菜

ㄧㄋ ㄉㄚㄧˉ-ㄎㄚㄧˋ ㄌㄛㄫˋ ㄑㄧ°-ㄐㄧㄚˊ, ㄐㄧㄨˉ-ㄒㄧˉ ㄫㄨˇ-ㆠㄚˋ ㄧㄋ ㄧㄚˉ
𪜶 大 概 攏 生 喰，就 是 牛 肉 𪜶 也

ㄎㄚˋ-ㄚㄧˋ ㄐㄧㄚˊ ㄅㄛㄚ°-ㄑㄧ°-ㄒㄝㄍˊ. ㄑㄧ°-ㄏㄧˋ ㄒㄧˉ ㆡㄧㄉˊ-ㄅㄨㄋˋ‥
較 愛 喰 半 生 熟。 生 魚 是 日 本

ㄌㄚㄫˇ ㄐㄛㄝˋ-ㄚㄧˋ ㄐㄧㄚˊ ㄝˇ ㄏㄛˋ‥ㄑㄚㄧˋ ㄚˋ!
人 最 愛 喰 的 好 菜 啊！

甲 ㄉㄧㄛㄫ-ㄍㄛㄍ ㄌㄚㄋˇ-ㄅㄛˉ ㄉㄛㄚˉ-ㄅㄛˉ-ㄏㄨㄋˉ ㄝˇ ㄌㄚㄫˇ ㄐㄧㄚˊ ㆠㄧˋ-
中 國 南 部 大 部 份 的 人，喰 米

ㄅㄫˉ, ㄆㄝˋ ㄏㄧˇ ㆠㄚˋ ㄍㄚˋ ㄑㄧ°-ㄑㄚㄧˋ.
飯，配 魚 肉 及 青 菜。

乙 ㄅㄚㄍ-ㄏㄛㄫ ㄝˇ ㄌㄚㄫˇ ㄉㄛㄚˉ-ㄅㄛˉ-ㄏㄨㄋˉ, ㄐㄧㄚˊ ㄉㄛㄚˉ-ㄇㄧˉ、ㄇㄧˉ-
北 方 的 人 大 部 分，喰 大 麵、麵

ㄅㄚㄨ、ㆠㄚㄋˉ-ㄊㄚㄨˇ, ㄐㄧㄚˊ ㄇㄧˉ ㄎㄚˋ ㄐㄝˉ, ㄆㄝˋ ㄑㄚㄧˋ ㄒㄧˉ ㄒㄧㄛ-
包、饅 頭，喰 麵 較 多，配 菜 是 相

ㄒㄧㄚㄫˉ.
像。

甲 ㄐㄧㄚˊ ㄇㄧˊ ㄉㄨˇ-ㄌㄧㄚㄨˋ ㄚㄧˋ ㄏㄛˋ-ㄐㄧㄚˊ ㄧˋ-ㄫㄛㄚˉ, ㄇㄚˉ ㄉㄧㄛˊ ㄚㄧˋ
喰 物 除 了 愛 好 喰 以 外，並 着 愛

ㄧㄤˇ，ㄕㄣ－ㄊㄧˇ ㄘㄞˊ ㄏㄨㄟˋ ㄑㄧㄤˊ－ㄓㄨㄤˋ.
養，身體 才 會 强 壯。

乙 ㄒㄧㄢˋ－ㄗㄞˋ ㄉㄜ˙ ㄖㄣˊ，ㄒㄧㄤ－ㄉㄤ ㄓㄨˋ－ㄧˋ ㄗ－ㄧㄤˇ，ㄓㄜˋ ㄕˋ ㄏㄣˇ ㄏㄠˇ
現 在 的 人，相 當 注 意 滋 養，這 是 很 好

ㄉㄜ˙ ㄕˋ－ㄑㄧㄥ˙.
的 事 情。

ㄨˉ ㄐㄨ-ㄧㆦㄫˋ，ㄒㄧㄣ-ㄊㆤˋ ㄐㄧㄚˊ ㄛㆤˉ ㄧㆦㄫˋ-ㄍㄧㄚ˪.
有 滋 養， 身 體 卽 會 勇 勁。

乙 ㄐㄧㆬˋ ㄚˋ ㆤˇ ㄌㄚㄫˇ，ㄅㄨˋ-ㄐㄧˋ ㄨˉ ㄉㆤˊ ㄐㄨ˙-ㄧ˙ ㄐㄨ-ㄧㆦㄫˋ，ㄐㆤ ㄒㄧˉ
今 仔 的 人，不 只 有 在 注 意 滋 養，這 是

ㄐㄧㄣ ㄏㄛˋ ㆤˇ ㄉㄚㄧˉ-ㄐㄧ˙.
眞 好 的 代 事。

ㄉㄧˋ－ㄕˊ－ㄅㄚ－ㄎㄜˋ
第十八課

ㄒㄧㄤ－ㄘㄨㄣ ㄨ・ㄗˇ ㄇㄠˊ－ㄨ・ㄗˇ ㄓㄨㄢ－ㄈㄤˊ・ㄗˇ（ㄨㄚˇ－ㄈㄤˊ） ㄉㄨ－ㄕˋ
鄉村 屋子 茅屋子 磚房子（瓦房） 都市

ㄐㄧㄠ－ㄨㄞˋ ㄐㄧㄢˋ－ㄓㄨˊ－ㄨˋ ㄕㄤ－ㄉㄧㄢˋ
郊外 建築物 商店

ㄅㄞˇ－ㄏㄨㄛˋ－ㄕㄤ－ㄔㄤˊ ㄅㄨˋ－ㄉㄧㄢˋ ㄒㄧ－ㄐㄨㄤ－ㄉㄧㄢˋ
百貨商場 布店 西裝店

ㄗㄚˊ－ㄏㄨㄛˋ－ㄉㄧㄢˋ ㄆㄧˊ－ㄒㄧㄝˊ－ㄉㄧㄢˋ ㄘㄞˋ－ㄕˋ－ㄔㄤˊ
雜貨店 皮鞋店 菜市場

ㄉㄚˋ－ㄈㄢˋ－ㄉㄧㄢˋ ㄐㄧㄡˇ－ㄐㄧㄚ ㄍㄨㄥ－ㄍㄨㄥˋ－ㄕˊ－ㄊㄤˊ
大飯店 酒家 公共食堂

ㄌㄩˇ－ㄍㄨㄢˇ ㄒㄧˋ－ㄩㄢˋ ㄉㄧㄢˋ－ㄧㄥˇ－ㄩㄢˋ ㄒㄧㄠˇ－ㄔ－ㄍㄨㄢˇ
旅館 戲院 電影院 小吃館

ㄇㄧㄢˋ－ㄉㄢˋ－ㄗˇ ㄧㄣˊ－ㄏㄤˊ ㄒㄧㄣˋ－ㄩㄥˋ－ㄏㄜˊ－ㄗㄨㄛˋ－ㄕㄜˋ
麵擔子 銀行 信用合作社

ㄓㄥˋ－ㄈㄨˇ－ㄐㄧ－ㄍㄨㄢ ㄈㄤˊ－ㄨ ㄌㄧˇ－ㄊㄤˊ ㄊㄨˊ－ㄕㄨ－ㄍㄨㄢˇ
政府機關 房屋 禮堂 圖書館

ㄅㄛˊ－ㄨˋ－ㄍㄨㄢˇ ㄉㄨㄥˋ－ㄨˋ－ㄩㄢˊ ㄓˊ－ㄨˋ－ㄩㄢˊ
博物館 動物園 植物園

ㄍㄨㄥ－ㄩㄢˊ ㄏㄨㄟˋ－ㄎㄜˋ－ㄊㄧㄥ ㄅㄢˋ－ㄍㄨㄥ－ㄊㄧㄥ ㄐㄧㄠˋ－ㄕˋ
公園 會客廳 辦公廳 教室

ㄕˊ－ㄧㄢˋ－ㄕˋ ㄊㄧˇ－ㄩˋ－ㄍㄨㄢˇ ㄒㄩㄝˊ－ㄕㄥ ㄐㄧㄠˋ－ㄕ ㄏㄨㄛˊ－ㄉㄨㄥˋ－
實驗室 體育館 學生 教師 活動

ㄓㄨㄥ－ㄒㄧㄣ
中心

甲 ㄒㄧㄤ－ㄒㄧㄚˋ ㄉㄜ˙ ㄈㄤˊ－ㄨ ㄗㄜˇ－ㄇㄛ˙ ㄧㄤˋ ㄋㄜ˙？
鄉下的房屋怎麼樣呢？

乙 ㄐㄧㄣˋ－ㄌㄞˊ ㄊㄨˇ－ㄎㄨㄞˋ－ㄇㄠˊ－ㄨ ㄐㄧㄢˇ－ㄕㄠˇ・ㄌㄜ˙，ㄓㄨㄢ－ㄗˇ－ㄨㄚˇ－
近來土塊茅屋減少了，磚子瓦

ㄉㄝˉ-ㄐㄚㆴˊ-ㄅㄝˊ-ㄎㄛ˙

第十八課

ㄏㄧㄨ°-ㄐㆭ ㄑㄨ˙ ㄑㄚㄨˋ-ㄑㄨ˙ ㄐㆭ-ㄚˋ-ㄑㄨ˙（ㄏㄧㄚˉ-ㄑㄨ˙）ㄉㆦ-ㄑㄧˉ
鄉村 厝 草厝 磚仔厝（瓦厝）都市

ㄍㄚㄨ-ㄫㆦㄚˉ ㄍㄧㄚㄋ˙-ㄉㄧㆦㄍ-ㆠㄨㄉˊ ㄒㄧㆦㆭ-ㄉㄧㄚㄇ˙
郊外 建築物 商店

ㄅㄚˈ-ㄏㄝ˙-ㄒㄧㆦㆭ-ㄉㄧㄨ° ㄅㆦ˙-ㄉㄧㄚㄇ° ㄧㄨ°-ㄏㆦㄍˊ-ㄉㄧㄚㄇ˙
百貨商場 布店 洋服店

ㄐㄚㄅˊ-ㄏㄝ˙-ㄉㄧㄚㄇ˙ ㄆㄝˇ-ㄛㄝˇ-ㄉㄧㄚㄇ˙ ㄑㄚㄧ˙-ㄑㄧˉ-ㄉㄧㄨ°
什貨店 皮鞋店 菜市場

ㄉㆦㄚˉ-ㄅㆭˉ-ㄉㄧㄚㄇ˙ ㄐㄧㄨˋ-ㄍㄚ ㄍㆦㆭ-ㄍㄧㆦㆭˉ-ㄒㄧㄉˊ-ㄉㆭˊ
大飯店 酒家 公共食堂

ㄌㄨˋ-ㄍㆦㄚㄋˋ ㄏㄧ˙-ㄏㆭˇ ㄉㄧㄚㄋˉ-ㄧㄚ°-ㄧ° ㄅㆭˉ-ㄉㄧㄚㄇˋ·ㄚˋ
旅館 戲園 電影院 飯店仔

ㄇㄧ°-ㄌㄚ°·ㄚˋ ㄫㄨㄋˇ-ㄏㄚㆭˇ ㄒㄧㄋ˙-ㄧㆦㆭˉ-ㄏㄚㄧˊ-ㄐㆦㄍ-ㄒㄧㄚˉ
麵擔仔 銀行 信用合作社

ㄐㄝㆭ˙-ㄏㄨˋ-ㄍㄧ-ㄍㆦㄚㄋ ㄅㄚㆭˇ-ㆦㄍ ㄌㄝˋ-ㄉㆭˇ ㄉㆦˇ-ㄒㄨ-ㄍㆦㄚㄋˋ
政府機關 房屋 禮堂 圖書館

ㄆㆦㄍ-ㆠㄨㄉˊ-ㄍㆦㄚㄋˋ ㄉㆦㆭˉ-ㆠㄨㄉˊ-ㄏㆭˇ ㄒㄧㄉˊ-ㆠㄨㄉˊ-ㄏㆭˇ
博物館 動物園 植物園

ㄍㆦㆭ-ㄏㆭˇ ㄏㄛㄝˉ-ㄎㄝˈ-ㄊㄧㄚ° ㄅㄚㄋˉ-ㄍㆦㆭ-ㄊㄧㄚ° ㄍㄚㄨ˙-ㄒㄝㄍ
公園 會客廳 辦公廳 教室

ㄒㄧㄉˊ-ㄫㄧㄚㄇˉ-ㄒㄝㄍ ㄊㄝˋ-ㄧㆦㄍˊ-ㄍㆦㄚㄋˋ ㄏㄚㄍˊ-ㄒㄝㆭ ㄍㄚㄨ˙-ㄒㄨ
實驗室 體育館 學生 教師

ㆦㄚˊ-ㄉㄚㆭˉ-ㄉㄧㆦㆭ-ㄒㄧㄇ
活動中心

甲 ㄏㄧㄨ°-ㄝˉ ㄝˇ ㄑㄨ˙ ㄒㄧㄚ°-ㄎㆦㄚㄋˋ ㄋㄝ˙？
鄉下的厝啥款呢？

乙 ㄍㄨㄋˉ-ㄌㄚㄧˇ ㄊㆦ-ㄍㄚㄉ-ㄑㄚㄨˋ-ㄑㄨ˙ ㄍㄧㄚㄇˋ-ㄐㄧㄛˋ˙ㄌㆦ˙，ㄐㆭ-ㄚˋ-
近來土角草厝減少了，磚仔

ㄈㄤˊ ㄐㄧㄚ ㄉㄨㄛ，ㄎㄜˇ-ㄐㄧㄢˋ ㄋㄨㄥˊ-ㄇㄧㄣˊ ㄅㄧˇ ㄧˇ-ㄑㄧㄢˊ ㄈㄨˋ-ㄩˋ·
房加多，可見農民比已前富裕

ㄌㄜ˙.
了。

甲 ㄖㄨˊ-ㄍㄨㄛˇ ㄓㄜˋ-ㄧㄤˋ，ㄉㄨ-ㄕˋ ㄉㄜ˙ ㄈㄤˊ-ㄨ ㄧˊ-ㄉㄧㄥˋ ㄍㄥˋ ㄐㄧㄚ
如果這樣，都市的房屋一定更加

ㄇㄟˇ-ㄌㄧˋ·ㄧㄚ˙！
美麗呀！

乙 ㄕˋ·ㄧㄚ˙！ㄐㄧㄠ-ㄨㄞˋ ㄍㄨㄥ-ㄔㄤˇ ㄌㄧㄣˊ-ㄌㄧˋ，ㄕˋ-ㄋㄟˋ ㄙˋ-ㄨˇ-ㄘㄥˊ
是呀！郊外工廠林立，市內四五層

ㄉㄜ˙ ㄉㄚˋ-ㄌㄡˊ ㄓㄥˇ-ㄆㄞˊ ㄐㄧㄢˋ ㄑㄧˇ-ㄌㄞˊ，ㄇㄟˇ-ㄐㄧㄚ ㄕㄤ-ㄉㄧㄢˋ
的大樓整排建起來，每家商店

ㄉㄜ˙ ㄕㄥ-ㄧˋ ㄉㄡ ㄏㄣˇ ㄏㄠˇ.
的生意都很好。

甲 ㄉㄚˋ-ㄐㄧㄢ ㄉㄜ˙ ㄅㄞˇ-ㄏㄨㄛˋ-ㄧㄤ-ㄔㄤˊ ㄗㄣˇ-ㄧㄤˋ ㄋㄜ?
大間的百貨商場怎樣呢？

乙 ㄅㄧˇ ㄍㄜˋ-ㄖㄣˊ ㄐㄧㄥ-ㄧㄥˊ ㄉㄜ˙ ㄅㄨˋ-ㄉㄧㄢˋ、ㄒㄧ-ㄐㄨㄤ-ㄉㄧㄢˋ、ㄗㄚˊ-
比個人經營的布店、西裝店、雜

ㄏㄨㄛˋ-ㄆㄨˋ、ㄆㄧˊ-ㄒㄧㄝˊ-ㄉㄧㄢˋ，ㄐㄧㄚ-ㄅㄟˋ ㄖㄜˋ-ㄋㄠˋ，ㄎㄜˋ-ㄖㄣˊ
貨舖、皮鞋店，加倍熱鬧，客人

ㄅㄧˇ ㄘㄞˋ-ㄕˋ-ㄔㄤˊ ㄏㄞˊ ㄉㄨㄛ.
比菜市場還多。

甲 ㄖㄨˊ-ㄍㄨㄛˇ ㄓㄜˋ-ㄧㄤˋ，ㄉㄚˋ-ㄈㄢˋ-ㄉㄧㄢˋ、ㄐㄧㄡˇ-ㄐㄧㄚ、ㄍㄨㄥ-ㄍㄨㄥˋ-
如果這樣，大飯店、酒家、公共

ㄕˊ-ㄊㄤˊ、ㄒㄧˋ-ㄩㄢˊ、ㄉㄧㄢˋ-ㄧㄥˇ-ㄩㄢˋ ㄉㄜ˙ ㄕㄥ-ㄧˋ，ㄧㄝˇ ㄧˊ-ㄉㄧㄥˋ
食堂、戲園、電影院的生意，也一定

ㄏㄣˇ ㄏㄠˇ·ㄨㄚ˙！
很好哇！

乙 ㄉㄨㄟˋ·ㄧㄚ˙！ㄌㄧㄢˊ ㄒㄧㄠˇ-ㄔ-ㄍㄨㄢˇ ㄏㄢˋ ㄌㄨˋ-ㄆㄤˊ ㄉㄜ˙ ㄇㄧㄢˋ-ㄉㄢˋ·
對呀！連小吃館和路旁的麵擔

ㄗ˙，ㄕㄥ-ㄧˋ ㄧㄝˇ ㄏㄣˇ ㄏㄠˇ·ㄧㄚ˙.
子，生意也很好呀。

甲 ㄧㄣˊ-ㄏㄤˊ ㄏㄢˋ ㄒㄧㄣˋ-ㄩㄥˋ-ㄏㄜˊ-ㄗㄨㄛˋ-ㄕㄜˋ ㄧㄝˇ ㄖㄜˋ-ㄋㄠˋ·ㄇㄚ?
銀行和信用合作社也熱鬧嗎？

ㄏㄧㄚˉ-ㄑㄨˇ ㄍㆤ-ㄎㄚˊ ㄐㄛㆤˉ，ㄎㄛˋ-ㄍㄧㄚㄋˇ ㄌㆦㆭˇ-ㆠㄧㄋˇ ㄨˉ ㄎㄚˊ
瓦　厝　加　較　多，可　見　農　民　有　較

ㄏㄨˇ-ㆡㄨˉ.
富　裕。

甲 ㄋㄚˉ-ㄒㄧˉ ㄚㄋˋ-ㄋㄧˊ，ㄉㆦ-ㄑㄧˉ ㆤˇ ㄑㄨˇ ㄧㄉ-ㄉㆤㆭˉ ㄍㄛˋ-ㄎㄚˊ ㄒㄨㄧˋ
若　是　按　如，都　市　的　厝　一　定　更　較　粹

ㄌㆦˇ!
咯！

乙 ㄒㄧˉ·ㄚˇ! ㄍㄚㄨ-ㆭㆦㄚˉ ㄍㄚㆭ-ㄑㄧㄨˋ ㄌㄧㄇˇ-ㄌㄧㄅˊ，ㄑㄧˉ-ㄌㄚㄧˉ ㄒㄧˉ-
是啊！郊　外　工　廠　林　立，市　內　四

ㆭㆦˉ-ㄐㄚㄋˇ ㆤˇ ㄉㆦㄚˉ-ㄌㄚㄨˇ ㄎㄧˋ ㄍㄨㄧ-ㄅㄚㄧˇ，ㄉㄚㄍˊ-ㄍㆤㆭ ㄒㄧㆦㆭ-
五　層　的　大　樓　起　歸　排，逐　間　商

ㄉㄧㄚㄇˇ ㆤˇ ㄒㆤㆭ-ㄌㄧˋ ㄉㄛ ㄐㄧㄋ ㄏㄛˋ.
店　的　生　理　都　眞　好。

甲 ㄉㆦㄚˉ-ㄍㆤㆭ ㆤˇ ㄅㄚˊ-ㄏㆤˇ-ㄒㄧㆦㆭ-ㄉㄧㄨˇ ㄐㄚㄧˋ-ㄧㄨˇ?
大　間　的　百　貨　商　場　怎　樣？

乙 ㄅㄧˋ ㄍㄛˇ-ㄌㄧㄋˇ ㄍㆤㆭ-ㆤㆭˇ ㆤˇ ㄅㆦˇ-ㄉㄧㄚㄇˇ、ㄧㄨˇ-ㄏㆦㄍˊ-ㄉㄧㄚㄇ、
比　個　人　經　營　的　布　店、洋　服　店、

ㄐㄚㄅˊ-ㄏㆤˇ-ㄉㄧㄚㄇˇ、ㄆㆤˇ-ㄛㆤˇ-ㄉㄧㄚㄇˇ，ㄍㄚ-ㄅㆤˉ ㄌㄚㄨˇ-ㆡㄧㄚㄉˊ，
什　貨　店、皮　鞋　店，加　倍　鬧　熱，

ㄌㄚㆭˇ-ㄎㆤˊ ㄅㄧˋ ㄑㄚㄧˇ-ㄑㄧˉ-ㄉㄧㄨˇ ㄎㄚˊ ㄐㄛㆤˉ.
人　客　比　菜　市　場　較　多。

甲 ㄋㄚˉ-ㄒㄧˉ ㄚㄋˋ-ㄋㄧˊ，ㄉㆦㄚˉ-ㄅㆭˉ-ㄉㄧㄚㄇˇ、ㄐㄧㄨˋ-ㄍㄚ、ㄍㆦㆭ-ㄍㄧㆦㆭˉ-
若　是　按　如，大　飯　店、酒　家、公　共

ㄒㄧㄉˊ-ㄉㆭˇ、ㄏㄧˇ-ㄏㆭˇ、ㄉㄧㄢˉ-ㄧㄚˊ-ㄧˇ ㆤˇ ㄒㆤㆭ-ㄌㄧˋ，ㄧㄚˉ ㄧㄉ-
食　堂、戲　園、電　影　院　的　生　理，也　一

ㄉㆤㆭˉ ㄐㄧㄋ ㄏㄛˋ ㄏㆦˇ!
定　眞　好　呀！

乙 ㄒㄧˉ·ㆦˇ! ㄌㄧㄢˇ ㄅㆭˉ-ㄉㄧㄚㄇˇ·ㄚˋ ㄍㄚˊ ㄌㆦˉ-ㄅㄧˊ ㆤˇ ㄇㄧˇ-ㄉㄚˊ·ㄚˋ，
是　喔！連　飯　店　仔　及　路　邊　的　麵　擔　仔，

ㄒㆤㆭ-ㄌㄧˋ ㄇㄚˉ ㄐㄧㄋ ㄏㄛˋ·ㄌㆤˇ.
生　理　並　眞　好　咧。

甲 ㆣㄨㄋˇ-ㄏㄚㆭˇ ㄍㄚˊ ㄒㄧㄋˋ-ㄧㆦㆭˉ-ㄐㆦ-ㄏㄚㄅˊ ㄧㄚˉ ㄌㄚㄨˉ-ㆡㄧㄚㄉˊ ㆠㄛˇ?
銀　行　及　信　用　組　合　也　鬧　熱　無？

乙 ㄘㄨㄣˊ-ㄎㄨㄢˇ ㄉㄜ˙，ㄑㄩˇ-ㄎㄨㄢˇ ㄉㄜ˙，ㄉㄡ ㄏㄣˇ ㄉㄨㄛ ㄏㄣˇ ㄖㄜˋ-ㄋㄠˋ.
存款的，取款的，都很多很熱鬧。

甲 ㄓㄥˋ-ㄈㄨˇ ㄐㄧ-ㄍㄨㄢ ㄉㄜ˙ ㄈㄤˊ-ㄨ ㄧˇ-ㄨㄞˋ，ㄏㄞˊ-ㄧㄡˇ ㄕㄜˊ-ㄇㄜ˙ ㄉㄚˋ
政府機關的房屋以外，還有甚麼大

ㄐㄧㄢˋ-ㄓㄨˊ-ㄨˋ?
建築物？

乙 ㄧㄡˇ ㄌㄧˇ-ㄅㄞˋ-ㄊㄤˊ、ㄊㄨˊ-ㄕㄨ-ㄍㄨㄢˇ、ㄅㄛˊ-ㄨˋ-ㄍㄨㄢˇ、ㄉㄨㄥˋ-ㄨˋ-
有禮拜堂、圖書館、博物館、動物

ㄩㄢˊ、ㄓˊ-ㄨˋ-ㄩㄢˊ、ㄍㄨㄥ-ㄩㄢˊ ㄏㄢˋ ㄒㄩㄝˊ-ㄒㄧㄠˋ ㄉㄥˇ-ㄉㄥˇ ㄉㄜ˙
園、植物園、公園和學校等等的

ㄐㄧㄢˋ-ㄕㄜˋ.
建設。

甲 ㄒㄩㄝˊ-ㄒㄧㄠˋ ㄌㄧˇ-ㄇㄧㄢˋ ㄗㄜˇ-ㄇㄛ˙ ㄧㄤˋ，ㄑㄧㄥˇ ㄒㄧㄤˊ-ㄒㄧˋ·ㄉㄧ˙
學校裏面怎麼樣，請詳細地

ㄐㄧㄤˇ ㄍㄟˇ ㄨㄛˇ ㄊㄧㄥ-ㄊㄧㄥ.
講給我聽聽。

乙 ㄧㄡˇ ㄏㄨㄟˋ-ㄎㄜˋ-ㄕˋ、ㄅㄢˋ-ㄍㄨㄥ-ㄕˋ、ㄌㄧˇ-ㄊㄤˊ、ㄐㄧㄠˋ-ㄕˋ、ㄊㄨˊ-
有會客室、辦公室、禮堂、教室、圖

ㄕㄨ-ㄍㄨㄢˇ、ㄕˊ-ㄧㄢˋ-ㄕˋ、ㄊㄧˇ-ㄩˋ-ㄍㄨㄢˇ、ㄒㄩㄝˊ-ㄕㄥ ㄏㄨㄛˊ-
書館、實驗室、體育館、學生活

ㄉㄨㄥˋ-ㄓㄨㄥ-ㄒㄧㄣ，ㄏㄞˊ ㄧㄡˇ ㄏㄣˇ ㄎㄨㄢ-ㄉㄚˋ ㄉㄜ˙ ㄩㄣˋ-ㄉㄨㄥˋ-
動中心，還有很寬大的運動

ㄔㄤˇ.
場。

乙 ㄍㄧㄚˋ-ㄐㄧ°-ㄝ˙，ㄋㄧㄚ°-ㄐㄧ°-ㄝ˙，ㄉㄛ ㄐㄧㄣ ㄐㄛㄝ¯ ㄐㄧㄣ ㄌㄚㄨ¯-ㄋㄧㄚㄉˊ.
寄 錢 的，領 錢 的，都 眞 多 眞 鬧 熱。

甲 ㄐㄝㄫˋ-ㄏㄨˋ ㄍㄧ-ㄍㄛㄚㄋ ㄝˇ ㄅㄚㄫˊ-ㄛㄍ ㄧˋ-ㄫㄛㄚ¯，ㄧㄚˋ-ㄨ¯ ㄒㄧㄚ°-ㄇㄧˋ
政 府 機 關 的 房 屋 以 外，尚 有 什 麼
ㄉㄛㄚ¯‥ ㄍㄧㄚㄋˋ-ㄉㄧㄛㄍˋ-ㄏㄨㄉˊ?
大 建 築 物？

乙 ㄨ¯ ㄌㄝˋ-ㄅㄚㄧˋ-ㄉㄫˇ、ㄉㄛˊ-ㄒㄨ-ㄍㄛㄚㄋˋ、ㄆㄛㄍ-ㄏㄨㄉˊ-ㄍㄛㄚㄋˋ、
有禮 拜 堂、圖 書 館 、博 物 館、
ㄉㄛㄫ¯-ㄏㄨㄉˊ-ㄏㄫˇ ㄒㄧㄉˊ-ㄏㄨㄉˊ-ㄏㄫˇ 、ㄍㄛㄫ-ㄏㄫˇ ㄍㄚˋ ㄏㄚㄍˊ-
動 物 園、植 物 園 、公 園 及 學
ㄏㄚㄨ¯ ㄉㄝㄫˋ-ㄉㄝㄫˋ ㄝˇ ㄍㄧㄚㄋˋ-ㄒㄧㄚㄉ.
校 等 等 的 建 設。

甲 ㄏㄚㄍˊ-ㄏㄚㄨ¯ ㄌㄚㄧ¯-ㄅㄧㄣ¯ ㄒㄧㄚ°-ㄎㄛㄚㄋ，ㄑㄧㄚ° ㄍㄛㄫˋ ㄒㄧㄛㄫˇ-ㄒㄝ˙
學 校 內 面 啥 款，請 講 詳 細
ㄏㄛ¯ ㄫㄛㄚˋ ㄊㄧㄚ°.
給 我 聽。

乙 ㄨ¯ ㄏㄛㄝ¯-ㄎㄝˋ-ㄒㄝㄍ、ㄅㄚㄋ¯-ㄍㄛㄫ¯-ㄒㄝㄍ、ㄌㄝˋ-ㄉㄫˇ、ㄍㄚㄨˋ-ㄒㄝㄍ
有 會 客 室、辦 公 室、禮 堂、教 室
、ㄉㄛˊ-ㄒㄨ-ㄍㄛㄚㄋˋ ㄒㄧㄉˊ-ㄫㄧㄚㄇ¯-ㄒㄝㄍ 、ㄊㄝˋ-ㄧㄛㄍˊ-ㄍㄛㄚㄋˋ、
、圖 書 館、實 驗 室、體 育 館 、
ㄏㄚㄍˊ-ㄒㄝㄫ ㄛㄚˊ-ㄉㄚㄫ¯-ㄉㄧㄛㄫ-ㄒㄧㄇ，ㄧㄚ¯ ㄨ¯ ㄐㄧㄣ ㄎㄛㄚˋ ㄝˇ
學 生 活 動 中 心，也 有 眞 濶 的
ㄨㄣ¯-ㄉㄛㄫ¯-ㄉㄧㄨˇ.
運 動 場。

ㄉㄧˋ－ㄗˊ－ㄐㄧㄡˇ－ㄎㄜˋ
第 十 九 課

ㄐㄧㄠˇ－ㄊㄚˋ－ㄔㆤ（ㄗˋ－ㄒㄧㄥˊ－ㄔㆤ）
脚 踏 車（自 行 車）

ㄏㄨㄜˇ－ㄔㆤ　ㄑㄧˋ－ㄔㆤ　ㄍㄨㄥ－ㄍㄨㄥˋ－ㄑㄧˋ－ㄔㆤ
火 車　汽 車　公 共 汽 車

ㄐㄧˋ－ㄔㄥˊ－ㄔㆤ　ㄙㄢ－ㄌㄨㄣˊ－ㄔㆤ　ㄉㄧㄢˋ－ㄔㆤ
計 程 車　三 輪 車　電 車

ㄏㄨㄜˋ－ㄩㄣˋ．ㄑㄧˋ－ㄔㆤ　ㄍㄨㄥ－ㄌㄨˋ－ㄐㄩˊ　ㄏㄨㄜˇ－ㄔㆤ－ㄓㄢˋ
貨 運 汽 車　公 路 局　火 車 站

ㄓㄨˊ－ㄈㄚˊ　ㄏㄢˊ－ㄔㄨㄢˊ　ㄑㄧˋ－ㄔㄨㄢˊ（ㄌㄨㄣˊ－ㄔㄨㄢˊ）
竹 筏　帆 船　汽 船（輪 船）

ㄈㄟ－ㄐㄧ　ㄆㄣˋ－ㄕㄜˋ－ㄐㄧ
飛 機　噴 射 機

甲 ㄕㄤˋ－ㄅㄟˇ ㄒㄧㄚˋ－ㄋㄢˊ ㄉㄜ˙ ㄏㄨㄜˇ－ㄔㆤ ㄧˋ－ㄊㄧㄢ ㄎㄞ ㄏㄣˇ ㄉㄨㄛ－ㄘˋ
上 北 下 南 的 火 車 一 天 開 很 多 次
ㄅㄚ˙.
吧。

乙 ㄕˋ．ㄧㄚ˙！ㄍㄨㄥ－ㄌㄨˋ－ㄐㄩˊ ㄉㄜ˙ ㄑㄧˋ－ㄔㆤ，ㄓˊ－ㄉㄚˊ．ㄉㄜ˙ ㄏㄢˊ ㄆㄨˇ－
是 啊！公 路 局 的 汽 車，直 達 的 和 普
ㄊㄨㄥ．ㄉㄜ˙ ㄧㄝˇ ㄎㄞ ㄏㄣˇ ㄉㄨㄛ ㄘˋ，ㄒㄧㄢˋ－ㄗㄞˋ ㄐㄧㄠ－ㄊㄨㄥ ㄓㄣ
通 的 也 開 很 多 次，現 在 交 通 眞
ㄈㄤ－ㄅㄧㄢˋ．ㄋㄚ˙.
方 便 哪。

甲 ㄗㄨㄛˋ ㄕㄜˊ－ㄇㄜ˙ ㄔㆤ ㄕㄨ－ㄈㄨ˙ ㄋㄜ？
坐 甚 麼 車 舒 服 呢？

乙 ㄍㄨㄢ－ㄍㄨㄤ－ㄏㄠˋ ㄉㄜ˙ ㄏㄨㄜˇ－ㄔㆤ，ㄏㄢˊ ㄐㄧㄣ－ㄇㄚˊ－ㄏㄠˋ ㄉㄜ˙ ㄑㄧˋ－
觀 光 號 的 火 車，和 金 馬 號 的 汽
ㄔㆤ，ㄉㄡ ㄏㄣˇ ㄕㄨ－ㄈㄨ˙.
車，都 很 舒 服。

ㄉㆤˉ - ㄐㄚㄅˊ-ㄍㄚㄨˋ - ㄎㄜ˙
第 十 九 課

ㄎㄚ-ㄉㄚˊ-ㄑㄧㄚ (ㄐㄨˉ-ㄐㆦㄚㄋˋ-ㄑㄧㄚ)
脚 踏 車(自 轉 車)

ㄏㆤˋ-ㄑㄧㄚ ㄎㄧˋ-ㄑㄧㄚ (ㄐㄨˉ-ㄉㆦㆭˉ-ㄑㄧㄚ) ㄍㆦㆭ-ㄍㄧㆦㆭˉ ㄎㄧˋ-ㄑㄧㄚ
火 車 汽 車(自 動 車) 公 共 汽 車

ㄍㆤˋ-ㄊㆤㆭˊ-ㄑㄧㄚ ㄒㄚ°-ㄌㄨㄋˊ-ㄑㄧㄚ ㄉㄧㄚㄋˉ-ㄑㄧㄚ
計 程 車 三 輪 車 電 車

ㄏㆤˋ-ㄨㄋˉ··ㄎㄧˋ-ㄑㄧㄚ ㄍㆦㆭ-ㄌㆦˉ-ㄍㄧㆦㄍˊ ㄏㆤˋ-ㄑㄧㄚ-ㄐㄚㄇˉ
貨 運 汽 車 公 路 局 火 車 站

ㄉㆤㄍ-ㄅㄚㄧˊ ㄆㄚㆭˊ-ㄐㄨㄋˊ ㄎㄧˋ-ㄐㄨㄋˊ (ㄏㆤˋ-ㄐㄨㄋˊ)
竹 排 帆 船 汽 船(火 船)

ㄏㄨ-ㄍㄧ ㄆㄨㄋˋ-ㄒㄧㄚˉ-ㄍㄧ
飛 機 噴 射 機

甲 ㄐㄧㄨ˚-ㄅㄚㄍ ㄌㆦˊ-ㄌㄚㄇˊ ㆤˊ ㄏㆤˋ-ㄑㄧㄚ，ㄐㄧㄉˊ-ㆢㄧㄉˊ ㄎㄨㄧ ㄐㄧㄋ
上 北 落 南 的 火 車，一 日 開 眞
ㄐㄜㆤˉ-ㄅㄚㆭ ㄏㆦ˚.
多 幫 呀。

乙 ㄒㄧˉ·ㆦ！ㄍㆦㆭ-ㄌㆦˉ-ㄍㄧㆦㄍˊ ㆤˊ ㄎㄧˋ-ㄑㄧㄚ，ㄉㄧㄉˊ-ㄊㄚㄨˋ·ㆤˊ ㄍㄚˊ
是 喔！公 路 局 的 汽 車，直 透 的 及
ㄆㆦˋ-ㄊㆦㆭ·ㆤˊ ㄧㄚˉ ㄐㄧㄋ ㄐㄜㆤˉ ㄐㆦㄚˉ，ㄏㄧㄚㄋˉ-ㄐㄚㄧˉ ㄍㄚㄨ-ㄊㆦㆭ
普 通 的 也 眞 多 㸚，現 在 交 通
ㄐㄧㄋ ㄌㄧˉ-ㄅㄧㄚㄋˉ·ㄚ˙.
眞 利 便 啊。

甲 ㄐㆤˉ ㄒㄧㄚˊ-ㄇㄧˊ ㄑㄧㄚ ㄎㄚˊ ㄒㆦㆭˋ?
坐 什 麼 車 較 爽？

乙 ㄍㆦㄚㄋ-ㄍㆦㆭ-ㄏㄜˉ ㆤˊ ㄏㆤˋ-ㄑㄧㄚ，ㄍㄚˊ ㄍㄧㄇ-ㄇㄚˋ-ㄏㄜˉ ㆤˊ ㄎㄧˋ-
觀 光 號 的 火 車，及 金 馬 號 的 汽
ㄑㄧㄚ，ㄌㆦㆭˋ ㄐㄧㄋ ㄒㆦㆭˋ.
車，攏 眞 爽。

甲 ㄐㄧㄣˋ-ㄌㄞˊ ㄐㄧˋ-ㄔㄥˊ-ㄔㄜ ㄏㄣˇ-ㄉㄨㄛ ㄖㄣˊ ㄌㄧˋ-ㄩㄥˋ ㄇㄚ?
近來計程車很多人利用嗎？

乙 ㄏㄣˇ ㄉㄨㄛ-ㄖㄣˊ ㄌㄧˋ-ㄩㄥˋ ㄛ˙.
很多人利用喔。

甲 ㄒㄧㄢˋ-ㄗㄞˋ ㄉㄚˋ-ㄍㄞˋ ㄇㄟˊ-ㄧㄡˇ ㄏㄨㄤˊ-ㄅㄠ-ㄔㄜ ㄌㄜ˙ ㄅㄚ˙?
現在大概沒有黃包車了吧？

乙 ㄌㄠˇ-ㄗㄠˇ ㄐㄧㄡˋ ㄇㄟˊ-ㄧㄡˇ ㄌㄚ˙.
老早就沒有啦。

甲 ㄅㄢ ㄏㄨㄛˋ ㄉㄜ˙ ㄔㄜ ㄕˋ ㄅㄨˊ-ㄕ ㄇㄚˇ-ㄔㄜ ㄧㄚ˙ ?
搬貨的車是不是馬車呀？

乙 ㄊㄞˊ-ㄨㄢ ㄇㄚˇ-ㄔㄜ ㄏㄣˇ-ㄕㄠˇ，ㄋㄧㄡˊ-ㄔㄜ ㄅㄧˇ-ㄐㄧㄠˋ ㄉㄨㄛ，ㄒㄧㄢˋ-
臺灣馬車很少，牛車比較多，現
ㄗㄞˋ ㄉㄡ ㄕˋ ㄩㄥˋ ㄏㄨㄛˋ-ㄩㄣˋ‥ㄑㄧˋ-ㄔㄜ，ㄅㄢ-ㄩㄣˋ ㄏㄨㄛˋ-ㄐㄧㄢˋ.
在都是用貨運汽車搬運貨件。

甲 ㄧㄠˋ ㄉㄠˋ ㄨㄞˋ-ㄍㄨㄛˊ ㄑㄩˋ，ㄉㄟˇ ㄗㄨㄛˋ ㄕㄜˊ-ㄇㄛ˙ ㄋㄜ?
要到外國去，得坐甚麼呢？

乙 ㄗㄨㄛˋ ㄌㄨㄣˊ-ㄔㄨㄢˊ ㄅㄧˇ-ㄐㄧㄠˋ ㄇㄢˋ，ㄗㄨㄛˋ ㄈㄟ-ㄐㄧ ㄅㄧˇ-ㄐㄧㄠˋ ㄎㄨㄞˋ.
坐輪船比較慢，坐飛機比較快。

甲 ㄗㄡˇ ㄕㄨㄟˇ-ㄌㄨˋ，ㄌㄨㄣˊ-ㄔㄨㄢˊ ㄧˇ-ㄨㄞˋ ㄏㄞˊ-ㄧㄡˇ ㄕㄜˊ-ㄇㄛ˙ ㄔㄨㄢˊ
走水路，輪船以外還有甚麼船
ㄋㄜ˙?
呢？

乙 ㄗㄨㄟˋ ㄐㄧㄡˋ-ㄕˋ·ㄉㄜ˙ ㄕˋ ㄓㄨˊ-ㄈㄚˊ ㄏㄢˋ ㄏㄢˊ-ㄔㄨㄢˊ，ㄒㄧㄢˋ-ㄗㄞˋ ㄕˋ
最舊式的是竹筏和帆船，現在是
ㄑㄧˋ-ㄔㄨㄢˊ. ㄌㄨㄣˊ-ㄔㄨㄢˊ ㄙㄨㄟ-ㄖㄢˊ ㄅㄧˇ ㄈㄟ-ㄐㄧ ㄇㄢˋ，ㄎㄜˇ-ㄕˊ
汽船。輪船雖然比飛機慢，可是
ㄒㄧㄥˊ-ㄌㄧˇ ㄉㄨㄛ ㄉㄜ˙ ㄖㄣˊ，ㄗㄨㄛˋ ㄔㄨㄢˊ ㄅㄧˇ ㄐㄧㄠˋ ㄐㄧㄥ-ㄐㄧˋ.
行李多的人，坐船比較經濟。

甲 ㄗㄞˋ ㄎㄜˋ ㄉㄜ˙ ㄆㄣˋ-ㄕㄜˋ-ㄐㄧ ㄕˋ ㄉㄨㄛ ㄎㄨㄞˋ·ㄋㄜ?
載客的噴射機是多快呢？

甲 ㄍㄨㄋˉ-ㄌㄚㄧˇ ㄍㄝ˙-ㄊㄝㄫˇ-ㄑㄧㄚ ㄐㄛㄝˉ-ㄌㄚㄫˇ ㄌㄧˉ-ㄧㆦㄫˉ ㆠㄛ˙?
近　來　計　程　車　多　人　利　用　無?

乙 ㄐㄧㄋ ㄐㄛㄝˉ-ㄌㄚㄫˇ ㄌㄧˉ-ㄧㆦㄫˉ ㆦ˙.
眞　多　人　利　用　喔。

甲 ㄏㄧㄚㄋˉ-ㄐㄚㄧˉ ㄍㄚ˚ ㆠㄛˇ ㄌㄧㄋˇ-ㄌㄝㄍˊ-ㄑㄧㄚ ㄌㆦ˙ ㄏㆦ?
現　在　敢　無　人　力　車　了　呀?

乙 ㄌㄚㄨˋ-ㄐㄚˋ ㄐㄧㄨˉㆠㄛˇ ㄌㆦ˙.
老　早　就　無　了。

甲 ㄅㆦㄚ˚ ㄏㄝ˙ ㄝˇ ㄑㄧㄚ ㄒㄧˉ ㆠㄝˋ-ㄑㄧㄚ ㄚˋ ㄇˉ-ㄒㄧˉ ㄚ˙?
搬　貨　的　車　是　馬　車　抑　不　是　啊?

乙 ㄌㄚㄧˇ-ㆦㄚㄋˇ ㆠㄝˋ-ㄑㄧㄚ ㄐㄧㄋ ㄐㄧㄛˋ,ㄫㄨˇ-ㄑㄧㄚ ㄎㄚˋ ㄐㄛㄝˉ,ㄏㄧㄚㄋˉ-
臺　灣　馬　車　眞　少，牛　車　較　多，現
ㄐㄚㄧˉ ㄌㆦㄫˋ ㄒㄧˉ ㄧㆦㄫˉ ㄏㄝ˙-ㄨㄋˉ‥ㄎㄧˋ-ㄑㄧㄚ, ㄨㄋˉ-ㄅㄛㄚ˚ ㄏㄝ˙-
在　攏　是　用　貨　運　汽　車　運　搬　貨
ㄍㄧㄚ˚.
件。

甲 ㆠㄝˋ ㄎㄧˋ ㄫㆦㄚˉ-ㄍㆦㄍ, ㄉㄧㄛˊ ㄐㄝˉ ㄒㄧㄚ˚-ㄇㄧˋ ㄋㄝ˙?
卜　去　外　國，着　坐　什　麼　呢?

乙 ㄐㄝˉ ㄏㄝˋ-ㄐㄨㄋˇ ㄎㄚˋ ㆠㄚㄋˉ, ㄐㄝˉ ㄏㄨㄧ-ㄍㄧ ㄅㄧˋ-ㄍㄚㄨ˙ ㄎㆦㄚㄧˉ.
坐　火　船　較　慢，坐　飛　機　比　較　快。

甲 ㄍㄧㄚ˚ ㄐㄨㄧˋ-ㄌㆦˉ, ㄏㄝˋ-ㄐㄨㄋˇ ㄧˋ-ㄫㆦㄚˉ ㄧㄚˋ-ㄨˉ ㄒㄧㄚ˚-ㄇㄧˋ ㄐㄨㄋˇ
行　水　路，火　船　以　外　尚　有　什　麼　船
ㄋㄝ˙?
呢?

乙 ㄒㄧㆦㄫˉ ㄍㄨˉ-ㄒㄝㄍ˙ㄝˇ ㄒㄧˉ ㄉㄝㄍ-ㄅㄚㄧˇ ㄍㄚˋ ㄆㄚㄫˇ-ㄐㄨㄋˇ,ㄏㄧㄚㄋˉ-
上　舊　式　的　是　竹　排　及　帆　船，現
ㄐㄚㄧˉ ㄒㄧˉ ㄏㄝˋ-ㄐㄨㄋˇ. ㄏㄝˋ-ㄐㄨㄋˇ ㄒㄨㄧ-ㄐㄧㄚㄋˇ ㄅㄧˋ ㄏㄨㄧ-ㄍㄧ
在　是　火　船。火　船　雖　然　比　飛　機
ㄎㄚˋ ㆠㄚㄋˉ, ㄇˉ-ㄍㄨˋ ㄏㄝㄫˇ-ㄌㄧˋ ㄐㄛㄝˉ ㄝˇ ㄌㄚㄫˇ, ㄉㄧㄛˊ ㄐㄝˉ
較　慢，不　過　行　李　多　的　人，着　坐
ㄐㄨㄋˇ ㄎㄚˋ ㄍㄝㄫ-ㄐㄝ˙.
船　較　經　濟。

甲 ㄐㄚㄧˋ˙ㄎㄝˋ ㄝˇ ㄆㄨㄋˉ-ㄒㄧㄚˉ-ㄍㄧ ㄒㄧˉ ㄌㆦㄚˉ ㄍㄧㄋˋ˙ㄚ˙?
載　客　的　噴　射　機　是　偌　緊　啊?

乙 ㄉㄚˇ ㄊㄞˊ-ㄅㄟˇ ㄗㄨㄛˋ ㄆㄣˋ-ㄕㄜˋ-ㄐㄧ ㄉㄠˋ ㄖˋ-ㄅㄣˇ ㄉㄨㄥ-ㄐㄧㄥ，ㄘㄞˊ
打 臺 北 坐 噴 射 機 到 日 本 東 京，才
ㄌㄧㄤˇ-ㄉㄧㄢˇ ㄅㄢˋ ㄓㄨㄥ ㄦˊ-ㄧˇ.
兩 點 半 鐘 而 已。

甲 ㄨㄛˋ！ ㄋㄚˋ-ㄇㄛ˙ ㄎㄨㄞˋ·ㄧㄚ˙！ ㄐㄧㄠ ㄊㄨㄥ ㄕˊ-ㄗㄞˋ ㄕˋ ㄐㄧㄥ ㄖㄣˊ·
喔！ 那 麼 快 呀！ 交 通 實 在 是 驚 人
ㄉㄧˋ ㄈㄤ-ㄅㄧㄢˋ，ㄨˊ-ㄌㄨㄣˋ ㄌㄨˋ-ㄕㄤˋ ㄕㄨㄟˇ-ㄕㄤˋ ㄏㄢˋ ㄎㄨㄥ-ㄓㄨㄥ，
地 方 便 無 論 陸 上 水 上 和 空 中，
ㄉㄡ-ㄕˋ ㄊㄨㄥˊ-ㄧㄤˋ·ㄧㄚ˙！
都 是 同 樣 呀！

乙 ㄉㄨㄧ˙ ㄉㄚㄧˇ-ㄅㄚㆻ ㄐㆤ¯ ㄆㄨㄣ˙-ㄒㄧㄚ¯-ㄍㄧ ㄍㄚㄨ˙ ㆢㄧㆵˊ-ㄅㄨㄣˋ ㄉㄚㄫ-
對 臺 北 坐 噴 射 機 到 日 本 東
ㄍㄧㄚ°, ㄐㄧㄚˊ ㄌㄫ¯-ㄉㄧㄚㆬˋ ㄅㆦㄚ˙ ㄐㄝㄫ ㄋㄧㄚ¯-ㄉㄧㄚ˙.
京，才 二 點 半 鐘 而 定。

甲 ㄚ˙! ㄏㄧㄚˊ-ㄋㄧ˙ ㄍㄧㄣˋ·ㄚ˙! ㄍㄚㄨ-ㄊㆦㄫ ㄒㄧㆵˊ-ㄐㄚㄧ¯ ㄌㄧ¯-ㄅㄧㄚㄣ¯
啊！彼 如 緊 啊！ 交 通 實 在 利 便
ㄍㄚㄨ˙ ㆤ¯ ㄍㄧㄚ° ㄌㄚㄫˇ, ㆠㄛˇ-ㄌㄨㄣ¯ ㄌㄧㆦㆻˊ-ㄒㄧㆦㄫ¯ ㄐㄨㄧˋ-
到 會 驚 人，無 論 陸 上 水
ㄒㄧㆦㄫ¯ ㄍㄚˊ ㄎㆦㄫ-ㄉㄧㆦㄫ, ㄉㆦ-ㄒㄧ¯ ㄒㄧㄚㄫˇ-ㄎㆦㄚㄣˋ·ㄚ˙!
上 及 空 中，都 是 同 款 啊！

ㄉㄧˋ-ㄦˋ-ㄕˊ-ㄎㄜˋ
第 二 十 課

ㄖㄣˊ-ㄊㄧˇ ㄕㄣ-ㄊㄧˇ ㄊㄡˊ ㄋㄠˇ-ㄉㄞˋ ㄊㄡˊ-ㄈㄚˇ ㄌㄧㄢˇ
人體 身體 頭 腦袋 頭髮 臉

ㄧㄢˇ-ㄐㄧㄥ ㄧㄢˇ-ㄑㄧㄡˊ ㄇㄟˊ-ㄇㄠˊ ㄦˇ-ㄉㄨㄛ (ㄦˇ·ㄗ˙)
眼睛 眼球 眉毛 耳朵(耳子)

ㄦˇ-ㄑㄩㄝˋ ㄅㄧˊ·ㄗ˙ ㄅㄧˊ-ㄎㄨㄥˇ ㄗㄨㄟˇ ㄗㄨㄟˇ-ㄔㄨㄣˊ ㄏㄨˊ-ㄗ˙
耳殼 鼻子 鼻孔 嘴 嘴唇 鬍子

ㄧㄚˊ (ㄧ-ㄔˇ) ㄕㄜˊ ㄕㄜˊ-ㄅㄣˇ ㄕㄜˊ-ㄐㄧㄢ ㄏㄡˊ-ㄌㄨㄥˊ ㄅㄛˊ-ㄗ˙
牙(齒) 舌 舌本 舌尖 喉嚨 脖子

ㄐㄧㄥˇ-ㄍㄨˊ ㄐㄧㄢ-ㄆㄤˇ ㄒㄧㄚˋ-ㄅㄚ-ㄎㄜ ㄒㄩㄥ-ㄊㄤˊ
頸骨 肩膀 下巴頦 胸膛

ㄌㄜˋ-ㄍㄨˊ ㄉㄨˋ-ㄗ˙ ㄉㄨˋ-ㄆㄧˊ
肋骨 肚子 肚皮

ㄧㄠ-ㄦ ㄉㄨˋ-ㄑㄧˊ ㄨˇ-ㄗㄤˋ ㄈㄟˋ ㄈㄟˋ-ㄍㄨㄢˇ
腰兒 肚臍 五臟 肺 肺管

ㄒㄧㄣ-ㄗㄤˋ ㄍㄢ-ㄗㄤˋ ㄨㄟˋ ㄘㄨㄟˋ-ㄗㄤˋ (ㄧˊ)
心臟 肝臟 胃 脺臟(胰)

ㄧㄠ-ㄗ˙ (ㄕㄣˋ-ㄗㄤˋ) ㄉㄚˋ-ㄔㄤˊ ㄒㄧㄠˇ-ㄔㄤˊ ㄍㄤ-ㄇㄣˊ
腰子(腎臟) 大腸 小腸 肛門

ㄆㄧˋ-ㄍㄨ˙ ㄅㄟˋ-ㄐㄧˇ ㄅㄟˋ-ㄐㄧˇ··ㄍㄨˇ (ㄐㄧˇ-ㄌㄧㄤˊ) ㄕㄡˇ
屁股 背脊 背脊骨(脊樑) 手

ㄕㄡˇ-ㄅㄧˋ ㄓˇ-ㄊㄡˊ (ㄕㄡˇ-ㄓˇ)
手臂 指頭(手指)

ㄐㄧㄠˇ (ㄐㄧㄠˇ-ㄦ) ㄐㄧㄠˇ-ㄓˇ-ㄊㄡˊ (ㄐㄧㄠˇ-ㄓˇ) ㄍㄨㄢ-ㄐㄧㄝˊ
脚(脚兒) 脚指頭(脚指) 關節

ㄆㄧˊ-ㄈㄨ ㄖㄡˋ ㄐㄧㄣ ㄒㄩㄝˋ ㄊㄨㄛˋ(-ㄇㄛ) ㄒㄩㄝˋ-ㄍㄨㄢˇ
皮膚 肉 筋 血 唾(沫) 血管

ㄕㄣˊ-ㄐㄧㄥ ㄧㄢˇ-ㄌㄟˋ (ㄌㄟˋ-ㄕㄨㄟˇ) ㄏㄢˋ
神經 眼淚(淚水) 汗

ㄉㄚˋ-ㄅㄧㄢˋ ㄒㄧㄠˇ-ㄅㄧㄢˋ (ㄒㄧㄠˇ-ㄕㄨㄟˇ) (ㄋㄧㄠˋ)
大便 小便(小水)(尿)

ㄉㆤ˫－ㄌㄧ˫－ㄐㄚㆴ˙－ㄎㄜ˫
第二十課

ㄌㄧㄣˊ－ㄊㆤˋ　ㄒㄧㄣ－ㄎㄨ　ㄊㄚㄨˊ　ㄊㄚㄨˊ－ㄎㄚㆶ　ㄊㄚㄨˊ－ㆬㆭˊ　ㆠㄧㄣ˫
人體　身軀　頭　頭殼　頭毛　面

ㆠㄚㆶ˙－ㄐㄧㄨ　ㆠㄚㆶ˙－ㄐㄧㄨ－ㄌㄧㄣˊ　ㆠㄚㆶ˙－ㆠㄚㄧˊ　ㄏㄧ˫·ㄚˋ
目睭　目睭仁　目眉　耳仔

ㄏㄧ˫·ㄚˋ－ㄉㄨㄣˊ　ㄆㄧ˫　ㄆㄧ˫－ㄎㄚㆭ　ㄑㄨㄧˋ　ㄑㄨㄧˋ－ㄉㄨㄣˊ　ㄑㄨㄧˋ－ㄑㄧㄨ
耳仔唇　鼻　鼻孔　嘴　嘴唇　嘴鬚

ㄑㄨㄧˋ－ㄎㄧˋ　ㄐㄧ˙　ㄐㄧ˙－ㄊㄚㄨˊ　ㄐㄧ˙－ㄐㄧㄚㆬ　ㄋㄚˊ－ㄚㄨˊ　ㄚㆬ－ㆣㄨㄣˋ
嘴齒　舌　舌頭　舌尖　嚨喉　頷頸

ㄚㆬ－ㆣㄨㄣˋ··ㆣㄨㆵ　ㆣㆤㆭ－ㄊㄚㄨˊ　ㆤ˫－ㄏㄚㄧˊ　ㄏㆤㆭ－（ㄎㄚㆬˋ）
頷頸骨　肩頭　下頦　胸（坎）

ㄏㆤㆭ－ㄎㄚㆬˋ··ㆣㄨㆵ　ㄅㄚㆶ－ㄉㄜˋ　ㄅㄚㆶ－ㄉㄜˋ··ㄆㄜㆤˊ
胸坎骨　腹肚　腹肚皮

ㄅㄚㆶ－ㄉㄜˋ··ㄅㄧ°　ㄉㄜ˫－ㄐㄞˊ　ㆭㄜˋ－ㄐㄜㆭ˫　ㄏㄧˋ　ㄏㄧˋ－ㆣㆭˋ
腹肚邊　肚臍　五臟　肺　肺管

ㄒㄧㆬ－ㄐㄜㆭ˫　ㆣㄜㄚ°－ㄐㄜㆭ˫　ㄨㄧ˫　ㄧㄜ－ㄑㄧㄜˋ（ㄐㄨㄧ˫）
心臟　肝臟　胃　腰尺（脺）

ㄧㄜ－ㄐㄧˋ（ㄒㄧㄣ˫－ㄐㄜㆭ˫）　ㄉㄜㄚ˫－ㄉㆭˊ　ㄒㄧㄜˋ－ㄉㆭˊ　ㄅㄨㄣ˫－ㄎㄚㄨˋ
腰子（腎臟）　大腸　小腸　糞口

ㄎㄚ－ㄑㆭ　ㄎㄚ－ㄐㄧㄚˋ　ㄎㄚ－ㄐㄧㄚˋ··ㆣㄨㆵ（ㄌㄧㄜㆭˊ－ㆣㄨㆵ）　ㄑㄧㄨˋ
尻穿　尻脊　尻脊骨（樑骨）　手

ㄑㄧㄨˋ－ㆣㄨㆵ　ㄑㄧㄨˋ－ㄐㆭˋ－ㄊㄚㄨˊ·ㄚˋ（ㄑㄧㄨˋ－ㄐㄚㄧ°）
手骨　手指頭仔（手指）

ㄎㄚ（ㄎㄚ－ㆣㄨㆵ）　ㄎㄚ－ㄐㆭˋ－ㄊㄚㄨˊ·ㄚˋ（ㄎㄚ－ㄐㄚㄧ°）　ㆣㄜㄚㄋ－ㄐㄧㄚㆵ
腳（腳骨）　腳指頭仔（腳指）　關節

ㄆㄜㆤˊ－ㄏㄨ　ㆠㄚˋ　ㆣㄨㄋ　ㄏㄨㄧˋ　ㄋㄜㄚ˫　ㄏㄨㄧˋ－ㆣㆭˋ（ㄏㄨㄧˋ－ㆣㄨㄋ）
皮膚　肉　筋　血　涎　血管（血筋）

ㄒㄧㄣˊ－ㆣㆤㆭ　ㆠㄚㆶ˙－ㄙㄞˋ　ㆣㄜㄚ˫
神經　目滓　汗

ㄉㄚㄧ˫－ㄅㄧㄚㄋ˫（ㄙㄞˋ）　ㄒㄧㄚㄨˋ－ㄅㄧㄚㄋ˫（ㄒㄧㄚㄨˋ－ㄗㄨㄧˋ）（ㄌㄧㄜ˫）
大便（屎）　小便（小水）（尿）

ㄇㄠˊ-ㄎㄨㄥˇ ㄓˇ-ㄐㄧㄚˇ ㄐㄧㄠˇ-ㄓˇ-ㄐㄧㄚˇ ㄒㄧ-ㄍㄞˋ-ㄍㄨˇ ㄉㄚˋ-ㄊㄨㄟˇ
毛孔 指甲 脚指甲 膝蓋骨 大腿

ㄒㄧㄠˇ-ㄊㄨㄟˇ ㄅㄧˋ-ㄅㄛˊ ㄨㄢˋ·ㄗ (ㄒㄧㄚˋ-ㄅㄛˊ) ㄕㄡˇ-ㄓㄤˇ
小腿 臂膊 腕子（下膊） 手掌

ㄕㄡˇ-ㄒㄧㄣ (ㄓㄤˇ-ㄒㄧㄣ) ㄕㄡˇ-ㄅㄟˋ ㄐㄧㄠˇ(ㄗㄨˊ) ㄐㄧㄠˇ-ㄉㄧˇ
手心（掌心） 手背 脚（足） 脚底

ㄐㄧㄠˇ-ㄇㄧㄢˋ(ㄐㄧㄠˇ-ㄅㄟˋ) ㄨㄟˋ-ㄕㄥ ㄅㄨˋ-ㄨㄟˋ-ㄕㄥ ㄍㄢ-ㄐㄧㄥˋ
脚面（脚背） 衛生 不衛生 乾淨

ㄤ-ㄗㄤ ㄎㄤ-ㄐㄧㄢˋ(ㄐㄧㄢˋ-ㄎㄤ)
骯髒 康健（健康）

ㄕㄨㄞ-ㄖㄨㄛˋ(ㄕㄣ-ㄊㄧˇ-ㄅㄨˋ-ㄏㄠˇ) ㄩㄣˋ-ㄉㄨㄥˋ ㄊㄧˇ-ㄘㄠ
衰弱（身體不好） 運動 體操

ㄙㄢˋ-ㄅㄨˋ ㄗㄡˇ ㄆㄠˇ ㄔㄨ-ㄏㄢˋ ㄏㄨ-ㄒㄧ
散步 走 跑 出汗 呼吸

ㄇㄛˋ-ㄅㄛˊ(ㄇㄛˋ-ㄒㄧˊ) ㄒㄧㄣ-ㄊㄧㄠˋ ㄈㄚ-ㄕㄠ ㄈㄚ-ㄌㄥˇ
脈搏（脈息） 心跳 發燒 發冷

ㄅㄧˊ-ㄕㄨㄟˇ ㄎㄜˊ-ㄙㄡˋ ㄏㄞˋ-ㄅㄧㄥˋ ㄅㄨˋ ㄒㄧㄠˇ-ㄒㄧㄣ ㄓㄠˊ-ㄌㄧㄤˊ
鼻水 咳嗽 害病 不小心 着凉

ㄕㄡˋ-ㄕㄨˇ(ㄓㄨㄥˋ-ㄕㄨˇ) ㄉㄚˇ-ㄈㄣˋ-ㄊㄧˋ ㄎㄜˊ-ㄙㄡˋ ㄊㄡˊ-ㄊㄨㄥˋ
受暑（中暑） 打噴嚏 咳嗽 頭痛

ㄊㄡˊ-ㄩㄣˋ ㄉㄨˋ-ㄗ˙-ㄊㄨㄥˋ ㄒㄧㄝˋ-ㄉㄨˋ-ㄗ˙ ㄅㄧㄢˋ-ㄅㄧˋ
頭暈 肚子痛 瀉肚子 便祕

ㄒㄧㄠˇ-ㄅㄧㄢˋ ㄐㄧㄣˇ
小便緊

甲 ㄗㄚˊ-ㄇㄣ˙ ㄖㄣˊ ㄉㄜ˙ ㄕㄣ-ㄊㄧˇ ㄈㄣ-ㄗㄨㄛˋ ㄐㄧˇ ㄅㄨˋ-ㄈㄣˋ?
咱們人的身體分做幾部份？

乙 ㄈㄣ-ㄗㄨㄛˋ ㄙˋ-ㄅㄨˋ-ㄈㄣˋ，ㄐㄧㄡˋ-ㄕˋ ㄊㄡˊ ㄑㄩ-ㄍㄢˋ ㄏㄢˋ ㄐㄧㄠˇ、ㄕㄡˇ.
分做四部份，就是頭軀幹和脚手。

甲 ㄒㄧㄢ ㄐㄧㄤˇ ㄊㄡˊ ㄉㄜ˙ ㄅㄨˋ-ㄈㄣˋ，ㄋㄠˇ-ㄉㄞˋ ㄕㄤˋ-ㄇㄧㄢˋ ㄧㄡˇ ㄊㄡˊ-
先講頭的部份，腦袋上面有頭

ㄇㆭˇ-ㄍㆭˋ ㄐㆭˋ-ㄍㄚˈ ㄎㄚ-ㄍㄚˈ ㄎㄚ-ㄊㄚㄨˇ-ㆦㄚ˚ ㄉㆦㄚˉ-ㄊㄨㄧˋ
毛管 指甲 脚甲 脚頭碗 大腿

ㄒㄧㄜˋ-ㄊㄨㄧˋ ㄑㄧㄨˋ‥ㄉㄝㆭˋ-ㄐㄚㄉ ㄑㄧㄨˋ‥ㄝˉ-ㄐㄚㄉ ㄑㄧㄨˋ-ㄐㄧㄨ˚
小腿 手頂節 手下節 手掌

ㄑㄧㄨˋ-ㄉㄝˋ (ㄑㄧㄨˋ-ㄒㄨㄇ) ㄑㄧㄨˋ-ㄅㆦㄚ˚ ㄎㄚ (ㄐㄧㆦㄍ) ㄎㄚ-ㄉㄝˋ
手底（手心）手盤 脚（足）脚底

ㄎㄚ-ㄅㆦㄚ˚ (ㄎㄚ-ㆠㄧㄢˉ) ㄜㄝˉ-ㄒㄝㆭ ㆠㄜˇ-ㄜㄝˉ-ㄒㄝㆭ ㄑㄝㆭ-ㄎㄧ˙
脚盤（脚面）衞生 無衞生 清氣

ㄌㄚˈ-ㄒㄚㄅ ㄧㆦㆭˋ-ㄍㄧㄚ˭ (ㄐㄧㄢ-ㄧㆦㆭˋ)
垃圾 勇健（眞勇）

ㄒㄜㄝ-ㄌㄧㆦㄍˊ (ㄐㄧㄢ-ㄌㄚㄇˋ) ㄨㄢˉ-ㄉㆦㆭˉ ㄊㄝˋ-ㄑㄚㄨ
衰弱（眞弱）運動 體操

ㄒㄚㄢ˙-ㄅㆦˉ ㄍㄧㄚ˚ ㄐㄚㄨˋ ㄌㄚㄨˇ-ㄍㆦㄚ˭ ㄑㆦㄚㄢˋ-ㄎㄨㄧ˙
散步 行 走 流汗 喘氣

ㄇㄝ˚-ㄆㆦㄍ ㄒㄧㄇ-ㄊㄧㄚㄨ˙ ㄏㆦㄚㄉ-ㄌㄧㄚㄉˊ ㄎㄧˋ-ㄍㆦㄚ˚
脈搏 心跳 發熱 起寒

ㄆㄧ˭-ㄐㄨㄧˋ ㄎㄧˋ-ㄒㄚㄨ˙ ㄆㆦㄚ˙-ㄅㄧ˭ ㆠㄜˇ-ㄒㄝ˙-ㄌㄧˉ ㄍㆦㄚ˚-ㄉㄧㄜˊ
鼻水 起嗽 破病 無細慮 寒着

ㄌㆦㄚˊ-ㄉㄧㄜˊ ㄆㄚˈ-ㄍㄚ-ㄑㄧㄨ˙ ㄎㄚㄇˉ-ㄒㄚㄨ˙ ㄊㄚㄨˇ-ㄎㄚㄍ-ㄊㄧㄚ˚
熱着 打咳嚏 咳嗽 頭殼痛

ㄊㄚㄨˇ-ㄏㄧㄢˇ ㄅㄚㄍ-ㄉㆦˋ ㄊㄧㄚ˚ ㄌㄚㄨ˙-ㄒㄚㄧˋ ㄅㄧㄚㄢˉ-ㄅㄧ˙
頭眩 腹肚痛 落屎 便閉（祕）

ㄌㄧㄜˉㄍㄧㄢˋ
尿緊

甲 ㄌㄚㄢˋ ㄌㄚㆭˇ ㄝˇ ㄒㄧㄢ-ㄙㄝˋ ㄏㄨㄢ-ㄐㄜㄝ˙ ㄍㄨㄧˊ ㄅㆦˉ-ㄏㄨㄢˉ?
咱人的身體分做幾部份？

乙 ㄏㄨㄢ-ㄐㄜㄝ˙ ㄒㄧ˙ ㄅㆦˉ-ㄏㄨㄢˉ，ㄐㄧㄨˉ-ㄒㄧˉ ㄊㄚㄨˇ、ㄒㄧㄢ-ㄎㄨ ㄍㄚㄅ
分做四部份，就是頭、身軀及

ㄎㄚ、ㄑㄧㄨˋ.
脚、手。

甲 ㄒㄝㆭ-ㄌㄚㄧˇ ㄍㆦㆭˋ ㄊㄚㄨˇ ㄝˇ ㄅㆦˉ-ㄏㄨㄢˉ，ㄊㄚㄨˇ-ㄎㄚㄍ‥ㄉㄝㆭˋ ㄨ˭ˉ
先來講頭的部份，頭殼頂有

ㄈㄚˇ，ㄊㄡˊ ㄉㄜ˙ ㄑㄧㄢˊ-ㄇㄧㄢˋ ㄕˋ ㄌㄧㄢˇ，ㄌㄧㄢˇ ㄉㄜ˙ ㄓㄥˋ-ㄓㄨㄥ
髮，頭的前面是臉，臉的正中

ㄧㄡˇ ㄕㄜˊ-ㄇㄜ˙？
有什麼？

乙 ㄌㄧㄢˇ ㄉㄜ˙ ㄓㄥˋ-ㄓㄨㄥ ㄧㄡˇ ㄅㄧˊ，ㄙㄨㄛˇ-ㄧˇ ㄅㄧˊ ㄉㄜ˙ ㄕㄥ-ㄔㄥˊ，
臉的正中有鼻，所以鼻的生成，

ㄉㄚˋ ㄧㄡˇ ㄍㄨㄢ-ㄒㄧˋ ㄖㄣˊ ㄉㄜ˙ ㄇㄟˇ ㄔㄡˇ.
大有關係人的美醜。

甲 ㄅㄧˊ ㄧㄠˋ ㄕㄥ-ㄔㄥˊ ㄗㄣˇ-ㄧㄤˋ，ㄘㄞˊ ㄏㄨㄟˋ ㄅㄧˇ-ㄐㄧㄠˋ ㄇㄟˇ-ㄌㄧˋ？
鼻要生成怎樣，才會比較美麗？

乙 ㄉㄧˋ-ㄧ ㄧㄠˋ ㄕㄥ-ㄔㄥˊ ㄑㄧㄚˋ ㄏㄠˇ ㄉㄚˋ-ㄒㄧㄠˇ，ㄅㄨˋ ㄎㄜˇ-ㄧˇ ㄊㄞˋ
第一要生成恰好大小，不可以太

ㄉㄚˋ，ㄧㄝˇ ㄅㄨˋ ㄎㄜˇ-ㄧˇ ㄊㄞˋ ㄒㄧㄠˇ. ㄅㄧˊ-ㄌㄧㄤˊ ㄧㄠˋ ㄍㄠ，ㄅㄧˊ-
大，也不可以太小。鼻樑要高，鼻

ㄊㄡˊ ㄧㄠˋ ㄐㄧㄢ，ㄏㄞˊ-ㄧㄡˇ ㄨㄞ ㄧㄝˇ ㄅㄨˋ ㄎㄜˇ-ㄧˇ ㄉㄜ˙.
頭要尖，還有歪也不可以的。

甲 ㄅㄧˊ ㄉㄜ˙ ㄕㄤˋ-ㄊㄡˊ ㄕˋ ㄧㄢˇ-ㄐㄧㄥ，ㄧㄢˇ-ㄐㄧㄥ ㄉㄜ˙ ㄕㄥ-ㄔㄥˊ ㄗㄣˇ-
鼻的上頭是眼睛，眼睛的生成怎

ㄧㄤˋ ㄘㄞˊ ㄏㄠˇ？
樣才好？

乙 ㄧㄢˇ-ㄐㄧㄥ ㄌㄧㄤˇ-ㄍㄜˋ ㄧㄠˋ ㄧ-ㄧㄤˋ ㄍㄠ ㄧ-ㄧㄤˋ ㄉㄚˋ ㄘㄞˊ ㄏㄠˇ，
眼睛兩個要一樣高一樣大才好，

ㄧㄢˇ-ㄆㄧˊ ㄎㄞ-ㄅㄧˋ ㄧㄠˋ ㄌㄧㄥˊ-ㄏㄨㄛˊ，ㄧㄢˇ-ㄕㄣˊ ㄘㄞˊ ㄏㄠˇ，ㄧㄢˇ-
眼皮開閉要靈活，眼神才好，眼

ㄑㄧㄡˊ ㄏㄜ ㄅㄞˊ ㄧㄠˋ ㄏㄨㄣ-ㄇㄧㄥˊ ㄘㄞˊ ㄇㄟˇ.
球黑白要分明才美。

甲 ㄋㄢˊ ㄋㄩˇ ㄉㄜ˙ ㄊㄧˇ-ㄍㄜˊ ㄨㄢˊ-ㄑㄩㄢˊ ㄅㄨˋ ㄊㄨㄥˊ，ㄗㄣˇ-ㄇㄜ˙ ㄧㄤˋ-
男女的體格完全不同，怎麼樣

ㄗ˙ ㄅㄨˋ ㄊㄨㄥˊ，ㄑㄧㄥˇ ㄐㄧㄤˇ-ㄎㄢˋ.
子不同，請講看。

乙 ㄓㄠˋ ㄧ-ㄅㄢ ㄉㄜ˙ ㄌㄞˊ ㄐㄧㄤˇ，ㄋㄢˊ-ㄖㄣˊ ㄉㄜ˙ ㄊㄧˇ-ㄍㄜˊ ㄅㄧˇ-ㄐㄧㄠˋ
照一般的來講，男人的體格比較

ㄊㄚㄨˇ-ㄇㄫˇ， ㄊㄚㄨˇ ㄝˇ ㄐㄝㄫˇ-ㆠㄧㄢˉ ㄒㄧˉ ㆠㄧㄢˉ， ㆠㄧㄢˉ ㄝˇ
頭毛，頭的前面是面，面的

ㄐㄧㄚ°‥ㄉㄧㆦㄫ-ㄫ ㄨˉ ㄒㄧㄇˊ-ㄇㄧˋ?
正中央有什麼？

乙 ㆠㄧㄢˉ ㄝˇ ㄐㄧㄚ°-ㄉㄧㆦㄫ ㄨˉ ㄆㄧ˙， ㄒㆦˋ-ㄧˋ ㄆㄧ˙ ㄝˇ ㄒㄧ°-ㄐㄛㄝ˙，
面的正中有鼻，所以鼻的生做，

ㄅㄨㄉ-ㄐㄧˋ ㄨˉ ㄍㆦㄚㄋ-ㄏㄝˉ ㄌㄚㄫˇ ㄝˇ ㄒㄨㄧˋ ㆠㄚㄧˋ.
不只有關係人的粹偲。

甲 ㄆㄧ˙ ㄉㄧㄛˊ ㄒㄧ°-ㄐㄛㄝ˙ ㄒㄧㄚ˙-ㄎㆦㄚㄋˋ， ㄐㄧㄚˋ ㄛㄝˉ ㄎㄚˋ ㄒㄨㄧˋ?
鼻着生做啥款，即會較粹？

乙 ㄉㄝˉ-ㄧㄉ ㄉㄧㄛˊ ㄒㄧ°-ㄐㄛㄝ˙ ㄉㄨˋ-ㄏㄛˋ ㄉㆦㄚˉ，ㄇˉ-ㄊㄚㄫ ㄒㄧㄨ°-ㄉㆦㄚˉ
第一着生做恰好大，不通尙大

ㄧㄚˉ ㄇˉ-ㄊㄚㄫ ㄒㄧㄨ°-ㄒㄛㄝ˙. ㄆㄧ˙-ㄉㄛ ㄉㄧㄛˊ ㄍㆦㄚㄋˇ， ㄆㄧ˙-ㄊㄚㄨˇ
也不通尙細。鼻刀着昂，鼻頭

ㄉㄧㄛˊ ㄐㄧㄚㄇ. ㄧㄚˋ ㆦㄚㄧ ㄧㄚˉ ㆠㄛㄝˉ ㄧㆦㄫˉ-ㄉㄧㄉ.
着尖。抑歪也昧用得。

甲 ㄆㄧ˙ ㄝˇ ㄉㄝㄫˋ-ㄊㄚㄨˇ ㄒㄧˉ ㆠㄚㄍˊ-ㄐㄧㄨ，ㆠㄚㄍˊ-ㄐㄧㄨ ㄒㄧ°-ㄐㄛㄝ˙
鼻的頂頭是目睭，目睭生做

ㄒㄧㄚ˙-ㄎㄛㄚㄋˋ ㄐㄧㄚˋ ㄏㄛˋ?
啥款即好？

乙 ㆠㄚㄍˊ-ㄐㄧㄨ ㄋㄫˉ-ㄌㄨㄧˋ ㄚㄧ˙ ㄅㄧ°-ㄅㄧ° ㄍㆦㄚㄋˇ， ㄅㄧ°-ㄅㄧˇ ㄉㆦㄚˉ
目睭二蕊愛平平昂，平平大

ㄐㄧㄚˋ ㄏㄛˋ， ㆠㄚㄍˊ-ㄐㄧㄨ‥ㄆㄛㄝˇ ㄎㄨㄧ ㄏㄚㄅ˙ ㄚㄧ˙ ㄐㄧㄣ ㆦㄚˊ-
即好，目睭皮開合愛眞活

ㄉㄚㄫˉ ㄐㄧㄚˋ ㄨˉ ㄒㄧㄣˇ. ㆦ-ㄅㄝˊ-ㆡㄧㄣˇ ㄚㄧ˙ ㄏㄨㄣ-ㆠㄝㄫˇ ㄐㄧㄚˋ
動即有神。烏白仁愛分明即

ㄒㄧˉ ㄒㄨㄧˋ.
是粹。

甲 ㄌㄚㄇˇ ㄌㄨˋ ㄝˇ ㄊㄝˋ-ㄍㄝˋ ㆦㄚㄋˇ-ㄐㆦㄚㄋˇ ㆠㄛˇ ㄒㄧㄛ-ㄒㄧㄚㄫˉ，ㄒㄧㄚ˙-
男女的體格‧完全無相像，啥

ㄎㆦㄚㄋˋ ㆠㄛˇ ㄒㄧㄚㄫˉ， ㄑㄧㄚ° ㄍㆦㄫˋ ㄎㆦㄚ°-ㆠㄚㄧˉ.
款無像，請講看覓。

乙 ㄐㄧㄚㄨ˙ ㄧㄉ-ㄅㆦㄚ° ㄝˇ ㄌㄚㄧˇ ㄍㆦㄫˋ， ㄌㄚㄇˇ-ㄌㄧㄤˇ ㄝˇ ㄊㄝˋ-ㄍㄝˋ
照一般的來講，男人的體格

ㄘㄨ-ㄉㄚˋ， ㄋㄩˇ-ㄖㄣˊ ㄉㄜ˙ ㄕˋ ㄅㄧˇ-ㄐㄧㄠˋ ㄒㄧˋ-ㄒㄧㄠˇ. ㄋㄢˊ ㄋㄩˇ
粗大，女人的是比較細小。男女

ㄉㄜ˙ ㄊㄧˇ-ㄊㄞˋ ㄧㄝˇ ㄅㄨˋ ㄧ-ㄧㄤˋ， ㄋㄢˊ ㄉㄜ˙ ㄕˋ ㄐㄧㄠˋ ㄨㄟˊ ㄘㄨ-
的體態也不一樣，男的是較爲粗

ㄌㄨˇ， ㄋㄩˇ ㄉㄜ˙ ㄅㄧˇ-ㄐㄧㄠˋ ㄑㄧㄥ-ㄧㄥˊ.
魯，女的比較輕盈。

甲 ㄋㄢˊ ㄋㄩˇ ㄉㄜ˙ ㄊㄧˇ-ㄍㄜˊ ㄊㄧˇ-ㄊㄞˋ ㄉㄡ ㄅㄨˋ-ㄊㄨㄥˊ-ㄧㄤˋ，ㄍㄨㄥ-ㄗㄨㄛˋ
男女的體格體態都不同樣，工作

ㄊㄨㄥˊ-ㄧㄤˋ ㄇㄚ?
同樣嗎？

乙 ㄋㄢˊ ㄋㄩˇ ㄉㄜ˙ ㄕㄥ-ㄔㄥˊ ㄍㄥˋ-ㄐㄧㄚ ㄉㄚˋ-ㄉㄚˋ·ㄉㄧ˙ ㄅㄨˋ ㄒㄧㄤ-ㄊㄨㄥˊ，
男女的生成更加大大地不相同，

ㄋㄢˊ-ㄖㄣˊ ㄉㄜ˙ ㄕㄥ-ㄔㄥˊ ㄘㄨ-ㄉㄚˋ ㄦˊ ㄧㄡˇ ㄌㄧˋ-ㄌㄧㄤˋ， ㄋㄥˊ ㄗㄡˇ
男人的生成粗大而有力量，能走

ㄋㄥˊ ㄊㄧㄠˋ， ㄐㄧㄠˋ ㄉㄨㄛ ㄕˊ-ㄐㄧㄢ ㄗㄞˋ ㄨㄞˋ ㄌㄠˊ-ㄉㄨㄥˋ ㄍㄨㄥ-
能跳，較多時間在外勞動工

ㄗㄨㄛˋ. ㄋㄩˇ-ㄖㄣˊ ㄐㄧㄡˋ ㄧㄠˋ ㄕㄥ ㄗˇ-ㄋㄩˇ， ㄧㄠˋ ㄍㄟˇ ㄧㄥ-ㄏㄞˊ
作。女人就要生子女，要給嬰孩

ㄨㄟˋ ㄋㄞˇ， ㄧㄤˇ ㄊㄚ-ㄇㄣˊ ㄓㄤˇ-ㄉㄚˋ， ㄧㄝˇ ㄧㄠˋ ㄍㄨㄢˇ-ㄌㄧˇ ㄐㄧㄚ-
餵奶，養他們長大，也要管理家

ㄕˋ， ㄐㄧㄠˋ ㄉㄨㄛ ㄕˊ-ㄐㄧㄢ ㄗㄞˋ ㄐㄧㄚ-ㄌㄧˇ.
事，較多時間在家裡。

甲 ㄐㄧㄣˋ-ㄌㄞˊ ㄍㄨㄥ-ㄧㄝˋ ㄧ-ㄓˊ ㄈㄚ-ㄉㄚˊ，ㄖㄣˊ-ㄎㄡˇ ㄧ-ㄓˊ ㄐㄧˊ-ㄓㄨㄥ
近來工業一直發達，人口一直集中

ㄉㄠˋ ㄉㄨ-ㄕˋ， ㄋㄨㄥˊ-ㄘㄨㄣ ㄖㄣˊ-ㄎㄡˇ ㄧ-ㄓˊ ㄐㄧㄢˇ ㄕㄠˇ， ㄌㄧㄢˊ
到都市，農村人口一直減少，連

ㄋㄩˇ-ㄖㄣˊ ㄧㄝˇ ㄉㄡ ㄌㄧˊ-ㄎㄞ·ㄌㄧㄠˇ ㄐㄧㄚ-ㄊㄧㄥˊ， ㄉㄠˋ ㄨㄞˋ-
女人也都離開了家庭，到外

ㄇㄧㄢˋ ㄑㄩˋ ㄐㄧㄡˋ-ㄓˊ， ㄧㄣ-ㄘˇ ㄐㄧㄚ-ㄊㄧㄥˊ ㄉㄚˋ ㄗㄡˇ-ㄧㄤˋ， ㄈㄚ-
面去就職，因此家庭大走樣，發

ㄕㄥ ㄐㄧㄚ-ㄊㄧㄥˊ ㄕㄥ-ㄏㄨㄛˊ ㄉㄜ˙ ㄉㄚˋ‥ㄨㄟˊ-ㄐㄧ! ㄌㄠˇ-ㄖㄣˊ
生家庭生活的大危機！老人

ㄎㄚ' ㄑㆦ-ㄉㆦㄚˉ， ㄌㄨˋ-ㄌㄧㄋˇ ㆤˇ ㄒㄧˉ ㄎㄚ' ㄒㄧㄜˋ-ㄒㆤ˙. ㄌㄚㄇˇ
較粗大，女人的是較小細。男

ㄌㄨ' ㆤˇ ㄊㆤˋ-ㄊㄚㄧˉ ㄧㄚˉ ㆠㄜˇ-ㄒㄧㄚㄫˉ， ㄌㄚㄇˇ·ㆤ˙ ㄎㄚ' ㄑㆦ-ㄌㆦˋ，
女的體態也無像，男的較粗魯，

ㄌㄨ'·ㆤ˙ ㄎㄚ' ㄧㄨ˙-ㄒㄧㄨ˙.
女的較幼秀。

甲 ㄌㄚㄇˇ ㄌㄨ' ㆤˇ ㄊㆤˋ-ㄍㆤ' ㄊㆤˋ-ㄊㄚㄧˉ ㄌㆦㄫ' ㆠㄜˇ ㄉㄚㄫˇ，ㄍㄚㄫ-
男女的體格體態攏無同，工

ㄐㄜㆤ˙ ㄍㄚㄇ' ㄨˉ ㄉㄚㄫˇ？
做敢有同？

乙 ㄐㄚ-ㄅㆦ ㄐㄚ-ㆠㆦ' ㆤˇ ㄍㄚㄫ-ㄐㄜㆤ˙ ㄧㄚㄨ' ㄍㄜ'-ㄎㄚ' ㆠㄜˇ ㄒㄧㄜ-
查甫查某的工做尙更較無相

ㄉㄚㄫˇ. ㄐㄚ-ㄅㆦ-ㆤˇ ㄍㄚㄫ-ㄐㄜㆤ˙ ㄑㆦ-ㄉㆦㄚˉ ㄨˉ ㄌㄚㄉˊ， ㆣㄚㄨˇ
同。查甫的工做粗大有力，賢

ㄐㄚㄨ' ㆣㄚㄨˇ ㄊㄧㄚㄨ˙， ㄎㄚ' ㄐㄜㆤˉ ㄉㄧˉ ㆣㆦㄚˉ-ㆠㄧㄋˉ ㄌㄜˇ-ㄉㆦㄫˉ
走賢跳，較多在外面勞動

ㄐㄜㆤ˙ ㄉㄚㄧˉ-ㄐㄧ˙. ㄐㄚ-ㆠㆦˋ-ㆤˇ ㄉㄧㄜˊ ㄒㄧ° ㄍㄧㄚ°， ㄉㄧㄜˊ ㄏㆦˉ ㄧㄨ˙-
做仕事。查某的着生子，着給幼

ㄍㄧㄚ° ㄐㄧㄚˊ ㄋㄧ°， ㄍㆦ˙ ㄏㆦˉ ㄧㄋ ㄉㆦㄚˉ-ㄏㄚㄋ˙， ㄧㄚˉ ㄉㄧㄜˊ
子吃乳，顧給怹大漢，也着

ㄍㆦㄚㄋˋ-ㄌㄧˋㄍㆤ-ㄌㄚㄧˉ-ㄒㄨˉ， ㄎㄚ' ㄐㄜㆤˉ ㄉㄧˉ ㄌㄚㄧˉ-ㆠㄧㄋˉ.
管理家內事，較多在內面。

甲 ㄍㄨㄋˉ-ㄌㄚㄧˇ ㄍㄚㄫ-ㆣㄧㄚㆴˊ ㄧㄉ-ㄉㄧㄉˊ ㄏㆦㄚㄉ-ㄉㄚㄉˊ， ㄌㄧㄋˇ-ㄎㄚㄨ'
近來工業一直發達，人口

ㄧㄉ-ㄉㄧㄉˊ ㄐㄧㆴˊ-ㄉㄧㆦㄫ ㄍㄚㄨ˙ ㄉㆦ-ㄑㄧˉ， ㄌㆦㄫˇ-ㄑㆦㄚㄋ ㄌㄧㄋˇ-
一直集中到都市，農村人

ㄎㄚㄨ' ㄉㄧㄉ-ㄉㄧㄉ ㄍㄧㄚㄇ' ㄐㄧㄜ'， ㄌㄧㄚㄋˇ ㄐㄚ-ㆠㆦ'··ㄌㄚㄫˇ ㄧㄚˉ
口直直減少，連查某人也

ㄎㄚ' ㄐㄜㆤˉ ㄌㄧˉ-ㄎㄨㄧ ㄍㄚ-ㄉㆤㄫˇ， ㄑㄨㄉ-ㄌㄚㄧˇ ㆣㆦㄚˉ-ㆠㄧㄋ ㄐㄧㄚˊ
較多離開家庭，出來外面喰

ㄊㄚㄨ˙-ㄌㆦˋ， ㄉㄧ˙-ㄍㄚㄨ˙ ㄍㄚ-ㄉㆤㄫˇ ㄉㆦㄚˉ ㄅㄧㄚㄋ˙ ㄎㆦㄚㄋ'，
頭路，致到家庭大變款，

ㄏㆦㄚㄉ-ㄒㆤㄫ ㄍㄚ-ㄉㆤㄫˇ ㄒㆤㄫ-ㆦㄚˊ ㆤˇ ㄉㆦㄚˉ ㆣㄨㄧˇ-ㄍㄧ！ ㄌㄚㄨˉ-
發生家庭生活的大危機！老

ㄒㄧㄠˇ-ㄏㄞˊ ㄉㄡ ㄇㄟˊ-ㄧㄡˇ ㄖㄣˊ ㄌㄞˊ ㄓㄠˋ-ㄍㄨˋ ㄊㄚ-ㄇㄣˊ，ㄐㄧㄚ-
小孩都沒有人來照顧他們，家
ㄊㄧㄥˊ ㄐㄧㄤ ㄧㄠˋ ㄅㄧㄢˋ-ㄔㄥˊ ㄌㄩˇ-ㄍㄨㄢˇ，ㄋㄧˇ ㄧˇ-ㄨㄟˊ ㄗㄣˇ-
庭將要變成旅舘，你以爲怎
ㄇㄜ˙-ㄧㄤˋ?
麼樣？

乙 ㄋㄧˇ ㄕㄨㄛˇ ㄐㄧㄤˇ ㄉㄜ˙，ㄓㄣ·ㄉㄧˋ ㄕˋ ㄉㄚˋ‥ㄨㄣˋ-ㄊㄧˊ·ㄗㄞˋ ㄨㄛˇ
你所講的，眞地是大問題。在我
ㄎㄢˋ ㄌㄞˊ，ㄓㄜˋ-ㄍㄜ˙ ㄨㄣˋ-ㄊㄧˊ ㄗㄞˋ ㄧㄥ-ㄍㄨㄛˊ ㄇㄟˇ-ㄍㄨㄛˊ，ㄕˋ
看來，這個問題在英國美國，是
ㄧˇ-ㄐㄧㄥ ㄏㄣˇ ㄧㄢˊ-ㄓㄨㄥˋ. ㄌㄠˇ-ㄖㄣˊ ㄔㄚ-ㄅㄨˋ-ㄉㄨㄛ ㄇㄟˊ-ㄧㄡˇ
已經很嚴重。老人差不多沒有
ㄉㄧˋ-ㄈㄤ ㄑㄩˋ，ㄋㄧㄢˊ-ㄒㄧㄠˇ ㄏㄞˊ-ㄗˇ ㄇㄟˊ-ㄖㄣˊ ㄍㄨㄢˇ，ㄊㄞˋ-
地方去，年小孩子沒人管，太
ㄅㄠˇ ㄊㄞˋ-ㄇㄟˋ ㄏㄣˇ ㄉㄨㄛ ㄏㄣˇ ㄉㄨㄛ. ㄗㄚˊ-ㄇㄣ˙ ㄗˋ-ㄧㄡˊ ㄓㄨㄥ-
保太妹很多很多。咱們自由中
ㄍㄨㄛˊ，ㄑㄩㄝˋ ㄇㄟˊ-ㄧㄡˇ ㄉㄠˋ ㄋㄚˋ-ㄇㄜ˙-ㄧㄤˋ ㄧㄢˊ-ㄓㄨㄥˋ，ㄉㄢˋ-
國，却沒有到那麼樣嚴重，但
ㄕˋ ㄨㄣˋ-ㄊㄧˊ ㄕˋ ㄧˇ-ㄐㄧㄥ ㄔㄨ-ㄒㄧㄢˋ·ㄌㄧㄠˇ，ㄒㄩ-ㄧㄠˋ ㄊㄧˊ-ㄗㄠˇ
是問題是已經出現了，需要提早
ㄕㄜˋ-ㄈㄚˇ ㄍㄞˇ-ㄐㄧㄡˋ.
設法改救。

甲 ㄕˋ·ㄧㄚˋ，ㄓㄜˋ ㄕˊ-ㄗㄞˋ ㄕˋ ㄖㄣˊ-ㄌㄟˋ ㄕㄜˋ-ㄏㄨㄟˋ ㄕㄥ-ㄏㄨㄛˊ ㄉㄜ˙
是呀，這實在是人類社會生活的
ㄉㄚˋ‥ㄨㄟˊ-ㄐㄧ，ㄧㄥ-ㄍㄞ ㄗㄣˇ-ㄧㄤˋ ㄌㄞˊ ㄍㄞˇ-ㄐㄧㄡˋ?
大危機，應該怎樣來改救？

乙 ㄓㄜˋ ㄎㄨㄥˇ-ㄆㄚˋ ㄧㄠˋ ㄘㄨㄥˊ ㄨㄟˊ-ㄔˊ ㄐㄧㄚ-ㄊㄧㄥˊ ㄕㄥ-ㄏㄨㄛˊ ㄌㄞˊ
這恐怕要從維持家庭生活來
ㄗㄨㄛˋ-ㄑㄧˇ. ㄏㄞˊ-ㄧㄡˇ ㄍㄨㄛˋ-ㄉㄨˋ ㄉㄜ˙ ㄍㄨㄥ-ㄕㄤ-ㄧㄝˋ-ㄏㄨㄚˋ，
做起。還有過度的工商業化，
ㄉㄨ-ㄕˋ ㄐㄧˊ-ㄓㄨㄥ ㄕㄥ-ㄏㄨㄛˊ，ㄧㄝˇ ㄧㄠˋ ㄕㄜˋ-ㄈㄚˇ ㄈㄤˊ-ㄓˇ.
都市集中生活，也要設法防止。

ㄌㄚㄫˇ ㄒㄛㆤ˙-ㄍㄧㄚ° ㆠㆦˇ ㄌㄚㄫˇ ㄊㄚㄫ ㄍㄚ-ㄧㄢ ㄐㄧㄚㄨ˙-ㄍㆦ˙，ㄍㄚ-
人 細 子 無 人 通 供偲 照 顧，家

ㄉㆤㄫˇ ㄐㄧㆦㄫ-ㄍㄨㄢ˭ ㄅㄧㄚㄢ˙-ㄐㄧㄚ˚ ㄌㄨˋ-ㄍㆦㄚㄢˋ，ㄌㄧˋ ㄎㆦㄚ°
庭 將 近 變 成 旅 館，你 看

ㄐㄧㄚㄧ°-ㄧㄨ˚?
怎 樣？

乙 ㄌㄧˋ ㄒㆦˋ ㄍㆦㄫˋ ㆤˇ，ㄐㄧㄣ-ㄐㄧㄚ° ㄒㄧ˭ ㄉㆦㄚ˭ ㆠㄨㄢ˭-ㄉㆤˇ. ㄐㄚㄧ˭
你 所 講 的，眞 正 是 大 問 題。在

ㄫㆦㄚˋ ㄎㆦㄚ°-ㄌㄚㄧˊ，ㄐㄧㄉ-ㆤˇ ㆠㄨㄢ˭-ㄉㆤˇ ㄉㄧ˭ ㆤㄫ-ㄍㆦㄍ ㆠㄧˋ-
我 看 來，這個 問 題 於 英 國 美

ㄍㆦㄍ，ㄒㄧ˭ ㄧˋ-ㄍㆤㄫ ㄐㄧㄣ ㄫㄧㄚㄇˇ-ㄉㄧㆦㄫ˭. ㄌㄚㄨ˭-ㄌㄚㄫˇ ㄑㄚ-
國，是已 經 眞 嚴 重。老 人 差

ㄅㄨㄉ-ㄉㄛ ㆠㄛㆤˊ ㆠㄛˇ ㄉㄚˊ ㄊㄚㄫ ㄎㄧˋ，ㄒㄧㄚㄨ˙-ㄌㄧㄚㄢˇ ㄫㄧㄢˋ-
不 多 卜 無 地 通 去，少 年 囝

ㄚˋ ㆠㄛˇ ㄌㄚㄫˇ ㄍㆦㄚㄢˋ-ㄍㆦ˙，ㄊㄚㄧ˙-ㄅㄛˋ ㄊㄚㄧ˙-ㄇㄛㆤ˭ ㄐㄧㄣ-
仔 無 人 管 顧，太 保 太 妹 眞

ㄐㄧㄚ° ㄐㄛㆤ˭. ㄌㄚㄢˋ ㄐㄨ˭-ㄧㄨˇ ㄉㄧㆦㄫ-ㄍㆦㄍ，ㄎㄧㆦㄍ-ㄒㄧ˭ ㄧㄚㄨˋ-
正 多。咱 自 由 中 國，却 是 尙

ㆠㄛㆤ˭ ㄍㄚㄨ˙ ㄏㄧㄚˊ ㄫㄧㄚㄇˇ-ㄉㄧㆦㄫ˭，ㄉㄚㄢ˭-ㄒㄧ˭ ㆠㄨㄢ˭-ㄉㆤˇ ㄒㄧ˭
未 到 許 嚴 重，但 是 問 題 是

ㄧˋ-ㄍㆤㄫ ㄑㄨㄉ-ㄏㄧㄚㄢ˭ ㄌㆦ˙，ㄉㄧㄛˊ ㄚㄧ˙ ㄐㄧㄨ˭-ㄍㄧㄣˋ ㄒㄧㄚㄉ-
已 經 出 現 了，着 愛 就 緊 設

ㄏㆦㄚㄉ ㄍㄚㄧˋ-ㄍㄧㄨ˙.
法 改 救。

甲 ㄒㄧ˭·ㄚ˙，ㄐㆤ ㄒㄧㄉˊ-ㄐㄚㄧ˭ ㄒㄧ˭ ㄌㄧㄣˇ-ㄌㄨㄧ˭ ㄒㄧㄚ˭-ㄏㄛㆤ˭ ㄒㆤㄫ-ㄛㄚˊ
是呀，這 實 在 是 人 類 社 會 生 活

ㆤˇ ㄉㆦㄚ˭··ㄫㄨㄧˇ-ㄍㄧ，ㆤㄫ˙-ㄍㄚㄧ ㄐㄧㄚㄧ°-ㄧㄨ˚ ㄌㄚㄧˇ ㄍㄚㄧˋ-ㄍㄧㄨ˙?
的 大 危 機，應 該 怎 樣 來 改 救？

乙 ㄐㆤ ㄍㄚ° ㄉㄧㄛˊ ㄉㄨㄧ˙ ㄨㄧˇ-ㄑㄧˇ ㄍㄚ-ㄉㆤㄫˇ ㄒㆤㄫ-ㄛㄚˊ ㄌㄚㄧˇ
這 敢 着 對 維 持 家 庭 生 活 來

ㄐㄛㆤ˙ ㄎㄧˋ. ㄚˊ ㄍㄛㆤ˙-ㄊㄚㄨˇ ㆤˇ ㄍㄚㄫ-ㄒㄧㆦㄫ-ㄫㄧㄚㄅ-ㄏㆦㄚ˙，
做 起。抑 過 頭 的 工 商 業 化，

ㄉㆦ-ㄑㄧ˭ ㄐㄧㄅˊ-ㄉㄧㆦㄫ ㄒㆤㄫ-ㄛㄚˊ，ㄧㄚ˭ ㄉㄧㄛ ㄉㄧㄚㄉ-ㄏㆦㄚㄉ
都市 集 中 生 活，也 着 設 法

甲 ㄒㄧㄢˋ-ㄗㄞˋ ㄗㄚˊ-ㄇㄣ˙ ㄌㄞˊ ㄐㄧㄤˇ ㄍㄨㄢ-ㄒㄧˋ ㄨㄟˋ-ㄕㄥ、ㄐㄧㄢˋ-ㄎㄤ
現在咱們來講關係衛生、健康

ㄉㄜ˙ ㄏㄨㄚˋ，ㄏㄠˇ ㄅㄨˋ-ㄏㄠˇ?
的話，好不好？

乙 ㄏㄠˇ ㄉㄜ˙，ㄑㄧㄥˇ ㄋㄧˇ ㄒㄧㄢ ㄐㄧㄤˇ ㄋㄧㄣˊ ㄉㄜ˙ ㄍㄨㄟˋ ㄐㄧㄢˋ. ㄨㄛˇ
好的，請你先講您的貴見。我

ㄒㄧㄤˇ ㄗㄚˊ-ㄇㄣ˙ ㄏㄣˇ ㄒㄩ-ㄧㄠˋ，ㄍㄨˇ-ㄌㄧˋ ㄍㄨㄛˊ-ㄇㄧㄣˊ ㄑㄩㄢˊ-
想咱們很需要，鼓勵國民全

ㄊㄧˇ ㄉㄜ˙ ㄊㄧˇ-ㄩˋ. ㄍㄨㄟˋ-ㄐㄧㄢˋ ㄧˇ-ㄨㄟˊ ㄗㄣˇ-ㄧㄤˋ?
體的體育。貴見以為怎樣？

甲 ㄨㄛˇ-ㄇㄣˊ ㄉㄚˋ-ㄐㄧㄚ ㄉㄨㄛ-ㄕㄨˋ，ㄧㄣ-ㄨㄟˋ ㄇㄟˊ-ㄧㄡˇ ㄓㄨˋ-ㄓㄨㄥˋ
我們大家多數，因為沒有注重

ㄊㄧˇ-ㄩˋ，ㄕㄣ-ㄊㄧˇ ㄏㄣˇ ㄕㄨㄞ-ㄖㄨㄛˋ. ㄧㄡˊ-ㄑㄧˊ-ㄕˋ ㄉㄨˊ-ㄕㄨ-
體育，身體很衰弱。尤其是讀書

ㄖㄣˊ ㄉㄡ ㄕˋ ㄕㄡˇ ㄅㄨˋ-ㄋㄥˊ ㄊㄧˊ，ㄐㄧㄢ ㄅㄨˋ-ㄋㄥˊ ㄊㄧㄠ，ㄕㄨㄛˇ-
人都是手不能提，肩不能挑，所

ㄧˇ ㄅㄟˋ ㄨㄞˋ-ㄍㄨㄛˊ‥ㄖㄣˊ ㄔㄥ-ㄨㄟˊ ㄉㄨㄥ-ㄧㄚˇ ㄅㄧㄥˋ-ㄈㄨ.
以被外國人稱為東亞病夫。

乙 ㄏㄠˇ-ㄗㄞˋ，ㄑㄩˋ-ㄋㄧㄢˊ ㄨㄛˇ-ㄇㄣ˙ ㄕㄠˋ-ㄋㄧㄢˊ ㄅㄤˋ-ㄑㄧㄡˊ-ㄉㄨㄟˋ，
好哉，去年我們少年棒球隊，

ㄉㄜˊ-ㄉㄠˋ ㄕˋ-ㄐㄧㄝˋ ㄕㄠˋ-ㄋㄧㄢˊ ㄅㄤˋ-ㄑㄧㄡˊ ㄅㄧˇ-ㄙㄞˋ ㄉㄜ˙
得到世界少年棒球比賽的

ㄍㄨㄢˋ-ㄐㄩㄣ.
冠軍。

甲 ㄗㄨㄛˊ-ㄨㄢˇ ㄊㄨㄥ-ㄧㄝˋ ㄨㄛˇ ㄧㄚˊ-ㄔˇ ㄊㄨㄥˋ，ㄨㄢˊ-ㄑㄩㄢˊ ㄅㄨˋ ㄋㄥˊ
昨晚通夜我牙齒痛，完全不能

ㄕㄨㄟˋ，ㄓㄣ ㄋㄢˊ-ㄍㄨㄛˋ，ㄧㄠˋ ㄗㄣˇ-ㄧㄤˋ ㄏㄠˇ?
睡，真難過，要怎樣好？

乙 ㄧㄚˊ-ㄔˇ ㄊㄨㄥˋ ㄅㄨˋ-ㄉㄢˋ ㄅㄨˋ-ㄋㄥˊ ㄖㄨˋ-ㄕㄨㄟˋ，ㄧㄡˋ ㄅㄨˋ-ㄋㄥˊ
牙齒痛不但不能入睡，又不能

ㄏㆦㄫˇ-ㄐㄧˋ.
防　止。

甲 ㄉㄚ° ㄌㄚㄋˋ ㄌㄚㄧˇ ㄍㆦㄫˋ ㄍㆦㄚㄋ-ㄏㄝˉ ㄛㄝˉ-ㄒㄝㄫˋ、ㄍㄧㄚㄋˉ-ㄎㆦㄫ ㄝˇ
今咱來講關係衛生、健康的

ㄛㄝˉ，ㄏㄛˋ ㄇˋ？
話，好不？

乙 ㄏㄛˋ·ㄚˋ，ㄑㄧㄚ° ㄌㄧˋ ㄒㄝㄫ ㄍㆦㄫˋ ㄌㄧˋ ㄝˇ ㄍㄨㄧˋ-ㄍㄧㄚㄋˋ. ㄫㆦㄚˋ
好呀，請你先講你的貴見。我

ㄒㄧㄨ° ㄌㄚㄋˋ ㄐㄧㄋ ㄒㄨ-ㄧㄨˋ，ㄍㆦˋ-ㄌㄝˉ ㄍㆦㄍ-ㆠㄧㄋˇ ㄐㆦㄚㄋˇ-ㄊㄝˋ
想咱眞需要，鼓勵國民全體

ㄝˇ ㄊㄝˋ-ㄧㆦㄍˊ. ㄍㄨㄧˋ-ㄍㄧㄚㄋˋ ㄧˋ-ㄨㄧˇ ㄐㄧㄚ°ˋ-ㄧㄨ°?
的體育。貴見以爲怎樣？

甲 ㄌㄚㄋˋ ㄉㄚㄧˉ-ㄍㄝ ㄎㄚˋ ㄐㄛㄝˉ，ㄧㄋ-ㄨㄧ ㆠㄛˇ ㄐㄨˋ-ㄉㄧㆦㄫˉ ㄊㄝˋ-
咱大家較多，因爲無注重體

ㄧㆦㄍˊ，ㄒㄧㄋ-ㄊㄝˋ ㄐㄧㄋ ㄌㆦㄚㄋˋ-ㆡㄧㆦㄍˊ. ㄧㄨˇ-ㄍㄧˋ-ㄒㄧˉ ㄊㄚㄍˊ-
育，身體眞軟弱。尤其是讀

ㄑㄝˋ-ㄌㄚㄫˇ，ㄉㆦ ㄒㄧˉ ㄑㄧㄨˋ ㄅㄨㄉ-ㄌㄝㄫˇ ㄊㄝˇ，ㄍㄧㄚㄋ ㄅㄨㄉ-
冊人，都是手不能提，肩不

ㄌㄝㄫˇ ㄊㄧㄚㄨ，ㄒㆦˋ-ㄧˋ ㄏㆦ ㄫㆦㄚˉ-ㄍㆦㄍ˙. ㄌㄚㄫˇ ㄍㄧㄛˋ-ㄐㄛㄝ
能挑，所以給外國人叫做

ㄉㄚㄫ-ㄚ ㄅㄝㄫˉ-ㄏㄨ.
東亞病夫。

乙 ㄍㄚ-ㄐㄚㄧˋ，ㄍㄨˉ-ㄋㄧˇ ㄌㄚㄋˋ ㄒㄧㄚㄨˋ-ㄌㄧㄚㄋˇ ㄆㄚㄫˉ-ㄍㄧㄨˇ-ㄉㄨㄧˉ，
佳哉，舊年咱少年棒球隊，

ㄉㄧㄉˋ-ㄉㄧㄛˊ ㄒㄝˋ-ㄍㄚㄧˋ ㄒㄧㄚㄨˋ-ㄌㄧㄚㄋˇ ㄆㄚㄫˉ-ㄍㄧㄨˇ ㄅㄧˋ-ㄒㄚㄧˋ
得着世界少年棒球比賽

ㄝˇ ㄍㆦㄚㄋˋ-ㄍㄨㄋ.
的冠軍。

甲 ㄐㄚ-ㄚㄇˋ ㄍㄨㄧ-ㄚㄇˋ ㄫㆦㄚˋ ㄑㄨㄧˋ-ㄎㄧˋ ㄊㄧㄚ°，ㄌㆦㄫˋ ㆠㄛㄝˉ ㄎㄨㄋˋ
昨暗歸暗我嘴齒痛，攏昧睏

ㄉㄧㄉ，ㄐㄧㄋ ㄍㄚㄋ-ㄎㆦˋ，ㆠㄝˊ ㄐㄧㄚ°ˋ-ㄧㄨ° ㄏㄛˋ?
得，眞艱苦，卜怎樣好？

乙 ㄑㄨㄧˋ-ㄎㄧˋ ㄊㄧㄚ° ㄇˉ-ㄋㄚˉ ㆠㄛㄝˉ ㄎㄨㄋˋ ㄉㄧㄉ，ㄧㄚˉ ㆠㄛㄝˉ-ㄊㄚㄫ
嘴齒痛不但昧睏得，也昧通

ㄔ ㄉㄨㄥ-ㄒㄧ˙， ㄉㄚˋ-ㄉㄚˋ·ㄉㄧ˙ ㄏㄨㄟˋ ㄏㄞˋ ㄐㄧㄢˋ-ㄎㄤ， ㄒㄩ-ㄧㄠˋ
吃東西，大大地會 害健康，需要

ㄍㄢˇ-ㄎㄨㄞˋ ㄑㄩˋ ㄍㄟˇ ㄧㄚˊ-ㄎㄜ ㄧ-ㄕㄥ ㄎㄢˋ.
趕快去給牙科醫生看。

甲 ㄨㄛˇ ㄗㄠˇ-ㄔㄣˊ ㄍㄢˇ-ㄐㄩㄝˊ ㄊㄡˊ ㄩㄣ，ㄌㄧㄡˊ ㄅㄧˊ-ㄕㄨㄟˇ，ㄉㄚˇ
我早晨感覺頭暈，流鼻水，打

ㄆㄣˋ-ㄊㄧˋ，ㄅㄨˋ ㄓ-ㄉㄠˋ ㄕˋ ㄗㄣˇ-ㄧㄤˋ？
噴嚏，不知道是怎樣？

乙 ㄓㄜˋ-ㄍㄜ˙ ㄧˊ-ㄉㄧㄥˋ ㄕˋ ㄓㄠˊ-ㄌㄧㄤˊ，ㄕˋ ㄕㄤ-ㄈㄥ·ㄧㄚ˙！ㄧㄡˇ ㄇㄟˊ-
這個一定是着涼，是傷風呀！有沒

ㄧㄡˇ ㄈㄚ-ㄕㄠ ㄋㄜ˙？ㄧㄠˋ ㄍㄢˇ-ㄎㄨㄞˋ ㄍㄟˇ ㄧ-ㄕㄥ(ㄉㄞˋ-ㄈㄨ˙) ㄎㄢˋ.
有發燒呢？要趕快給醫生（大夫）看。

甲 ㄉㄨˋ-ㄗ˙ ㄊㄨㄥˋ ㄐㄧㄡˋ-ㄕˋ ㄨㄟˋ ㄗㄞˋ ㄊㄨㄥˋ ㄇㄚ？
肚子痛就是胃在痛嗎？

乙 ㄉㄨˋ·ㄗ˙ ㄊㄨㄥˋ ㄧㄡˇ-ㄕˊ ㄕˋ ㄨㄟˋ ㄗㄞˋ ㄊㄨㄥˋ，ㄧㄡˇ-ㄕˊ ㄅㄨˋ ㄧˊ-
肚子痛有時是胃在痛，有時不一

ㄉㄧㄥˋ，ㄏㄨㄛˋ-ㄓㄜˇ ㄕˋ ㄉㄚˋ-ㄔㄤˊ ㄏㄞˊ-ㄕˋ ㄒㄧㄠˇ-ㄔㄤˊ ㄗㄞˋ
定，或者是大腸還是小腸在

ㄊㄨㄥˋ，ㄧㄠˋ ㄍㄟˇ ㄉㄞˋ-ㄈㄨ˙ ㄓㄣˇ-ㄔㄚˊ，ㄘㄞˊ ㄏㄨㄟˋ ㄑㄧㄥ-ㄔㄨˇ·
痛，要給大夫診察，才會清楚。

甲 ㄈㄢˊ-ㄕˋ ㄕㄣ-ㄊㄧˇ ㄅㄨˋ ㄕㄨ-ㄈㄨˊ，ㄅㄨˊ-ㄧㄠˋ ㄗˋ-ㄐㄧˇ ㄗㄨㄛˋ ㄓㄨˇ-ㄧˋ
凡是身體不舒服，不要自己做主意

ㄘㄞˊ-ㄏㄠˇ ㄧㄚ˙！
才好呀！

乙 ㄕˋ-ㄚ˙！ㄐㄧㄢˋ-ㄎㄤ ㄕˋ ㄨㄢˋ-ㄕˋ ㄉㄜ˙ ㄎㄞ-ㄕˇ，ㄧㄥ-ㄍㄞ ㄅㄠˇ-ㄓㄨㄥˋ
是啊！健康是萬事的開始，應該保重

ㄘㄞˊ ㄉㄨㄟˋ·ㄧㄚ˙！
才對呀！

ㄐㄧㄚˊ ㄇㄧˋ, ㄉㄛㄚˉ-ㄉㄛㄚˉ ㄛㄝˉ ㄏㄚㄧˉ ㄍㄧㄚㄋˉ-ㄎㄛㄫ, ㄉㄧㄛˊ
喰物，大大會害健康，着

ㄍㄛㄚ°-ㄍㄧㄋˋ ㄎㄧˋ ㄏㄛˉ ㄎㄧˋ-ㄎㄛ ㄧ-ㄒㄝㄫ ㄎㄛㄚ°.
趕緊去給齒科醫生看。

甲 ㄫㄛㄚˋ ㄐㄚˋ-ㄎㄧˋ ㄊㄚㄨˇ ㄏㄧㄋˇ-ㄏㄧㄋˇ, ㄌㄚㄨˇ ㄆㄧ°-ㄐㄨㄧˋ, ㄆㄚˋ ㄍㄚ-
我早起頭眩眩，流鼻水，打呵

ㄑㄧㄨ°, ㄇˉ-ㄐㄞ ㄒㄧˉ ㄚㄋˋ-ㄐㄛㄚ°?
欠，不知是按怎？

乙 ㄐㄝ ㄉㄝㄍ-ㄎㄚㄍ ㄒㄧˉ ㄍㄛㄚ°-ㄉㄧㄛˊ, ㄒㄧˉ ㄒㄧㄛㄫ-ㄏㄛㄫ·ㄚˉ! ㄨˉ ㄏㄨㄚㄉ
這的確是寒着，是傷風啊！有發

ㄒㄧㄛ ㆠㄛ°? ㄉㄧㄛˊ ㄍㄧㄋˋ ㄎㄧˋ ㄏㄛˉ ㄧ-ㄒㄝㄫ ㄎㄛㄚ°.
燒無？着緊去給醫生看。

甲 ㄅㄚㄍ-ㄉㄛˋ ㄊㄧㄚ° ㄍㄚㄇˋ ㄐㄧㄨˉ-ㄒㄧˉ ㄨㄧˉ ㄉㄝˋ ㄊㄧㄚ°?
腹肚痛敢就是胃在痛？

乙 ㄅㄚㄍ-ㄉㄛˋ ㄊㄧㄚ° ㄨˉ ㄒㄧˇ ㄒㄧˉ ㄨㄧˉ ㄉㄝˋ ㄊㄧㄚ°, ㄨˉ ㄒㄧˇ ㆠㄛˇ
腹肚痛有時是胃在痛，有時無

ㄉㄝㄍ-ㄎㄚㄍ, ㄍㄧㄚㄇˋ-ㄑㄞˋ ㄒㄧˉ ㄉㄛㄚˉ-ㄉㄫˇ ㄚˋ-ㄒㄧˉ ㄒㄧㄛˋ-ㄉㄫˇ
的確，敢裁是大腸抑是小腸

ㄉㄝˋ ㄊㄧㄚ°, ㄉㄧㄛˊ ㄏㄛˉ ㄧ-ㄒㄝㄫ ㄐㄧㄋˋ-ㄑㄚㄉ, ㄐㄧㄚˋ ㄛㄝˉ ㄑㄝㄫ-
在痛，着給醫生診察，才會清

ㄑㄛˋ.
楚。

甲 ㄍㄧ°-ㄋㄚˉ ㄒㄧㄋ-ㄊㄝˋ ㄨˉ ㄇˉ ㄉㄨˋ-ㄏㄛˋ, ㄇˉ-ㄊㄚㄫ ㄍㄚ-ㄍㄧˉ ㄉㄛㄚˉ
見若身體有不抵好，不可家已大

ㄐㄨˋ-ㄧˋ ㄐㄧㄚˋ-ㄏㄛˋ ㄚˉ!
主意才好呀！。

乙 ㄒㄧˉ·ㄚˉ! ㄍㄧㄚㄋˉ-ㄎㄛㄫ ㄒㄧˉ ㆠㄚㄋ-ㄒㄨˉ ㄝˇ ㄎㄧˋ-ㄊㄚㄨˇ, ㄉㄧㄛˊ ㄚㄧˋ
是啊！健康是萬事的起頭，着愛

ㄅㄛˋ-ㄉㄧㄛㄫˉ ㄐㄧㄚˋ ㄒㄧˉ·ㄚˉ!
保重才是啊！

ㄌㄧㄢˋ － ㄒㄧˊ
練 習 （四）

1. ㄗㄡˇ ㄌㄨˋ.
走 路。
2. ㄒㄧㄤˇ ㄗㄡˇ ㄌㄨˋ.
想 走 路。
3. ㄅㄨˋ ㄗㄡˇ ㄌㄨˋ.（ㄅㄨˋ-ㄎㄣˇ ㄗㄡˇ ㄌㄨˋ）
不 走 路。（不 肯 走 路）
4. ㄒㄧˇ-ㄏㄨㄢ ㄗㄡˇ-ㄌㄨˋ.
喜 歡 走 路。
5. ㄧㄠˋ ㄗㄡˇ ㄌㄨˋ.（ㄅㄧˋ-ㄒㄩ ㄗㄡˇ ㄌㄨˋ）
要 走 路。（必 需 走 路）
6. ㄇㄧㄢˇ-ㄉㄜˊ ㄗㄡˇ ㄌㄨˋ.（ㄅㄨˋ-ㄒㄩ ㄗㄡˇ ㄌㄨˋ）
免 得 走 路。（不 需 走 路）
7. ㄏㄨㄟˋ ㄗㄡˇ ㄌㄨˋ.（ㄎㄜˇ-ㄧˇ ㄗㄡˇ ㄌㄨˋ）
會 走 路。（可 以 走 路）
8. ㄅㄨˋ-ㄋㄥˊ ㄗㄡˇ ㄌㄨˋ.
不 能 走 路。
9. ㄎㄨㄞˋ ㄏㄨㄟˋ ㄗㄡˇ ㄌㄨˋ.
快 會 走 路。
10. ㄧˇ-ㄐㄧㄥ ㄏㄨㄟˋ ㄗㄡˇ ㄌㄨˋ.
已 經 會 走 路。
11. ㄋㄧˇ ㄗㄡˇ ㄌㄨˋ!（ㄧㄠˋ ㄋㄧˇ ㄗㄡˇ ㄌㄨˋ!）
你 走 路！（要 你 走 路！）
12. ㄑㄧㄥˇ ㄋㄧㄣˊ ㄗㄡˇ ㄌㄨˋ.
請 您 走 路。
13. ㄑㄧㄥˇ ㄅㄨˊ-ㄧㄠˋ ㄗㄡˇ ㄌㄨˋ.
請 不 要 走 路。
14. ㄅㄨˊ-ㄧㄠˋ ㄗㄡˇ ㄌㄨˋ.（ㄅㄨˋ ㄎㄜˇ-ㄧˇ ㄗㄡˇ ㄌㄨˋ）
不 要 走 路。（不 可 以 走 路）
15. ㄓㄥˋ-ㄗㄞˋ ㄒㄧㄤˇ-ㄧㄠˋ ㄗㄡˇ ㄌㄨˋ ㄑㄩˋ.
正 在 想 要 走 路 去。

ㄌㄧㄚㄋ˫-ㄒㄧㆴ˙

練　習　（四）

1\. ㄍㄧㄚ˙ ㄌㆦ˫.
行　路。

2\. ㆠㆤ˪ ㄍㄧㄚ˙ ㄌㆦ˫.
卜 行 路。

3\. ㄇ˫ ㄍㄧㄚ˙ ㄌㆦ˫.（ㄇ˫-ㄎㄝㄫ˪ ㄍㄧㄚ˙ ㄌㆦ˫）
不 行 路。（不 肯 行 路）

4\. ㄚㄧ˪ ㄍㄧㄚ˙ ㄌㆦ˫.
愛 行 路。

5\. ㄉㄧㄛˊ ㄍㄧㄚ˙ ㄌㆦ˫.（ㄚㄧ˪ ㄍㄧㄚ˙ ㄌㆦ˫）
着 行 路。（要 行 路）

6\. ㆠㄧㄚㄋ˪ ㄍㄧㄚ˙ ㄌㆦ˫.（ㄇ˫-ㆠㄧㄚㄋ˪ ㄍㄧㄚ˙ ㄌㆦ˫）
免 行 路。（不 免 行 路）

7\. ㄛㄝ˫ ㄍㄧㄚ˙ ㄌㆦ˫.（ㄛㄝ˫-ㄊㄚㄫ ㄍㄧㄚ˙ ㄌㆦ˫）
會 行 路。（會 通 行 路）

8\. ㆠㄛㄝ˫ ㄍㄧㄚ˙ ㄌㆦ˫.
眛 行 路。

9\. ㄉㄝ˪-ㆠㄝ˪ ㄛㄝ˫ ㄍㄧㄚ˙ ㄌㆦ˫.
在 卜 會 行 路。

10\. ㄧ˪-ㄍㄝㄫ ㄛㄝ˫ ㄍㄧㄚ˙ ㄌㆦ˫.
已 經 會 行 路。

11\. ㄌㄧ˪ ㄍㄧㄚ˙ ㄌㆦ˫!（ㄌㄧ˪ ㄉㄧㄛˊ ㄍㄧㄚ˙ ㄌㆦ˫!）
汝 行 路！（汝 着 行 路！）

12\. ㄑㄧㄚ˪ ㄌㄧ˪ ㄍㄧㄚ˙ ㄌㆦ˫.
請 汝 行 路。

13\. ㄑㄧㄚ˪ ㄇ˫-ㄊㄚㄫ ㄍㄧㄚ˙ ㄌㆦ˫.
請 不 可 行 路。

14\. ㆠㄛˊ-ㄉㄧㄉ ㄍㄧㄚ˙ ㄌㆦ˫!
勿 得 行 路！

15\. ㄉㄨ˪ ㄉㄝ˪-ㆠㄝ˪ ㄍㄧㄚ˙ ㄌㆦ˫ ㄎㄧ˪.
抵 在 卜 行 路 去。

16. ㄇㄟˊ ㄖㄣˊ ㄗㄞˋ ㄗㄡˇ ㄌㄨˋ.
沒 人 在 走 路。

17. ㄧˇ-ㄐㄧㄥ ㄗㄡˇ ㄌㄨˋ ㄑㄩˋ.ㄌㄜ˙.
已 經 走 路 去 了。

18. ㄐㄧㄠˋ ㄊㄚ ㄗㄡˇ ㄌㄨˋ, ㄊㄚ ㄐㄧㄡˋ-ㄉㄜˊ ㄗㄡˇ ㄌㄨˋ.
叫 他 走 路，他 就 得 走 路。

19. ㄐㄧㄠˋ ㄊㄚ ㄅㄨˊ-ㄧㄠˋ ㄗㄡˇ ㄌㄨˋ, ㄊㄚ ㄆㄧㄢ ㄧㄠˋ ㄗㄡˇ ㄌㄨˋ.
叫 他 不 要 走 路，他 偏 要 走 路。

20. ㄐㄧㄠˋ ㄨㄛˇ ㄗㄡˇ ㄌㄨˋ, ㄨㄛˇ ㄐㄧㄡˋ ㄧˊ-ㄉㄧㄥˋ ㄧㄠˋ ㄗㄡˇ ㄌㄨˋ·ㄇㄚ ?
叫 我 走 路，我 就 一 定 要 走 路 嗎？

21. ㄧㄠˋ ㄋㄧˇ ㄗㄡˇ ㄌㄨˋ, ㄕˋ ㄨㄟˋ-ㄓㄜ˙ ㄧㄠˋ ㄋㄧˇ ㄕㄣ-ㄊㄧˇ ㄏㄠˇ·ㄧㄚ˙.
要 你 走 路，是 爲 着 要 你 身 體 好 呀。

22. ㄇㄧㄣˊ-ㄊㄧㄢ ㄧㄠˋ ㄑㄩˋ ㄘㄠˇ-ㄕㄢ, ㄋㄧˇ ㄕˋ ㄧㄠˋ ㄗㄡˇ-ㄌㄨˋ,
明 天 要 去 草 山，你 是 要 走 路，

ㄏㄨㄛˋ-ㄕˋ ㄧㄠˋ ㄗㄨㄛˋ-ㄔㄜ ?
或 是 要 坐 車？

23. ㄓㄜˋ-ㄊㄧㄠˊ ㄌㄨˋ ㄨㄛˇ ㄗㄡˇ-ㄍㄨㄛˋ.ㄌㄜ˙, ㄋㄧˇ ㄏㄞˊ ㄇㄟˊ-ㄧㄡˇ
這 條 路 我 走 過 了 你 還 沒 有

ㄗㄡˇ-ㄍㄨㄛˋ.
走 過。

24. ㄋㄚˋ-ㄊㄧㄠˊ ㄌㄨˋ ㄨㄛˇ ㄅㄨˋ-ㄍㄢˇ ㄗㄡˇ, ㄋㄧˇ ㄍㄢˇ ㄗㄡˇ ㄇㄚ?
那 條 路 我 不 敢 走，你 敢 走 嗎？

25. ㄋㄧˇ ㄗㄡˇ ㄉㄜ˙ ㄌㄨˋ, ㄨㄛˇ ㄧㄝˇ ㄎㄜˇ-ㄧˇ ㄗㄡˇ.
你 走 的 路，我 也 可 以 走。

26. ㄅㄧㄝˊ-ㄖㄣˊ ㄧㄠˋ ㄗㄡˇ ㄉㄜ˙ ㄌㄨˋ, ㄋㄧˇ ㄧㄝˇ ㄧㄠˋ ㄗㄡˇ.
別 人 要 走 的 路，你 也 要 走。

27. ㄇㄟˊ ㄖㄣˊ ㄍㄢˇ ㄗㄡˇ ㄉㄜ˙ ㄌㄨˋ, ㄨㄛˇ ㄒㄧㄤˇ ㄕˋ ㄗㄡˇ-ㄎㄢˋ.
沒 人 敢 走 的 路，我 想 試 走 看。

28. ㄑㄧㄥˇ ㄋㄧㄣˊ ㄒㄧㄢ ㄗㄡˇ, ㄨㄛˇ ㄘㄞˊ ㄍㄢˇ ㄗㄡˇ.
請 您 先 走，我 才 敢 走。

29. ㄅㄨˊ-ㄧㄠˋ ㄎㄜˋ-ㄑㄧˋ, ㄑㄧㄥˇ ㄋㄧˇ ㄒㄧㄢ ㄗㄡˇ ㄌㄧㄥˇ-ㄌㄨˋ.
不 要 客 氣，請 你 先 走 領 路。

16. ㆠㆦˋ ㄌㄚㄫˋ ㄉㄧˉ-ㄉㆤˈ ㄍㄧㆩ˫ ㄌㆦˉ.
無人在地行路。

17. ㄧˋ-ㄍㆤㄫ ㄍㄧㆩ˫ ㄌㆦˉ ㄎㄧˋ·ㄌㄧㄚㄨˋ.
已經行路去了。

18. ㄍㄧㆦˋ ㄧ ㄍㄧㆩ˫ ㄌㆦˉ, ㄧ ㄐㄧㄨ-ㄉㄧㆦˊ ㄍㄧㆩ˫ ㄌㆦˉ.
叫伊行路，伊就着行路。

19. ㄍㄧㆦˋ ㄧ ㄇˉ-ㄊㄚㄫ ㄍㄧㆩ˫ ㄌㆦˉ, ㄧ ㄆㄧㄚㄋ ㆠㆤˈ ㄍㄧㆩ˫ ㄌㆦˉ.
叫伊不可行路，伊偏卜行路。

20. ㄍㄧㆦˋ ㆣㆦㄚˋ ㄍㄧㆩ˫ ㄌㆦˉ, ㆣㆦㄚˋ ㄍㄚㄇˋ ㄐㄧㄨˉ-ㄉㄧㆦˊ ㄍㄧㆩ˫ ㄌㆦˉ?
叫我行路，我敢就着行路？

21. ㄍㄧㆦˋ ㄌㄧˋ ㄍㄧㆩ˫ ㄌㆦˉ, ㄒㄧˉ ㄨㄧˉ-ㄉㄧㆦˊ ㄞˋ ㄌㄧˋ ㄒㄧㄣ-ㄎㄨ
叫汝行路，是爲着愛汝身軀

ㄏㆦˋ·ㄚ˙.
好啊。

22. ㆠㄧㄋˋ-ㄚˋ-ㄐㄚㄧˋ ㆠㆤˈ ㄎㄧˋ ㄘㄚㄨˋ-ㄒㆦㄚ˚, ㄌㄧˋ ㄒㄧˉ ㆠㆤˈ ㄍㄧㆩ˫-
明仔早卜去草山，汝是卜行

ㄌㆦˉ, ㄧㄚˋ-ㄒㄧˉ ㆠㆤˈ ㄐㆤˉ-ㄑㄧㄚ?
路，抑是卜坐車？

23. ㄐㄧㄉ-ㄉㄧㄚㄨˋ ㄌㆦˉ ㆣㆦㄚˋ ㄍㄧㆩ˫-ㄍㆦㆤ˙·ㄌㄧㄚㄨˋ, ㄌㄧˋ ㄧㄚㄨˋ
此條路我行過了，汝尚

ㄇˉ-ㆠㄚㄉ·ㄍㄧㆩ˫-ㄍㆦㆤ˙.
不會行過。

24. ㄏㄧㄉ-ㄉㄧㄚㄨˋ ㄌㆦ ㆣㆦㄚˋ ㄇˉ-ㄍㄚㆬ ㄍㄧㆩ˫, ㄌㄧˋ ㄍㄚㆬ ㄍㄧㆩ˫ ㄇ˙?
彼條路我不敢行，汝敢行不？

25. ㄌㄧˋ ㄍㄧㆩ˫ ㆤˋ ㄌㆦˉ, ㆣㆦㄚˋ ㄧㄚˉ ㆦㆤˉ-ㄊㄚㄫ ㄍㄧㆩ˫.
汝行的路，我也會通行。

26. ㄌㄚㄫˋ ㄉㄧㆦˊ ㄍㄧㆩ˫ ㆤˋ ㄌㆦˉ, ㄌㄧˋ ㄧㄚˉ ㄉㄧㆦˊ ㄍㄧㆩ˫.
人着行的路，汝也着行。

27. ㆠㆦˋ ㄌㄚㄫˋ ㄍㄚㆬ ㄍㄧㆩ˫ ㆤˋ ㄌㆦˉ, ㆣㆦㄚˋ ㄞˋ ㄑㄧˋ ㄍㄧㆩ˫ ㄎㆦㄚ˙.
無人敢行的路，我愛試行看。

28. ㄑㄧㆩ ㄌㄧˋ ㄒㆤㄫ ㄍㄧㆩ˫, ㆣㆦㄚˋ ㄐㄧㄚˈ ㄍㄚㆬ ㄍㄧㆩ˫.
請汝先行，. 我即敢行。

29. ㄇˉ-ㆠㄧㄢˋ ㄒㆦㆤ˙-ㄌㄧˉ, ㄑㄧㆩ ㄌㄧˋ ㄒㆤㄫ ㄍㄧㆩ˫ ㄘㆦㄚˉ-ㄌㆦˉ.
不免細膩，請汝先行悉路。

ㄌㄧㄢˋ－ㄒㄧˊ

練　習　（五）

1. ㄔ　ㄈㄢˋ.（ㄩㄥˋ　ㄈㄢˋ）
吃(喫)　飯。（用　飯）

2. ㄒㄧㄤˇ　ㄔ　ㄈㄢˋ.（ㄧㄠˋ　ㄔ　ㄈㄢˋ）
想　吃　飯。（要　吃　飯），

3. ㄅㄨˋ　ㄔ　ㄈㄢˋ.
不　吃　飯　。

4. ㄒㄧˇ-ㄏㄨㄢ　ㄔ　ㄈㄢˋ.（ㄨㄟˋ-ㄎㄡˇ　ㄏㄠˇ）
喜　歡　吃　飯。（胃　口　好）

5. ㄧㄠˋ　ㄔ　ㄈㄢˋ.（ㄒㄩ-ㄧㄠˋ　ㄔ　ㄈㄢˋ）
要　吃　飯。（需要　吃　飯）

6. ㄅㄨˊ-ㄅㄧˋ　ㄔ　ㄈㄢˋ.
不　必　吃　飯。

7. ㄋㄥˊ　ㄔ　ㄈㄢˋ.
能　吃　飯　。

8. ㄅㄨˋ-ㄋㄥˊ　ㄔ　ㄈㄢˋ.
不　能　吃　飯　。

9. ㄓㄥˋ-ㄧㄠˋ　ㄔ　ㄈㄢˋ.
正　要　吃　飯　。

10. ㄧˇ-ㄐㄧㄥ　ㄔ　ㄍㄨㄛˋ　ㄈㄢˋ.
已經　吃　過　飯。

11. ㄔ　ㄍㄨㄛˋ˙ㄌㄜ.
吃　過　了　。

12. ㄏㄞˊ　ㄇㄟˊ-ㄧㄡˇ　ㄔ.
還　沒　有　吃。

13. ㄐㄧㄠˋ　ㄊㄚ　ㄔ.
叫　他　吃。

14. ㄊㄚ　ㄅㄨˋ　ㄔ.
他　不　吃。

15. ㄍㄟˇ　ㄋㄧˇ　ㄔ.
給　你　吃。

ㄌㄧㄚㄋ¯ - ㄒㄧㄅˊ
練　習　（五）

1. ㄐㄧㄚˊ ㄅㄫ¯.（ㄝㄫ ㄅㄫ¯）
喰　飯。（用　飯）

2. ㆠㄝˈ ㄐㄧㄚˊ ㄅㄫ¯.（ㄚㄧˋ ㄐㄧㄚˊ ㄅㄫ¯.）
卜　喰　飯。（愛　喰　飯。）

3. ㄇ¯ ㄐㄧㄚˊ ㄅㄫ¯.
不　喰　飯。

4. ㄚㄧˋ ㄐㄧㄚˊ ㄅㄫ¯.（ㆣㄚㄨˇ ㄐㄧㄚˊ ㄅㄫ¯.）
愛　喰　飯。（賢　喰　飯。）

5. ㄉㄧㄛˊ ㄐㄧㄚˊ ㄅㄫ¯.
着　喰　飯。

6. ㆠㄧㄚㄋˋ ㄐㄧㄚˊ ㄅㄫ¯.
免　喰　飯。

7. ㄛㄝ¯ ㄐㄧㄚˊ ㄅㄫ¯.
會　喰　飯。

8. ㆠㄛㄝ¯ ㄐㄧㄚˊ ㄅㄫ¯.
昧　喰　飯。

9. ㄉㄝˈ-ㆠㄝˈ ㄐㄧㄚˊ ㄅㄫ¯.
在　卜　喰　飯。

10. ㄧˋ-ㄍㄝㄫ ㄐㄧㄚˊ ㄅㄫ¯ ㄌㄧㄚㄨˋ.
已經　喰　飯　了。

11. ㄐㄧㄚˊ ㄌㄧㄚㄨˋ·ㄌㄛ˙.
喰　了　嚕。

12. ㄧㄚㄨˋ-ㆠㄝ¯ ㄐㄧㄚˊ.
尚　未　喰。

13. ㄍㄧㄛˋ ㄧ ㄐㄧㄚˊ.
叫　伊　喰。

14. ㄧ ㄇ¯ ㄐㄧㄚˊ.
伊　不　喰。

15. ㄏㄛ˙ ㄌㄧˋ ㄐㄧㄚˊ.
給　汝　喰。

16. ㄌㄧˋ ㄉㄧㄛˊ ㄐㄧㄚˊ!
汝 着 喰！

17. ㄐㄧㄚˊ ㆠㄛㆤˉ ㄌㄧㄚㄨˋ.
喰 昧 了。

18. ㄐㄧㄚˊ ㄌㄧㄚㄨˋ-ㄌㄧㄚㄨˋ.
喰 了 了。

19. ㄐㄧㄚˊ ㆠㄛˇ ㄍㄚㄨ˙.
喰 無 够。

20. ㄐㄧㄚˊ ㄨˉ ㄑㄨㄋ.
喰 有 剩。

21. ㄏㆦˉ ㄧ ㄐㄧㄚˊ-ㄎㄧˋ-ㄌㄧㄚㄨˋ.
被 伊 喰 去 了。

22. ㄍㄚˉ ㄧ ㄐㄧㄚˊ ㄍㄛㆤ˙-ㄌㄚㄧˇ.
共 伊 喰 過 '來。

23. ㄐㄧㄚˊ ㄅㄚˋ ㄌㄧㄚㄨˋ，ㄇˉ-ㄚㄧˋ ㄍㄛˋ ㄐㄧㄚˊ.
喰 飽 了，不 愛 更 喰。

24. ㄐㄧㄚˊ-ㄅㄚˋ ㆤˇ ㄌㄚㄫˇ，ㄇˉ-ㄍㆦㄚㄋˋ ㄧㄚㄨ˙˙ㄌㄚㄫˇ ㆣㄛˉ.
喰 飽 的 人，不 管 枵（饑） 人 餓。

25. ㄌㄧˋ ㄊㄚㄫ ㄐㄧㄚˊ，ㆣㆦㄚˋ ㄧㄚˉ ㄊㄚㄫ ㄐㄧㄚˊ.
汝 通 喰，我 也 通 喰。

26. ㄍㄧㄛ˙ ㄌㄧˋ ㄐㄧㄚˊ，ㄌㄧˋ ㄐㄧㄨˉ ㄉㄧㄛˊ ㄐㄧㄚˊ.
叫 汝 喰，汝 就 着 喰。

27. ㄑㄧㄚ˚ ㄌㄚㄧˇ ㄧㆦㄫˉ ㄅㄫˉ.（ㄑㄧㄚ˚ ㄧㆦㄫˉ ㄅㄫˉ）
請 來 用 飯。（請 用 飯）

28. ㄨˉ ㆤˇ ㄛㆤ-ㄊㄚㄫ ㄐㄧㄚˊ，ㄨˉ ㆤˇ ㆠㄛㆤˉ-ㄊㄚㄫ ㄐㄧㄚˊ.
有 的 會 通 喰，有 的 昧 通 喰。

29. ㄛㆤˉ-ㄊㄚㄫ ㄐㄧㄚˊ，ㄐㄧㄨˉ ㄍㄚ ㄐㄧㄚˊ，ㆠㄧㄚㄋˋ ㄒㆤ˙-ㄌㄧˉ.
會 通 喰，就 加 喰，免 細 膩。

16. ㄋㄧˇ　ㄧㄠˋ　ㄔˇ！（ㄧㄠˋ　ㄋㄧˇ　ㄔ）
你　要　吃！（要　你　吃）

17. ㄔ　ㄅㄨˋ　ㄨㄢˊ.
吃不　完。

18. ㄉㄡ　ㄔ　ㄌㄜ˙.（ㄔ　ㄨㄢˊ　ㄌㄜ˙）
都吃　了。（吃　完　了）

19. ㄔ　ㄅㄨˊ　ㄍㄡˋ　（ㄅㄨˊ-ㄍㄡˋ　ㄔ）
吃不　够　（不　够　吃）

20. ㄔ　ㄅㄨˋ　ㄨㄢˊ.（ㄔ　ㄧㄡˇ　ㄩˊ）
吃不　完。（吃　有　餘）

21. ㄅㄟˋ　ㄊㄚ　ㄔ-ㄉㄧㄠˋ·ㄌㄜ˙.
被　他　吃掉　了。

22. ㄅㄚˇ　ㄊㄚ　ㄔ　ㄍㄨㄛˋ-ㄌㄞˊ.
把　他　吃　過　來。

23. ㄔ　ㄅㄠˇ·ㄌㄜ˙，ㄅㄨˋ　ㄒㄧㄤˇ　ㄗㄞˋ　ㄔ.
吃飽　了，不　想　再　吃。

24. ㄅㄠˇ··ㄖㄣˊ　ㄅㄨˋ-ㄍㄨㄢˇ　ㄐㄧ··ㄖㄣˊ　ㄜˋ.
飽　人　不　管　饑　人　餓。

25. ㄋㄧˇ　ㄎㄜˇ-ㄧˇ　ㄔ，ㄨㄛˇ　ㄧㄝˇ　ㄎㄜˇ-ㄧˇ　ㄔ.
你　可　以　吃，我　也　可　以　吃。

26. ㄐㄧㄠˋ　ㄋㄧˇ　ㄔ，ㄋㄧˇ　ㄐㄧㄡˋ　ㄧㄠˋ　ㄔˇ！（ㄅㄨ̇ˋ　ㄋㄥˊ　ㄅㄨˋ　ㄔ）
叫　你　吃，你　就　要　吃！（不　能　不　吃）

27. ㄑㄧㄥˇ　ㄌㄞˊ　ㄩㄥˋ　ㄈㄢˋ.（ㄑㄧㄥˇ　ㄔ　ㄈㄢˋ）
請　來　用　飯。（請　吃　飯）

28. ㄧㄡˇ　ㄉㄜ˙　ㄎㄜˇ-ㄧˇ　ㄔ，ㄧㄡˇ　ㄉㄜ˙　ㄅㄨˋ　ㄎㄜˇ-ㄧˇ　ㄔ.
有　的　可　以　吃，有　的　不　可　以　吃。

29. ㄎㄜˇ-ㄧˇ　ㄔ，ㄐㄧㄡˋ　ㄔ　ㄅㄚˋ，ㄅㄨˊ-ㄅㄧˋ　ㄎㄜˋ-ㄑㄧˋ.
可以　吃，就　吃　罷，不　必　客　氣。

相關論文

新台湾の建設と羅馬字
（一九二三、十二、十一，一九二三、十二、二十一）

一

新台湾の建設とは何ぞ。他では無い、新時代の新思潮に順応すべき社会生活を営み得る台湾を実現することである。換言すれば、進歩した二十世紀の今日に於て、世界人類の等しく是認する真且つ善なる時代思想と矛盾なき生活を三百六十萬の住民が倶に之を営むことが出来るやうに台湾に於ける根本的改善と施設を為すにある。

然らば二十世紀の新思潮は何であるかと一言を以て蔽へば、社会連帯の観念に基ける個性発展の思想であると云へよう。此の思想の旺盛なる発動によつて、世界に於ける個人、社会及び国際間の道徳は漸く相互扶助の精神を以て其の基礎を確立されようとし政治上に在りては、寡頭の専断に代ふるに官民の協力を以て理想と為し、着々諸般改革の実を挙げ経済上では従来の資本階級の不当利得に対して、労働階級が極力その非理を唱ひ、利害共通を以て労資協調の基本と看做すようになつた。是れ実に二十世紀文明の象徴にして、現代文明人の脳裡を往来する思想の内容である。而して此の思想の旺盛なるに随つて、現代人は其の自己完成をまた極めて重要視する。夫故に教育も漸く民衆化され、学問に国境なしとの標語が出来た次第である。

二

単純なる社会生活を営める十九世紀の台湾本島人は二十世紀に入つて其の社会生活が愈々複雑となり、現代文明の惠澤にも浴するやうになつたが、夫れは単に形式的表面的なものゝみである。此の表面的の文明惠澤が、十九世紀の儘の台湾本島人に取つて反て悲哀の種となつたのを或は形式主義の遵奉者には理解し難いかも知れない。

現代文明は、永い間に於ける人類社会の精神生活の所產たることを誰も否認し得ない。而して人類の精神生活を活発に行しめ豊富に向上せしめ得るものは一に言論の自由と教育の普及に俟つ外、途の無いことも萬人の等しく認むるところである。

台湾は、西暦一八九五年に其の国家的所屬を変へて日本帝国の国土の一部分となり、三百余萬の島民は従来と甚だしく異つた生活形式を取らざるを得なかつた。此の新しき生活形式の中に、従来よりも進みたる幾多の文明的要素を含んで居たことは言ふまでもない。若し島民の精神生活にして適切なる教養を受け、此の新しき外部的変化に順応すべき内部的準備が幾分にても早く出来てゐたならば其の生活の向上、其の享くる所の福祉、其の抱く所の感謝、蓋し幾何であつたらうか併し残念なことには事実大いに是れと違ひ、その生活の実際が益々悲境に陥り、益々堕落するを見るに至つては識者の以の遺憾とするところである。

惟ふに、此の不自然な現状は抑々何人に依つて招来したかと申せば、其責任の大部分は三百余萬の本島人自身が之を負ふべきであるけれども、形式や制度のみを以て人を律せんとする形式主義者にも其の一部の責めを免かれ得ないであらうと思ふ。此の形式主義者の仕業の中で最も大きく最も深く害毒を流したのは、無理なる言語統一の結果、遂に人智の発達を妨げたことである同一主義の下に在り，同一国家の中で生活する民眾が、同一の言語を使用することは便利であるに相違ない。然し同一の言語を使用することに依つて全国民の思想を統一し得ると信ずるは大なる誤りである。形式主義者はこれを誤信して、過去に於ては国語の学習を以て本島人の思想を内地化する唯一の手段となし、それで一も国語、二も国語、三も国語と云ふ風であつた。学校教育は国語教育を以て終始されると云つてもよい程に、国語に依るでなければ智能の修得が出来ない。此が為めに本島兒童は機械的暗記にのみ長じて、理解、推理の能力に乏しと云ふ台湾教育界の定評が一般に行はるゝに至つたのである。役所でも、一般の民間社交界までも、国語を唯一の使用語と為し、国語を知らざるものは役人との接触交渉を圓滑に行ひ得ず、国語に通ぜぬものは内地人との交際が殆ど出来ない。現に予輩は此の経験を有つてゐる或る街で公学校の同窓会が開かれ、予もその会員の懇望に依つて一場の話をなすべく列席した。会の始めに先づ会則改正の発議があつて、国語を以て談話すべき規定に国語に十分習熟せぬものは台湾語を以て話しても妨げないと云ふ但書を附加へたいと提議したものがあつた。それに対して指導の地位にある内地人側の人々は、或はそれを突飛な意見となし、或は九年前に出来た慣例を九年後の今日に破るを以て会の逆転なり、恥辱なり、不態裁なりとして、遂にその提議を会員の意見に問はずに取消して終つた。その後で予の話の番となり、予は客としての礼を守るべくその規約通りに、国語を以て予の話を了へて席に復ると、先きに台湾語を並用する云々の提議に憤慨した地方教化の要職にある方が予に対して、惜しいことに会衆はお話を十分に理解し得なかつたやうだと臆面もなく其の直覚を告白された。斯様に鸚鵡が人語を喋ずる如き国語使用を以て進歩なりとし、思想統一の成功なりとして　んで居る。萬事が形式に流れ、思想の停滞を意とせぬのは従来に於ける一般の大勢であつて、形式主義者はそれを以て能事畢れりとする。今日の如く人智の発達が停滞し、二十世紀の物的経営が大に整つても島民には依然として十九世紀の舊思想家が多い、否人心益々唯物的傾向を増大して来た。予輩は頗る之を憂ふるものである。

三

台湾に於ける武人総督時代の同化政策が、新文官総督田男に依つて、領土延長主義の標語を以て代へられ常吉台中知事は、更にこれを「内台無差別主義」であると註釈された。此の間に於ける進歩、精神的進歩の顕著なるを予輩は明に認め得て、聊か意を強められる。誠に田総督によつて台湾島内では幾かの新施設、新事例を開かれて内台無差別の気分が表面些かでも島内の或る方面に漂ふやうになつた。されど予輩の観る真に国家、台湾の為めになすことあらむとする者の本領は固定された本島思想界を活発ならしめ、形式化された本島教化を精神的に復興せしめるにあるではなからうかと考へる。即ち彼れの形式的施設に代へて、此れは精神的啟発、島民の內面的充実を図るに其の本領、其の新使命があると思ふ。是れに関して現当局はは自ら種々なる抱負と計画を有するであらうけれども予輩は此の根本問題たる国民教化の困難なるを知るが故に決して之を当局のみの責任と看做し袖手傍観して無責任な、怠慢な奴隷的態度を持したくはないものである。予輩は予輩として又自ら当局と相待つて、本島の根本的開発に盡すべき天職があり、所信がある。茲に於て乎多年深思熟考した結果、羅馬字を普及することを以て本島の精神的啟発、確実なる文明を建設すべき唯一無二の安値にして有効な手段と信ずるものである。

予輩の云ふところの羅馬字は日本內地で云ふものと少しく其の趣を異にする。台湾で多年使用されて来た羅馬字は、英人宣教師が布教の目的で、支那の廈門語を標準として、其の声韻を表し得るやうに、本来の羅馬字を修正して作られたもので二十四字から出来て居る。故に內地で使用される羅馬字と、字数に於いても発音に於いても相違がある。また綴字法にも大部違つた点がある。予は十四歳の時、漢文も和文も共に認めることが出来ず、遠方に在る兄と通信する必要上、三日間で之を修得して其後非常な便利を得た。若し農村の人で曽て学習に親んだことのない人であつて、一日に二三時間を費すとせば、四週間で十分に習得することが出来ると思ふ。

四

予は此の羅馬字普及の計画につき、各地方で可成り有識者と語るの機を得た。予は何方に対しても卒直に我が信ずるところを陳べた。本島人側は何処でもまた何方からも即座に賛成を表して呉れた。然し内地側では大賛成だと答へられる方もあるが尚ほ研究せねばならぬとて意見を明にせぬ方が多い。偶には堂々と反対を称へる方にも遭遇ふが左にその反対意見の主要なるを挙げると。

一、台湾人は既に日本帝国の臣民となつた上は、早かれ晩かれ大多数の母国民と同一国語を学んで使用することは台湾人自身の幸福である。それなのに新しく羅馬字を普及すると学習上負擔を重くすることゝなりまた国語学習の機運を減数するから反対する。

二、領台後二十八年間、官民が終始一貫努力して来たことは、実に国語の普及である国語の普及に依つて上下相通じ母国の文化を台湾人が始めて理解し得て、そこに同化の実を結ぶ理であるのに、羅馬字を普及して台湾語で文化を向上せしめようとは何んのことであるか。

三、羅馬字を普及して三十歳以上のもの、即ち学校に行く機会もなくまた何等の文字を知らないものに、種々なる常識を与へることによつて台湾の文化を向上せしめようと考へるか、それは理想論としては良からうけれど、内地でもさうだが殊に台湾の如き読書趣味の少ないところでは羅馬字に依る印刷物を配つたところで、読むものが幾らあるであらうか。吾々は三十以上のもの、あんな老朽者を相手にして文化向上を云々すべきでない。国語による学校教育を以て今の少年青年から一歩づゝ進むべきだ。

以上三つの反対は何れも内地人側の錚々たるものから出た、殊に第二の反対は台湾島内に於ける最大新聞、台湾日日新報昨年五月十六日の社説を以て代表されてゐると云つてもよい。予輩は先づ此等に対する返答を明かにした上で、更に愚見の存する点を披瀝せう。

第一の反対は、本島人の立場に立つて、本島人の為めに思ふと云ふやうに本島人に取つて誠に親切な意見である。国語に習熟するの本島人に取つて有福であることは、予輩は固より同感である。島民が出来るだけ早く国語の習得に努力するやう、奨励鼓吹するの役にも予輩は立つてゐる積りである。されど羅馬字を学習するに依り、負擔を重くするとか国語普及の機運を阻止するとか云ふ考へには、同意が出来ぬ。何故なれば、前述の通り、如何なるものでも四週間程で覚えるものであるから、負擔と云ふべき程のものではない国語で一通り他人の意見を知り、自分の考へを表し得る程度まで進むには、六年公学校の卒業生でさへ到底出来ない。六個年に対する四週間、四個月としても重き負擔と云ふべき程のものでないではないか。過去二十八年間で国語によつて一通り読書きの出来るものが幾人養成されたか。拾萬人！三百六十萬に対する十萬ではないか。此れに反して、国語普及と同じ程度に、羅馬字普及を努めたとせうか。此れより三年後にして百萬人の羅馬字使用者を養成することは決して困難でないと信ずる。それから羅馬字を学ぶことによつて、国語普及の気勢を阻止すべしと云ふことは、予輩の所信では、無益の心配と思ふ羅馬字を普及したところで、国語は国語として何時までも、何処までも千歳の岩のやうに、厳として存すべき筈である。台湾本島人が既に日本の臣民たる以上、国語を知つて始めて一人前の働きを為し得る理である。本島人を目して、凡て奴隷的寄生的の生活に甘んずるものとするならば、論じやうもあらうか、矢張り一人前の働きを為すを以て男子の本領とする本島人ならば国語を学ばずに居るものは、到底此の島内に存在し得ない。誤解せらるゝ勿れ、予輩は決して、內地での羅馬字論者の様に漢字も五十音も一切棄てゝ、羅馬字を終局の文字として採用せむとするものでないのである。予輩は唯だ、社会連帯の信念に基きて個性の発展を幫助し、以て国内に於ける調和一致を策せんとするの有志家に対して、多数島民中の無識階級を済度する手段、一時的便法として羅馬字を採用するを希望するのである。一方に於てまた、本島民中の文字なきものに対して其の生活の改善と向上を図り、因て本島全體の進步に繫累を与ない為めに、尚ほ進んでは、一般と同様に普通の言語文字を学習する補助手段として羅馬字を速かに覚えて貰ひたい。予輩は只羅馬字を本島人が文明の彼岸に達すべき一つの過渡的要具と視るに過きない。予輩の所信を以てすれば、羅馬字の普及は即ち国語普及の先決問題である。羅馬字の普及によつて羅馬語の普及が助けられると考へる、何故なれば羅馬字を知れば、在来の口伝教授に加へて、一層普遍的なそして経済的な通信教授が行はれるからである。

第二の反対は、予輩の全く与し得ない形式主義者の所見であるが、彼の形式主義者は、余輩の採用せんとする羅馬字を英語と同様な一つの外国語として見るやうである。彼等が云ふ、本島人にして若し羅馬字を鼓吹せんとする暇あらば、之れに先ちて国語を習得せよと。（前記台日社説参照）余輩の学ばんとする羅馬字は、台湾語と国語を該るべき符牒であつて、只だ一ノの符號に過ぎない。羅馬字そのものは何の意味をも表はさないのに、国語を習得してからそれを鼓吹せよとは如何なる意味であらうか。国語を習得した後では、羅馬字はもう用のないものであるべき筈である。彼等はまた云ふ、本島人は国語を習得するによつて日本の文化を享受し、その国民性に同化することが出来ると是れ即ち形式主義者の本音である。国語を学ぶの必要なるは余輩も既に之れを述べた。国民思想を調和し、同化することも及ぶ限り之れを努むるは肝要である。けれども是非国語を第一に習得せなければそれが出来ない、国語を喋ることで思想信念の融和統一が出来ると信ずるものは形式主義者の外に決してないと思ふ。佛教徒は日本語を語るものにもあれば、支那語、印度語を語るものにもある又内地では、内地人がお互に国語を日用語となし、否その上更に同じく疊に寝起きし味噌汁を啜つてゐても、尚ほ信仰上の反対排斥もあれば軍国主義とか、平和主義とか或は資本主義とか社会主義とかで、主義思想上の葛藤紛糾を醸しつゝあるではないか。米国は英語を其の国語として遂に英国から離れたし、アルサス、ローレン二州の人民は五十幾年間に其の口舌を独逸に捧げて独逸語を語つたが、其の心は依然として佛国に留まつたではないか。霊妙なる人間の心情を只の音声で左右し得ると信ずるは、誠に浅薄の極で、或は斯る迷信の故に、遂に人を誤り国を禍するに至るかも保し難いのである。内台人の思想的融和を第一の急務とせず、徒に形式に拘泥するやうなものに対して、余輩は国家百年の大計を慮る至誠を以て、其の再思三省を望むや実に切である。

第三の反対は、余輩の羅馬字普及に反対するものではなく、余輩が文字を解せざるものを対手して台湾文化の向上を図ることに対して反対するのである。台湾文化の建設は、現社会を維持せる多数の文字を解せざるものに嘱望するを誤となし、此等を過去の遺物廃物として見棄て、全く年少者のみに、否国語を公学校で学習しつゝあるものゝみに望むべきであるとする。此の論者は社会連帯の関係に理解を持たないやうに見える。否甚だ残酷な料簡と云はねばならぬ。余輩は、台湾文化の輪奐を所謂過去の遺物たる文字なき本島人に依つて表現せようとするものではないが併し此等に依つて基礎を固めるでなければ、台湾文化の建設は到底見込みがないと信ずる。羅馬字の普及は、即ち此等の人々に現代文化の一般を紹介し、依つて彼等の生活を改善し、彼等の見識を高め、其の思想を通常の人と同一水平線に近くまで引上げたいといふ熱望に促されたる運動に外ならない。社会は連帯の社会であつて、人間は思想によつて動く人間である。各人の健全なる発達によらずんば、社会国家の進歩がなく、本島に於ける多数文盲者の精神生活を向上せしむるでなければ、我が国家生活の調和は得て望むべからず内台人の融和は遂に其の端緒をさへ見出し得ないであらう。

予輩は、文盲な本島人にのみ羅馬字を普及せしむとするものでなく、有志の内地人にも覚えて貰ひたい所存である。内地人に羅馬字を用ひて、盛んに台湾語を稽古して貰ひたいのである。予輩の此の言を一部の内地人が聞けば、或は鼻に皺を寄せるであらうけれど、何うか一笑で予輩の言を附し去られたくない。予輩は実に小にしては内台人の融和、大にしては全東洋の平和を一日も早く実現せむことを希望する真面目さから斯くは申すのである。

内台人の融和は、思想融和から始めねばならぬ故に本島人は努めて国語を研究すべしである。然しこれのみでは足りない。融和は兩方から接近することで、好意の交換を第一要件とするから、内地人も高所にのみ立たないで、国語の使用に固執しないで本島人の現状に同情し、其の進歩の一日も早からんことを希つて、台湾語を以て其の思想を伝へ、其の好意を表して、以て本島人に便宜を与へ、其の内地人に対する、感謝の念を厚うして貰ひたい。因つて予輩は内地人に——特志の内地人に——台湾語の習得を切望して止まない。近来は島内の高等小学校で台湾語を教へるやうになり、特に現警務局長竹内氏は台湾語を非常に重く視らるゝ一人で警察官吏の台湾語学習は従前にない高熱を示して来た。誠に嬉しい趨勢である。されど今まで未だ嘗て台灣語を以て台湾人に宗教伝道をなされた內地人あるを聞かない。従来內地人は台湾語を口するを屑しとせぬようであつた。朝夕人民に接する警官でさへ大多数は通訳を経て人民と語る有様であつた。予輩は、切に識者の一考を願ひたい。若しかくの如き有様で持続されるならば、台湾の現状は何年後まで続くであらう。恐らく数年後の台湾は今日よりも一層面白からざる程度に陥りやせんか台湾の堕落、台湾人の精神的堕落が今よりも更に甚しくなつた時には夫れは即ち內台人融和の絶対不可能の時であり、延いては東洋に於ける猜疑の心を狂奔せしむることゝなりはせぬか。是れ即ち東洋の平和を危殆ならしめる素因とならぬであらうか。

內地人の特志家、有識者は何うか早く台湾語を習得せられよ。台湾語を用ひて卿の赤誠熱愛を台湾本島人に注げられよ。されば台湾は非常な進歩堅実なる発達を来すであらう。それには、台湾語研究の唯一無二の補助たる羅馬字を覚えねばならぬ。西洋人は二三年の勉強で、流暢に台湾語を以て説教を為し得るのは、全く羅馬字の功に依る。

羅馬字の普及は実に台湾文化の基礎工事である。有識者は此れに依つて、その思想その友情を一般の本島人に伝へることが出来、無識者は此れに依つて、現代文明の恩恵を速かに浴することが出来る。一方に本島人が此れに依つて国語を学ぶ便利を得、即ち羅馬字の通信教授による国語学習の機会を多く加へられ、內地人はまた此れに依つて、台湾語を稽古するの良補助を与へられて、結局双方共、島內に於ける二大用語に習熟して相互の意見友誼を十分に交換することが出来るのである。是れに因て従来の物的台湾を、心的台湾だ改造し予輩の夢寝の中にも忘るゝなき新台湾の建設を完成することが出来ようと思ふ。識者諸賢乞ふ相携へて進まむこと。

原發表於《台灣民報》第十三號、第十四號

推廣台灣白話字之主旨暨其計劃

（一九二九、四、廿五）

一、推廣之主旨

不論在個人生活，在社會生活或在國家生活，汎及於人生各方面，教育之重要是不必議論的。然而台灣住民最多數的本島人（本省人）之十份八、九到今天還沈滯於失學文盲狀態，此為有識人士普遍所憂慮。沒受教育則是無見識無能力之別號。此不但成為希期國家全體向上進步之絕大重擔，亦實為使國家社會招致急激地、混亂地變革破壞之禍源。此事於史籍上又於實際上給予吾人頗多證實。大多數本島人（本省人）到今天還為了沒受教育依然不能脫出其半未開化生活，這一層事不但對他們本身甚為悲慘，對於本島住民總體之安寧幸福亦日又一日感受其威脅。

我們確信挽回此趨勢而恢復正軌為今後本島怡安之第一要義。為此母國民的內地人（日本人）應當要燃起人道的熱情來，趁早奮起來開始對本島人（本省人）之人道的各種運動，以表示其對本島人（本省人）全體之好意來和緩其一向的隔膜。此屬極重要者不待多言。另一方面還必須讓本島人（本省人）向上充實其本身的素質，以至能夠獲得充分的識見來與內地人（日本人）站在同一水平線上，只有如此始能得到內（日）台人間普遍地相敬相愛利害均分，才能期待真正的內（日）台融和。我們所提倡推廣台灣白話字（則羅馬字）之根本精神就立腳於此宗旨。台灣白話字母僅有二十四字而已。若僥倖得其順緒推廣，我們深信，不出五年則能使所有文盲的本島人（台灣人）提高到與內地人（日本人）具有同一程度的眼識者決非難事。若是如此，就能自由自在地供給善好思想予全部島民，俾能建立鞏固的平和根基。倘有以為推廣此文字有便益於惡思想之宣傳者，莫不是渺視當局之能力之甚者也。又若以此文字之推廣可能遲緩國語（日本話）之推廣者，我們可憐其淺慮杞人憂天。吾人雖反對國語（日本話）中心主義之教育政策，但絕不反對以國語（日本話）為島內用語之標準。國語（日本話）既是我們島民生活之標準語，熟習國語（日本話）自然有其本身之便益，他們自應有自發地學習之道理。我們深信不疑，一旦台灣白話字普遍之後，可以編纂各種良書，同時編著國語（日本話）獨學書，或實行函授教育使國語（日本話）推廣速度比從前加快數倍。更進一步我們要請內地人（日本人）也來學習台灣白話字。毫無理由以為既然本島人（本省人）學習國語（日本話），內地人（日本人）就完全不要學習本島語（台灣話）。我們堅決主張者，如要學習本島語（台灣話）則此白話字是絕對需要的。再者，當我們眼看現下本島人（本省人）有識者將近全部淪於失業徒食的狀態下，如能創始此事業，必定對治安政策有莫大的貢獻。想及此節更使我們對本事業抱起無限的希望與熱情。

二、推廣之計劃

㈠組織台灣白話字會，為純粹成人教育機關，其組織分為三部。

甲、傳授部　選定堅實人物，專派到各地推廣文字。

乙、編纂部　集聘學力優秀人士編纂。

丙、販賣部　發行及販賣印刷品，但不以營利為目的。

㈡資金從會員征收會費，並向有志者募捐。

㈢以實行人道主義為生命，由於本島人（本省人）社會有信望人士若干名來統率一切事業。這些人士負起全責任，與事業共生死，絕不因外面之干涉而變動。

普及台灣白話字趣意書（一九三四、十一、十）

台灣自隸帝國版圖以來，將近四十有年，其間不論治安、衛生、交通、其他各種產業，皆有相當進步，殊屬可喜現象。第一回顧教育方面之施設，則不無遲遲不進之憾。如初等國民教育之義務教育，因財政困難，未臻實施機運。而為中堅國民所不可缺之中等諸教育，亦因施設不足，以致入學艱難，困苦萬狀。至於社會教育、成人教育等，則更舊態依然，今不異昔。以故一般島民，心性則缺修養之機，學識多乏公民之格，雖日生活必需之智識技能，亦多缺乏不備。茲試舉其二三要點言之。譬如主要產業之農事，吾台素負特殊天惠，年穫二季，當較他處為豐穰，誰知其實不及內地一季所收之額，其耕法幼稚，可想而知。又衛生思想，雖賴當局極力鼓吹宣傳，在農村及細民之家庭尚多未能徹底，各種傳染病，雖日防範綦嚴，惡疫泯跡，但一般住民死亡率之多，幼兒死亡數之巨，猶屬可驚可怖。至若普及國語之工作，督府當局極盡不眠不休之努力，四十年來孜孜善導，在四百八十餘萬本島人中，莫論可得完全操縱者，寥寥無幾，則欲求其得以幹辯日常用務而無缺憾者，恐尚不及一成之數。如是基於教育不足，所生各種內台人之懸隔既大，而兩方意志，亦遂不能十分疏通，固屬當然歸趨。邇來，國民統一運動之熱，日益昂進，一部識者，受其刺激，與官邊協力，而作一種標榜內台融和之運動，雖不無六菖十菊之嫌，亦可謂適合時宜之措置焉。

我同人鑑於現下及將來時局之重大，益知鞏固國基、充實民力為切要，深感振興本島人社會教育及成人教育為當面之急務，用不揣固陋，大聲疾呼，台灣白話字之普及工作，實乃唯一無二之法門，向我島內官民，切陳其緊要，併舉全力，以期實施。懇望憂時愛國先覺練達之士，不我遐棄，各以奉公至誠，賜與協力，躬為指導，俾此文盲撲滅之舉，克告完成，則國家幸甚，民眾幸甚。

夫台灣白話字普及成功，則我等可用以補充學校教育之不足，如國語普及一節，比之從來當可倍加速度，對個人僅費三星期之短時日，便可將白話字全部傳授，俾其習熟，向後但以間接的通信教授、或賴出版物等，盡足教導彼等。切言之，白話字一旦普及，在來所用最不經濟之口頭教授而外，僅以些少經費勞力，即可使大多數失學之人，輕易自由就其學習之途。不唯如是，政府當局及民間有識者，亦可藉前述通信方法，或發行出版物，以馴致本島人生活於健全途上，及體會切要信念，且免由中間者通譯之口，亦能使上情下達，下意上通，以關有無相通之境域。由是向日沉淪於文盲無智生活之本島最大多數住民，自可得知書識字之機會，於國家則能感戴　聖天子一視同仁之高恩，於社會亦能理解各種光輝燦爛之文物，與眾同沾夫文明惠澤。彼等生活既得充實向上，自能切實體驗人生樂趣，感覺責任正視大勢，安業守分以共處將來之危機。於是乎，我等不唯可望內台融和舉其實績，再進而東洋諸民族間之平和工作，其鎖鑰亦莫不操握於斯矣。

上述趣旨，幸荷贊同，當再別具成案，以求金諾，並著手組織實行機關，決定最適用之白話字體，然後著著向所期目的，協力而邁進焉。

昭和九年十一月十一日

主唱者　蔡培火

韓石泉

林攀龍

台灣閩南白話字會創立宗旨（一九四八、五、一）

所謂台灣閩南白話字者，即是閩南話的注音符號。國語注音符號之中，其能適合注音閩南話的，只有廿二個，但是閩南話需要廿九個符號才能夠完全注音，缺少的七個符號，是拿國音符號中所有的而其發音與閩南音相接近的來改造補用。台灣閩南白話字從來在基督教會，是採用羅馬字式的，現在改用國語注音符號式的理由：

第一是因為與學習國語有直接的連繫。

第二是羅馬字的字樣複雜每個字有四個樣式而國音符號只有一個樣式。

第三是羅馬字的字劃繁重而國音符號的字劃簡單。

不過國語注音符號本來筆劃不大順續，且又專用在漢字的注音，多作縱的寫法，故更覺得不順續，而今乃採用羅馬字式的長點，改為橫書的寫法，再將其筆劃的順序略加修改，使其筆劃能得貫通順續，既無羅馬字式的麻煩，又有羅馬字式的優點，可謂其合於理想的方式。

惟此台灣閩南白話字的普及運動，自卅多年前日治時代就已經提倡了，也經作過了多次的實際工作，都受了日政府的壓制不能進展，蓋日人的政策是以愚民為目的，而這個運動的目的，是在使大眾容易識字，容易接受文化，容易使他們的精神活潑起來，這個正是跟日人的目的完全相反，所以在那個時代，民間亦沒有多人敢來參加運動。現在台灣已經光復到祖國的懷抱了，憲法亦已經實施了，不折不扣地三民主義的民主時代已經到臨了，而我們大多數的同胞弟兄姊妹，豈不是依然目不識丁，精神飢餓？這樣怎能適應時代，做了國家的主人翁？

國民須要習用國語，台灣人要習國語，照現在的情況，其學習的門路是很窄很不方便的，若是白話字普及了以後，不但是在筆記或在記憶上可以得到很多方便，就在通信教授及獨學自修方面，也可以得到寬廣的途徑，所以國語普及的速度，因此不知道要增加到幾百千倍！何況在家庭裡，在工廠裡，在田園裡工作絕對多數的弟兄姊妹們，所須要的科學智識，公民常識，乃至精神上的真理與安慰，都可以通過這個白話字的橋樑，隨意迅手拈來，大眾教育因此一定是容易普及，民主建國的基礎於是得以鞏固！盼望真誠熱意要為大眾服務的同胞們，請來參加台灣閩南白話字會，請來共同奮鬥。本會今後逐漸完成預備工作，然後一面派人到全省各地，宣傳教授廿九個白話符號的用法，另一面創設機關，編印刊物供給書本，使各個家庭成做一個大學研究院！我們的白話字歌在唱著：

文明開化誰不愛，原子時代已到來，四強之一大中華，落後百姓處處在，
白話字像天使，要將學問的金鎖開，化我家庭成學界，你長進，這天使，帶你跑上文化的天台！

發起人（順序不拘）

黃哲真　游彌堅　杜聰明　黃國書　盧冠羣　吳三連　劉啟光　朱昭陽　何景寮　許世賢

洪火煉　劉　明　陳天順　陳溪圳　林衡道　莊垂勝　李建興　張百豐　吳海水　林攀龍

吳本立　韓石泉　蔡培火

推行利用國語注音符號以表寫各省方言案

（一九四九、四）

為消除文盲，建立民主基礎，咨請行政院推行利用國語注音符號，表寫各省主要方言，印刊書本，引導文盲大眾，接近國民教育之水準，養成公民實力，以利統一建國案。

理由：顧我中華民國國土之大、人民之眾，不讓於環球任何大國，乃以政治之紛亂、經濟之不振、國際地位遂愈趨愈下，舉世共睹不容諱言，察其原因，非只一端，但我全國充滿文盲大眾，是其原因之最著且最鉅者也。今幸行憲開始，民意應為庶政之指標，故亟須提高民眾之智識水準，不容再放置四萬萬國民仍為吳下之舊阿矇，是誠當前復興民族行憲建國之根本要務焉。欲達此目的，利用國語注音符號，表寫各省之主要方言，印刊簡易書報，供失學民眾作到達普通教育之橋樑。譬如閩南白話，乃閩省南部以及粵省潮汕台灣全省暨南洋各地之主要方言，推其使用人數應在三千萬以上，今就國語注音符號加以適當之修改，俾其適合表寫此方言，一面派員普遍傳授於民眾，一面聘集專科人材，用此符號表寫閩南白話，翻譯名著或著作各種國民所須之書本，送達於各民眾家庭，政府又與地方人士優予獎勵，鼓舞民眾向學，於是乎，其白話書本便成為誨人不倦之教師，民眾所在之場所，即變為不需經費之學校，如是而往不出數年，我全國之文盲大眾，必能知書識字，心眼大開，幾千年來為極少數讀書人所壟斷之黑暗中國，定將豁然貫通，顯現為真真實實地青天白日之世界矣。所信如是，是否有當有利於我憲政民主之建設，謹此建議敦請公決。

辦法：

一、為防止標新樹異之弊，政府宜協助各地民間人士，組織有權威之機構，決定各省主要方言與標準注音符號。

二、政府宜特撥經費，協助民間推行普及工作。

三、政府只宜協助指導，不可專權包辦，俾地方有志者得充分表現其奉公愛國之至誠。

提案人　蔡培火　民國三十八年四月

附註：本草案為本人作為立法委員在南京所擬就者，不幸匪亂猖獗，人心惶惶，未及提出立法院會議而政府已退守南京。

閩南語注音符號普及旨趣（一九五〇、九、一）

我大中華民國國勢衰落至此，其原因固不一而已，然民眾之絕大多數，目不識丁、未受教育、精神飢餓、智能落後，乃其原因之最大者。台灣受異族統治五十年，初等教育雖較普及，然亦百步五十步耳。而今大陸悉為赤魔所占據，國脈之存續，全靠台灣一島之確保，台灣雖屬得天獨厚之地區，但其物力人力終不及大陸之雄厚，惟須藉宣傳教育，振起全島大眾之精神力，民、政、軍，人人以自覺意志，負起反共復國之大使命，舉島一心一德、相親相信、相愛相助，團結成為一體，與共匪作殊死戰，如是台灣必能確保，復國必可成功。然此精神力之振起，雖以實際政治行動，所謂風行草偃，可由外善導而激發之，僅此而已殊難普遍徹底，又須藉文字及印刷工具，作普通正確之宣傳與解釋，多予各人以認識檢討之機會，由內而作自動之心理建樹，方能收其全效。

但是，漢文國語之學習，非積三年五載之苦工，誠難應用自如，當前大敵臨門，國運危若纍卵，而欲民眾從長學習漢文國語，實有甚於臨渴掘井，無濟急需，因此，必須採用閩南語注音符號，俾能迅速普及於全台，此乃救急圖存唯一途徑。閩南語注音符號只有廿九個，便可精細標寫漳泉各地之口音，廿九個符號中，廿二個純與國語注音符號相同，唯有七個標寫閩南特別口音，亦從國語注音符號中之相近改造之。因此既往習熟國語注音符號之人，僅需兩三天之功夫，即初學之村夫村婦，每日只費兩小時，經半個月，定能習熟應用自如。倘能積極傳授，不出兩年，全省男婦老幼之失學大眾，必可臻於能讀能寫之境地。

反共保台尤重生產增加，而生產增加多賴科學智識，閩南語注音符號之普及，不獨於推行政令振奮人心有鉅效，於科學智識之普及，又為最捷門徑。況在此反共保台時期，對外貿易減少，省內工商業勢將萎靡，失業之智識份子，閒悶無為者必多。今此注音符號如能普及，家庭即可變成學校，學風遍地，人人有事，精神為之大振，對於反共保台絕對需要安定，其貢獻之深且鉅也可想而知。將來進而普及於閩南大陸，以至南洋各地之華僑中間，作呼應之補助，其功效必非淺鮮。

我親愛之文盲同胞、沉溺於文化水準下，為年已久，補救無方，而今我國我黨為救亡圖存計，亟需全省大眾同胞之通力合作，尤急需其加強力量，閩南語注音符號之普及，正可應此急需，兩全其美。

至於有人杞憂此符號之普及，將阻礙漢文國語之推行，殊不知無此符號，漢文國語之普及僅依口傳之一途，只能直接教授，一人僅可教數十人而已，茲用此符號，則一人可教千萬人，書本儘可作為教師，隨時隨地均可學習，不僅不阻礙國語漢文推行，反可推進其普及之速度至幾百千倍焉。中國數千年來，為一部份政治野心家所壟斷，徒有民為邦本之口頭禪，甚乏真誠為民眾找出路之政治家，愚民政策與漢文漢字之艱澀，相依相濟，竟造成文化與大眾相隔絕，而任野心家擅其宰割之能事，是為我中華民族之奇恥大辱，結局顯出今日國族垂危之景象，能不傷哉?爱我台灣，必須達成為中華民國之復興基地，並為三民主義之模範地區，欲達到此艱鉅目的，閩南語注音符號之普及，乃其最捷便之唯一途徑也。

閩南語注音符號普及建議（一九五一、三、三）

一、普及旨趣

本黨現階段政治主張裡頭有云「我們主張一切要從台灣做起，……我們的教育政策，應兼顧民族意識、民主精神、民生建設三方面……三民主義文化運動應努力推進，從文學、美術、音樂、戲劇、電影各方面，溝通全國人民的思想，集中其意志與力量。」培火感覺這主張是很重要的。我們要健黨救國，必須要從台灣切實做起。尤以溝通全國人民的思想，集中其意志與力量，不要脱離民眾，必須從根底深的地方，把握得住每一個民眾為緊要。今日我們要改造黨、要健全我們的中國民黨於台灣，歸結一句話，就要能於造福台灣的民眾。但是我們的黨現在正在與共匪作殊死鬥，要擁護政府一切設施，必須使民眾了解政府意志。因此須從心理建設方向入手，使民眾得到精神上的福利與理解，這就是本黨在現階段必須著重社會的教育工作。

本黨如果要普遍而有力地推行社會教育，必先打破方言的隔閡，那麼培火就想建議需要運用黨的組織與力量，來普及閩南語注音符號，使本省民眾能得藉以標寫其日用的語言。另外又用這閩南語注音符號，來印刊書本雜誌報紙。如此則本黨可以得到深入民眾、領導民眾的機會，黨的基礎就一定安固地建立起來。因為有這工作，在年久苦於文盲的男婦老幼，只費半個月的工夫，即可以能讀能寫，能得閱報自修，無論國語漢文，以及科學思想、小說詩歌都可以有接近領略的機會，大眾的精神生活，即可能活潑起來。在本黨則可以工作收納多數智識份子，來為民眾的教育服務，從而得到這批人的了解，而廣泛地吸收其入黨。如此本黨的活力越加旺盛，黨的基礎必定越加堅固、越加擴張。隨政府軍事的進展，在本黨在國內各省，亦依這個辦法，通過各省主要的方言，作本黨的民眾教育與宣傳，培火深信本黨必能再有力地領導全國。

有人說，這樣工作，要政府來做才對，培火以為在台灣黨政是一體，一切工作，更易於推行。培火三十多年來，自日治時代就提倡這個運動，祇因政治上的用意背馳，費了個人不少的時間與心力，都是盡歸於徒勞。今幸得本黨現在在台灣作民主行憲政府的主力，而又需要重新建全本黨的黨基，培火前經提出中央黨部宣傳部，蒙　張部長予以採納，但以經費關係，未便推行，並經呈奉　總統批交教育部注意，當茲改造之際，故敢冒昧建議，聊盡愛黨愛國之愚誠，切望中央賢明，就速予以採納推行。

本黨的健全，在救國工作的現階段，實為中心的需要，但欲健全本黨，除採用閩南語注音符號，來做喚醒振起民眾的社會教育工作外，想不到有更好的良途。向來對社會教育及宣傳工作，不能說用力不大，無如漢文與國語，對一般大眾的吸引力，幾乎全無，普通的書籍固不需說，現在全省的報紙雜誌，台胞中間到底能有多少讀者，恐怕不超過三十萬人吧。各廣播電台的收聽者，則以為當在此數之下。因此本黨向來在本省大眾之間，鼓不起作用，是很明瞭的事實，今若採用閩南語注音符號，來作本黨的社會教育與大眾宣傳的工具，不出兩年的努力，便可以充分發揮本黨的力量，在台胞大眾之間，亦可以提高台胞大眾的教育水準，接近一般國家教育的水準上面來。培火所建議的閩南語注音符號只有廿九個，其中廿二個純然採用國語注音符號，其餘七個是為標注閩南語特有的口腔，亦是就國語注音符號中，擇其發音比較相接近者，稍加以改形而製出的。所以在已習熟國語注音符號之人，有幾個鐘頭的工夫，即可學得閩南語注音符號的使用，在完全不懂國語注音符號的人，即村夫村婦之輩，亦祇需每天兩個鐘頭，有兩星期專心學習，一定可以寫讀自如。因此培火敢作斷語，本黨不出兩年的努力，便可以在本省大眾之間，充分發揮本黨的力量。

閩南語注音符號

ㄅ　ㄆ　ㆠ　ㄇ
ㄉ　ㄊ　ㄋ　ㄌ
ㄍ　ㄎ　ㄫ　ㆣ
ㄏ
ㄐ　ㄑ　ㄒ　ㆢ
ㄗ　ㄘ　ㄙ　ㆡ

ㄚ ㄜ ㆪ ㄝ ㆦ ㄨ ㄧ

備考

ㆠ由ㄇ改

ㆢ由ㄒ改

ㆪ由ㄧ改

ㆣ由几改

ㆡ由ㄙ改

ㆦ由ㄛ改

閩南語平仄符號

上平

ˋ上下上

ˊ上去

ˋ上入

ˇ下平

ˉ下去

ˊ下入

二、訓練師資（第一期試辦）

一、學員人數

一百人（每一縣市黨部推派四～八人）

二、學員資格

中等程度以上畢業者對民眾教育特具興趣者

三、訓練地點

台北市

四、訓練時期

兩星期

每日正課　六小時

每日運動小時　二小時

每日課外研究或同樂　二小時

五、訓練課目

1.閩南語注音符號及國語注音符號　五十二小時

2.三民主義與民主自由講話　十二小時

3.反共抗俄之理論根據　八小時

4.世界大勢解釋　四小時
5.民眾教育之意義與方法　四小時

六、課外研究

1.如何使民眾愛好學問　二小時
2.如何使民眾發生愛國情緒　二小時
3.如何使民眾認識時艱　二小時
4.善惡之標準如何　二小時
5.何謂自由平等　二小時
6.人生之價值所在　二小時
7.教授法之研究四次　八小時
8.自由研究會二次　四小時
9.同樂會二次　四小時

七、訓練及膳宿場所

八、經費　總計一八、六八〇元

1.學員來回旅費每人平均預定五〇元　合計五、〇〇〇元
2.膳宿費每人平均一〇〇元　合計一〇、〇〇〇元
3.講師車馬費每一小時二〇元　合計一、六八〇元

4.雜費　合計二、〇〇〇元

三、普及計劃

一、各縣市黨部區黨分部發動計劃，邀各區鄉鎮公所合作，開辦日夜班閩南語注音符號講習會，養成失學民眾之寫信記賬閱讀書報能力，並鼓勵其好學之情緒。

二、教員由黨部聘定，講習生由區鄉鎮公所招募並負廣泛宣傳之責。

三、書本及所需經費，由黨部區鄉鎮公所講習生全體各分負三分之一數額。（黨部之份額由中央補助為佳）

四、每期講習以三星期為限。

四、印行刊物

一、製定活字銅模開辦印刷所

二、發行講習會用書本

三、發行定期刊物

四、印行自習用各種書籍

註：通過中國國民黨第三區黨部第一直屬小組（行政院政務委員會從政黨員之小組會）建議中央黨部。

簡體字運動並非不要緊，提高大眾文化是更要緊的（一九五四、三、三十）

近來在報紙雜誌上，對於簡體字運動甚多主張與反對，這是根本問題，殊有討論的價值。對簡體字運動主張最有力者，是羅家倫先生，而對此主張反對最力者，好像是廖維藩先生。反對者的主要意見，是在維護民族歷史和傳統文化，恐怕簡體字一實行，時間久遠，古字古文沒有人能讀，致使傳統文化中斷，危及國家民族的命脈，此固屬公忠為國之見，有其一面的根據與道理。但是提倡者所持的理由，則是認為中國字體需要簡化，才能保存，才能適合現代中國民族生存的需要，當然也是公忠為國的主張。但是雙方都只是有其一面之見而已，誰也不能說誰是完全對與不對。對於文字改革的問題，本人四十多年來持有極大的興趣，在我總覺得現時多數的意見，只是停滯在前述兩項的見解之內，沒有餘力可以再進一步往前走。依照前者的意見，其結果固不必說，依照後者的見解，他雖也說：「知識已經不是士大夫的專利品，我們要為廣大生產的、勞動的，也就是忙碌的民眾著想，我們國家的基礎，要擴大到他們身上，才能富強康樂。」但是他不是又說：「可是符號脫離本字，不論用那種音符，都有很大的流弊」嗎？這樣一說，所謂廣大生產的、勞動的，也就是忙碌的民眾，是在指誰而說呢？若是這話是真地是在指我國的廣大生產的、勞動的，也就是忙碌的民眾而言，那麼這廣大的民眾，就是在指那大多數「目不識丁」的民眾呀！若是真地在指許多無知無識的民眾而言，真地要為他們著想，要將我們國家的基礎安在他們身上，來求得富強康樂的話，我很對不起地說，不僅是前者的主張不能發生效果，就是後者也只是五十步與百步之差，完全摸不著癢處，終是無濟於事，大家這樣就是吵到天昏地黑，也不能找出問題的答案。本人不揣冒昧，願在此指明出來，敬請大家考慮。

將音標符號脫離本字而寫方言，這對於一般文盲的民眾，實有很多的便利。過去曾聽到有一些地方當局，對此曾發出命令禁止，接著遂有全省南北部的基督教大會，向省府提出陳情書，陳說這若真的是政府的禁令，那麼全省基督教會的活動就要停止了。因為全省基督教會，受外國宣教士的指導，自八十餘年前以來，便採用了羅馬字的音標符號，標寫閩南語的聖書聖詩等宗教書籍，本省一般文盲的民眾，因此非常容易地接近宗教，這是一個很好的例子。本人四十多年來的大夢，想用音標文字來提高我們大多數同胞的文化水準，前幾天在中央日報紙上，看到胡適博士適之先生，在中國語文學會討論國字改革問題的席上，發表高見，其記事之一段說：但當時胡博士未以音標文字與白話文同時推行，僅倡漢字寫白話，由於語言在每個人心中，有深厚基礎，故讀白話文人人可以無師自通，而音標文字在當時無法行通，胡博士認為音標文字，或將尚有施行之日，何況簡體字之推行，他至表擁護。本人看到這一段消息，特於日前走訪胡博士，當時有江一平、陶一珊二位先生在座，胡博士很明白地答覆本人，真地他説了那段話，並指示本人四十多年來的大夢，需要再繼續做下去，博士還懇切地指示説，語文是最保守的東西，比較宗教還要保守得多，絕不可以一蹴而成，必需忍耐繼續努力，以求各方的了解，必有成功的一日。本人受到這幾句的鼓勵，好像得到千萬的援軍，感覺前程有了無限的光明，實在極為高興。

本人在此需要簡短報告本人的見解出來，就教大家。本人以為我們中國文字，有他的特色，有他的優點，本人絕不主張廢止漢字。不過，漢字太難學習，對沒有長時間來學習的人，實在是太不適用。在期維持民族歷史傳統文化的需要上，古字古文是需要保存，這個工作，是屬於專門學者的努力，是屬於少數人的學問，這少數人是我民族中優秀的部份，也就是我民族中的導師，他們有特別的志趣，有悠長的時間，有充裕的能力可以應付，不怕古字古文有困難。何況民族固有的文化傳統，是民族國家命脈所在，是保存在古字古文的寶匱中，因此古字古文是必需維持並發揚它的，絕不可加以廢除。至於簡體字的提倡，是專為實際生活的需要上而來的，據他們説，是為適合現代中國民族生存的需要，是要使廣大民眾能獲生存競爭的智識。不過就本人的了解，他們所謂的廣大民眾，並不是指我們那許多文盲無知的廣大民眾而言，而是指那些受過相當教育的人，這只是中國人口之一二成而已，不算是廣大的民眾。這些人不是我民族的導師，不是專門在做維護民族精神與傳統文化的學者，也只有這些人才用得著簡體字。從來我們國家的基礎，就是放在這些人的身上，因此中國的國基，是不穩固的。本人以為簡體字的運動，可以使這些人多得便當，但是恐怕沒有希望因簡體字的運動，便能使國家富強起來。總而言之，古字古文是學術上的需要，為我國民族文化傳統的發揚光大而不可缺的寶貝；簡體字是為幾千萬同胞，在實際生活上要多得便利，不過如是而已，對國家的發展上，並不能有甚麼了不起的貢獻，也並沒有什麼會危及國家命脈的地方。假使提倡簡體字的人們說，除使用簡體字以外，不准再用古字古文，那就大大有問題，他們並沒有這樣主張，是沒有問題的。在本人看來，無論古字古文也好，簡體字也好，只是我國人口之一二成，只是數千萬人可以使用的工具，真真的我國廣大民眾，依照現在的作法作風，根本就沒有福份可以均沾其益。因此，本人敢說，無論是主張與反駁的那一方，都是摸不著癢處，都與我國的發展需要上，沒有多大的關係。胡博士適之先生說：「音標文字或將尚有施行之日」，而胡博士往日首倡白話文的時候，「未以音標文字與白話文同時推行」。照本人的了解，胡先生的意思，不是說音標文字在今日施行沒有價值，需要在將來施行才有價值。

台灣光復當初，本人曾住陪都重慶四個月，私自計劃回台灣後做甚麼工作，來服務國家民族為最需要，想來想去也想不出比這個夢的實現更要緊。這夢是想用音標文字來書寫閩南語，通過閩南話的書籍報章，分與我台灣同胞研讀，他們可以無師自通，他們只要努力長進，智識水準必定急速地提高，一切的一切，儘可著著進步而如人。因此，在重慶就作成「新白話字歌」（**日據時代本人有一曲「舊白話字歌」**），其詞曰：「文明開化誰不愛，原子時代已到來，四強之一大中華，落後百姓處處在，白話字像天使，要把學問的金鎖開，化我家庭成學界，爾長進，這天使，帶爾跑上文化的天台」。這首詞有譜可以唱，不過詞裏的白話字，不是以往我主張的羅馬字，乃是國語的注音符號了。我光復回台的大夢，是想用國語注音符號，來標寫閩南語發刊書報，使我大大多數的文盲弟兄姊妹，無師而能自通，無論是國語、國文或政令、主義，凡是能於引導他們進到語國文化水準上面，都可通過白話字來使之了解。可惜，我的夢至今還是夢而已，我的歌還沒有通行。固然古字不能更改，簡體字的運動也大有必需，不過我以為音標文字所能發揮的功用，是將必較之上述兩者獲得更多的效果。

羅家倫先生發表宏論的時候，特別聲明他是以個人的身分發表的，本人也以同樣的心情，為國族的將來著想，謹陳鄙見如上，敬請有心此一問題的諸位先生，賜以指教。

民國四十三年三月三十日稿

仝年四月一日中華日報北部版刊載

孔孟學會第二次大會提案（一九六二、四、八）

提案

為普及孔孟學說之宣揚並適應失學大眾之需要，於國語外並採各省標準方言宣講（例如在本省採用閩南白話）及用注音符號編印刊物以弘實效，是否有當提請公決案。

理由

我中國之國粹固多，以歷代相傳之儒學即孔孟之道為最出色，可惜此光輝絢爛之國粹，僅在少數文人士子之間流傳，而與絕大多數之國民大眾隔絕。因是我國家民族有如身懷鉅寶，而受文化之飢餓於迷途，狀至悽然。顧今反攻在即，復國建國乃吾人當務之急，為使國土重光、民族興起、盡除赤炎紅禍、宜將歷代先聖先哲傾心血而遺存之儒學精神儘速傳遍，俾我同胞家喻戶曉，俾我固有文化煥發光輝。如斯則新中華民國之國基可臻鞏固，建國大業始可有成。但宣傳工作應力求普遍，在使用國語國文之外，宜並用各省之標準方言，為該省之通行白話，再用國語注音符號，予以修改製成該省之白話符號，一面用此白話對該省文盲大眾，作演講廣播之口頭宣傳。另又使用白話符號編印書刊，普遍分送，俾各家庭變成學校研究所，隨各人之所欲，獲得學問。如是何患經費少、師資缺乏，我舉國同胞無論男婦老幼，不數年內悉可同沾我祖先之精神遺澤，而開新中華民國之盛運，以貢獻世界和平，共進於自由大同之境地。

辦法

一、繼續已往努力，使用國語國文作口頭及文字之宣傳。

二、并用各省之標準白話，例如在本省（台灣）則採用閩南白話，赴各地開演講會研究會，或在電台廣播向失學大眾深入普遍之直接宣傳。

三、使用各省之白話符號編印書刊，作更為普遍深入之文字宣傳。

孔孟學會第二次大會（原）提案

（一九二八二、四、八）

案由

為應復國建國需要，建議本會迅在失學大眾之間并用各省方言展開宣傳工作，在本省（台灣）宜採用閩南白話及其白話符號，編印書刊，以收宣傳之宏效，是否有當提請公決案。

說明

我中國之國粹固多，以歷代相傳之儒學即孔孟之道為最出色，可惜此光輝絢爛之國粹，僅在少數文人士子之間流傳而與絕大多數之國民大眾隔絕，幾幾乎風馬牛不相及也。我國家民族有如身懷鉅寶，而受文化之飢餓於迷途，狀至悽然。顧今反攻在即，復國建國乃吾人當務之急，為使國土重光、民族興起、盡除赤炎紅禍於絕跡，宜將歷代先聖先哲傾心血而遺存之儒學精神儘速傳遍，俾我同胞家喻戶曉，俾我固有文化煥發光輝，如斯則新中華民國之國基可臻鞏固，建國大業始可有成。但宣傳工作不可株守舊套而偏執於國語國文之一途，在使用國語國文之外，宜并用各省之標準方言為該省通行白話，再用國語注音符號予以修改製成該省之白話符號，一面用此白話，對該省文盲大眾作演講廣播之口頭宣傳，另又使用白話符號編印書刊，普遍分送，俾各家庭變成學校研究所，隨各人之所欲獲得學問，如是何患經費少而師資缺乏，我舉國同胞無論男婦老幼，不數年內悉可同沾我祖先之精神遺澤，而開新中華民國之盛運，以貢獻世界和平，共進於自由大同之境地。

辦法

一、繼續已往努力，使用國語國文作口頭及文字之宣傳。

二、并用各省之標準白話，在本省（台灣）則採用閩南白話赴各地方開演講會研究會，或在電台廣播向失學大眾作深入普遍之直接宣傳。

三、使用各省白話符號編印書刊，作更為普遍深入之文字宣傳。

自序

台灣光復以來，官民同心協力於生產建設，具有長足進步，較之淪陷各省，寔有天淵之別。雖然，反攻復國大業未成，吾人應加努力，更求進步，庶無虧於全國模範省的理想。

反攻復國需要國民鉅大的力量，而國民的精神力是最重要的，台灣同胞愛國心至強，無如多年在異族壓制之下，學養有限，特別是語言文字，與全國同胞相差甚巨，因是，彼此心情的溝通受阻，尤其是成人男女大眾，趕不上教育潮流，難於發揮潛力，在應付反攻復國之需求上，是誠一大問題，不能不予考慮，而謀其補救之法。

況兼將來國軍收復大陸，急需眾心一致建設生產，運用成人大眾的力量，方可及時收效。所謂遠水難救近火，切不可因循從來的作風，專待青年子弟，經過正式之學校教育，學成才來分擔工作，如是，耽誤國家建設大矣。且以復國建國千頭萬緒，經費既乏，師資尤難，更是無從經由學校教育，才來充實來集結國民能力，以應建國之需。

於是乎，可知社會教育、文書教育、電化教育之在復國建國上，為最有效的補救辦法。然而，吾人尚有難題排在面前，就是國語國文的問題。大陸各省且不提，單就本省而言，光復後大興教育，就學人數其比率已達到世界水準，然而實際的情形如何，受過教育的都屬青少年輩，在實際社會裡，還是被養被領導的人，除當兵服役外，對整個的社會活動，尚不足以擔負一方的責任，所有在實際活動上挑起擔子的，大多是與光復後的學校無關，而又是不懂國語國文的人呀。光復後的台灣，無論那一方面，經濟、生產、交通、衛生等，皆有其長足的進步，唯在政治方面就比較差了。這原因甚多，時間尚短、設備不夠、政風不良都是原因，其中國語國文的阻隔，乃是最大的囉！國語國文之統一與學習，在國家長久建設，固屬必要之國策，但將來大陸各省開始重建的時候，萬不可以，亦絕不可能像在台灣，單純地為統一語言文字，而不顧到急要的政令宣傳的效果，一切以國語說了就算了，所謂主義思想的心理建設，不知道因此落空了多少呢？將來大陸各省的民眾，特別是他們的心理狀態，因受共匪的毒害，是非常地複雜，若是像在台灣過去的不論效果、不用國語大家就不講話，這樣，想要收復民心說服民眾，恐怕未免太天真了。

幸而兩年來，政黨方面已經知覺此點，決定地方的黨工人員能說國語以外，還需能操台語，因此，一般學習台語的努力漸盛，廣播電台亦開設了台語的講座，獎勵大家學習，雖是遲了一步，為統一民心，為大家的團結與進步，總是可喜的現象。對於大陸各省，將來國軍登陸，就需要大家如此努力，才能事半功倍。在台的各省人士，幸而同此見解，則請儘速就各省的方言，簡選其具代表性的，研定其標音符號，提昇編著各種書刊原稿，以應付各省溝通大眾的思想，謀求團結合作，重建新中華民國。在此考慮之下，這小本子的貢獻，若能作為各位些微的參考，則感謝無以復加的了。

至於此編，本人在正規的服務之外，經常撥出零碎的時間，七、八年之久，始克完成付梓，口腔是盡力以廈門音為準，但是，因編者日據時期多年在外奔波，居所不定，接人眾多，以致口腔不三不四，不敢以廈門正音為標榜，此外錯誤或遺漏的地方必多，還請大家賜教，他日再行訂正補充。

還有一點，編者在此工作，得一、二朋友幫忙，本應將其大名公表，用致謝意，由於一切方針，皆出自編者之意，而所得成果，錯誤之處或受指摘之點必多，應由編者自負全責，待此聲明，惟祈諒之。

蔡培火敬白

中華民國五十四年

也談當前國語的推行

——向「為推行國語而反對蔣院長指示」之王天昌君進一言

（一九七三、七、一）

月刊雜誌《宇宙》第三卷第六期（民國六二年六月號），刊出王天昌先生之大文，題為〈談當前國語推行工作〉，反復拜讀，深覺作者是由愛國憂國之熱情而執筆者。本人敢於自認亦屬「同愛同憂」之人絕無他念，但總認為王先生之高論是屬原則性的，而沒有想到時空性的功用問題，所謂知其一而未知其二者也。王先生所謂：「國父孫中山先生說，瀋陽與廣東言語相通，雲南視太原將親如兄弟。又，吳稚暉先生說過，一個統一的國家，必須有其統一的國語，這個國語，同國旗國歌，都是統一國家的要具，也是國家統一的象徵。

這些遺教都極正確，我國官民都該遵奉，但是王先生又提到，行政院長蔣經國先生巡視農村漁村後，發現仍有許多上了年紀的農民漁民聽不懂國語，於是指示電視廣播在播報漁業氣象或政令宣傳時，要用閩南語重播一次，好讓那些不懂國語的民眾亦能收看收聽。對此指示王先生說：「我認為這只是消極的治標的暫時的作法。要擴大而且認真的推行國語，使台澎金馬地區所有的民眾都能運用國語交談、閱讀、通信，才是積極的治本的永久的做法。如果僅捨本而逐末，國語教育必無法普及，……甚至連已有的國語教育的成就，也將受到影響而逐漸被破壞殆盡。」對這幾句王先生的斷語，本人深怕王先生的原意含有否認蔣院長的特別用心，而似在言外直欲主張說，蔣院長的指示是多餘的，甚至會影響到已有的國語教育的成就被破壞殆盡，不若乾脆地照光復以來所做的一樣，一味認真推行國語，使台澎金馬地區所有的民眾都能運用國語交談、閱讀、通信，才是積極的治本做法，不要多管上了年紀的農民漁民聽不懂，那是暫時的，再過二三十年那些上年紀的就過去了，不必理他，王先生的言外是不是有這含意呢？若是沒有這個含意，本人就請先生不必提到蔣院長的指示是消極的，是會影響到已有的國語教育的成就，會逐漸被破壞殆盡咧！從正面說，從長久的愛國的立場說，本人是同意王先生所引國父孫中山先生的遺教及吳稚暉先生的指示的正確性，那是在立國原則上的正確，若是從當前我中華民國的處境——我中華民國現實的需要而論，本人則深恐王先生的主張，為愛國而反會誤國害國至巨呀！

溝通思想　乃當前要務

王先生現時同住在台灣，還抱有如政府未播遷前在大陸時一樣的心情嗎？若然，本人則敢斷言王先生是在夢中說話，台灣不是中華民國的全部而是其一小部份，我中華民國是在王先生的睡夢中破碎了的。今日現在的中華民國，不是在太平安定完整的狀態，而是在非常國難之危局中掙扎著。王先生請趕快清醒過來，認清我國的現實狀況，當前的中華民國應著重於救亡圖存之緊急性工作，而萬不可以孜孜於國家百年大計的語言統一，而求中華民國的興盛。我們中國幾千年來都是靠中央集權的力量以維持政權的安定與統一，因此造成了「民可使由之不可使知之」的國家劣勢，近幾十年　國父及　蔣總統雖倡導三民主義而努力建立中華民國，無如貧窮無知的民眾遍天下，共匪又巧用詐術，呼喊階級革命無產者翻身，竟然大好江山立即全面赤化，而我中央政府不得不匆忙播遷台灣。原因就在政府幾千年一貫未能顧到民眾的實際需要，專以中央集權的能力，強力地倡導空洞的國家理想，而多數的知識份子，陶醉於近水樓台的特權生活，像王先生的愛國熱情表現，造成大陸民眾與政府脫節。王先生請趕快清醒，認清中華民國當前現實的需要，國語的普及與統一，政府是一貫不停地在執行，一點都不必勞神王先生顧慮。只因最近蔣院長發覺五十歲以上的農漁民聽不懂國語，為貫徹政令宣傳及新知的傳播，使基層民眾與政府不脫節且能進步，才有指示要電視廣播方面加用閩南語，而王先生便以為這樣會破壞國語統一的績效。所以本人就不得不以一樣的愛國憂國心情，忠告王先生以及與王先生抱一樣強烈的熱情的人士，不要反對為貫徹政令的宣傳及新知識的普及而加用閩南語。

我們中華民國當前的國家情形，無可諱言是在救亡圖存的非常國難當中，請王先生持同樣見解的人士不要再作認識不清的夢寐言論——因作這樣言論的人太多，才有外國人嗤笑我國人士習做文學政治，實在痛心之至。前年我國被迫退出聯合國以後，國際間姑息潮流高漲，形勢一直對我國不利，甚多國家相繼與我斷交。我國所恃是真理、是自由、是人性的本然。我們的敵人共產匪黨是反真理、反自由、反人性的，我們站穩立場堅定持久反共的話，則一方面反真理、反自由的共黨勢力必定崩潰解體，另一方面世界姑息洪流亦將低落退潮，最後勝利必定歸屬自由世界我國立場的這一邊，這是我中華民國舉國的信念，是我們最高的國策！因此，我們不怕對外暫時的孤立，只要鞏固自己內部的團結。我國最高當局已有明確的指示，「莊敬自強、處變不驚」「三分軍事、七分政治」，這指示的重點，是在「莊敬自強」「七分政治」，而這莊敬自強，七分政治，都是求諸在我的切實問題，毫不容許空洞與幻想。又此七分政治的內含，有外交活動、有敵後工作、有內政問題，此中最重要者該是內政問題。

去年夏初蔣內閣成立，高倡政治革新，其總目標在「一切為國家利益，一切為民眾服務」。而為民服務之最明顯最具體的表現是「加速農村建設」，為此特撥二十億元經費，真是劍及履及。蔣院長尚且親自遍訪農村、漁村、山地同胞，探尋民隱解決問題，民心大為感奮，革新政治的氣象普遍發揚。蔣院長於是特別發覺農漁村五十歲以上的民眾，聽不懂國語，乃即指示為宣傳政令普及新知識的電視廣播電台，需要加用閩南語，以期貫徹為國家利益、為民眾服務的最切實最重要的行政措施，所謂「一針見血」「摸到癢處」就是這樣的作為吧！我們內政一切的舉措，若能照此蹈實繼續表現，則民眾一定愛戴政府，我內部團結一定永遠鞏固。若不然，與王先生同樣見解的人士，只管夢想用國語來統一國家，不管當前國家實情與民眾的需要如何，真是不懂如此的愛國憂國言論有何作用？敬請王天昌先生予以三思！

貫徹政令　可兼用台語

本人與王先生素不相識，朋友相告此君似在東海大學執教，政治上似無特別立場。本人現在寫此拙文，第一是因二十多年來，深感我國政府在此台灣省，只用國語單軌施行政務，於國於民皆有極大損失，應加兼用本省最大多數人使用之閩南語為補助語言，方能適合非常國情之需要。因為問題關聯甚廣，未敢過份硬性宣揚，乃至每有機會每逢可以進言之重要人士，廿餘年來迭次建言此舉之重大性，切望早日採行。其中雖有不少明智之士，暗中支持說項，無奈持有如王天昌先生所表示之見解者也不乏人，至今問題尚在拖懸未決之中。盱衡世局漸趨慢性轉變之勢，吾人自亦可從緩計議採行，幸有蔣院長英斷，已予初步促進其推行，中華民國前途萬幸。

最後本人更向王天昌君，以及與王君抱有同一觀感人士，再進數言以求諒解，以資合作。語言本來是思想情感的交通工具而已，語言自身沒有生命，思想情感才有生命，工具之語言雖同，若生命之思想情感不同，兄弟都要鬩牆，夫妻也要拆散，叛黨共匪不亦是說國語嗎？無疑地是我中華民國舉國不共戴天之仇敵。本人與一批舊同志最會操日語，但是日本政府據台時期，我們一直是他們的眼中釘，而他們亦一直是我們的死對頭，王先生你們大家可以理解了嗎？我中華民國當前最重要的事，是內部團結，要團結就要同思想共情感，若能用國語來同思想共情感，那是再好沒有的囉！若是不懂國語，你就不管不理他，將他丟在一邊，一切就由懂國語的範圍來幹，結果王先生您自然感到很好！因為你已經懂國語，而您有近水樓台之利呀！可是不幸的是，一向是不懂國語的人士也很多，自然亦就形成兩個社會在台灣，一個講國語，一個講本地話的，王先生您說本人在說謊嗎？本人多年來因此為國家憂慮，您可以說是多餘的嗎?!王先生，本人原不願公開講到這裏，無如先生對蔣行政院長的英斷，批評得過份，使本人不能靜默無言，本人豈好言哉？蔣院長的英明指示，僅為解救已往過錯的開始而已，真正解決問題，尚須如王先生一輩的人士，徹底了解蔣院長的指示，由民間各界也積極發動解決問題，然則我中華民國的前途是光明的。本人在此擱筆之前，敢為王先生斷言，台灣本省同胞同是炎黃子孫，又是最優秀最忠貞的部份，不過因前朝滿清政府不爭氣，台胞五十年間痛受異族壓制統治，但其民族精神與生活完全保存如故，毫不改容屈服，始終思念祖國。迨我中華民國戰勝日本，台灣光復為中華民國之一省，不只比內地各省為炎黃子孫之氣派分毫無遜色，中央政府遷台以來，雖政府革新圖治，政績有光輝表現，但台胞之忠貞勤奮，配合政府以維炎黃子孫之本色，致使台灣有今日之安定與進步，不能說因本省同胞少說國語，就缺失了他所貢獻之份呀！須知少數在外國的本省同胞的知識份子，過去曾主張台灣獨立，但我在省內台胞義不反顧，愛戴政府一如其份，而今蔣院長英明，更能顧及無法通達國語之台胞，准用台語宣達政令傳授新知，以溝通思想融和感情於失學民眾之間，是乃當道之明智英斷，蓋亦國家當前之所需，深望同胞各界體諒予以合作，至盼！

民國六二年六月卅日稿

也談提倡國語（一九七八、三、廿七）

本（三）月十三日，《戰鬪》週刊第五八七號刊出齊衛國先生的宏文〈談提倡國語〉。是本人所愛讀者。今早拜閱其第一面第一篇文章〈談提倡國語〉，為齊衛國先生所著，提倡國語是本人生平最關心的問題，乃一氣讀完，殊覺不能苟同，又怕該文登在《戰鬪》週刊之最重要版位，倘發生不良影響，則非吾輩所願，故特敬陳讀後鄙見，以就教於愛國反共之各方人士。《戰鬪》週刊的發行宗旨。是闡揚三民主義、復興中華文化、促進全民團結、反共產反姑息，

本人第一的感覺是齊先生所言，漠視了時空的觀念，齊先生是在反共復國基地台灣，拿太平無事新加坡的語言問題來做主張，要求大家一齊來衛國，這是完全失了時空的觀念呀！李光耀總理在新加坡所持的語言主張，是完全對的好的，但是欲拿他的主張來在當今的台灣實現，那就大大不對也是不好的呀!!我們台灣現在是處在戰時的嚴重時局下，最先需要的是鞏固內部團結人心，才能立定腳步應付一切。如齊先生者只顧理想無視現實，誠非衛國之道，宜加三思謹慎主張。何況政府自台灣光復以後，一切政令教育悉以國語行之，連以羅馬字標寫閩南語的

作風亦經禁止，今日再來大聲疾呼提倡國語，似有畫蛇添足之嫌。幸而　蔣院長就任以後，以親民愛民為要著，在繁忙中親蒞地方各角落，接近民眾探悉民隱，示範基層公務員為民服務。院長曾發現五十歲以上之省民無法懂國語，本省社會有兩個不同語言之區分，嗣後對閩南語略加注意，電視廣播節目乃加些閩南語播出，大快民心。台灣有今日之安定進步，可說大部為政府設施妥善所致，而全省官民各界之情感疏通是不可忽視的。

其次，本人痛感齊先生忘記了　國父的遺教——積四十年之經驗，深知欲達到此目的，必須喚起民眾之指示。此段指示是官民每週恭誦紀念的。齊先生似乎因看到現在台灣沒有完全專用國語，而還有些微注意閩南語之存在意義，以為是國家之莫大失策而百感交加，著急主張專用國語來衛國，這樣豈不是完全忘記了　國父的遺教嗎？我們欲革命建國成功，　國父指示必須喚起民眾使之了解、同意、愛戴、順從，而不能事事以命令、強迫、壓制使之屈從呀！我國現在立足之地只有台澎金馬而已，況兼在此已近三十年了，不可能再有三十年而不回去，恐怕再十年尚未反攻大陸，情形將變成怎樣，容得齊先生現在來喊叫提倡專用國語嗎!?您這樣喊叫是會誤國而絕不能「衛國」的!!!本省同胞能通國語者，大多數是四十歲以下之年輕人，四十以上之壯年老年人，其絕大多數皆不通國語，而對家庭社會負其實責者，是這班不懂國語之人，四十以下之年輕人都還是被養被指導而不能負實責者，故一切國家事務不能不以此班不通國語者為對手，因此在提倡國語之外，就不能不留些台語之使用餘地。是以政府並不禁止一般兼用台語，齊君似乎以此為不足，而百感交加地提倡專用國語者然，本人若沒有誤解齊君大文的本意，則敢請重加考慮，才能符合尊名之美意焉。

順便在此聲明，關於提倡國語一事，本人的努力敢說不後於齊先生，在十年以前本人由正中書局就出版了《國語閩南語對照常用辭典》，去年亦由正中書局出版了《國語閩南語對照會話》上下兩冊，目下又正在正中書局排版《國父口述三民主義及蔣總裁補述民生主義育樂兩篇》的閩南語翻譯本，在本月底將可出版。不但如此，日據時代日人不准我台胞學習漢文國語，強迫我們學日文講日語，我本人現在能說這點國語，是年輕在日本東京留學時，從中國留日的同學中學習來的。本人不僅自己學習，轉而教導了幾位同志學習，現在自立晚報的發行人吳三連先生就是其中的一位。我說這些是要證實本人的提倡國語、重視國語，是絕不落於齊先生之後，只是本人在愛國衛國的立場上，此時此地還有「齊衛國」先生者，主張不要兼用閩南語，而強力地主張要專用國語來愛國衛國，本人對此主張殊感憂慮，深望齊先生以及讀者人士諒之。

向中國國民黨建言

建議本黨迅予普及閩南語注音符號以利宣傳政令復興中華文化案（一九七〇、一）

案由

台灣為反攻復國基地，又為全國之模範省。不久將開始復國建國行動，但目前實情，因國語國文多數省民未能通曉，政令思想頗受阻隔，恐於全民力量之發揮或有難如理想之處。故特建議在推行國語國文之普及外，併以本黨組織力量迅予普及閩南語注音符號，使閩南語負起補助國語國文之不及，獲得宣傳政令復興文化之速效，促進我全民徹底團結一致，達成反攻復國使命。

說明

本黨之將來性，全在反攻復國之能否實現，而其實現之時間則愈早愈好，但實際我們已費了二十年尚在準備充實之中。睥觀國際形勢，雖然深信於我逐漸有利，而我　總裁英明領導體力充沛，更使我們加強信心而努力向前。不過客觀條件似難照我們的主觀要求，而需再經一段時間，方可配合我們開始反攻行動。若然，則本人提此建議覺得更具意義。

細察本省社會實情，教育雖甚普及，廿餘年來國語文亦已相當普及，官民與內外省同胞之接觸，業經比較頻繁而緊密。但此固就比較上而言而已，若就正當需要而言，則離理想尚遠。所有能操國語國文之人。概都集中在都市，而懂得國語文者，又都是年輕尚不足擔負事業生活責任之人。社會絕大部份——特別是鎮鄉村的同胞省籍民眾，對外省同胞絕少往來，所謂政令主義思想文化，可憐無從親切了解，何況消化而成為信念耶？在此群眾基礎上要來遂行復國建國大業，培火頑愚深為本黨之使命憂懼。且不久我祖先有靈，引導我們登上大陸的時候，各位同志以為我們可以像在台灣一樣，廿餘年來平平安安專用國語國文，而領導各省民眾嗎？大陸是大陸不是海島，大陸民眾廿餘年受匪黨毒素污染，不如台灣民眾純屬民族精神濃厚之炎黃子孫咧！我們必須及早提醒各省同志以各省主要方言，準備一套思想理論，或以口述或以注音符號作成印刷物分配，徹底說服迷途的大陸大眾，俾能由衷理解順服合作，然後各省始有生產建設中華文化復興之可言。在此謹錄　總裁早年於重慶訓誡本黨同志兩段英明遠見之訓詞，培火至感興奮而心服敬仰，竊謂雖是今日，此兩段　訓示足資我同志之警惕與努力!!

『總之，今日匪黨政治軍事行動，無不以社會鬥爭為其根據。所以反共戰爭雖然是民族主義的戰爭，但其成敗得失不決定於軍事與政治，而取決於社會與文化。……因而這次黨的改造，要檢討黨的構成份子，確定黨的社會基礎，策劃黨的文化工作。』

『但是今日我黨不獨不能激發社會運動以支持反共戰爭，反而坐視共匪的間諜活動和思想毒素，滲透後方的社會，侵入作戰的部隊，……所以我們今後，一定要作到組織深入社會的基層工作，滲透廣大的民眾，在社會鬥爭之中，改造社會，才算能達到此次黨的改造的目的。……』（敬錄在拙編閩南語國語對照常用辭典編後記第三頁）

以上所陳是否有當，敬請　指教並請公決。

民國五十九年元月份小組會議之日

建議本黨迅予普及閩南語注音符號以利宣傳政令復興中華文化案補充說明

（一九七〇、八）

一、本案前經提出評議委員會議，承蒙轉送中央常會研究辦理中。提案理由培火自為已充分說明，茲謹遵本小組前次決議，補充說明如左。

二、側聞本黨黨員中，亦有部份黨員對此案採取保留態度者，其理由為國語已經相當普及，已夠政令宣傳等之用，無需普及閩南語注音符號來做補助。更有進者，以為普及閩南語注音符號，會阻礙國語之普及。培火深信此是杞憂絕無此理此事。

三、國語國文乃全國民必須學習者，不懂國語文之國民乃屬落伍者，現有甚多失學民眾苦無方法學習，閩南語注音符號普及後，即可消除其困難而助成國語文之加速普及，豈但不發生阻礙哉。

四、因閩南語注音符號之普及，本黨地方黨部之活動必能更擴大更深入於地方民眾之間，而加強本黨之領導作用。

五、本案之建議，不僅以台省為對象，對光復後之大陸各省，更需採行本案之原則，加強本黨之活動與領導，庶可獲得復國建國之速效。

六、本省政府多年來，採行閩南語羅馬字母之漸禁政策，致使部份外國宣教士感覺傳教困難，倘本案能由本黨推行，不獨我政令及中華文化得以迅速普及而深入社會，即外國傳教士亦必額首而稱頌也。

七、敬請本小組各位先生，賜予鑒察，重行推促本黨中央儘速計劃採行，黨國幸甚。

五九年八月份小組會議重提

建議書（一九七一、十二、六）

案由

敬謹建議本黨急速推行閩南語注音符號之普及以應當前黨國形勢之需要而利全民精神團結之速成。

說明

竊為國際間姑息氣氛瀰漫，是非不分正義不張，我國乃斷然退出聯合國，以示反共復國之堅強國策。今後之事，雖確信德不孤必有鄰，但增強我內部團結，而加深領導作用於基層大眾，誠屬刻不容緩之要舉。本員每於紀念週時，恭聆　總理遺囑「必須喚起民眾」之句，更深此感。而我　總裁近有「莊敬自強」之明訓，正是要我們舉國官民，認清環境面對現實，勇於自新自強。絕不可再有陶醉太平而唱高調，能如是則我自可處變不驚慎謀能斷，開啟前程的光明而無疑也。本員另有一次在紀念週，恭聽　總裁從前的訓詞記錄（當場朗讀），其中數節如下「……總之，今日匪黨政治軍事行動，無不以社會鬥爭為其根據。所以反共戰爭雖然是民族主義的戰爭，但其成敗得失，不決定於軍事與政治，而取決於社會與文化。……因而這次黨的改造，要檢討黨的構成份子，確定黨的社會基礎，策劃黨的文化工作。……但是今日我黨不獨不能激發社會運動，以支持反共戰爭，反而坐視共匪的間諜活動和思想毒素，滲透後方的社會，侵入作戰的部隊。……所以我們今後，一定要作到組織深入社會的基層工作，滲透廣大的民眾，在社會鬥爭之中，改造社會，才算能達到此次黨的改造的目的。……」查此訓詞乃民國卅八年九月廿日　總裁於重慶，為本黨改造運動告全黨同志書之一小段，本員於數十年後在此反攻復國基地恭聆　英明教訓，真有身受閃擊之慨。故幾年以來輒作由本黨推行閩南語注音符號普及之建議，又不自量老衰，經年累月寫成若干稿件。已出版者有國語閩南語對照常用辭典一種，未出版者有閩南語注音符號用法說明，國語閩南語對照初步會話，閩南語國父傳記淺講各一種約卅五萬字，專待本黨作最後之決裁，以定用否。

先前本黨中央第一組對本員之建議，曾有指示不能同意，其理由大約有二，其一應以普及國語來團結民心為正途，其二認為普及閩南語注音符號，有礙普及國語之政策。本員對此曾有書面答辯，有案可查不加細說，要在觀點之差別，是理想與現實，常時與非常時著眼點不同已耳。本黨現處非常時期，絕不可有常時理想之奢望。由普及國語而求急需之團結民心，係不切實情之理想，況所謂推行閩南語注音符號，有礙普及國語之政策者，正屬未明注音符號之功用，一則能使失學男女在家無師自習，二則能使國語普及之速度倍增。但本員當下只知急速

「必須喚起民眾」之切要，故敢重複建議，由本黨推行閩南語注音符號之普及，方可應付黨國當前絕對需要之深入社會基層之工作，達成大同團結，增強領導力量。

辦法

一、謹請本黨中央決定以推行閩南語注音符號為當前之重要工作。

二、本員自願奉獻時間與微力，負責推行此一工作。

三、請地方黨部與本員合作，本員所需之學員與場所，儘其可能無償供應。

四、關於本員之車旅食宿等費本員自備。

區區建議聊效愚忠是否可行尚祈

裁校示遵。

謹上

中國國民黨中央常務委員會　公鑒

黨員蔡培火敬上

民國六十年十二月六日

本黨應迅推行閩南語注音符號之普及

（一九七二、一、二六）

一、前言

我國政府自去年十月二十五日斷然退出聯合國以後，對內對外發生巨大影響，況且國際姑息氣氛，普遍瀰漫，難測何日方有轉機。為今之計，本黨應作兩項最緊要之基本舉措。一為鞏固內部團結加強領導力量，二為推進敵後工作表現大陸民心響應。第二項舉措非得大陸實情不能率爾陳述意見，茲就第一項謹陳鄙見於左，敬請先進同志指教。

本黨為中華民國之建國執政黨，外有大敵當前而國際形勢混濁，正是本黨向內迅行革新整頓庶政時會，其中最緊要者，莫如鞏固內部團結加強領導力量，萬不可再事因循耽誤時機。為鞏固團結加強領導，內政改革當是重要，如防衛敵人滲透，疏通民間情感之隔閡，應為急需踐行之首要舉措。然而廿餘年來，黨政各方過分重視國語文之統一，忽略了社會實際需要，因而形成國語閩南語兩種語言互不相通之社會。國語在黨政學校及內地人間通行，閩南語則在鄉村本地人間通行，致使內地本地人間絕少來往情感疏隔，政令難得貫徹周知，思想主義更難普遍瞭解，況在政治經濟之權益上，因用語之方便不方便，近水樓台不知不覺有所偏利，情感因之而更疏隔，本黨之地方黨部也就容易被視為衙門了。本人豈好言哉而竟疊作此種報告，再次提議本案，蓋以國勢急迫，而事實具在眼前，愚誠所驅不得已耳，懇求先進同志明察。

二、案由

本省同胞素來民族意識堅強，頗知大義所在，倘能加強以同胞愛之真誠相處，直接親近民眾之地方黨政人員，實踐民為邦本，必須喚起民眾合作之遺訓，宜儘量使用閩南語在國語不能通行的民間，解決問題為民服務，則民心的歸向必更普遍而加深，防諜工作尤易展開自不待言，癥結所在在於過分重視國語統一，而忽略了大多數失學民眾之需要所造成。國家當然要推行國語統一，今後亦該繼續推行，但須以整個國家之利弊為前提，此時此地殊不可忘記應求速效，不作掘井止渴削足就履之舉。茲再次提議，本黨應迅推行閩南語注音符號之普及，由地方黨部開始，以及於不懂國語之民眾社會。

三、辦法

（甲）自我政府廢止使用羅馬字式閩南語注音符號以後，本人即用國語注音符號，編製國語注音符號式之閩南語注音符號一種，母音六父音十七共二十三個符號，方只要每日四個鐘頭，繼續學習一星期，便可運用自如。

未曾學習過國語注音符號者，需要再加兩三天之學習，至多僅加一星期即可。

（乙）本人編著了幾種教材，已出版者有《國語閩南語對照常用辭典》一種，未出版者有《閩南語注音符號用法說明》一冊，《國語閩南語對照初步會話》一冊，《國父孫中山先生傳記淺講》一冊，共約三十五萬字的原稿，俟本黨採納此建議後出版應用。本人深信將來光復各省，亦需採用各省首要的方言，為國語之補助語，而收政令貫徹，教育普及，團結民心之速效。奉勸各省同志，此時開始編制各該省之方言注音符號，用以編著適用之教材稿件以備將來之用。

（丙）敬請本黨中央黨部迅作決定採行本建議，本人願為無酬之講員到各地開講習會，請地方黨部應本人之計劃，無償供給講習場所，召集黨員中之地方黨部工作人員、警察保安人員、稅務地政人員，每次四十至六十名為學員，學習一星期或二星期。

（丁）向地方民眾之講習，請地方黨部協助本人，與地方人民團體聯絡計劃，推行講習。無論男女凡屬失學成人，務期人人習用注音符號，由此注音符號俾各家庭變為學校，本黨或有志人士，設立編輯機關，印發無師而可獨學之家庭文庫書籍，以廉價供應求上進之家庭，使能自習國語國文以及各種必需之智識學問，或得精神上糧食慰安，將來光復大陸，人人皆有能力參加各種建設，消除共匪留存於大陸民間之毒素，與各省同胞共建國家為三民主義之康樂民主共和國。

致寶樹秘書長函（一九七三、三、十五）

寶樹秘書長賜鑒：

敬啟者，本（三）月十三日下午三時，本黨中央文化工作委員會暨中央委員會祕書處聯合在中央黨部第一簡報室，舉行有關應否普及閩南語注音符號問題座談會，邀約培火參加，出席七、八個單位人員，除組織工作會李主任及文化工作會許副主任外，餘皆為代表人員，由許副主任主席，主席宣告此次開會是座談會，是交換意見而已，不作決定的意見，將各員發表意見要點記錄，呈請中央做最後決定，主席併指培火先作建議的說明。

培火的說明要點：⑴目前國際逆流洶湧，日見對我不利，數日前，一向反共最強的西班牙又違背了我與匪建交。我應以不變而應萬變，不變為何，團結內部增強領導力量是也。⑵本省乃反攻復國基地，向來治安生活都甚安定，此乃政府施政得宜及民眾之民族精神強烈所致，但若深入細看，使用國語與使用閩南語兩個社會存在，外省與本省的界線分明，甚難溝通利害與感情，至於政令主義思想之貫徹尚多問題，是皆由於急求統一國語之弊也。⑶國語統一為國家民族之百年大計，政令主義之貫徹、利害情感之一致、大同團結鞏固領導中心，是為目前國族存亡之現實急切需要。⑷若然，則敢建議，惟有採用本省主要方言閩南語為補助語言，補救單用國語之弊害，以本黨之組織力量，迅予普及國語注音符號式之閩南語注音符號，先由本黨基層幹部做起，以及於失學同胞庶可獲得速效。如此，本黨地方黨部可免衙門化之批評，彼此接觸既多，利害情感增加一致，本黨服務民眾深入，領導更能生根而加強團結與安定，以應將來之萬變。⑸何況注音符號普及之後，國語之普及可以加倍其速度，失學民眾更可無師而獨自習知識，接近文化水準，積極參加復國行列。

有關單位代表之發言，大體都表示贊同培火之提案主旨，但亦都表示反對以普及閩南語注音符號為達成主旨之手段。甚至亦有表示在推行普及國語多年已有相當成效之外，此時再來擴張閩南語之使用，恐有動搖法統安定之顧慮。對各位表示之意見：培火一一給予解釋，大家都是主張維持向來的措施為宜，培火則指為遠水不能救近火，應急求能有速效之辦法為要著。至於指普及閩南語注音符號，即有動搖法統之虞之說法，是與培火之立意正相反也，惟願　上方明察。統一國語若以培火之建議施行，不但沒有妨礙而反能加倍其速度，惟以目前國族之處境之危急，即有加倍之統一速度，亦屬遠水之類也。況一想到本省而外，菲律賓、星加坡、泰國等南洋之華僑地帶，又我反攻武力最先登陸之地福建，都難以國語而求疏通合作，必須應急而暫用閩南語焉，區區愚誠，重瀆　清神，懇請　垂示，無任盼禱。敬頌

勛祺

黨員蔡培火　拜啟六十二年三月十五日

附申：在座談席上，組織工作會李主任委員發言：是否可將問題分作兩部份考慮，可否由本黨來普及閩南語注音符號的問題，另作研究決定，蔡先生的著作，費了多年心血，是否先來考慮出版的問題。李主任的發言，培火深受感動，特此申明。

致哲生院長函（一九七三、三、十六）

哲生院長賜鑒：

敬啟者，培火前年向本黨中央建議，以黨之組織力量，迅速普及國語註音符號式之閩南語注音符號，一以裨本黨地方基層幹部，多能深入民間服務民眾，又一可使失學民眾，因得閩南語為學習之補助語言，能得方便接近地方黨政工作人員，親切了解政令，有路自習智能思想主義，而應國家需要主動的參加反攻復國工作。迨本（三）月十三日中央文化委員會暨中央委員會祕書處共同舉行有關黨政各單位之座談會，邀約培火參加，其經過情形大約如附件，培火感覺無限寂寞，謹此奉瀆　清神懇請賜予　指教。竊以蔣院長近輒呼籲「加速建設農村」為民服務，真是適時要政，培火冒昧深信採用閩南為國語之補助而急予普及國語注音符號式之閩南語注音符號，實屬必需要舉，伏望賜予支持，無任祝禱，謹頌

崇安

晚　蔡培火敬啟

六二年三月十六日

附上：一、寄張祕書長書抄本一份

二、呈中央常會原建議書抄本一份

致中國國民黨中央常務委員會函（一九七四、三、十六）

中國國民黨中央常務委員會鈞鑒：

敬啟者，本員為期迅速普及閩南語注音符號於基層公務員及失學成人民眾之間，一面加速而廣泛地普及國語，一面採用閩南語為國語之補助語，使因語言阻隔難懂政令，未諳主義思想之本省多數男婦失學成人民眾，加強向心，達成更深更廣之鞏固團結，以應反攻復國之需要，乃於民國六十年十二月六日敬呈如附件之建議書於　鈞會，至今未蒙核示可否。旬餘前趨訪中央黨部張祕書長，敬詢該建議書已否呈上　鈞會核示，承祕書長指示，在中央工作會議不通過之案，不能提出常會審議。本員以為此建議係一重大之政策性問題，在行政叩門或本黨工作方面，因未有本黨中央之決策，而對其持反對意見者是理所應有，竟因之而未蒙提出至感詫異。

無奈世局姑息氣氛瀰漫，甚難配合我政府反攻重建之需求，又以本員衰老自知殘年不多，自早深覺本案對我國家之重建關係至鉅，尤切匹夫對興亡有責之感，邇近　蔣行政院長奉命秉政，疊親下鄉發現民隱，宣告五十歲以上之人民不懂國語，應酌用地方語言補救，又囑基層部屬應深入民間為民服務，本員因之振奮不能自抑，乃敢重提建議。竊謂若要切實逐行蔣院長之宣示，似宜迅即採納本建議予以施行。若然料其功效有左列數點：

一、在社會普及國語，向來唯有口傳之一途，不能自修自習，本案施行後，無師而可隨處學習，國語普及之速度必可大增。

二、此案實施後，公務員方可做到深入民間為民服務，官民接觸更加自由，能用國語者依舊使用國語，國語行不通者，可以不必拘忌使用補助語，因之內外省人多有交往機會，感情溝通社會風氣歸一，對內團結心必大有貢獻。

三、政府一旦登上大陸，定是閩粵浙三省居先，大陸上之民眾多年受匪之思想毒素侵染，非以其地之方言殊難領導渠等順從合作，台胞正可在閩粵二省為國效勞，執行其光榮使命。本黨應有此遠見從速普及閩南語注音符號，廣泛迅速推行社會教育，訓練失學之成人台胞，個個具有正確之三民主義思想，及其層農工商所需之現代科學智識，以備將來隨政府登陸，作閩粵大眾之重生重建導師，俾我政府易於進行復興國家之大業。

四、對散在南洋各地或世界各國之基層華僑，亦應採此方式，研擬其所屬大陸各省之主要方言之注音符號，用以如對基層台胞一樣，預先施行教育訓練，以備將來各省重建國家之用。本員深信將來之重建工作，因大陸民眾多年受匪毒化，如不發動我方基層成人民眾，配合官方工作，似難深入而切實領導，何況我方公務人員不多國帑短缺。以上所陳無不出自愛國愛黨之愚誠，又係傾盡本員畢生之力，期有以貢獻於國家之興建，雖在隱約中聞有批評、有不諒解之雜音，本員置之不顧，冒昧重提年前之建議案，懇請　鈞會垂察，示遵。敬頌

黨祺

黨員蔡培火　謹上

中華民國六十三年三月十六日

【附件：建議書一份】

建議書

案由：敬謹建議本黨急速推行閩南語註音符號之普及以應當前黨國形勢之需要而利全民精神團結之速成。

說明：竊為國際間姑息氣氛瀰漫，是非不分正義不張，我國乃斷然退出聯合國，以示反共復國之堅強國策。今後之事，雖確信德不孤必有鄰，但增強我內部團結，而加深領導作用於基層大眾，誠屬刻不容緩之要舉。本員每於紀念週時，恭聆　總理遺囑「必須喚起民眾」之句，更深此感。而我　總統近有「莊敬自強」之明訓，正是要我們舉國官民，認清環境面對現實，勇於自新自強。絕不可再有陶醉太平而唱高調，能如是則我自可處變不驚善謀能斷，開啟前程的光明而無疑也。本員另有一次在紀念週，恭聽　總裁從前的訓詞記錄（**當場朗讀**），其中數

節如下「……總之，今日匪黨政治軍事行動，無不以社會鬥爭為其根據。所以反共戰爭雖然是民族主義的戰爭，但其成敗得失，不決定於軍事與政治，而取決於社會與文化。……因而這次黨的改造，要檢討黨的構成份子，確定黨的社會基礎，策劃黨的文化工作。……但是今日我黨不獨不能激發社會運動，以支持反共戰爭，反而坐視共匪的間諜活動和思想毒素，滲透後方的社會，侵入作戰的部隊。……所以我們今後，一定要作到組織深入社會的基層工作，滲透廣大的民眾，在社會鬥爭之中，改造社會，才算能達到此次黨的改造目的，……」查此　訓詞乃民國卅八年九月廿日　總裁於重慶，為本黨改造運動告全黨同志書之一小段，本員於數十年後在此反攻復國基地恭聆　英明教訓，真有身受閃擊之慨。故幾年以來輒作由本黨推行閩南語注音符號普及之建議，又不自量老衰，經年累月寫成若干稿件。已出版者有國語閩南語對照常用辭典一種，未出版者有閩南語注音符號用法說明，國語閩南語對照初步會話，閩南語國父傳記淺講各一種約卅五萬字，專待本黨作最後之決裁，以定用否。

先前本黨中央第一組對本員之建議，曾有指示不能同意，其理由大約有二，其一應以普及國語來團結民心為正途，其二認為普及閩南語注音符號，有礙普及國語之政策。本員對此曾有書面答辯，有案可查不加細說，要在觀點之差別，是理想與現實，常時與非常時著眼點不同已耳。本黨現處非常時期，絕不可有常時理想之奢望。由普及國語而求急需之團結民心，係不切實情之理想，況所謂推行閩南語注音符號，有礙普及國語之政策者，正屬未明注音符號之功用，一則能使失學男女在家無師自習，二則能使國語普及之速度倍增。但本員當下只知急速

「必須喚起民眾」之切要，故敢重複建議，由本黨推行閩南語注音符號之普及，方可應付黨國當前絕對需要之深入社會基層之工作，達成大同團結，增強領導力量。

辦法：

一、謹請本黨中央決定以推行閩南語注音符號為當前之重要工作。

二、本員自願獻時間與微力，負責推行此一工作。

三、請地方黨部與本員合作，本員所需之學員與場所，儘其可能無償供應。

四、關於本員之車旅食宿等費本員自備。

區區建議聊效愚忠是否可行尚祈

裁核示遵

謹上

中國國民黨中央常務委員會　公鑒

黨員蔡培火　敬上

民國六十年十二月六日

致寶樹秘書長函（一九七四、四、十）

寶樹秘書長吾兄勛鑒：

敬啟者，本（四）月一日之惠函經已拜悉，敬謝關照，但弟以為吾兄所示，係屬過去之事，而最近情形不同，在三月十六日弟呈中央常會之函內亦有陳及，乃敢重提建議，鄙見所在敬希亮察　即頌

黨祺

弟蔡培火拜啟

民國六十三年四月十日

國家圖書館出版品預行編目資料

蔡培火全集／張炎憲總編輯. --第一版. --
臺北市：吳三連臺灣史料基金會, 2000
[民 89]
冊；　公分
第 1 冊：家世生平與交友；第 2-3 冊：政治關係—日本時代；第 4 冊：政治關係—戰後；第 5-6 冊：臺灣語言相關資料；第 7 冊：雜文及其他
ISBN 957-97656-2-6（一套：精裝）
848.6　　　　89017952

本書承蒙
至友文教基金會
思源文教基金會
財團法人國家文化藝術基金會
中央投資公司等贊助
特此致謝

【蔡培火全集　六】

台灣語言相關資料（下）

主　　編／張漢裕
發 行 人／吳樹民
總 編 輯／張炎憲
執行編輯／楊雅慧
編　　輯／高淑媛、陳俐甫
美術編輯／任翠芬
中文校對／陳鳳華、莊紫蓉、許芳庭
日文校對／許進發、張炎梧、山下昭洋
出　　版／財團法人吳三連臺灣史料基金會
地址：臺北市南京東路三段二一五號十樓
郵撥：1671855-1 財團法人吳三連臺灣史料基金會
電話・傳真：（02）27122836・27174593
總 經 銷／吳氏圖書有限公司
地址：臺北縣中和市中正路 788-1 號 5 樓
電話：（02）32340036
出版登記／局版臺業字第五五九七號
法律顧問／周燦雄律師
排　　版／龍虎電腦排版公司
印　　刷／松霖彩印有限公司

定　價：全集七冊不分售・新台幣二六〇〇元
第一版一刷：二〇〇〇年十二月

ISBN　957-97656-2-6（一套：精裝）

蔡培火全集○家世生平與交友○政治關係—日本時代○政治關係—戰後○台灣語言相關資料○雜文及其他○蔡培火全集○家世生平與交友○政治關係—日本時代○政治關係—戰後○台灣語言相關資料○雜文及其他○蔡培火全集○家世生平與交友○政治關係—日本時代○政治關係—戰後○台灣語言相關資料○雜文及其他○